Knaur.

W0362129

Knaur.

Im Knaur Taschenbuch Verlag sind bereits folgende Bücher der Autorin erschienen:
Die Braut des Freibeuters
In den Armen des Freibeuters
Die Sehnsucht des Freibeuters

Über die Autorin:
Susanna Drakes große Leidenschaften sind Geschichte und Schreiben. Nach Jahren in der internationalen Arbeitswelt hat sie ihr Hobby zum Beruf gemacht und schreibt nun mit Begeisterung historische Liebesromane. Auf ihren Reisen in den USA hat sie sich intensiv mit amerikanischer Geschichte beschäftigt und viele Anregungen für historische Liebesromane gefunden.

SUSANNA DRAKE

Die Sehnsucht des Freibeuters

ROMAN

KNAUR TASCHENBUCH VERLAG

Wenn Ihnen dieser Roman gefallen hat, empfehlen wir Ihnen gerne ausgewählte Liebesromane aus unserem Programm – schreiben Sie einfach eine E-Mail mit dem Stichwort »Sehnsucht des Freibeuters« an: historische-liebesromane@droemer-knaur.de

Besuchen Sie uns im Internet:
www.knaur.de

Originalausgabe September 2010
Copyright © 2010 by Knaur Taschenbuch.
Ein Unternehmen der Droemerschen Verlagsanstalt
Th. Knaur Nachf. GmbH & Co. KG, München.
Alle Rechte vorbehalten. Das Werk darf – auch teilweise – nur mit Genehmigung des Verlags wiedergegeben werden.
Redaktion: Sabine Thiele
Umschlaggestaltung: ZERO Werbeagentur, München
Umschlagabbildung: John Ennis via Agentur Schlück GmbH
Satz: Adobe InDesign im Verlag
Druck und Bindung: CPI – Clausen & Bosse, Leck
Printed in Germany
ISBN 978-3-426-50642-4

2 4 5 3 1

1. KAPITEL

Harriet Dorley faltete ihren Sonnenschirm mit einem energischen Ruck zusammen. Ihre Freundin Lan Meng seufzte, als sie den empörten Blick bemerkte, mit dem Harriet eine Gruppe betrunkener Männer fixierte, die auf einen etwa elf Jahre alten indischen Jungen einprügelten. Und dann ging sie auch schon energisch los, geradewegs auf die Männer zu. Lan Meng folgte ihr rasch und lockerte dabei die Schärpe, die ihre knielange Weste vorne zusammenhielt.

Als Harriet die Männer erreicht hatte, stieß sie kampflustig mit dem Schirm auf, um deren Aufmerksamkeit zu erregen. »Was geht hier vor?« Üblicherweise hatte sie eine leise Stimme, nicht sanft, aber eben leise. Jetzt brüllte sie, aber die Männer beachteten sie trotzdem nicht.

Einer von ihnen holte aus und gab dem kleinen Burschen eine Ohrfeige, die ihn umwarf. Der Junge blutete schon an der Lippe und aus der Nase. Als der Mann, ein grobschlächtiger Mensch, mit eindrucksvollem Bauch und Armen, die wesentlich dicker waren als Harriets schlanke Beine, ihn am Genick packte, um ihn hochzuzerren und ihm noch eine Ohrfeige zu verpassen, hob Harriet den Schirm und hieb ihn kräftig auf den Rücken des Mannes.

»Was glauben Sie eigentlich, was Sie da tun?«, herrschte sie ihn an. Als der Mann, dieses Mal vor Verblüffung, nicht gleich reagierte, schlug sie abermals zu, direkt auf seinen kahlen

Schädel. Jetzt hatte Harriet die ungeteilte Aufmerksamkeit von allen vier Kerlen.

Lan Meng hätte gut darauf verzichten können. Sie schob sich ein wenig näher, ihre Hand glitt unter die Weste, und ihre Augen fixierten zwei der Männer, die sie am gefährlichsten einschätzte.

Die groben Kerle waren jedoch sichtlich aus dem Konzept gebracht, als sie sich einer sehr schlanken, etwas mehr als mittelgroßen Frau gegenübersahen, deren dunkelblaue Augen wütend blitzten.

Ihre Finger waren so fest um den Schirmgriff geschlungen, dass die Knöchel weiß hervortraten, und es konnte kein Zweifel bestehen, dass sie in Erwägung zog, ihre Waffe abermals zum Einsatz zu bringen.

Der Junge nutzte die Ablenkung, um sich aus dem harten Griff zu lösen und auf seinem Hosenboden aus der Reichweite der kräftig behaarten Fäuste zu rutschen.

»Hat uns bestohlen, der Bastard«, murrte einer der Männer.

Harriet wandte sich dem Jungen zu. »Wie heißt du?«, fragte sie streng.

»Ranjit.« Die Augen des Jungen huschten zwischen ihr und den Männern hin und her. Einerseits hoffte er, dass die englische Lady ihm helfen würde, andererseits wagte er noch nicht, seinem Glück zu trauen. Die Männer, mit denen er sich angelegt hatte, gehörten nicht zu einem der im Hafen liegenden Handels- oder Kriegsschiffe, sondern zu einer zwielichtigen Barke, die am Abend davor eingesegelt war und im Schutz der Dunkelheit ihre Ladung gelöscht hatte.

»Stimmt das?«, fragte Harriet in demselben scharfen Tonfall weiter. »Du hast den Männern den Geldbeutel gestohlen?«

»Und eine Pistole«, knurrte einer.

Harriet streckte herrisch die Hand aus. »Gib die Sachen sofort her.«

Der Mann lachte. »Dachte schon, die Lady will uns vermöbeln, weil wir diesen diebischen Bastard in die Mangel genommen haben, dabei …«

Harriets kalter Blick ließ ihn verstummen. »Nun?«, fragte sie Ranjit ungeduldig.

»Haben sie mir wieder weggenommen«, maulte der Bursche. Er fuhr sich mit dem Unterarm über seine blutende Nase und zuckte zusammen. Das über sein Gesicht verschmierte Blut erweckte sofort Harriets Mitleid, auch wenn sie sich um einen kühlen Ausdruck bemühte. Sie kannte Jungen wie ihn. Sie lebten tatsächlich vom Diebstahl und landeten früher oder später entweder im Gefängnis oder unter dem Beil des Scharfrichters. Stahlen sie nicht, verhungerten sie.

Der Junge zeigte auf den Fetzen, den er am Leib trug. »Kann nichts mehr verstecken.« Er sprach gutes Englisch, ohne Akzent, als hätte er es von klein auf gelernt und gesprochen. Jetzt wischte er sich abermals mit dem Handrücken über seine blutende Nase. Harriet hielt ihm ein Taschentuch hin und wandte sich wieder den Männern zu. Sie stützte den Sonnenschirm vor sich auf, legte beide Hände über den Knauf und musterte die Männer kalt. »Sie haben Ihr Eigentum zurückbekommen. Das sollte reichen. Lassen Sie den Jungen in Ruhe und gehen Sie.«

Die Männer zögerten. Harriet hatte ihnen offensichtlich eine recht vergnügliche Unterhaltung verdorben. Derjenige, der Ranjit geschlagen hatte, machte Anstalten, wieder nach ihm zu greifen, und Harriet bemerkte, wie Lan Meng den Abstand zwischen sich und dem Matrosen verringerte. Sie machte einen kleinen Schritt zur Seite, um ihre Freundin abzudrängen. Sie wusste nur zu gut, dass unter der Weste zwei rasierklingenscharfe Dolche steckten. Und sie wusste mit Sicherheit, dass Lan Meng keine Hemmungen hatte, diese bei Bedarf auch zu benutzen. Schließlich war ihre zartgliedrige Freundin die Tochter eines chinesischen Piraten.

»Du bist wieder sehr unklug«, murmelte Lan Meng neben ihr. Die Chinesin war so klein, dass sie Harriet nur knapp bis an die Schulter reichte, aber vermutlich war sie gefährlicher als die vier Kerle zusammen.

Einer der Männer – zu betrunken, um die Gefahr zu erkennen, in der er schwebte – beschloss, sein Vergnügen auf andere Weise zu finden, und torkelte einen Schritt näher. »So eine süße Lady«, lallte er. »Gib mir ein Küsschen, dann lass ich den Burschen laufen.«

»Sie werden ihn auch so laufen lassen«, erwiderte Harriet. Ihr wurde beinahe übel. Der Mann roch erbärmlich. Zum einen stank er schon drei Meilen gegen den Wind nach billigstem Fusel, und zum anderen hatten er und seine Kleidung vermutlich vor einem Jahr das letzte Mal Wasser und Seife gesehen. Unwillkürlich taten ihr die Hafendirnen leid, die mit diesem Individuum in Berührung kamen. Sie schüttelte sich innerlich und wäre gern zurückgewichen, aber dann hätte sie den Weg für Lan Meng frei gemacht, und ihre Freundin war oft so unberechenbar. Das Letzte, was sie jetzt brauchen konnte, war ein Matrose, dessen Eingeweide durch einen schnell geführten Dolchstoß freigelegt wurden.

»Klar, aber nur nach …« Der Mann unterbrach sich, weil sein Kumpan ihn grob anstieß und hinter Harriet deutete. Auch die anderen waren plötzlich still geworden. Das hämische und anzügliche Grinsen war ihnen allen vergangen. Der massige, glatzköpfige Kerl verneigte sich sogar unbeholfen vor Harriet, drehte sich um und machte, dass er davonkam. Die anderen folgten ihm, und selbst der völlig Betrunkene torkelte hinter ihnen her, nachdem sein Freund ihm etwas Unverständliches, aber offenbar Wirkungsvolles ins Ohr gezischt hatte.

Neugierig sah Harriet über die Schulter. Sie vermutete, einige Soldaten zu sehen, die in ihre Richtung kamen, erblickte jedoch nur einen schlanken, großgewachsenen Mann, in dem hier üblichen hellen Leinenanzug, der etwa zehn Schritte hinter ihr stand. Sein Gesicht wurde von einem Hut beschattet, so dass Harriet seine Züge nicht erkennen konnte. Als er ihren Blick auf sich ruhen sah, tippte er an die Hutkrempe und verneigte sich knapp, dann drehte er um und ging davon. Harriet starrte ihm nach. Lan Meng trat neben sie und sah dem Mann ebenfalls hinterher, bis er vom Treiben auf der Straße verschluckt wurde.

»Sag mir nicht, Lany«, meinte Harriet, »diese Kerle sind vor dem Mann dort geflüchtet.« Er hatte nicht im mindesten bedrohlich gewirkt, sondern wie ein Gentleman, der zufällig vorbeikam und einer unterhaltsamen Szene beiwohnte.

»Wird so sein«, erwiderte Lan Meng trocken. »Sie haben nicht einmal meine Dolche gesehen.« Sie wandte sich zu dem kleinen Burschen um, der sich zu Harriets Füßen zusammengekauert hatte. Jetzt sprang er auf und strahlte Harriet an. »Vielen Dank, Memsahib. Sie haben mir das Leben gerettet.«

»Und recht hätten die Männer gehabt, wenn sie dich noch mehr verprügelt hätten«, sagte Harriet mahnend. »Wie kannst du nur so dumm sein, ausgerechnet so brutalen Kerlen den Geldbeutel abzuschneiden?«

»Ich dachte, sie wären zu betrunken, um es zu bemerken.« Er trat einen Schritt näher und fasste nach Harriets Kleid. »Sie sind eine so hübsche Lady, haben Sie …«

Bevor Harriet nach seiner Hand fassen konnte, die vorsichtig nach ihrer Kleidertasche tastete, hatte Lan Meng den Burschen schon gepackt. Er war kaum kleiner als sie, zappelte unter ihrem Griff jedoch wie ein Welpe, der von einem großen Hund gebeutelt wurde.

Lan Meng ließ eine Flut chinesischer Schimpfworte über ihn ergehen, bevor sie ihm einen Stoß gab, der ihn mehrere Meter weit zurücktaumeln ließ. Er stolperte über den Korb eines Händlers, der lauthals zu zetern begann, und landete auf seinem Hinterteil. Schnell waren etliche Leute um sie versammelt, die sich zuvor, als die Matrosen auf ihn losgegangen waren, furchtsam zurückgezogen hatten. Alle schrien und redeten durcheinander, aber ihr Ärger galt nicht Harriet oder Lan Meng, sondern Ranjit.

Lan Meng wollte den Jungen abermals packen, als Harriet sie aufhielt. »Nicht, lass ihn. Er hat sicherlich Hunger.«

»Ja, Hunger nach Prügel«, zwitscherte Lan Meng wütend. »Und er wird Futter bekommen, bis er völlig satt ist!«

Harriet drängte sich durch die Leute, die ihr unter aufgeregtem Gezeter Platz machten, und sah Ranjit scharf an. »Wenn du Hunger hast, kannst du zum Haus von Sir Percival Dorley kommen. Kennst du das?«

Der Bursche nickte und schielte ängstlich zu Lan Meng und den anderen.

»Dort sagst du, Miss Harriet hätte dich geschickt, und dass sie dir etwas zu essen geben und auch für deine Familie etwas einpacken sollen. Auch neue Kleidung. Aber du wirst nicht mehr stehlen!«

Lan Meng lachte spöttisch. »Der versteht das nicht. Ich werde es ihm erklären.« Sie baute sich vor dem Jungen auf – eine zierliche Gestalt, die dennoch bedrohlich wirkte. »Wenn du noch einmal die Lady oder die Familie von der Lady bestiehlst, dann mache ich das mit dir.« Sie fixierte den Jungen, dann fuhr sie mit ihrem linken Zeigefinger langsam von ihrem rechten Ohr quer über den Hals zu ihrem linken Ohr. »Alles klar?« Der Junge nickte noch heftiger.

»Gut!« Lan Meng warf den Kopf zurück, dass ihr dicker schwarzer Zopf flog, und kehrte zu Harriet zurück.

Harriet wandte sich zum Gehen. »Er ist doch nur ein Junge.« Sie betrachtete ihren Schirm, der unter ihrer Attacke merklich gelitten hatte. Die meisten der Holzstreben waren gebrochen. Aber besser, der Schirm war lädiert als der Junge.

»Junge? Pah!« Lan Meng machte eine wegwerfende Handbewegung. »Als ich so alt war wie der, habe ich schon mehrere Männer getötet.« Als sie sah, dass Harriets Augen traurig wurden, legte sie ihr mit einem mütterlichen Ausdruck die Hand auf den Arm. »Du bist viel zu weich.«

»Ich und weich?«, fragte Harriet empört. »Hast du nicht gesehen, wie kräftig ich mit dem Schirm zugeschlagen habe?«

»Ja, sehr stark«, erwiderte Lan Meng trocken. »Der Mann hat jetzt sicher eine Beule so groß wie mein kleiner Fingernagel.«

»Ich war nicht einschüchternd?«

»Bist du nie. Nicht einmal mit einer Pistole in der Hand.« Sie lächelte Harriet nachsichtig an.

Harriet legte lachend den Arm um ihre Schultern und zog sie mit sich. Sie traten aus den engen Gassen, in denen sich die Hütten der ärmeren Einwohner Kalkuttas um die Paläste drängten, auf die Esplanada Row hinaus, wo sich die Regierungsgebäude befanden. Sie waren so in ihre Unterhaltung vertieft, dass sie nicht den hochgewachsenen Mann im hellen Anzug bemerkten, der an einer Ecke stand und ihnen aufmerksam nachsah.

»El Capitano hat wieder zugeschlagen?«

Harriet sah hoch, als ein zarter, nicht ganz sauberer Finger auf die *Calcutta Gazette* tupfte. Sie saß im Gartenpavillon im Haus ihres Vaters und hatte sich in einen leichten Schleier gehüllt, um die sie ständig umschwirrenden Insekten abzuhalten. Lan Meng stand vor ihr und sah angestrengt auf die gedruckten Buchstaben. Sie hatte schon Englisch gesprochen, als sie Harriet kennenlernte, und ihre Kenntnisse eifrig verbessert, jedoch niemals großen Ehrgeiz besessen, diese Sprache auch zu lesen, weshalb sie mit diesen für sie so fremdländischen Schriftzeichen immer noch auf Kriegsfuß stand.

Harriet strich sich eine widerspenstige Locke aus dem Gesicht. Die Luft war schwer und drückend, vermutlich würde es bald zu regnen beginnen. Ihre Haut war feucht, und ihr leichtes Leinenkleid klebte an ihrem Körper. Um sie herum war es angenehm ruhig, fast still, nur vom Haus her hörte man die leisen Stimmen der Diener. Harriet mochte diese beschaulichen Nachmittage, wenn alle anderen sich zurückzogen und erst wieder in den frühen Abendstunden ihre kühleren Räume verließen.

»Ein vollbeladenes Handelsschiff der East India Company wurde von einem französischen Freibeuter angegriffen, bis eine Fregatte hinzukam und ihrerseits den Freibeuter nach einem kurzen Kampf kaperte, während unser Händler entkommen konnte. Der Mann hier behauptet, die Fregatte stamme aus der Piratenflotte von El Capitano.« Sie sah Lan Meng eifrig an. »Das habe ich schon öfter gelesen! Es scheint fast, als würde dieser El Capitano englische Schiffe verschonen.«

Auf Java, wo Harriet die letzten Jahre gelebt hatte, besaß dieser Pirat wiederum einen besonders schlechten Ruf. Angeblich unterhielt er auf einer der vielen kleinen Inselgruppen vor Sumatra den Hauptstützpunkt seiner berüchtigten und gefürchteten Flotte und wurde dabei von Einheimischen unterstützt, die sich so ein schönes Nebeneinkommen sicherten. Seine Strategie hatte sich in den letzten Jahren jedoch ganz offensichtlich geändert. Statt wie früher wahllos alle Schiffe anzugreifen, gingen die meisten englischen Segler unbeschadet aus Zusammentreffen mit dem Piraten hervor. Für die auf Java und Sumatra heimischen Niederländer war er allerdings, abgesehen von Napoleon, der vor kurzem die Niederlande eingenommen hatte, der bestgehasste Mann diesseits und jenseits des Äquators. Auf El Capitanos Kopf war schon seit Jahren eine beträchtliche Summe ausgesetzt.

»Sehr seltsam«, überlegte Lan Meng nachdenklich. »Klingt nicht nach El Capitano, den die Götter verderben mögen. Früher hat er alles angegriffen und gemordet, was ihm über den Weg gelaufen ist. Ich war noch ein Kind, als er meinen Vater getötet hat. Aber ich werde nie sein Gesicht vergessen«, fuhr Lan Meng mit flammendem Blick auf. Mit einer blitzschnellen Handbewegung fing sie einen großen Käfer, der auf ihr herumkrabbelte, und schleuderte ihn fort. »Und als ich ihn vor zehn Jahren wiedergesehen habe, hat er sich genannt El Capitano. Kein Irrtum!« Wenn sie aufgeregt war, ließ sich Lan Meng nicht von grammatikalischen Feinheiten beschränken. »Ich versuche, ihn zu töten, er fängt mich dabei. Hier«, sie schob das rechte Hosenbein hoch, und eine vom Oberschenkel bis zur Wade reichende Narbe kam zum Vorschein. Harriet kannte den Anblick schon, aber jedes Mal schnitt er ihr von neuem tief ins Herz. »Hier hat er mich aufgeschlitzt mit dem Messer und angebunden an eine Leine und ins Wasser geworfen, damit Haifische mich zerfleischen. War ein Vergnügen für ihn!« Ihre Augen glühten. »Aber ein Mann mir hat heimlich zugesteckt Messer. Werde nie wissen, warum. Vielleicht Mitleid.« Sie ließ das Hosenbein fallen und warf stolz den Kopf zurück.

Harriet wusste, wie die Geschichte weiterging: Lan Meng war es gelungen, den Haifisch abzuwehren und sich loszuschneiden. Sie war dann – wie, konnte Harriet sich kaum vorstellen – an dem Seil hochgeturnt und hatte sich auf dem Schiff versteckt, die Wunde nur notdürftig mit Segeltuchstreifen verbunden. Als das Schiff bald darauf im nächsten Hafen eingelaufen war, hatten drei Männer unter Lan Mengs Messer ihr Leben lassen müssen, bevor es ihr gelungen war, das Land zu erreichen. Sie war dann auf Java geblieben, um gesund zu werden, und in der Hoffnung, El Capitano eines Tages wieder über den Weg zu laufen.

Und auf Java hatte Harriet sie dann vor zwei Jahren kennengelernt. Sie wollte gar nicht darüber nachdenken, unter welchen Umständen ihre Freundin dort gelebt hatte. Sie war eines Tages auf die verwundete, aus mehreren Wunden blutende junge Frau gestoßen, die von einigen gemein aussehenden Kerlen verfolgt wurde, und hatte sie kurzerhand in ihrer Sänfte versteckt. Sie hatte Lan Meng mitgenommen, keine Fragen gestellt, sie einfach gesund pflegen lassen und bei sich behalten. Es hatte viele Wochen gedauert, bis Lan Meng genügend Vertrauen zu ihr gefasst hatte, um alles zu erzählen. Ihr Vater war Pirat gewesen, ihre Brüder hatten dieselbe Laufbahn eingeschlagen, waren aber bald getötet worden, und Lan Meng selbst war dort aufgewachsen, wo ein Kind nur überleben konnte, wenn es hart und gewissenlos wurde. Für Harriet war die zierliche Chinesin jedoch eine treue Freundin geworden.

Harriet hatte die vergangenen Jahre bei ihrer Base auf Java gelebt. Mary-Ann hatte ihr zweites Kind erwartet und sich nach einer Verwandten gesehnt, die ihr Gesellschaft leistete. Da Harriet in dieser Zeit unter schlimmem Liebeskummer gelitten hatte, war sie der Einladung nur zu gern nachgekommen.

Die neuen Eindrücke und diese fremde Insel hatten ihr geholfen, über ihre erste romantische Liebe zu Jahan, dem Sohn eines indischen Edlen hinwegzukommen. Sie und Jahan hatte eine ungewöhnliche Jugendfreundschaft verbunden, die später zu Liebe geworden war.

Als die Probleme der Niederländer auf Java immer größer geworden waren, hatte Harriets Vater nicht nur seine Tochter, sondern auch seine Nichte und deren niederländischen Mann zu sich nach Kalkutta geholt und ihm eine Stellung bei einer privaten Handelsgesellschaft, die einem gewissen Charles Daugherty gehörte, verschafft. Dieses prosperierende Unternehmen war das einzige, das die Konkurrenz mit der allmächtigen und allgegenwärtigen East India Company überdauert hatte und in den vergangenen Jahren sogar noch gewachsen war. Wenn es stimmte, was die Leute erzählten, dann war Charles Daugherty einer der reichsten Männer Bengalens. Harriet schüttelte bei diesem Gedanken amüsiert den Kopf. Sie kannte Charles seit ihrer Kindheit, hatte ihn aber nur als zurückhaltenden, fast schüchtern wirkenden jungen Mann in Erinnerung. Dass er jetzt ein erfolgreicher Geschäftsmann sein sollte, der nach dem Tod seines Vaters das Unternehmen noch vergrößert hatte, war erstaunlich.

Sie bemerkte, dass Lan Meng plötzlich ins Leere starrte. »Worüber denkst du nach?«

Der Blick ihrer Freundin schien aus weiter Ferne zu kommen. Zuerst zögerte sie, dann sagte sie: »Einer der Männer im Hafen – er gehört zu El Capitanos Bande.«

Harriet sah sie verblüfft an. »Wie kommst du darauf?«

»Ich habe ihn wiedererkannt. Er war damals auf dem Schiff. Kein Irrtum möglich.«

»Du meinst, ein Schiff von El Capitano würde es wagen,

einfach in unseren Hafen einzulaufen?« Harriet biss auf ihrer Unterlippe herum, wie sie es immer tat, wenn etwas sie sehr beschäftigte.

Lan Meng deutete mit dem Kopf auf die Zeitung. »Das kommt mir vor wie eine Kindergeschichte, die du mir vorgelesen hast, von einem Robin Hood. Aber El Capitano ist kein Robin Hood, sondern ein bösartiger Mörder.« Sie blinzelte Harriet an. »Aber du magst ja Kindergeschichten.«

»Nein, ich bin nur neugierig«, verteidigte sich Harriet. »Vielleicht auch ein bisschen gelangweilt.« Sie hatte tatsächlich begonnen, sich für die Nachrichten über diesen Piraten zu interessieren, und verfolgte jede neue Meldung mit Spannung. Die meisten ihrer Bekannten sprachen nur leise von ihm und hielten ihn für einen der grausamsten Seeräuber, der in den letzten zweihundert Jahren die Meere unsicher gemacht hatte. Einige wenige jedoch waren gemäßigter Ansicht. Unter ihnen befand sich ein Mitarbeiter der *Calcutta Gazette*, der regelmäßig Berichte über El Capitano veröffentlichte und behauptete, dass dieser in den letzten Jahren ausschließlich Schiffe anderer Nationen jage und sich – seit Napoleon Bonaparte England den Krieg erklärt hat – insbesondere auf französische Händler und Kriegsschiffe spezialisiere.

»Du solltest endlich heiraten«, sagte Lan Meng trocken. »Mann und viele Kinder treiben Langeweile aus.«

»Ich werde es mir überlegen.« Harriet lachte, als sie die Zeitung wieder in die Hand nahm. Sie war jetzt über vierundzwanzig Jahre alt, und es war unwahrscheinlich, dass sie heiraten würde. Anträge waren ihr seit ihrer Rückkehr aus Java genug gemacht worden, aber keiner der hoffnungsvollen Verehrer hatte auch nur mehr als freundliches Interesse in Harriet geweckt. Die ganzen Komplimente und Beteuerungen sah Harriet mit höflicher Distanz. Sie machte sich keine Illusionen: Die Attraktivität des Einflusses und des Reichtums ihres Vaters überstieg ihre eigene bei weitem, und zudem hatte ihre unglückselige Liebe zu Jahan sie gelehrt, dass sie frei von irritierenden und schmerzlichen Gefühlen weit besser dran war. Sie hatte es auch nicht nötig zu heiraten, ihr Vater würde ihr genügend Geld hinterlassen, um ihr ein unabhängiges Leben zu erlauben. Und sie war energisch genug, dieses auch in der Gesellschaft durchzusetzen.

»Harriet? Harriet!«

Die beiden jungen Frauen wandten sich gleichzeitig um. Harriets Mutter winkte aus einem Fenster, nur mit einem leichten Morgenmantel über ihrem Unterkleid und einem Frisierumhang um den Schulten. »Bist du noch nicht im Haus? Was ist denn? Hast du den Ball heute Abend vergessen?«

Harriet warf ihrer Freundin einen gequälten Blick zu. Als wäre das überhaupt möglich gewesen, ihre Mutter sprach ja von nichts anderem. Es fanden zwar ständig Festlichkeiten, Empfänge und Teegesellschaften statt, mit denen sich die gelangweilten englischen Ehefrauen der Mitarbeiter der East India Company die Zeit vertrieben, aber dieses Ereignis beschäftigte Lady Elisabeth besonders. Seit Wochen ging sie in den Planungen auf und hatte Harriet sogar ein neues Kleid anmessen lassen. Harriets Freude darüber hielt sich in Grenzen. Das Kleid war hübsch, aber angenehmer für kühlere Breiten. Und sie musste ein Korsett dazu tragen. Das taten die meisten englischen Ladys auch tagsüber, aber Harriet hatte sich von Jugend an dagegen gewehrt. Sie erhob sich seufzend und ging, von Lan Meng gefolgt, ins Haus.

Sie ahnte, wie dieser Abend verlaufen würde, und sie hasste ihn jetzt schon.

2. KAPITEL

Als einer der führenden Geschäftsmänner dieser Stadt und sogar Bengalens blieb Charles Daugherty nichts anderes übrig, als sich von Zeit zu Zeit auf Gesellschaften blicken zu lassen. Hatte er als junger Mann derartige Veranstaltungen gehasst, so sah er heute immerhin nur ein lästiges, aber notwendiges Übel in ihnen. Er hatte die Gastgeber Sir Percival und Lady Elisabeth begrüßt, war geschickt einigen heiratswilligen jungen Damen und deren entschlossenen Müttern ausgewichen und schlenderte nun vom Empfangssalon zwischen den eifrig plaudernden Gästen hindurch, bis er einen der hinteren Räume erreichte. Er blieb kurz in der Tür stehen. Öllampen und Kerzen erhellten den Saal, der Duft der blühenden Jasminsträucher aus Lady Elisabeths Garten vermischte sich mit dem oftmals übermäßig verwendeten Parfüm der Damen und sogar Herren. Zarte Gazevorhänge bewegten sich in der Brise vor den Fenstern und ließen einen leichten Luftzug hindurch, hielten jedoch viele der nachtaktiven Insekten ab.

Charles schüttelte einigen Männern die Hand, beantwortete Fragen und launige Bemerkungen und sah sich dabei unauffällig um. Es waren an diesem Abend fast ausschließlich Mitglieder der East India Company anwesend. Kein Wunder, war diese Gesellschaft doch die treibende Kraft und der größte Arbeitgeber nicht nur in Kalkutta, sondern in den von der britischen Krone dominierten Gebieten Ostindiens überhaupt.

Die meisten Männer waren in Begleitung ihrer Gattinnen, ihrer hoffnungsvollen Sprösslinge und noch viel hoffnungsvolleren Töchter, die bei diesen Anlässen danach trachteten, erfolgversprechende Bindungen zu knüpfen. Was ihn betraf, so gingen alle diesbezüglichen Bemühungen ins Leere. Er hatte nicht die Absicht, sich an eines dieser Gänschen zu binden, das dann nichts Besseres zu tun hatte, als ihre Nase in seine Angelegenheiten zu stecken. Da waren die sanftmütigen indischen Geliebten, die er sich von Zeit zu Zeit in sein Haus holte und dann mit einer großzügigen Abfindung wieder wegschickte, weniger problematisch. Und zum Großteil auch reizvoller.

Charles zuckte unmerklich zusammen. Dort drüben war Margret Fairfield. Sie redete ununterbrochen, wobei sich ihre Augen nach allen Seiten bewegten, um ja nichts zu versäumen. Ein gutes Beispiel für eines dieser Mädchen, die in dieser Saison hofften, unter die Haube zu kommen. Ihre Eltern hatten ihn schon dreimal eingeladen, er hatte jedoch immer eine gute Ausrede für sein Fernbleiben gefunden. Ihre Mutter war die größte Klatschbase in ganz Bengalen. Wer sich die als Schwiegermutter aufhalste, hatte es nicht besser verdient. Am besten, er machte an diesem Abend einen großen Bogen um Miss Fairfield.

Er wollte sich schon wegdrehen, als sein Blick auf die junge Frau neben Margret fiel und an ihr hängenblieb. Seltsam, dass sie ihm nicht schon früher aufgefallen war, sie war fast einen halben Kopf größer als Margret und nur wenig kleiner als die meisten Männer hier im Saal. Nicht gerade eine unauffällige Erscheinung. Er machte sich nicht viel aus Rotblonden, aber diese hier stach durch ihr dicht gelocktes, etwas wirres Haar heraus. Sie war ziemlich schlank, dünn sogar im Vergleich zu der weitaus üppigeren Margret, aber ihre Haltung hatte etwas, das seine Aufmerksamkeit unweigerlich anzog. Als sie sich einmal im Gespräch zur Seite wandte, erkannte er in ihr verblüfft die junge Frau, die am Vormittag so energisch auf einige betrunkene Matrosen losgegangen war. Und dort, vier Schritte von ihr entfernt, halb hinter einer der Zimmerpalmen verborgen, saß ihre chinesische Begleiterin. Sie trug ein kostbares Gewand und hatte das glänzende schwarze Haar zu einem anmutigen Knoten hochgesteckt. Eine hübsche Frau. Man hätte sie sogar eine Schönheit nennen können, wäre da nicht der harte, abschätzende Ausdruck gewesen, der einen merkwürdigen Kontrast zu ihren zarten Zügen bildete.

Seine Aufmerksamkeit wandte sich wieder der Rotblonden zu. Margret Fairfield redete eifrig auf sie ein, was sie teils zu amüsieren, teils zu langweilen schien. Ihr Profil war nicht gerade klassisch zu nennen, aber reizvoll. Sie hatte eine schmale, leicht gebogene Nase, ein energisches Kinn und einen etwas zu breiten Mund, der beim Sprechen und Lächeln schön gewachsene und gesunde Zähne sehen ließ.

»Amüsieren wir uns gut?« Die Stimme neben Charles klang spöttisch.

Er wandte den Kopf und nickte dem anderen zu. Mortimer Harding war so etwas wie die graue Eminenz von Charles' Unternehmen. Er war bereits James Daughertys Vertrauter bei allen seinen Geschäften gewesen, und nun nahm er diese Stellung bei dessen Sohn ein. Harding war ein zynischer, hagerer Mann Mitte fünfzig, mit grauem Haar und schiefergrauen Augen.

Charles deutete unauffällig mit dem Kopf zu den drei Frauen. »Wer ist dieses Mädchen dort drüben?«

Harding blickte hinüber. »Das ist doch Margret Fairfield.«

»Das weiß ich. Die Rotblonde.«

»Das ist die Tochter der Gastgeber, Harriet Dorley.«

Charles hob eine Augenbraue. Tatsächlich. Er hätte sie nicht wiedererkannt. Seine Erinnerung an Harriet Dorley bestand lediglich in kritisch dreinblickenden dunkelblauen Augen, einer sehr spitzen Nase und einer noch spitzeren Zunge. Und dieser Eindruck war noch durch eine gehörige Portion Besserwisserei verstärkt worden. Sie war ungefähr fünfzehn oder sechzehn gewesen, als er sie zuletzt gesehen hatte. Sein Vater hatte sie unerträglich genannt, aber ihn hatte sie mit ihrer freimütigen Rede und ihrem naiven Selbstbewusstsein eher amüsiert. Selbstbewusst war sie jetzt offenbar immer noch.

Harding ließ seinen abschätzenden Blick über das Mädchen gleiten. »Es ist kein Wunder, dass Sie Miss Dorley nicht erkannt haben, es muss sieben Jahre oder länger her sein, dass Sie zuletzt auf sie trafen. Als Sie damals aus Boston zurückkamen, lebte sie schon seit einem Monat auf Java. Sie ist erst vor einigen Wochen zurückgekehrt, gemeinsam mit ihrer Cousine und deren niederländischem Mann.«

»Stimmt. Sir Percival hatte mich gebeten, ihm eine Stellung zu verschaffen.« Sir Percival hatte ihm auch gelegentlich von Harriet erzählt und mehrfach seine Besorgnis darüber zum Ausdruck gebracht, dass die niederländischen Besitzungen ein beliebtes Angriffsziel der Flotte von El Capitano seien. Charles hatte immer ein paar wohlgesetzte Worte gefunden, um seine Befürchtungen zu zerstreuen.

»Gab es da nicht einen Skandal? Irgendetwas mit einem Inder?« Diese Information hatte er allerdings nicht von Harriets Eltern, sondern von Margret Fairfields Mutter.

»Jahan.« Harding wusste immer über alles Bescheid – fast wie Mrs. Fairfield. »Einer der Neffen des Nawabs. Die beiden waren befreundet, aber ich denke, die Gerüchte sind übertrieben. Jahan würde es sich nicht einfallen lassen, seine Finger ernsthaft nach der Tochter eines wichtigen Mitglieds der East India Company auszustrecken. Das gäbe für alle Beteiligten nur Ärger. Sie wissen ja, wie dieses arrogante Gesindel oft reagiert.«

Charles nickte. Das wusste er nur zu gut, und Hardings beißende Bemerkungen waren ihm ebenfalls nicht fremd. Sein Freund mochte die sogenannte gute englische Gesellschaft Kalkuttas nicht. Darin waren sie sich beide einig.

»Und das Mädchen hinter der Palme?«

Hardings Blick wurde aufmerksam. Er hob seinen Armstumpf und kratzte sich mit dem Eisenhaken am Kinn. »Der sollten Sie besser ausweichen. Sie heißt Lan Meng. Harriet Dorley hat sie aus Java mitgebracht. Viel mehr konnte ich nicht über sie herausfinden, nur, dass sie immer Dolche unter der Jacke trägt.«

Charles sah ihn überrascht an.

»Und der dort ist hinter Miss Dorley her.« Harding deutete mit dem Kopf in den vorderen Raum, wo in diesem Moment ein Soldat in der Uniform eines Majors auftauchte. »Major Arthur Sullivan. Er erzählt bereits überall herum, dass er sie heiraten wird.«

»Das habe ich vorhin gehört, als ich eintraf. Er stand mit einigen seiner Saufkumpane vor dem Haus und schwang große Reden. Sprach sogar davon, sich in den nächsten Wochen zu verloben.«

Harding zuckte mit den Schultern. »Vorausgesetzt, sie ist tatsächlich so dumm, sich von ihm einwickeln zu lassen.«

Wirklich dumm war Harriet Charles früher nicht vorgekommen. Und zu schüchtern, unliebsame Anträge zurückzuweisen, schien sie auch nicht zu sein, das bewies nicht zuletzt ihr Angriff auf den Seemann. Er selbst hätte dieser Szene keine besondere Beachtung geschenkt, wäre nicht diese schlanke, große Frau auf die Männer – Seeleute der übelsten Sorte, mit denen sich kein vernünftiger Mann angelegt hätte – losgestürzt. Entweder war sie bemerkenswert beherzt oder eben doch bemerkenswert dumm. Charles fand es mit einem Mal lohnenswert, das herauszufinden. Er nickte Harding zu. »Wir sehen uns später.«

Harding erwiderte das Nicken; seine Brauen schossen jedoch erstaunt in die Höhe, als er sah, wie sich Charles sehr zielstrebig auf den Weg zu Sir Percivals Tochter machte.

»Stell dir vor, Charles Daugherty ist auch wieder im Lande.« Margrets Stimme klang ein wenig atemlos vor unterdrückten Emotionen. »Und wie Mama mir gesagt hat, soll er heute eingeladen sein.«

Harriet hatte sich noch nie um die Gästelisten ihrer Mutter gekümmert, Margret und Mrs. Fairfield dagegen offenbar umso intensiver. Überrascht registrierte sie Margrets funkelnde Augen und ihr leichtes Erröten. Sollte sich da etwas anbahnen? Das wäre keine schlechte Ehe, überlegte sie boshaft, was Margret an Redefluss in die Verbindung einbrachte, glich Charles an Wortkargheit aus.

Margret reckte den Hals und stieß Harriet dann plötzlich an. »Dort ist er!«

»Wer?« Harriet war in Gedanken schon wieder weit fort. Das war die einzige Möglichkeit, diesen Abend und eine Gesprächspartnerin wie Margret zu ertragen.

»Charles Daugherty«, zischte Margret ihr ungeduldig zu. »Von wem habe ich denn gesprochen?«

Harriet wandte sich pflichtschuldig um, konnte Charles

jedoch nicht ausfindig machen. Sie ließ ihren Blick über die Männer schweifen. Da war ein wahrer Hüne von einem Mann. Das konnte nicht Charles sein, oder aber er wäre um einen halben Kopf gewachsen. Dann kam ein sehr finster dreinblickender, einarmiger Mann in einer Navy-Uniform in Harriets Blickfeld, der sich mit einem größeren Blonden unterhielt. Charles war eher blond gewesen, aber dieser Mann dort hatte mit dem Charles, an den sie sich erinnerte, keine Ähnlichkeit. Seine Haltung strahlte ein Selbstbewusstsein aus, das sich schon allein durch die etwas arrogante Art, mit der er die Anwesenden musterte, ausdrückte.

Sie zuckte zusammen, als ein weiterer Gast in ihr Blickfeld kam, und drehte sich rasch um. Hoffentlich hatte Arthur Sullivan sie nicht schon gesehen. Er gehörte eben zu jenen unliebsamen Verehrern, die sich nur deshalb an ihre Fersen hefteten, weil ihr Vater eine einflussreiche Position innehatte. Ihr Blick suchte Lan Meng, um festzustellen, ob auch sie Sullivan entdeckt hatte. Ihre Freundin saß aus alter Gewohnheit in einer Ecke, so dass ihr Rücken geschützt war, und beobachtete mit der bekannten Mischung aus Verachtung und Misstrauen das elegante und übertriebene Treiben der Gäste. Harriets Herz wurde beim Anblick ihrer Freundin weich und schwer zugleich. Lan Meng war zehn Jahre älter als sie, schon fünfunddreißig, sah aber aufgrund ihrer zarten Erscheinung weit jünger aus. Bis man in ihre Augen blickte, die Schlimmeres gesehen hatten, als Harriet sich jemals vorstellen wollte.

Margret hatte sich in der Zwischenzeit für das Thema Charles Daugherty erwärmt. »Du hast sicher nichts von dem Skandal gehört, in den er vor fünf Jahren verwickelt war, oder?«

»Ein Skandal?« Harriet spitzte ungläubig die Lippen. Das sah Charles allerdings nicht ähnlich.

»Nun, eine Art von Skandal jedenfalls«, schränkte Margret ein. »Es ging um eine Frau aus den ehemaligen Kolonien, die sich jetzt Vereinigte Staaten nennen. Drüben, in Westindien!«

»Die Vereinigten Staaten liegen doch nicht in Westindien«, meinte Harriet nachsichtig. »Sie liegen im Norden des amerikanischen Kontinents, und …«

»Das ist doch auch gleichgültig, oder?«, wurde sie desinteressiert unterbrochen. »Jedenfalls kam dieses Mädchen hierher, um Charles zu heiraten. Ich habe sie leider nie gesehen, aber man sagt, sie sei sehr vulgär gewesen.«

Das Interesse an Charles Daugherty war nicht weiter erstaunlich. In dieser von den Engländern dominierten indischen Gesellschaft kannte jeder jeden, und eine reiche Partie wie Charles stand naturgemäß im Blickpunkt. Harriet wusste natürlich von ihrer Mutter über diese Geschichte Bescheid.

Jessica Finnegan, wie das betreffende Mädchen hieß, hatte zu dieser Zeit bei Harriets Eltern gewohnt, und Lady Elisabeth hatte Harriet damals einen ausführlichen Brief über diese peinlichen Ereignisse geschrieben. »Wenn du die junge Dame meinst, die damals Gast meiner Eltern war, so war sie gewiss nicht vulgär.« Jessica entstammte einer Familie, die in Boston ein großes Handelshaus betrieb, an dem auch eine Cousine von Harriets Vater beteiligt war. Charles hatte dieses Mädchen bei seinem Aufenthalt in Boston kennengelernt, sich offenbar in sie verliebt und in seine Heimat eingeladen. Halb Kalkutta hatte sich das Maul darüber zerrissen, als sie dann tatsächlich gekommen war, allerdings …

»Allerdings«, Margret bekam bei der Erzählung rote Bäckchen, »wurde aus der Heirat nichts, weil dieser Jessica ein Verlobter hinterhergereist ist. Und der war ein Spion und Pirat!

Stell dir nur vor! Und dann hat sich Charles sogar mit diesem Menschen duelliert!«

Von einem Duell hatte ihre Mutter nichts geschrieben. Was nicht weiter verwunderlich war, denn diese wurden auch nicht unbedingt in aller Öffentlichkeit ausgetragen. Dass die gutinformierte Margret davon wusste, erstaunte Harriet wiederum weniger.

Die Vorstellung, Charles Daugherty in so etwas verwickelt zu sehen, war dagegen bemerkenswert. Es hieß, dass er allgemein einen weiten Bogen um Waffen machte. Soviel man sich von ihm erzählte, hatte er kein einziges Mal an den regelmäßig stattfindenden Tigerjagden teilgenommen. Jahan, der mit dem Nawab und Charles' Vater mehrmals auf Tigerjagd gegangen war, hatte sich bei einer Gelegenheit recht spöttisch darüber ausgelassen, dass Charles mittendrin sogar einmal umgedreht war, um gemütlich wieder nach Hause zu reiten. Harriet hatte damals nicht gelacht, ihr hatte das imponiert. Ein Mann, der sich von den anderen verhöhnen ließ und seelenruhig allein durch den Dschungel ritt, weil er nicht an einer Tierhetze teilnehmen wollte, war gewiss kein Feigling. Sie nagte an ihrer Unterlippe. Sehr widersprüchlich, dieser Mann. Vielleicht war er doch gar nicht so uninteressant, wie sie bisher gedacht hatte.

»Er hat sich seitdem verändert«, behauptete Margret. »Du würdest ihn nicht wiedererkennen!« Sie klang wahrhaftig aufgeregt. »Das fiel damals alles auch mit dem Tod seines Vaters zusammen.«

Davon hatte Harriet ebenfalls in einem Brief ihrer Mutter gelesen. James Daugherty war bei einer solchen Jagd von einer Tigerin angefallen worden und wenige Wochen danach gestorben. Das war zweifellos traurig für Charles, aber Harriet empfand den Tod von James Daugherty nicht als großen Verlust. Sie hatte Charles ganz gut leiden können, seinen Vater jedoch nicht gemocht. Der Mann hatte einen harten, kalten Blick gehabt, und sein Lächeln hatte niemals seine Augen erreicht oder den grausamen Zug um den Mund verwischen können. Jahan hatte auch gelegentlich Bemerkungen über ihn fallenlassen, die James Daugherty nicht unbedingt in einem vorteilhaften Licht zeigten.

»Und den Piraten hat er erschossen!«, fuhr Margret eifrig fort.

»Nur *beinahe* erschossen«, erklang plötzlich eine vage vertraute, ironische Stimme in Harriets Rücken. »Heute würde mir das nicht mehr passieren.«

Margret zuckte ertappt zusammen, und Harriet wandte sich um. Vor ihr stand der hochgewachsene Blonde, den sie vorhin so selbstsicher hatte eintreten sehen. Harriet war so erstaunt, dass sie ihm eine eingehende Musterung gönnte. Charles Daugherty war früher nicht gerade unansehnlich, aber doch eher unauffällig gewesen. Was man jetzt nicht mehr sagen konnte. Der elegante Abendanzug saß wie angegossen und ließ erstaunlich kräftige Schultern erkennen. Das blonde Haar war unmodisch lang und wurde im Nacken mit einem Band zusammengehalten. Er wirkte größer als früher, was wohl an dieser selbstbewussten, aufrechten Art lag, mit der er auf sie herabblickte. Eigentlich sah er mit seinen etwas kantigen Zügen weit besser aus, als sie ihn in Erinnerung hatte. Aber am auffallendsten waren seine Augen. Niemand, den dieser kühle, spöttische Blick traf, würde Charles Daugherty übersehen.

Sein Lächeln wurde sardonisch, als Harriet nichts sagte, sondern ihn nur mit großen Augen betrachtete. »Ich komme sichtlich ungelegen. Die Damen wollten sich offenbar ungestört über mich unterhalten. Soll ich mich vielleicht zurückziehen und erst nach einer angemessenen Zeit wieder beiläufig herüberschlendern, um Sie zu begrüßen, Miss Dorley?«

Harriet horchte auf. Spott? Nicht schlecht, so etwas machte ein Gespräch interessanter. »Diese Umstände kann ich Ihnen gern ersparen, Mr. Daugherty. Tun wir doch einfach so, als hätten wir schon alles über Sie gesagt, was es zu klatschen gab.« Sie lächelte und streckte ihm ohne jede Schüchternheit die Hand hin, auch wenn sie merkte, dass ihre Wangen etwas wärmer geworden waren. »Ich freue mich, Sie wiederzusehen.«

»Die Freude ist ganz auf meiner Seite.« Er hatte einen angenehmen, festen Händedruck, der keinen Zweifel daran ließ, dass dieser Mann auch ordentlich zupacken konnte. Sie warf einen raschen, prüfenden Blick auf seine Hand. Schlank, kräftig, saubere Fingernägel; so etwas gefiel ihr an einem Mann.

»Hier verstecken Sie sich, Miss Harriet!«

Harriets eben noch so wohlwollendes Lächeln gefror. Arthur Sullivan, Major der East India Company, hatte sie also aufgespürt. Sie fand ihn mühsam. Nein, das war zu freundlich ausgedrückt. Sie fand ihn lästig. Der Mann war, seit sie wieder in Kalkutta angekommen war, kaum von ihrem Rockzipfel zu lösen, und Harriet verbrachte jedes Treffen in dem verzweifelten Bemühen, ihn davon abzuhalten, ihr Komplimente zu machen oder – noch weit schlimmer – sich ihr zu erklären. Nicht, dass es ihr schwergefallen wäre, den Heiratsantrag dieses Mannes abzulehnen, aber sie wollte sich und ihn erst gar nicht in diese Verlegenheit bringen. Bei jedem Korb blieb ein bisschen an Groll zurück, das konnte man sich ersparen.

Harriet weigerte sich einen Atemzug lang, sich nach ihm umzudrehen, dann ergab sie sich in ihr Schicksal. Ehe sie es verhindern konnte, hatte er auch schon ihre Hand gepackt und zog sie an seine Lippen. Sie spürte seinen Schnurrbart, aber zum Glück ersparte er ihr eine längere Berührung seiner feucht glänzenden Lippen. Sie hatte Mühe, ihre Hand nicht an ihrem Rock abzuwischen, als er sie – weil sie sie schon leicht zurückzog – endlich freigab.

»Sie sehen heute wieder ganz bezaubernd aus, meine liebe Miss Harriet.«

»Vielen Dank.« Das konnte man von ihm nicht behaupten. Seine Augen waren gerötet, die Tränensäcke noch deutlicher als sonst, und Harriet vermutete, dass er die vergangene Nacht wieder mit Saufgelagen verbracht und den neuen Tag mit Whiskey begonnen hatte.

Sonst konnte man Major Sullivan als durchaus passabel bezeichnen. Sein braunes Haar war kurz geschnitten und mit Pomade nach hinten frisiert. Er hatte ein eher breites Gesicht mit einem gepflegten Schnurrbart und einem markanten Kinn. Seine Lippen waren ausgeprägt und voll und hinterließen bei Harriet immer den Eindruck eines Mannes, der sich ein wenig zu sehr den leiblichen Genüssen des Lebens hingab. Es gab viele Mädchen, die gern mit Harriet getauscht hätten, aber sie sah ihn lieber nur von der Ferne. Und sie hasste es, wenn er sie mit dem Vornamen ansprach. Es war unhöflich und ungehörig.

Sullivan wandte sich Margret zu. »Miss Margret. Welch eine Freude, Sie hier zu treffen.«

Margret nickte nur kühl zurück. »Ich sehe dort eine Freundin. Du entschuldigst mich doch bitte, Harriet? Mr. Daugherty, es war so nett, Sie zu treffen!« Sie rauschte davon. Harriet blickte ihr verstehend nach. Sie hatte von ihrer Mutter gehört, dass Sullivan Margret früher den Hof gemacht hatte; bis dann die bessere Partie namens Harriet Dorley nach Kalkutta zurückgekehrt war.

Charles blieb zu Harriets Erleichterung neben ihr stehen und betrachtete Sullivan eingehend. »Eine schwere Nacht gehabt, Sullivan?«

Dieser wandte endlich seinen bewundernden Blick von Harriet ab und Charles zu, dessen hellbraune Augen einen spöttischen Ausdruck angenommen hatten.

Sullivan lachte verlegen. »Tatsächlich. Ich hatte die Nachtwache zu kontrollieren. Und Sie wissen ja, wie diese Sepoys sind – unzuverlässig. Bin kaum zur Ruhe zu kommen.«

»Das ist nicht zu übersehen«, erwiderte Charles trocken. »Vielleicht sollten Sie sich heute zeitiger zurückziehen?«

Sullivans Augen wurden schmal, aber Charles hielt seinem Blick so kühl stand, dass der Major es vorzog, sich wieder Harriet zuzuwenden. »Mindestens zehn aller Tänze gehören heute mir, Miss Harriet. Ich kann es kaum erwarten! Ich habe Ihnen auch Neuigkeiten über El Capitano zu berichten.« Sein Blinzeln und die Art, wie er sich näher beugte, waren bei weitem zu vertraulich. Sie trat einen kleinen Schritt zurück. »Miss Harriet ist nämlich eine glühende Verehrerin dieses Piraten.«

Charles' Augenbrauen schossen in die Höhe. Ein undeutbares Lächeln spielte um seine Lippen, als er Harriet ins Auge fasste. »Tatsächlich?«

Sosehr Harriet sonst interessiert daran war, etwas über El Capitano zu hören, so sehr ärgerte es sie, dass Sullivan das Thema aufgegriffen hatte. Es war ihr in Gegenwart von Charles und unter seinem ironischen Blick sogar äußerst peinlich. »Von Verehrung«, erwiderte sie schroff, »kann keine Rede sein und von glühend schon gar nicht. Ich verstehe nicht, wie Sie mir das unterstellen können, Major Sullivan.« Sie sah zufrieden, dass Sullivans schleimiges Lächeln gefror, und bemerkte zugleich das amüsierte Aufblitzen in Charles' Augen. »Und jetzt entschuldigen Sie mich bitte, Gentlemen, ich sehe gerade, dass meine Mutter mir ein Zeichen gibt, zu ihr zu kommen.« Sie nickte Charles freundlich zu. »Wir sehen uns bestimmt noch, Mr. Daugherty.« Damit eilte sie fort.

Lan Meng erhob sich langsam von ihrem Eckplatz, warf zuerst Charles, dann Sullivan einen sehr langen, kritischen Blick zu und folgte schließlich ihrer Freundin.

Harriets Bemühungen, Arthur Sullivan auszuweichen, waren von wenig Erfolg gekrönt. Wohin sie auch ging, er tauchte früher oder später neben ihr auf, und nur beim Dinner hatte sie das Glück, neben Charles Daugherty zu sitzen. Dieser unterhielt sie auf eine ruhige höfliche Art und brachte sie sogar einige Male zum Schmunzeln, wurde anschließend jedoch von einigen Mitgliedern der East India Company von ihrer Seite gezogen. Harriet sah sich fast unmittelbar darauf wieder den Aufdringlichkeiten von Arthur Sullivan und anderen engagierten Mitgiftjägern ausgesetzt und flüchtete hakenschlagend in den weitläufigen Garten, um sich in ihrem Lieblingspavillon zu verstecken.

Es dauerte jedoch nicht lange, bis sie leise Schritte hörte. Schon dachte sie, Sullivan wäre ihr auf die Schliche gekommen, als Charles Daugherty in das Licht der Öllampe trat.

Er schien nicht überrascht, sie hier vorzufinden. »Da sind Sie ja, Miss Dorley. Ihre Verehrer werden schon ganz unruhig. Man fragt sich, wo Sie geblieben sind.«

Harriet lächelte ihn erleichtert an. Charles konnte sie jetzt ertragen. Sie empfand seine ruhige Gegenwart und seine dunkle Stimme als angenehm, auch wenn schon wieder diese ungewohnte, leise Ironie darin durchklang. Sie mochte das jedoch.

Der Charles, den sie früher gekannt hatte, war immer viel zu korrekt und ein bisschen langweilig gewesen.

»Ich wollte allein sein.«

»Natürlich, verzeihen Sie, dann …«

»Nein, nein!« Harriet streckte unwillkürlich die Hand nach ihm aus, als er sich zum Gehen wandte. »Falls Sie keine Furcht vor den umherschwirrenden Insekten haben, dann bleiben Sie doch.«

Charles blickte auf die kleine Öllampe, um die sich etliche Nachtschwärmer drängten, und zuckte dann mit den Schultern. Harriet rückte zur Seite, um ihm auf der kleinen Steinbank, die sich um eine Säule schmiegte, Platz zu machen. Ehe er sich jedoch setzen konnte, waren sich nähernde Stimmen zu hören, eine Gruppe von Männern, dem Ton und der Wortwahl nach Soldaten, schlenderte durch den Garten. Harriet verdrehte innerlich die Augen. Hoffentlich war Sullivan nicht darunter. Und hoffentlich fand man sie hier nicht mit Charles. Es hätte den Klatschbasen nur wieder neuen Stoff geboten. Margret und ihre Mutter hatten es nicht versäumt, ihr gegenüber durchblicken zu lassen, dass die gute Gesellschaft ihr die enge Freundschaft mit Jahan und dessen Schwester sehr übelgenommen hatte. Es ging sogar das Gerücht um, Harriet wäre deshalb von ihrem Vater nach Java geschickt worden.

»Hey, Arthur«, rief da auch schon einer der Männer, »du bemühst dich ja auffallend um diese getupfte Rothaarige. Kein Wunder, dass die hübsche Miss Margret dich kaum mehr eines Blickes würdigt!«

Harriet erstarrte. Charles war mit einem langen Schritt bei der Lampe und drehte den Docht hinunter.

»Die Frau ist eine Katastrophe, aber eine gute Partie, da sieht man über einiges hinweg«, lachte ein anderer.

»Da muss ein Mann aber schon beide Augen zudrücken, nicht nur eines«, grölte der erste. »Sieh zu, dass du darüber nicht blind wirst.« Sie kamen näher.

Harriet ahnte, wie man über sie sprach, aber es war unfassbar, es so derb und unverblümt zu hören! Und das auch noch im Haus ihres Vaters! Ohne lange nachzudenken, sprang sie auf, packte ihr Ridikül fester und marschierte los. Sie kam gerade zwei Schritte, dann prallte sie gegen Charles. Seine Hände legten sich sanft, aber bestimmt auf ihre Schultern und hielten sie fest, als sie versuchte, sich an ihm vorbeizudrängen. »Lassen Sie mich durch«, zischte sie aufgebracht.

»Um was zu tun?«, fragte er so leise, dass die anderen ihn nicht hören konnten.

»Um …«, begann sie zornig, hielt dann jedoch inne und biss sich auf die Lippe. Er hatte recht. Um was zu tun? Wie ein weiblicher Dämon mitten unter die Männer zu springen und Ohrfeigen auszuteilen? Sie anschreien? Aus dem Haus werfen? Ihnen die Augen auskratzen? Alles zusammen?

»Davon würde ich abraten«, sagte er, als hätte er ihre Gedanken gelesen. »Sie haben Ihren Schirm nicht dabei.«

Harriet war durch seine Bemerkung so aus dem Konzept gebracht, dass sie die Männer beinahe vergaß. »Sie waren es!«, sagte sie überrascht. »Sie waren der Mann, der …«

Ein Finger legte sich auf ihre Lippen. »Pst, sprechen Sie leiser. Wenn Sie …«

Harriet hörte den Rest seiner geflüsterten Worte nicht, sondern war viel zu sehr damit beschäftigt, diese – doch etwas unverschämte – Berührung zu verkraften. Noch dazu, wo sein Finger jetzt den Weg über ihre Wange seitwärts nahm, als wäre Charles überrascht von der Weichheit ihrer Haut.

»So hässlich ist sie nun auch wieder nicht«, war jetzt Arthurs protestierender Stimme zu vernehmen. »Ich verbitte mir, dass du so über meine zukünftige Frau sprichst.«

»Das sagt ein Mann, dessen indische Geliebte um einiges hübscher sind!«

»Und vor allem runder«, unterbrach ihn einer mit grölendem Lachen. »Kein Wunder, dass der Inder sich eine andere Frau genommen hat, diese war ihm sicher zu knochig!«

Sullivans scharfe Stimme hieß die anderen das Maul halten.

»... meinen Rat annehmen«, drang wieder Charles' flüsternde Stimme an ihr Ohr, »dann tun Sie so, als wäre nichts geschehen. Er weiß nicht, dass Sie ihn gehört haben. Wenn Sie ihn jetzt schneiden, wird *er* gedemütigt und nicht Sie.« Seine großen Hände lagen jetzt sanft, aber unmissverständlich auf ihren Schultern, und seine Finger streichelten darüber, wie um sie zu beruhigen. Dort, wo seine Finger zuvor ihre Lippen und ihre Haut berührt hatten, war ein zartes Prickeln zurückgeblieben. Er hatte leicht den Kopf gedreht, um den Weg der Männer zu verfolgen, die durch den Park stapften. Harriet legte den Kopf zurück und starrte Charles durch die Dunkelheit an. Er war größer als Jahan, mit breiteren Schultern, und als er sie leicht an sich zog, natürlich nur um sie daran zu hindern, die Männer zur Rede zu stellen, spürte sie seinen Brustkorb, der sich bei jedem Atemzug hob und senkte.

Die Soldaten hatten sich irgendwo weiter hinten erleichtert und schlenderten wieder zum Haus zurück. Dieses Mal unterhielten sie sich leiser. Harriet horchte ohnehin nur noch halbherzig, sie war viel zu intensiv mit den Eindrücken beschäftigt, die Charles bei ihr hinterließ. Sie mochte das Gefühl, von ihm gehalten zu werden. Es war, als schirme er sie mit seinem Körper gegen den Rest der Welt ab.

Ihr wurde erst bewusst, dass die Soldaten schon lange verschwunden waren, als Charles sie endlich losließ und den Docht der Lampe wieder hinaufdrehte. Die Flamme beleuchtete sein Gesicht. Seine Augen schimmerten in dem kleinen Licht wie dunkler Bernstein. Als sein prüfender Blick sich ihr zuwandte, wurde ihr klar, dass er nicht nur Zeuge ihrer Demütigung geworden war, sondern jetzt, im Licht, auch sehr genau sehen konnte, wie recht Sullivan und die anderen mit ihren Bemerkungen hatten. Vor Scham schoss ihr das Blut in den Kopf, und sie ballte auf sehr undamenhafte Weise die Fäuste.

Sie zuckte zusammen, als er sich unvermittelt zu ihr herunterbeugte und sie eindringlich ansah, bis sie den Blick senkte. »Soll ich zu ihm gehen und ihm einige wohlplazierte Kinnhaken verpassen? Ich weiß, dass dies ursprünglich Ihre Idee war, aber es wäre mir ein ehrliches Bedürfnis, Ihnen diese schmutzige Arbeit abzunehmen.« Er klang so ernsthaft, dass Harriet ihre Beschämung vergaß und entsetzt die Augen aufriss.

»Was fällt Ihnen ein?«, entfuhr es ihr bestürzt. »Er würde Sie verprügeln und vielleicht sogar fordern.«

»Ja, das wäre gut möglich, wenn nicht sogar wahrscheinlich. In diesem Fall müsste ich ihn erschießen, und das könnte unter Umständen ärgerlich werden.« Er wirkte so ehrlich bekümmert, dass Harriet ein kleines Lachen, das allerdings eher einem Schluchzen ähnelte, entfuhr.

»Dann sollten wir es am besten sofort wieder vergessen.« Sie atmete tief durch, um ihrer Stimme sicher zu sein. »Es ist auch nicht das erste Mal, dass ich so etwas höre. Wollte ich alle Menschen ohrfeigen, die sich abfällig über mich äußern, hätte ich schon Schwielen an den Händen.« Sie quälte sich ein möglichst sorgloses Lächeln ab, aber noch nie im Leben hatte sie ein so heißes Verlangen verspürt, hübsch zu sein, wie in diesem Moment. Sie war vielleicht nicht gerade hässlich, aber gegenüber den anderen jungen Mädchen oder Frauen ihrer Bekanntschaft weit im Nachteil. Sie hatte schon früh gelernt, mit derlei Bemerkungen ebenso fertig zu werden, wie sie begonnen hatte, ihr rotblondes, gekraustes Haar, das unbändig nach allen Seiten stand, und die Myriaden von Sommersprossen, die sich auf ihrer bleichen Haut festgesetzt hatten, zu akzeptieren. Ebenso wie sie eines Tages beschlossen hatte, ihren viel zu kleinen Busen nicht mehr künstlich mit ins Dekolleté gestopften Tüchern zu vergrößern. Sie hatte früher sogar versucht, sich zusätzliche Pfunde anzufuttern, bis ihr übel wurde, und hatte das dann ebenfalls aufgegeben. Sie war eben eine quirlige Person, die nicht lange ruhig sitzen konnte.

Charles lächelte leicht, sein Blick ruhte freundschaftlich und überhaupt nicht kritisch auf ihr, und sie stellte überrascht fest, dass die Demütigung plötzlich gar nicht mehr so schlimm war. Unerträglicher war, wie man über sie und Jahan sprach. Sie hatte schon einige Bemerkungen gehört, und auch in den Briefen ihrer Mutter war etwas Ähnliches durchgeklungen; offenbar dachten die Leute wirklich, dass die Freundschaft zwischen ihr und dem Neffen des Nawab über ein paar Liebesworte und Küsse hinausgegangen war. Sie war nun schon seit vier Wochen daheim, hatte jedoch jeden Kontakt sogar mit Jahans Schwester, mit der sie von Kindheit an eine enge Freundschaft verbunden hatte, vermieden. Sie war eine der wenigen englischen Frauen gewesen, die Zugang zur Zenana, dem Wohnbereich der Frauen im Palast, hatten. Und sie war vor allem die einzige englische Frau, die jemals Jahans Aufmerksamkeit erregt hatte. Er war ein geschmeidiger junger Mann, schön wie eine indische Gottheit, und inzwischen war er nicht nur mit einer liebreizenden blutjungen Gattin, sondern auch mit mehreren Konkubinen und Kindern gesegnet.

Sie ging zur Bank zurück, und Charles nahm neben ihr Platz. Er lehnte sich an die Säule und sah so wie sie in die Nacht und die Sterne hinaus. Er schwieg, und sein Gesicht war sehr ernst. Harriet überlegte plötzlich, was an Margrets Geschichte stimmte. Hatte Charles, der ruhige, zurückhaltende Charles, sich wirklich einer Frau wegen duelliert? Und was hatte er gefühlt, als diese dann mit dem Piraten auf und davon war? Sie spürte plötzlich eine neue Verbundenheit mit ihm. Sie beide hatten einen Menschen, den sie liebten, an einen anderen verloren.

Er musste ihren Blick spüren, denn er wandte den Kopf und sah sie fragend an.

»Sie waren es also, der diese Betrunkenen verjagt hat«, erklärte Harriet ihren prüfenden Blick. Jetzt war tatsächlich so einiges klar. Sicherlich hatten diese Kerle ihn erkannt und sich deshalb davongemacht. Wer wollte sich schon mit einem Mann mit seinem Einfluss anlegen, von dem nur ein Wort an der richtigen Stelle genügte, um Unruhestifter ins Gefängnis werfen zu lassen?

»Dieses Verdienst kann ich mir leider nicht anrechnen, Miss Dorley. Ich war lediglich ein stummer Bewunderer Ihres energischen Auftretens. Worum ging es denn eigentlich?«

»Der Junge hatte diese Männer bestohlen. Sie hatten ihm jedoch schon alles abgenommen und wollten ihn dann noch verprügeln.« Ihre Augen funkelten empört.

»Es war ein ebenso unterhaltsamer wie mutiger Auftritt«, meinte Charles anerkennend.

Harriet musste schmunzeln, doch dann wurde sie ernst. »Mutter hat mir geschrieben, dass Ihr Vater vor einigen Jahren bei einer Tigerjagd starb«, sagte sie leise. »Das tut mir sehr leid.« Es war keine Gelegenheit gewesen, während des Dinners darüber zu sprechen, denn Charles hatte so leicht und locker geplaudert, dass sie immer ein unverfängliches Gesprächsthema gefunden hatten. Das war ihr auch neu an ihm, früher hatte er den Mund nicht aufbekommen.

Vielleicht passte er ja doch nicht so gut zu Margret Fairfield.

»Er war schwer verletzt und hatte keinen leichten Tod.« Charles' Stimme klang völlig neutral und ließ weder eine weitere Frage noch eine Mitleidsbezeugung zu.

Sie saßen eine Weile in einträchtigem Schweigen nebeneinander, bis Charles sich erhob. »Wir sollten uns wieder den anderen anschließen, Miss Dorley.«

Harriet sah zweifelnd zum Haus. Stimmengewirr und Musik drangen herüber, das Klirren von Gläsern, Lachen. Sie hatte keine Lust, hineinzugehen, sich unter diese Menschen zu mischen, Arthur und seinen Freunden zu begegnen und so zu tun, als wäre nichts geschehen. Als hätte sie nicht gehört, wie abfällig man über sie sprach. Die Worte schmerzten jetzt noch wie Nadelstiche in ihren Ohren.

Charles hielt ihr auffordernd seine Hand hin. »Kommen Sie ruhig, Miss Harriet. Machen wir uns einen Spaß daraus, Sullivan zu schneiden.«

Sie ergriff seine Hand, ließ sich hochziehen, und erst als sie stand, merkte sie, dass ihre Knie zitterten. Charles legte kurz seine Hand auf ihre eiskalte und lächelte aufmunternd auf sie herab. Harriet straffte sich und schritt an Charles' Seite in den Saal hinein. Zumindest musste sie diesen Leuten nicht allein gegenübertreten, und sie hätte in diesem Moment niemanden lieber an ihrer Seite gehabt als diesen neuen, selbstsicheren Charles Daugherty.

Charles hatte einen Seiteneingang gewählt, so dass es den Eindruck vermittelte, als hätten sie sich in einem Nebenraum aufgehalten, wo Lady Elisabeth einige Whist-Tische für jene Gäste vorbereitet hatte, die sich nichts aus Tanz und Musik machten. Von dort führte er sie geschickt in den Ballsaal. Die Tänzer stellten sich soeben zu einem Kontertanz auf, und Charles nutzte das kurzzeitig herrschende Durcheinander, um sich unauffällig unter die Zuseher mischen.

Harriets Hand lag noch immer auf seinem Unterarm, aber sie zitterte nicht mehr. Sie fühlte sich bei Charles ungewohnt geborgen und beschützt. Das war ein neues, sehr angenehmes Gefühl, das sie sonst nicht einmal in der Nähe ihrer Eltern hatte.

»Ah ja«, sagte Charles, während er seinen Blick über den Saal schweifen ließ, »sehen Sie unauffällig zur gegenüberliegenden Tür, dort ist Freund Sullivan.«

Harriet schielte aus den Augenwinkeln hinüber. Tatsächlich, dort stand er und hielt nach jemandem Ausschau. Vermutlich nach ihr.

»Es kann beginnen.« Charles marschierte los und steuerte zu Harriets Bestürzung geradewegs auf Sullivan zu.

Sie stolperte erschrocken neben ihm her. »Was tun Sie? Ich dachte, wir wollten ihn schneiden!«

»Sie sind unlogisch, Miss Dorley«, stellte Charles tadelnd fest. »Wie kann man jemanden demonstrativ übersehen, wenn man ihm ausweicht? Sind Sie übrigens wirklich völlig sicher, dass ich ihm nicht doch ein blaues Auge verpassen soll?«, fragte er leise, als sie sich ihrem unerwünschten Verehrer bis auf wenige Schritte genähert hatten. Dieser hatte sie schon erspäht und verzog sein Gesicht zu einem erfreuten Lächeln. »Es wäre mir sogar ein persönliches Bedürfnis. Er hat ein Gesicht, das geradezu danach schrei… Nein, nicht kichern, Miss Dorley. Etwas mehr Haltung. Ich bitte jetzt um völlige Ernsthaftigkeit.«

Sie hatten Sullivan erreicht. Der Major machte den Mund auf, doch Harriet sah durch ihn hindurch, als wäre er Luft, Charles warf ihm ein abfälliges Nicken zu, und dann waren sie auch schon vorbei.

Harriet gluckste vor unterdrücktem Lachen. Charles sah amüsiert auf sie herab. »Das war recht anregend. Was meinen Sie? Wollen wir uns eine zweite Runde gönnen?«

»Lieber nicht.« Sie schüttelte mit einem breiten Grinsen den Kopf.

Charles ließ seinen Blick über die anderen Anwesenden gleiten. »Dann sollten wir mit seinen Freunden weitermachen. Wenn Sie schon nicht wollen, dass ich Sullivan verprügle, könnten wir uns wenigstens die anderen vornehmen. Sie müssten mir nur den Rücken decken, damit nicht alle gleichzeitig über mich herfallen.«

Harriet prustete los. »Nein, besser, Sie halten die Männer, und ich schlage zu. Mein Bedürfnis ist gewiss weitaus größer als Ihres. Allerdings«, sie musterte ihn anerkennend, »sehen Sie wie aus dem Ei gepellt aus, und mein Kleid ist völlig neu. Wir sollten uns nicht mit Blutspritzern bekleck…« Sie hielt erschrocken inne und wurde rot. Fast hätte sie die Hand vor den Mund geschlagen. Sie hatte vor Aufregung völlig vergessen, mit wem sie sich unterhielt. So konnte sie sich Lan Meng gegenüber gehenlassen, aber nicht in Gesellschaft und schon gar nicht einem Gentleman vom Format eines Charles Daugherty gegenüber.

Charles trug ihre saloppe Ausdrucksweise jedoch mit Fassung. Er nickte sogar beifällig, und nur ein kleines Zucken um seine Mundwinkel verriet, dass er eher erheitert als schockiert war. »Das ist vom ästhetischen Standpunkt her zweifellos eine weise Entscheidung. Wollen wir stattdessen tanzen?«

»Gern.« Sie drückte leicht seinen Arm und lächelte empor. »Danke.«

Charles schüttelte abwehrend den Kopf. »Das ist einer der nettesten Abende seit langem, Miss Dorley. Glauben Sie nicht, dass ich den Rest davon aus rein selbstlosen Gründen an Ihrer Seite verbringen möchte.«

Harriet strahlte, als er sie auf die Tanzfläche führte. Nein, Charles war nicht zu schade für Margret. Er war *viel* zu schade.

Mortimer Harding fand Charles weit nach Mitternacht in einem der Kaffeehäuser in der Nähe des Tank Square, wo er in einer ruhigen Ecke saß und in einer Londoner Zeitung blätterte. Er ließ sich neben ihm nieder.

»Ich dachte mir, dass ich Sie hier finde.«

Charles wies auf die bauchige Whiskeyflasche auf dem Tisch. »Und ich dachte mir, dass Sie kommen. Ihre Lieblingsmarke. Bedienen Sie sich.«

Harding schenkte sich ein und lockerte mit dem Haken auf der Rechten geschickt seinen Kragen, um sich dann aufatmend zurückzulehnen. »Verfluchte Hitze. Um diese Jahreszeit ist es hier noch unerträglicher als sonst.« Er nahm einen Schluck und deutete dann mit dem Kopf auf die Zeitung in Charles' Hand. »Neuigkeiten?«

»Aus London? Wenn man Artikel, die schon ein Jahr alt sind, neu nennen kann, schon.« Charles las die Zeitung nicht sonderlich interessiert, er benutzte sie lediglich dazu, um hier in Ruhe sitzen zu können. Die meisten englischen Gentlemen, die dieses Haus besuchten, respektierten das, und er hielt sich lieber hier auf als in seinem prächtigen, aber kalten Palast, der nur düstere Erinnerungen barg.

Harding nickte. Die internen Berichterstattungen seiner Leute waren wesentlich flotter als die Postschiffe, die aus Europa Zeitungen und Briefe brachten. Er hatte so seine eigenen Wege, um immer so gut wie möglich auf dem Laufenden zu sein. »Dafür gibt es hier wirkliche Neuigkeiten«, meinte er und hob die *Calcutta Gazette* hoch. »Die letzten Meldungen über El Capitano.« Es war die Ausgabe, in der am Nachmittag schon Harriet Dorley und Lan Meng gelesen hatten.

Charles brummte etwas Undeutliches.

Harding bedachte ihn mit einem spöttischen Grinsen. »Dieser schreckliche Pirat wird bald zum verklärten Liebling aller romantisch veranlagten Damen Kalkuttas aufsteigen, wenn der Bursche mit seinen Berichten fortfährt. Hier, hören Sie sich das an.« Er stellte sein Glas weg und entfaltete die Zeitung. *»Man fragt sich wirklich, wer hinter diesem Namen steckt. Etwa gar ein heimlicher Kämpfer gegen die Feinde Englands …«*

»Verschonen Sie mich, um Himmels willen«, knurrte Charles. »Schlimm genug, dass dieser Schmierfink mit solchen Geschichten versucht, Leser zu gewinnen.«

Harding lachte und warf die Zeitung achtlos neben sich auf den Boden. Dann schlug er ein Bein über das andere, griff nach seinem Whiskey und musterte Charles. »Sie waren heute Abend sehr beschäftigt.«

Charles sah kurz hoch und traf auf Hardings anzüglichen Blick. »Tatsächlich?«

»Mit einer der begehrtesten Partien Kalkuttas.«

Charles hatte den Blick wieder auf die Zeitung gesenkt. »Ein nettes Mädchen.« Ganz besonders nett sogar. Das war jedoch kein Grund gewesen, sich derart für sie zu engagieren.

Sein Bedürfnis, das zu tun, verwunderte ihn im Nachhinein selbst. Womöglich lag es eher an seiner Abneigung gegen Arthur Sullivan; Harriet Dorley kannte er schließlich kaum. Zumindest hatte er sie seit Jahren nicht mehr gesehen, und davor hatten sie bestenfalls ein paar höfliche Worte miteinander gewechselt. Ganz abgesehen davon, dass sie bei ihrem letzten Treffen noch ein halbes Kind gewesen war.

»Und es hat einen interessanten Vater«, bohrte Harding lauernd nach, der sich mehr an Reaktion erhofft hatte.

»Dieser Meinung sind viele in Kalkutta«, erwiderte Charles gleichgültig. Er blätterte in der Zeitung und hoffte, Harding würde endlich von diesem Thema ablassen.

»Haben Sie deshalb fast den ganzen Abend mit ihr verbracht?«

»Mortimer, nehmen Sie es mir nicht übel, aber Sie nerven.« Das Mädchen hatte ihm leidgetan. Das war ein Gefühl, das er in den letzten Jahren kaum zugelassen hatte. Solch eine Schwäche war für einen Mann seiner Profession gefährlich. Heute Abend hatte er eben eine Ausnahme gemacht, und es war am klügsten, nicht länger darüber nachzudenken. Auch nicht über ihre lachenden dunkelblauen Augen und dieses spitzbübische Verziehen ihres etwas zu breiten Mundes. Seltsam, wie reizvoll sich das an ihr machte.

»Es war auffallend, wie Sie sich um sie bemüht haben. Sullivan soll deshalb sogar Drohungen gegen Sie ausgestoßen haben. Er sieht sich schon als Sir Percivals Schwiegersohn.«

»Ich glaube nicht, dass Miss Dorley eine solche Verbindung in Erwägung zieht.« Charles verbiss sich ein Grinsen. Bei dem Temperament dieses Mädchens würde Sullivan statt eines Jaworts vermutlich ein paar saftige Ohrfeigen einstecken. Hätte er sie nicht daran gehindert, wäre sie im Park über Sullivan hergefallen. Es hatte sich gut angefühlt, sie zu halten. Sie hatte schmale Schultern, aber sie war nicht zu zart, und nicht wirklich mager … Hatte er wirklich mit dem Finger über ihre Wange gestrichen? Weshalb eigentlich? Nur um sie zu beruhigen?

»Dieser Sullivan ist ein Bastard«, sprach Harding weiter. »Der ist in mehr dreckige Geschäfte verwickelt, als ich bis vor kurzem dachte. Sie sollten vorsichtig sein. Das ist kein Mann, der Sie öffentlich fordern würde, sondern aus dem Hinterhalt angreift, wenn Sie ihm im Weg stehen.«

Charles ließ endlich die Zeitung sinken.

Harding hatte sich für das Thema ungewöhnlich erwärmt. »Falls Sie aber wirklich ein Auge auf Sir Percivals Tochter geworfen haben, würde ich bestimmt Mittel und Wege finden, Sullivan auszuschalten. Was vielleicht gar keine schlechte Idee wäre.« Er blickte angelegentlich in sein Whiskeyglas, als er weitersprach. »Die Sache mit Harriet Dorley, meine ich. Sie könnten eine schlechtere Partie machen. Ich habe darüber nachgedacht, weil Sir Percival mir gegenüber eine diesbezügliche Bemerkung hat fallenlassen.«

Charles runzelte die Stirn. »Hält er Sie für meinen Vormund? Oder für einen Kuppler?«

»Für einen klugen Geschäftspartner.« Harding ließ einen Schluck Whiskey auf der Zunge zergehen, ehe er weitersprach. »Sullivan hat schon die ganze Zeit über das Maul recht weit aufgerissen, dass er dieses Mädchen heiraten wird. Ihrem Vater gefällt das nicht.«

Verständlich. Charles hatte bis zu diesem Abend noch nicht viel mit Major Sullivan zu tun gehabt, aber er hatte schon öfter beobachtet, wie er sich den Einheimischen gegenüber verhielt, und dafür passte der Ausdruck »mies« am besten. Sullivan war vor drei Jahren nach Kalkutta gekommen und hatte sich in gewissen Kreisen sofort sehr beliebt, in anderen sehr unbeliebt gemacht. Was immer er sonst auf dem Kerbholz hatte, es konnte nicht schaden, ihn einmal unmissverständlich zurechtzustutzen. Zumindest, was sein Benehmen Harriet Dorley gegenüber betraf. Charles fand diesen Gedanken erstaunlich animierend. Er hatte das Mädchen zwar überredet, so zu tun, als wäre nichts gewesen, aber das war kein Grund für ihn, ebensolche Zurückhaltung zu üben.

Nein, Harriet Dorley war kein Mädchen, das einem Mitgiftjäger leicht auf den Leim ging. Sie war außergewöhnlich und hatte einen – für eine junge Dame ihrer Gesellschaftsklasse – recht unverblümten Humor. Und auch sonst eine recht direkte Art, wenn man danach urteilte, wie sie den Betrunkenen mit ihrem Sonnenschirm vermöbelt hatte.

»Sorgen Sie doch bitte dafür, dass unsere Leute sich weniger auffällig benehmen«, sagte er aus diesem Gedanken heraus zu Harding. »Ich habe keine Lust, mit den Behörden Probleme zu bekommen, nur weil sie sich wie betrunkene Idioten aufführen. Außerdem ist in Kalkutta in Zukunft jeder Landgang verboten. Sie sollen sich in anderen Häfen besaufen, aber nicht hier.«

»Der Junge von gestern.« Hardings Blick war sachlich-ausdruckslos.

»Sie sind schon wieder über alles informiert.« Charles nahm einen Schluck aus seinem Glas. Im Gegensatz zu Harding bevorzugte er Wein, und dies war ein hervorragender, etwas herber Franzose. Ein wenig zu warm, aber sehr geschmackvoll.

»Ich bemühe mich«, lautete die emotionslose Antwort. »Miss Dorleys Eingreifen hat sich – in gewissen Kreisen –

schon herumgesprochen. Sie haben recht, niemand würde sich darum kümmern, wenn ein indischer Bengel für seinen Diebstahl Prügel bezieht, aber wenn Sir Percivals Tochter in die Sache verwickelt wird, löst das Reaktionen aus, die uns lästig sein könnten.« Er bedachte Charles mit einem undefinierbaren Blick. »Haben Sie sonst noch Befehle?«

Charles hob grinsend sein Glas. »Erinnern Sie mich daran, dass wir demnächst einen Händler kapern, der diesen Rotwein an Bord hat. Die Preise, die sie hier dafür verlangen, sind unverschämt.«

Harding lachte heiser. »Ist schon notiert, Charles. Schade, dass unsere nächste Reise nach Sumatra geht und nicht in den Westen. Es würde mir Spaß machen, selbst wieder einmal auf die Jagd zu gehen.«

Charles warf ihm einen schrägen Blick zu. »Sie sind und bleiben ein Pirat, Mortimer.«

»Stimmt.« Harding grinste anzüglich. »Und Sie sind mein Boss.«

3. KAPITEL

Hör nur, Mutter, was sie hier über El Capitano schreiben …«

Harriet saß mit ihrer Mutter an ihrem Lieblingsplatz in dem kleinen Pavillon. Lady Elisabeth hatte leichte Gazevorhänge anbringen lassen, um die unzähligen umherschwirrenden Insekten davon abzuhalten, sie und ihre Handarbeit als Flugziel zu betrachten.

»Ich wünschte, Liebes, du würdest die Nachrichten über diesen schrecklichen Menschen nicht so begierig verfolgen«, war Lady Elisabeths Kommentar, nachdem Harriet zu Ende gelesen hatte. »Du hast ja ein richtiges Faible für ihn entwickelt.«

Harriet zuckte mit den Schultern. Sie las den Artikel vor allem Lan Mengs wegen laut vor, die neugierig im Hintergrund hockte und jedes Wort mit funkelnden Augen aufsog.

»Er ist ein Pirat, Harriet. Gleichgültig, was man sich jetzt über ihn erzählt oder über ihn schreibt, ich weiß sehr wohl, dass er einen denkbar schlechten Ruf hat. Ich kann mich sehr gut an die Zeit erinnern, als kein Schiff und keine an einer Küste gelegene Siedlung vor ihm sicher war. Er war grausam und unbarmherzig. Er hat die Menschen reihenweise gefoltert und massakriert, nur um ihre Geldverstecke ausfindig zu machen. Weshalb er jetzt so …«, sie suchte nach einem Wort, »*zurückhaltend* ist, kann keiner sagen. Vielleicht mordet er im Verborgenen oder in anderen Erdteilen.« Sie schauderte sichtlich. »Es wäre mir lieber, du würdest dein Interesse Männern zuwenden, die es verdient haben.«

»Wie zum Beispiel?«, fragte Harriet gelangweilt. Lan Meng und sie tauschten einen raschen Blick, und Harriet sah schnell weg; Lan Mengs Art, eine besonders ausdruckslose und damit für ihre Freundin sehr sprechende Miene aufzusetzen, brachte sie jedes Mal zum Grinsen. Sie war froh, Lan Meng gefunden zu haben. Amiya, Jahans Schwester, war ihr früher eine liebe Freundin gewesen, aber seit Jahans Heirat hatte sie ihr keinen Besuch mehr abgestattet. Außerdem verstanden sie und die Chinesin sich oft auch ohne Worte. Sie lächelte ihrer Freundin zu, und diese lächelte – was sehr selten vorkam – zurück.

»Charles Daugherty«, fuhr ihre Mutter fort. Harriet verging vor Überraschung das Grinsen. »Ein wirklich reizender und ehrbarer junger Mann.«

Dem konnte Harriet nicht widersprechen, obwohl sie in Zusammenhang mit Charles vielleicht doch andere Bezeichnungen gewählt hätte. Reizend war ein viel zu niedlicher Ausdruck. Ihre Hauskatze war reizend. Oder ein Kleinkind. Charles war … hm …?

»Was war eigentlich wirklich damals zwischen Charles Daugherty und der jungen Frau, die bei euch gewohnt hat, Mutter?« Harriet hatte am Morgen nach dem Ball die Briefe ihrer Mutter herausgesucht, um über Jessica und Charles und diesen ominösen Piraten O'Connor nachzulesen, aber ihre Neugier war bei weitem nicht gestillt.

Lady Elisabeth sah von ihrer Handarbeit auf. »Jessica Finnegan? Ach ja, diese leidige Angelegenheit! Das Mädchen war ja sehr einnehmend, und ich finde, sie hätte sehr gut zu Charles gepasst, zumal der ja so offensichtlich in sie verliebt war. Aber dann kam dieser Jack O'Connor.« Man hörte Lady

Elisabeth die herbe Missbilligung an. »Ein Pirat, Spion und Verräter! Stell dir nur vor! Zum Glück ist James Daugherty rechtzeitig dahintergekommen, und O'Connor wurde des Landes verwiesen. Aber dieses schreckliche Mädchen ist ihm doch tatsächlich gefolgt! Ich war zum Glück nicht dabei, aber ich bin fast ohnmächtig geworden, als man mir erzählte, sie sei sogar ins Wasser gesprungen, um seinem Schiff nachzuschwimmen! Und das alles, während sie sich in meiner Obhut befand!«.

Harriets Interesse wurde immer stärker gefesselt. Das hatte ihre Mutter ihr in den Briefen alles verschwiegen. Diese Jessica musste ein außergewöhnliches Mädchen gewesen sein. Sie selbst war zwar sehr in Jahan verliebt gewesen, wäre aber niemals auf die Idee gekommen, ihm nachzuschwimmen. Kein Wunder, dass ein eher zurückhaltender Mann wie Charles von so viel Energie fasziniert gewesen war.

»In Vanessas Brief stand, dass Jessica diesen Piraten sogar geheiratet und inzwischen schon zwei Kinder hat! Aber«, Lady Elisabeth wedelte ungewohnt lebhaft mit der Hand, »das geht mich zum Glück nichts mehr an. Damit müssen die geplagten Eltern fertig werden. Und die Cousine deines Vaters selbst hat ja ohnehin ein ganz unverständliches Faible für diesen O'Connor.«

»War Jessica Finnegan hübsch?« Das interessierte Harriet mehr als dieser O'Connor oder Cousine Vanessa Tendre.

Lady Elisabeth ließ ihre Handarbeit sinken. »Ja, so könnte man sie wohl nennen. Aber nicht von deiner Art ...« Sie überlegte, bevor sie weitersprach, und Harriet schmunzelte. Ihre Mutter war gewiss die einzige Person auf der ganzen Welt, die Harriet jemals hübsch genannt hatte. »Ja«, sagte Lady Elisabeth schließlich, »ich glaube sogar, dass sie sehr hübsch war. Sie wusste sich auch zu benehmen, hatte eine gute Kinderstube, hielt sich sehr gerade. Sie war dunkelhaarig, sehr ausdrucksvoll. Und bevor dieser Pirat seinen schlechten Einfluss ausübte, war sie auch ruhig und besonnen.« Sie nickte nachdenklich, dann wandte sie sich wieder der Stickerei zu.

Harriet war ins Grübeln gekommen. So, so, dunkelhaarig und ausdrucksvoll war Jessica Finnegan also gewesen. Kein Wunder, dass Charles sich in eine solche Schönheit verliebt hatte. Unwillkürlich strich sie über ihre rotblonde Augenbraue. Sie hatte einmal versucht, die Augenbrauen zu färben und die Lider so wie die Inderinnen mit Kajal nachzuziehen. Ihr hatte das Ergebnis sehr gut gefallen, aber ihre Mutter hatte sie gescholten und auf ihr Zimmer geschickt, um alles abzuwaschen.

»Was damals wirklich passiert ist, weiß keiner von uns genau«, sprach Lady Elisabeth, jetzt ganz in Erinnerungen an diese peinlichen Vorkommnisse vertieft, weiter. »Dieser O'Connor wurde von Captain Harding festgenommen. Jessica sprang ins Wasser, und die anderen, die sie hierher begleitet hatten, verschwanden fast zur selben Stunde. Dein Vater hat Charles danach gefragt, aber dieser hat ihm nur erzählt, dass Jessica, ihr Pirat und der ganze Anhang nach Hause zurückgekehrt seien. Das war ganz kurz nach dem Tod seines Vaters. Und später kam eben Vanessas Brief.«

»Dein Vater hält übrigens große Stücke auf Charles …«, sagte Lady Elisabeth nach einer kurzen Pause.

Harriet horchte bei diesem etwas zögernden Tonfall auf. War da etwas im Busch?

»Was ich damit sagen will, Harriet«, fuhr Lady Elisabeth rasch fort, ohne den Blick von ihrer Stickerei zu nehmen, »solltest du dich zu Charles Daugherty hingezogen fühlen, so wird dein Vater deinen Gefühlen nicht im Wege stehen. Und ich ebenfalls nicht. Wir haben gesehen, wie gut ihr euch auf dem Ball …«

»Aber Mutter! Nur weil wir miteinander getanzt haben?«

»Er hat dich den ganzen Abend nicht mehr aus den Augen gelassen«, erwiderte Lady Elisabeth. »Und seitdem hat er dich mehrmals besucht.«

»Das hat doch nichts zu sagen«, erwiderte Harriet verlegen. Sie hätte ihrer Mutter erklären können, dass Charles' Bemühungen um sie von Mitleid und Ritterlichkeit diktiert worden waren, aber sie konnte nicht über Arthur Sullivan und diesen Abend sprechen. Das würde ihre Mutter – den einzigen Menschen, der sie hübsch fand – noch viel mehr kränken als sie selbst. »Er hat Vater besucht«, wandte sie stattdessen ein. »Geschäftlicher Belange wegen.«

Seit dieser denkwürdigen Abendgesellschaft vor drei Wochen war Charles tatsächlich öfters aufgetaucht und hatte auch ihr seine Aufwartung gemacht. Ähnliche Überlegungen wie bei Sullivan, der sich durch eine Heirat mit ihr den Einfluss ihres Vaters sichern wollte, waren hier jedoch nicht zu vermuten; Charles war weit einflussreicher und wohlhabender als Sir Percival und hatte es nicht nötig, sich ausgerechnet um sie zu bemühen. Falls es Mitgefühl war, so war dies ärgerlich, aber sie war gern bereit, Charles ein wenig Mitleid zu verzeihen. Es war angenehm, mit ihm zusammen zu sein. Obwohl angenehm wohl nicht der Ausdruck war. Es war … erfreulich? Erfreulich angenehm. Sie schmunzelte. Nein, es war sogar mehr für sie, als könnte sich daraus eine Freundschaft entwickeln, ähnlich wie mit Lan Meng. Sie musste nur aufpassen, dass sie sich keine Flausen in den Kopf setzte, aber damit würde sie schon fertig.

Ein sanfter Wind war aufgekommen und brachte den Duft der Rosen mit, die ihre Mutter vor vielen Jahren um den Pavillon herum hatte setzen lassen. Es waren prachtvolle, aus Persien stammende Sorten dabei, mit dichten roten Blüten, deren Blätter wie Samt schimmerten und sich unter den Fingerspitzen wie Seide anfühlten. Harriet lauschte dem durchdringenden Ruf einiger Papageien, dem ständigen Flirren der Insekten und atmete tief ein. Hier war ein Platz, an dem sie alles andere vergessen konnte, an dem sie sich sicher fühlte.

Einer der Diener erschien außerhalb der leichten Vorhänge.

»Es ist Besuch gekommen, Memsahib. Für Miss Harriet. Eine Dame aus dem Palast.«

Lady Elisabeth sah lächelnd auf. »Oh, das wird Amiya sein. Sie hat so oft nach dir gefragt, nachdem wir erfuhren, dass du von Java abgereist bist, um zu hören, ob wir nicht schon Nachricht von deiner baldigen Ankunft hätten. Es wundert mich nur, dass du sie nicht schon längst besucht hast.«

»Es hat sich vieles verändert«, sagte Harriet leise, während sie sich erhob.

Ein Schatten glitt über das Gesicht ihrer Mutter. »Ja, ich weiß, mein Liebling. Und sicherlich war es auch klug von dir. Aber nun geh, lass sie nicht warten.«

Harriet schlüpfte unter den Vorhängen hinaus und folgte dem Diener. Pali, der »Haushofmeister« ihres Vaters, bemühte sich sogar höchstpersönlich um den Gast; also war die verschleierte Besucherin tatsächlich Jahans Schwester. Harriet hielt sich nicht lange mit einer förmlichen Begrüßung auf, sondern nahm Amiya bei der schlanken Hand und führte sie auf ihr Zimmer, wo sie ungestört waren.

Dort schob Amiya den Schleier zurück und umarmte Harriet

herzlich. »Da du uns nicht besuchst, musste ich kommen«, sagte sie dabei vorwurfsvoll.

»Es war noch keine Gelegenheit.« Harriet trat einen Schritt zurück und betrachtete ihre Freundin voller Bewunderung. Amiya war wie immer eine Augenweide. Die junge Inderin trug Seidenhosen, eine langärmelige Bluse und einen Sari. Die leichten, von Meistern gefärbten und bestickten Stoffe umschmiegten ihre schlanke, graziöse Gestalt. Dazu die ausdrucksvollen Augen unter den schwarzen Brauen, die hohe Stirn, die vollen, roten Lippen. Harriet unterdrückte ein Seufzen. Wenn sie nur ein wenig von Amiya hätte.

»Du bist bereits seit vier Wochen hier.« Die dunklen Augen ruhten prüfend auf ihr. »Es ist Jahans wegen, nicht wahr?«

Harriet strich über das glatte, dichte Haar ihrer Freundin. Es war weich wie dicke Seide. So hatte sich auch Jahans Haar angefühlt. Das wehe Gefühl von Verlust stieg wieder in ihr hoch, und sie hatte Mühe, eine heitere Miene aufzusetzen. »Wie kommst du darauf?«

»Du willst seine Gattin nicht treffen. Aber das hätte ich doch verhindern können.«

Nicht nur die Gattin, dachte Harriet. Den Rest seines Harems ebenso wenig.

Amiya setzte sich auf den Boden, fasste nach Harriets Hand, und Harriet ließ sich mit der anmutigen Selbstverständlichkeit einer Inderin neben ihre Freundin auf den weichen Teppich sinken. Sie hatte schon als Kind mit untergeschlagenen Beinen gesessen und hatte es immer sehr bequem gefunden. »Jahan spricht viel über dich. Er fragt, wie es dir geht«, sprach Amiya weiter. »Er hat alle deine Briefe an mich gelesen und war traurig, weil du seine nicht beantwortet hast.«

Das war auch besser so. Harriet hatte Jahan wirklich geliebt und Kalkutta fast fluchtartig verlassen, als Jahans Vater ihn mit dieser blutjungen indischen Prinzessin verheiratete. Er hatte ihr zwar geschworen, dass bei dieser Heirat nur die Politik eine Rolle spiele, aber Harriet hatte ohnehin keine Zukunft für sich und Jahan gesehen. Es war vielleicht eine dumme, sehr unreife Liebe gewesen, aber sie hatte lange gebraucht, um darüber hinwegzukommen, und Cousine Mary-Anns Einladung war da gerade recht gekommen.

Amiyas Blick forschte in ihrem Gesicht, dann senkte sie die Lider. »Es hat sich vieles geändert«, sagte sie leise. »Wellesley stiftet Unruhe. Er provoziert gewalttätige Auseinandersetzungen.« Kurz nachdem Harriet nach Java abgereist war, hatte Wellesley, der ehrgeizige Generalgouverneur der East India Company, Tipu Sultan, der fast über den gesamten südlichen Teil der indischen Halbinsel herrschte, angreifen lassen. »Und er trennt uns damit von unseren Freunden«, setzte Amiya hinzu. »Jahan sagt, es wird der Tag kommen, an dem wir Feinde sind.« Tipu Sultan war im Kampf gefallen. Eine seiner Schwestern war eine der Gattinnen von Jahans Vater, und damit war es durchaus möglich, dass Jahan tatsächlich tiefer in diese Auseinandersetzungen hineingezogen wurde.

Harriet ergriff die schlanken, beringten Hände ihrer Freundin. »Es mag vielleicht Auseinandersetzungen geben, aber wir werden niemals Feinde, meine liebe Amiya. Niemals.« Um sich selbst und ihre Freundin abzulenken, begann sie, von ihrer Cousine und deren Kindern zu sprechen, und fragte danach Amiya nach ihren Geschwistern und ihrem zukünftigen Gatten. Amiya errötete und verbarg ihr lächelndes Gesicht verschämt hinter dem Schleier, als sie von dem Mann erzählte, den ihr Vater ihr zugedacht hatte. Harriet begriff sehr schnell, dass Amiya in diesen Bräutigam verliebt war und schon die längste Zeit heimlich Boten zwischen beiden hin und her eilten, um Nachrichten zu überbringen. Sie lachte, als sie Amiyas Verlegenheit bemerkte, und umarmte sie. Sie war glücklich für ihre Freundin und dankbar, dass diese die Erlaubnis bekommen hatte, den Mann zu heiraten, den sie schon seit ihrer Kindheit kannte und schätzte. Das war so viel mehr, als Harriet jemals für sich erhoffen konnte.

Als Amiya das Haus der Dorleys zwei Stunden später verließ, hielt es auch Harriet nicht länger daheim. Ihre Mutter hatte Besuch von Tuchhändlern bekommen, die die neuesten Stoffe vor ihr ausbreiteten, und Harriet und Lan Meng nutzten die Gelegenheit, aus dem Haus zu schlüpfen und durch die Straßen Kalkuttas zu laufen. Das brachte sie gewiss auf andere Gedanken, die sich im Moment viel zu sehr mit Jahan und – seit Mutters verdächtigen Bemerkungen – auch mit Charles beschäftigten.

Sie begannen ihren Rundgang auf dem Tank Square und blieben lange vor dem Obelisken stehen, einem Mahnmal, das in Erinnerung an jene Briten gesetzt worden war, die im Schwarzen Loch von Kalkutta umgekommen waren. Harriet sah nachdenklich hinauf. Es war nicht einmal fünfzig Jahre her, dass der Nawab von Bengalen Kalkutta erobert und die britischen Gefangenen in den Kerker des alten Fort William hatte werfen lassen. Sie waren so dicht hineingepfercht worden, dass viele aus Sauerstoffmangel erstickten. Ihr Vater hatte damals noch in England gelebt und war erst in Kalkutta angekommen, nachdem die Briten wieder die Herrschaft übernommen hatten. Harriet war schon oft an diesem Obelisken vorbeigekommen, hatte ihn jedoch nie zuvor mit solcher Sorge betrachtet. Amiya hatte recht, auch wenn Harriet ihre Befürchtungen hinuntergespielt hatte.

Der Generalgouverneur ging rücksichtslos vor und widersetzte sich in seiner Expansionspolitik sogar den Wünschen der Direktion der East India Company. Selbst ihr Vater, der sonst nicht mit Lady Elisabeth und seiner Tochter über politische oder geschäftliche Dinge sprach, hatte erst beim Frühstück ein paar Bemerkungen darüber fallenlassen. Wellesley hatte nicht nur viele Inder gegen sich aufgebracht, als er Tipu Sultan angegriffen hatte, er machte sich noch mehr Feinde, indem er den kleineren Fürsten und Herrschern ihren Besitz wegnahm und offenbar keine Gelegenheit ausließ, um die Edlen des Landes zu demütigen. Und nun wollte er sogar Feldzüge gegen die im Norden Indiens herrschenden Marathen-Fürsten führen.

Lan Meng sah den bekümmerten Blick, mit dem Harriet den Obelisken betrachtete. »Dein Vater wird niemals zulassen, dass dir etwas geschieht«, sagte sie leise.

»Ich habe keine Angst um mich«, erwiderte Harriet seufzend. »Ich habe Angst um das Indien, das ich gekannt habe.«

Lan Meng nickte ernst.

Sie schlenderten weiter, bis Harriets Blick auf eine Gruppe englischer Soldaten fiel, unter denen sich auch Arthur Sullivan befand.

Der hatte ihr gerade noch gefehlt! Dieser Mann war noch allgegenwärtiger und lästiger als die Fliegenschwärme, die Kalkutta zur feuchtheißen Jahreszeit heimsuchten. Harriet machte auf der Stelle kehrt und schlüpfte, eiligst gefolgt von Lan Meng, zwischen einer Gruppe schwerbepackter indischer Träger hindurch, um im Getümmel zu verschwinden.

Charles und Harding kamen vom Court House, als sein Blick wie magisch angezogen auf die schlanke junge Frau mit dem rotblonden Haar fiel, die sich, gefolgt von einer zierlichen Chinesin, entschlossen durch die Menge drängte. Sie drehte sich von Zeit zu Zeit um, spähte nach hinten und strebte dann umso eifriger weiter, fast, als befände sie sich auf der Flucht. Charles hielt nach dem Grund Ausschau, und als Sullivan und einige seiner Offizierskollegen in sein Blickfeld traten, begriff er, weshalb Harriet in solcher Eile war.

Er zog seine Anzugjacke zurecht. Das war die Gelegenheit, auf die er schon gewartet hatte. »Dort ist jemand, mit dem ich gern sprechen würde, Mortimer. Wir sehen uns dann später im Kontor.«

Harding war seinen Blicken gefolgt, zuckte jedoch nur mit den Schultern, und Charles machte sich zielstrebig auf den Weg. Harding hatte – ohne explizit dazu aufgefordert worden zu sein – Sullivan seit dem Ball beobachten lassen. Sie hatten so einiges über ihn in die Hand bekommen: Der Major war tatsächlich in etliche illegale Aktivitäten verwickelt. Er hatte auch mehrmals bei Sir Percival vorgesprochen, war aber offenbar nicht bis zu Harriet vorgedrungen, denn er hatte das Haus jedes Mal sehr schnell und sichtlich verärgert wieder verlassen. Charles hatte bei diesem Bericht eine unbestreitbare Genugtuung verspürt.

Obwohl Sullivan sich beeilte, Harriet einzuholen, war Charles schneller. Als er näher kam, hörte er einen von Sullivans Begleitern sagen: »Meinst du wirklich, dass die auf dich reinfällt? So dumm ist nicht mal die.«

»Sie hat Geld, und sie ist nicht so übel«, erwiderte Arthur. »Mit ihren Flausen werde ich schon fertig. Und vor allem ist jeder Kontakt mit diesen Indern gestrichen.«

»Geld wäscht sauber, was?«

»Zumindest hat sie keine kleinen Bastarde aus Java mitgebracht.«

»Sie hat einen einflussreichen Vater sowie einen Batzen Mitgift. Da nimmt man schon ein paar Nachteile in Kauf«, meinte ein anderer.

Die Männer blieben stehen, als Charles direkt auf Sullivan zusteuerte und ihm den Weg abschnitt. »Ah, sieh da, Sullivan, wie gut, dass ich Sie treffe. Hätten Sie wohl einen Moment Zeit?«

Arthur musterte ihn abweisend. »Worum geht es, Daugherty?« Er versuchte, überlegen zu wirken, aber unter Charles' eisigem Blick begann seine Fassade schnell zu bröckeln.

Charles sah kurz an ihm vorbei. Harriet war endgültig in der Menge verschwunden. Er würde sie schon wiederfinden, in diesem Moment war er vielmehr darauf erpicht, Sullivan auf eine angemessene Größe zurechtzustutzen. »Es geht um Miss Harriet Dorley.«

»Ah ja?« Sullivans Augen wurden schmal.

Charles ließ seinen Blick über die anderen Männer gleiten. Wenn er sich nicht täuschte, dann hatte er hier die ganze ekelhafte Bande beisammen, die Harriet bereits auf dem Ball beleidigt hatte.

»Dieses Thema könnte«, fuhr er daraufhin fort, »die anderen Gentlemen ebenfalls angehen.« So wie er es aussprach, war der Ausdruck »Gentlemen« eine Beleidigung. »Ich möchte Ihnen nämlich dringend raten, sich zukünftig von Miss Dorley fernzuhalten.«

»Was soll das heißen?«, fuhr Arthur auf. »Sie haben wohl selbst Interesse an dem Mädchen, was? Ich habe schon gehört, dass Sie sich neuerdings viel bei den Dorleys herumtreiben.«

Charles musterte ihn wie ein besonders widerwärtiges Insekt. »Wissen Sie, Sullivan, man kann Sie nicht einmal einen simplen Geist nennen. Da wären schon schärfere Bezeichnungen angebracht, die ich mir jetzt ersparen will.«

Sullivans Gesicht rötete sich. »Was … fällt Ihnen ein, Daugherty?«

Charles' Ton wurde härter. »Ich habe mit angehört, wie Sie sich über Miss Dorley äußerten, und ich kann nicht behaupten, dass mir der Inhalt Ihrer Worte oder der Ton gefallen hätten. Deshalb möchte ich Ihnen allen«, er sah in die Runde, was zwei der Männer veranlasste, einen kleinen Schritt zurückzutreten, »einen guten Rat geben: Kommt mir in Zukunft zu Ohren, dass Sie auch nur in der geringsten Weise abfällig über Miss Dorley sprechen, sehen wir uns eines schönen Morgens auf dem Maidan wieder.«

Der Major wurde blass, und die anderen starrten Charles zuerst verblüfft, dann voller Empörung an. Der Maidan war jener Ort, an dem englische Gentlemen traditionellerweise ihre Ehrenhändel austrugen. »Haben Sie den Verstand verloren?«, fand Sullivan seine Stimme wieder. »Sie drohen mir mit einem Duell?!« Er versuchte ein spöttisches Lächeln, was gründlich misslang.

»Nein«, erwiderte dieser kalt. »Nicht nur Ihnen. *Jedem* von Ihnen.« Er lächelte, aber es war ein Lächeln, das den Major frösteln ließ. Charles' Miene wurde abfällig. »Suchen Sie sich eine Frau, die zu Ihnen passt, Sullivan. Irgendeine kleine Hure. Und achten Sie gut darauf, Miss Dorley in Zukunft gar nicht, und wenn, dann nur mit größter Höflichkeit zu begegnen.«

»Das ist eine Beleidigung, für die ich Satisfaktion verlangen muss«, erwiderte Arthur gepresst.

»Aber, Sullivan, Sie kann man doch gar nicht beleidigen. Im Gegenteil, ich habe noch nie einen Menschen gefunden, der ohne Messer an der Kehle etwas Gutes über Sie gesagt hätte.«

Inzwischen war Sullivan hochrot, und eine Ader an seinem Hals trat pochend hervor. Er ballte die Fäuste und machte einen Schritt auf Charles zu. »Nehmen Sie sich in Acht, Daugherty, dass nicht Sie demnächst ein Messer an der Kehle haben. Sie nehmen Ihr Maul verdammt voll, weil Sie sich überlegen wähnen, aber irgendwann werden Sie auf jemanden treffen, der Ihnen etwas anderes beweist.«

Charles hob mokant die Augenbrauen, als er auf den kleineren Mann hinabsah. »Sagen Sie nicht, Sullivan, Sie sprechen von sich selbst. Ist Ihnen eine derart lächerliche Drohung nicht selbst zu dumm?« Er wandte sich mit einem kalten Lächeln ab. »Ich kann meine Zeit nicht länger mit Ihnen vergeuden. Aber fühlen Sie sich nicht zu sicher, weil ich in den nächsten Tagen abreise, denn sollte mir etwas zu Ohren kommen, was mir nicht gefällt, so werde ich Sie bei meiner Rückkehr zur Rechenschaft ziehen. Guten Tag.« Er kehrte Sullivan und den anderen den Rücken zu.

Die Männer standen wie angewurzelt da, als er seelenruhig davonschlenderte.

Harding war ebenfalls näher gekommen, als er begriffen hatte, dass Charles auf Streit aus war. Sein Blick traf auf den von Sullivan, dann folgte er Charles.

Der wandte nur kurz den Kopf, als Harding sich an seine Seite gesellte. »Ah, sieh da. Meine Gouvernante.«

Harding erwiderte ungerührt: »Miss Harriet Dorley also schon wieder. Seit wann diese Ritterlichkeit?«

»Sullivan ist ein Bastard«, erwiderte Charles gelassen. »Ich dachte, darüber wären wir uns einig?«

»Da kann ich Ihnen nicht widersprechen.« Harding warf einen Blick zurück auf die Männer, die offensichtlich ihre Sprache wiedergefunden hatten und jetzt heftig diskutierten. Nur Sullivan stand schweigend mit geballten Fäusten da und starrte Charles hasserfüllt nach. »Ich möchte Sie mit diesem

Thema nicht langweilen, aber die Verbindung mit Sir Percivals Tochter wäre tatsächlich nicht unklug. Weshalb soll sich ein anderer den fetten Bissen schnappen …«

»Hören Sie auf damit, Mortimer.« Hardings Worte verärgerten Charles noch mehr, als er sich anmerken ließ. »Sie wissen genau, weshalb das unmöglich ist. Ich kann es mir nicht leisten, dass jemand dahinterkommt, womit ich mein Geld verdiene. Am Ende liefert mich meine geliebte Ehefrau dann den Richtern und dem Galgen aus, um danach als lustige Witwe in Saus und Braus zu leben.«

»Ich dachte, Sie hätten Interesse an dem Mädchen. Weshalb hätten Sie sonst Sullivan und diesen Kerlen gedroht?«

»Das sagte ich doch«, erwiderte Charles ungeduldig, der es eilig hatte, in die Straße einzubiegen, wo er Harriet zuletzt gesehen hatte, »weil er ein Bastard ist. Das ist ja wohl Grund genug. Und jetzt entschuldigen Sie mich, ich habe eine Verabredung.«

Mortimer Harding kratzte sich mit der Linken die Bartstoppeln, während er Charles mit einem seltsamen Ausdruck nachsah. Dann drehte er sich um und machte sich auf den Weg zum nächsten Barbier.

~

Harriet wurde von Kalkuttas Stimmengewirr eingehüllt. Englisch, Bengali, Hindi, ein paar arabische Brocken, und alles durchmischt mit kräftigen chinesischen Flüchen, wenn jemand das Pech hatte, Lan Meng vor die Füße zu laufen. Sie passierten eine Gruppe von Sepoys, die ihnen höflich Platz machten. Harriet lächelte, als sie ihre roten Uniformröcke und ihre nackten braunen Beine betrachtete. Sie beobachtete Barbiere bei der Arbeit, lachte über einige Kinder, die sich gegenseitig durch die Straßen jagten, und hielt dazwischen immer wieder inne, um zu schnuppern, wenn sie bei einem Händler vorbeikamen, der seine würzigen Waren anbot. Welch ein Glück hatte sie doch, hier zu leben. Margret hatte mehrere Jahre bei einer Tante in England verbracht, um dort ihre »ausgezeichnete Erziehung zu vervollständigen« – wie Mrs. Fairfield nicht müde wurde zu betonen –, und hatte Harriet von London erzählt. Dort waren die Tage meist trüb, die Luft dick und voller Nebel, stickig selbst an schönen Tagen, denn es roch nach Rauch und Schmutz. Hier roch es nicht unbedingt besser, aber zumindest stieg einem nicht nur der Gestank nach den Abfällen, die Mensch und Tier hinterließen, in die Nase, sondern auch der Duft von Gewürzen, Jasmin, Sandelholz und allerlei Räucherwerk. Das war eben Kalkutta. Ihre Heimat. Hier war sie aufgewachsen, und hier war sie glücklich gewesen, bis Jahan geheiratet hatte.

Sie blinzelte in die Sonne. Es war zwar schon später Nachmittag, aber sie hatten noch genügend Zeit herumzulaufen; ihre Eltern speisten erst gegen 22 Uhr. Lan Meng trottete neben ihr her, warf von Zeit zu Zeit teils misstrauische, teils drohende Blicke auf zwielichtige Gestalten, die ihnen zu nahe kamen, und teilte dann schwesterlich eine von Fett und Honig triefende Leckerei mit Harriet. Sie bekleckerten sich beide, wischten sich die Hände und die fettigen Lippen an Harriets feinem Battisttüchlein ab und marschierten weiter.

Als sie bei einem Palast vorbeikamen, dessen Tore von bewaffneten Wächtern flankiert waren, blieb Harriet stehen, um das Anwesen zu betrachten. Hier lebte Charles.

Sie war schon öfter hier vorbeigefahren, hatte als Kind immer neugierig hinübergespäht und hinter der Fassade üppigen Reichtum und eine Pracht wie im Palast eines Nawabs erwartet. Betreten hatte sie das Haus der Daughertys nur ein einziges Mal, und damals war sie acht oder neun Jahre alt gewesen. Ihr Vater war mit ihr und ihrer Mutter in der Kutsche vorgefahren und hatte sie beide draußen warten lassen, um Charles' Vater geschäftliche Unterlagen zu bringen. Ihre Mutter hatte sich geweigert, die Kutsche zu verlassen, obwohl Harriet vor Neugier, wie es wohl im Inneren aussehen mochte, fast zerplatzt war. Erst als James Daugherty, die Höflichkeit in Person, herausgekommen war und »die beiden Damen« hereingebeten hatte, war Lady Elisabeth nichts anderes übriggeblieben, als nachzugeben. Harriet war ungeduldig ins Haus gestürmt und bitter enttäuscht worden. Alles zeugte von Reichtum, aber es war kalt und unpersönlich. Ebenso wie die Mienen der Diener und die des Hausherrn. Die Gefühllosigkeit in James Daughertys Augen war ihr schon als Kind aufgefallen. Und Charles hatte jetzt oftmals ein ähnliches Lächeln. Nicht gefühllos oder grausam, aber kühl. Ja, er hatte sich wirklich verändert, auch in dieser Hinsicht. Harriet biss nachdenklich auf ihrer Unterlippe herum. Was war mit Charles geschehen? War es der Tod seines Vaters und die Verantwortung für dessen Geschäfte und Reichtum? Oder – weitaus romantischer – der Verlust von Jessica Finnegan, die mit einem anderen davongesegelt war?

Eine Bewegung entstand unter den Menschen. Reiter und Männer in der Uniform des Nawab trieben die Leute auseinander. Ihnen folgte gemächlich ein Kriegselefant, prächtig angetan mit Lederrüstung, auf dessen Rücken eine Sänfte schaukelte. Die darin Sitzenden wurden von roten Seidenvorhängen vor den Blicken der sich drängenden und gaffenden Leute verborgen, aber Harriet hatte die Männer erkannt, die neben dem Elefanten einherschritten: Sie gehörten zu Jahans persönlicher Leibgarde.

Eine Hand schob von innen den Vorhang zur Seite und gab den Blick auf einen Mann frei, bei dessen Anblick Harriets Herz einen Schlag aussetzte, um dann umso heftiger zu klopfen. Es war das erste Mal seit ihrer Rückkehr, dass sie Jahan zu Gesicht bekam. Er trug noch immer denselben stolzen Ausdruck, aber die weichen Rundungen seines Gesichts waren verschwunden, und die Konturen traten härter und männlicher hervor. Sein Haar war von einem Turban verdeckt, aber Harriet wusste, dass es fast bis zu seinen Hüften fiel und weich und schwer war wie dicke Seide. Er war immer noch schön wie ein indischer Gott. Und ebenso unerreichbar.

Er musste sie durch die Spalten des Vorhangs bemerkt haben, denn sein eindringlicher Blick suchte ihren. Sie hielt den Atem an, als es in seinen Augen aufblitzte und sein überraschter Ausdruck sich erst zu Freude, dann zu … Sehnsucht wandelte. Schon dachte sie, er würde einem Diener den Befehl geben, sie zu ihm zu bringen, doch schließlich wandte er sich mit sichtlicher Überwindung und einem traurigen Lächeln ab. Und dann war der Zug vorbei.

Jetzt erst wurde Harriet gewahr, dass sie sich an die Lehmwand des Hauses hinter ihr gelehnt hatte, schwindlig von der Eindringlichkeit ihrer Erinnerungen. Die sanfte Berührung seiner Hand auf ihrer Wange. Seine heißen Küsse in einer verschwiegenen Ecke des Palastes ihres Vaters. Mehr war nicht gewesen, er hatte nie mehr als ihren nackten Hals und ihre Hände gesehen.

Und dann der Abschied. Er hatte ihr geschrieben und seine Briefe zu denen seiner Schwester gelegt. Sie hatte sie gelesen, weil sie nicht die Kraft gehabt hatte, sie einfach ungeöffnet wegzuwerfen, aber sie hatte nie darauf geantwortet.

Harriet sah sich nach Lan Meng um, die arglos einen Fakir

beobachtete, der über einem Korb geheimnisvolle Handzeichen machte. Ihre Freundin wusste nichts von ihrer unglücklichen Liebe zu Jahan, obwohl Harriet sonst keine Geheimnisse vor ihr hatte. In diesem Fall hätte jedes Wort über Jahan jedoch nur Erinnerungen geweckt und zu sehr geschmerzt.

Das Stimmengemurmel, das Geschrei der Händler schien ihr plötzlich unerträglich laut. Es machte ihr mit einem Mal keine Freude mehr, durch die Straßen zu laufen. Ehe sie Lan Meng jedoch vorschlagen konnte heimzugehen, wurde Harriets Aufmerksamkeit von etwas ganz anderem abgelenkt. Etwas, das sie unvorbereitet und unvermittelt so tief in die Seele traf, dass sie unwillkürlich nach Lan Mengs Arm griff, um in der viel kleineren Freundin eine Stütze zu suchen.

Von der anderen Sraßenseite sah sie jemand an. Schlank, gepflegt, ganz der englische Gentleman und – wie Harriet mit Bestürzung feststellte – auf seine Art mindestens ebenso gutaussehend wie Jahan. Bernsteinfarbene Augen blickten sie an, kühl, als wollten sie die Gefühle ihres Besitzers verbergen, und doch intensiv genug, um aus heiterem Himmel einen Tumult in ihr auszulösen. Die Straße wankte plötzlich, und Harriet schnappte nach Luft.

Lan Meng trat instinktiv einen Schritt vor und lockerte den Gürtel, als Charles Daugherty von der anderen Straßenseite auf sie zustrebte, als ginge von ihm eine Gefahr aus. Harriet, der diese kleine Geste vertraut war, legte schnell den Arm um die schmalen Schultern ihrer Freundin. Herrgott noch mal, was war nur mit ihr los? Sie benahm sich nicht besser als eine dieser verzärtelten Gänse, die sie so verabscheute. Sie hatte keine Zeit mehr, ihre Fassung wiederzugewinnen, denn schon hatte sich Charles an der Traube von Menschen, die Jahans Zug folgten, vorbeigekämpft und stand dicht vor ihr.

»Geht es Ihnen nicht gut, Miss Harriet?«

Harriet schluckte. Seine dunkle Stimme schien über ihre Haut zu wandern. Unwillkürlich hob sie die Hand und legte sie an ihre Stirn. Sie war ganz wirr im Kopf, und ihr Herz klopfte hart und schmerzhaft. Sie musste sich ein Fieber geholt haben, anders war das nicht erklärbar. Wie konnte ein Blick, eine kaum greifbare Empfindung sie nur so aus der Fassung bringen!

»Harriet! Du bist ganz blass! Bis du krank?«, zwitscherte Lan Meng aufgeregt.

»Miss Harriet?«, drang nochmals Charles' Stimme durch den Nebel in ihrem Kopf. »Fühlen Sie sich nicht wohl?« Er wies zu seinem Anwesen. »Bitte kommen Sie doch herein, ich werde Ihnen Erfrischungen servieren lassen und dann dafür sorgen, dass Sie in einer Sänfte heimgebracht werden.«

Dort hinein? Instinktiv wollte sie ablehnen, aber dann legte sich Charles' Hand warm unter ihren Ellbogen.

»Können Sie alleine gehen, oder soll ich Sie hineintragen?«

»Wie? Nein!« Harriet kreischte fast, als er tatsächlich Anstalten machte, sie hochzuheben. »Danke.« Sie fasste sich. »Natürlich nicht ... es war nur ... die Luft, die Hitze.«

Kurz bevor sie durch das Portal traten, sah sie zu ihm hoch. Er sah mit eisigem Blick die Straße hinunter, wo sich Jahans Zug weiterbewegte. Dann wandte er sich ihr wieder zu, und seine Züge entspannten sich, er lächelte sogar.

Harriet ging nun ohne Zögern mit. Der Palast war kalt und unfreundlich, wie sein früherer Eigentümer, aber Charles war es nicht.

Charles führte Harriet, gefolgt von einer sich misstrauisch umsehenden Lan Meng, die ihre Hand nicht von dem unter ihrer Jacke versteckten Dolch löste, in die Eingangshalle und von dort sofort in den Garten. Hier war es kühl und schattig, und der Duft der Blüten vertrieb die weniger angenehmen Gerüche von Kalkutta, die zu dieser heißen Jahreszeit wie eine Glocke über der Stadt hingen. Auf seinen Wink hin liefen die Diener los, um seinen beiden Gästen Erfrischungen zu servieren. Harriet trat zu einem kleinen Brunnen und tauchte ihr Taschentuch hinein, um sich die Stirn und die Wangen zu kühlen, während sie Charles überhastet und langatmig mit Erklärungen für ihre Unpässlichkeit überschüttete: das Wetter, die Hitze, die vielen Menschen, das enge Kleid, die Schuhe, der Imbiss …

Charles hörte höflich zu und tat so, als würde er ihr glauben. Er hatte jedoch beobachtet, was geschehen war. Harriets Gesichtsausdruck bei Jahans Anblick, die wortlose Verständigung zwischen den beiden, als der indische Prinz den Vorhang zur Seite geschoben und Harriet mit Blicken verschlungen hatte, hatten Bände gesprochen.

So wie Jahan sah nur ein Mann aus, der liebte und begehrte. Und Harriet war jetzt noch völlig außer sich. Als er auf sie zugegangen war, um sie zu begrüßen, war sie so blass geworden, dass er sekundenlang gedacht hatte, sie würde ohnmächtig werden. Was immer zwischen den beiden vorgefallen war – Harriet hatte diese Zuneigung noch lange nicht überwunden.

Irgendwann ließ der Redeschwall nach, und Harriet begann sich wieder für ihre Umgebung zu interessieren. Sie sah sich aufmerksam um. »Ich war vor sehr vielen Jahren einmal in Ihrem Haus, aber ich habe kaum Erinnerungen daran. Den Garten habe ich gar nicht gesehen.«

Charles beeilte sich, Abhilfe zu schaffen, nahm ihren Arm und führte sie durch die Anlage. Er nickte zerknirscht, als sie die schlecht gepflegten Blumenbeete beanstandete, stimmte ihr freundlich zu, als sie etliche unfehlbare Mittel gegen Schädlinge auf ihn herabprasseln ließ, und widersprach schließlich entschieden, als sie den Wunsch äußerte, allein heimzugehen. Er hätte ohnehin eine geschäftliche Verabredung mit ihrem Vater und somit denselben Weg.

Als sie eine Stunde später in Charles' Kutsche – er hätte sie bestimmt nicht mehr zu Fuß laufen lassen, sondern eher tatsächlich den weiten Weg getragen – bei Sir Percivals Domizil ankamen, hatte Harriet schon wieder rosige Wangen, Lan Meng hatte ihr misstrauisches Verhalten aufgegeben, und Charles selbst war erstaunlich gut gelaunt. Harriet war reizend, und es war erstaunlich, wie viel wärmer dieses sonst so kalte, düstere Haus durch ihre Anwesenheit gewirkt hatte.

Als sie sich in der Halle verabschiedeten, fiel es ihm schwer, sich von ihr zu trennen. Er ergriff ihre Hand und zog sie an seine Lippen. Das hatte er noch nie getan, aber nun konnte er nicht widerstehen. Wie weich ihre Haut war. Sie duftete nach den Blüten, die sie in der Hand gehalten und sanft gestreichelt hatte, nach Rosen, Jasmin, Orangen …

Harriet schien von der Hitze und der Feuchtigkeit in diesem Land völlig unberührt zu sein und sah so frisch aus, als wäre sie soeben einem kühlen Bad entstiegen. Sie hatte ihren breiten Sonnenhut abgenommen und hielt ihn in der Hand. Die blassen, von reizenden Sommersprossen bedeckten Wangen waren nur leicht gerötet, die Stirn wirkte kühl, das rotblonde Haar lockte sich um ihre Schläfen und bis auf ihre Schultern. Ihre Lippen wirkten sehr rot gegen ihre blasse Haut. Rot und voll. Die ausdrucksvollen dunkelblauen Augen passten nicht ganz in dieses Gesicht, in dem man eher hellblaue oder grüne vermutet hätte, aber sie waren ein Teil dieser Kontraste, die Harriets Anziehungskraft ausmachten. Das ganze Gesicht hatte einen Ausdruck von Lebhaftigkeit und Liebreiz, der Charles nicht zum ersten Mal betroffen machte. Kein Wunder, dass dieser Inder, der die schönsten Frauen seines Landes haben konnte, dieses Mädchen begehrte.

Er bemerkte erst an ihrem verlegenen Lachen und ihrem geröteten Gesicht, dass er sie minutenlang angestarrt hatte.

»Was ist denn, Charles? Sie träumen ja mit offenen Augen!«

»Ich dachte nur soeben, wie sehr ich es bedaure, Sie nicht bald um ein Wiedersehen bitten zu können, Harriet, denn ich reise morgen ab.« Er beobachtete sie mit Spannung. War da nicht ein Hauch von Bedauern in ihren Augen? Oder bildete er sich das nur ein, weil er es sehen wollte?

»Dann sollte ich Ihnen eine gute Reise wünschen«, erwiderte sie enttäuschend fröhlich. »Wohin führen Ihre Geschäfte Sie denn dieses Mal?«

»Nach Sumatra. Wir haben dort eine Handelsniederlassung. Es gab in letzter Zeit Probleme, und ich muss nach dem Rechten sehen.« Die makabren Details seines Geschäfts waren für sie uninteressant, und es wunderte ihn, wie leicht ihm diese Lüge schon über die Lippen kam. *Piratenniederlassung* wäre korrekter gewesen.

Er zog ihre Hand abermals an seine Lippen. Etwas in ihm drängte danach, sie zu berühren, und hätten nicht sämtliche Konventionen dagegen gestanden, hätte er wohl sogar versucht, diese roten Lippen zu kosten, die ihm so verführerisch entgegenlachten.

»Ah, da sind Sie ja, Charles. Sogar etwas früher, das trifft sich gut, es gibt da einiges, was ich mit Ihnen besprechen wollte.«

Charles zuckte wie ertappt zusammen, als Sir Percival hinter ihm auftauchte. Er ließ hastig Harriets Hand los und setzte ein höfliches Lächeln auf. »Ich hatte die Freude, Miss Dorley nach Hause zu begleiten und mich bei dieser Gelegenheit gleich von ihr zu verabschieden, da ich morgen abreisen werde.«

»Morgen schon?« Sir Percival wirkte bei weitem enttäuschter als Harriet. Sein Blick glitt von Charles zu Harriet und wieder zurück. »Nun ja …«

»Dann will ich Sie nicht länger aufhalten, Charles. Nochmals herzlichen Dank für Ihre liebenswürdige Begleitung. Ich hoffe, Sie besuchen uns, sobald Sie wieder daheim sind.« Für Sekunden lag ihre Hand auf seinem Arm. »Gute Reise. Und …«, ein bittendes Lächeln, »passen Sie gut auf sich auf.« Damit wandte sie sich schwungvoll um und marschierte davon, selbst in ihrer burschikosen Art noch anmutig. Lan Meng vergönnte ihm ein herablassendes Nicken, bevor sie ihrer Freundin folgte.

Charles riss sich endgültig von Harriets Lockenpracht und ihrer schmalen Taille los und folgte Sir Percival in dessen geräumiges Arbeitszimmer.

»Ich nehme an, es betrifft den Begleitschutz, um den mich die East India Company gebeten hat?«, begann er das Gespräch, als Sir Percival ihm Portwein anbot.

Harriets Vater wirkte ungewohnt zerstreut. »Ja, gewiss. Es wäre sehr erfreulich, könnte eines Ihrer Schiffe den Schutz des Konvois übernehmen, wenn er in wenigen Tagen nach England aufbricht.«

»Wir haben bereits unsere Vorkehrungen getroffen.« Insgeheim musste er grinsen, wenn er daran dachte, dass die East India Company den Schutz eines Piraten genoss, der wie kein anderer in den letzten zweihundert Jahren mit seinen Schiffen dieses Gebiet beherrschte. Er hatte das Erbe seines Vaters zwar nur nach einigem Zögern angenommen, es dann jedoch zügig noch weiter ausgebaut und ein höchst lukratives Unternehmen geschaffen, bei dem illegale Piraterie mit legalen Geschäften verschmolz.

»Es gibt da aber noch ein zweites Thema, über das ich gern mit Ihnen sprechen würde«, fuhr Sir Percival nervös fort. »Es betrifft meine Tochter.«

Harriet? Charles schaffte es, trotz seiner Überraschung einen gleichmütigen Ausdruck zu wahren. Er wartete geduldig, während Sir Percival einige hastige Schlucke von dem Portwein nahm und nach Worten suchte.

»Es geht um … gewisse Gerüchte, die über meine Tochter im Umlauf sind und die trotz Harriets langer Abwesenheit besonders in den letzten Wochen neue Nahrung erhalten haben. Derjenige, der sie wieder aufleben lässt, ist Major Arthur Sullivan, beziehungsweise einige seiner Freunde. Falls er nicht aufhört, dem Ruf meiner Tochter derart zu schaden, werde ich wohl Schritte dagegen unternehmen müssen.«

Darüber brauchte er sich keine Sorgen mehr zu machen, das hatte Charles schon für ihn getan, auch wenn er es vorzog, diese Tatsache für sich zu behalten.

»Es sei denn, ich finde einen geeigneten Ehemann für Harriet, der diese Gerüchte ein für alle Mal unterbindet.« Sir Percival zog ein Taschentuch hervor, wischte sich über die Stirn und blickte Charles dabei hilfesuchend an.

Charles ließ sich Zeit mit der Antwort. »Ich hatte den Eindruck, dass Major Sullivan ebendiese Position ins Auge sticht«, erwiderte er schließlich.

Sir Percival schnaubte abfällig. »Lächerlich! Als würde ich meine Harriet einem Halunken wie diesem zur Frau geben, der zuerst mit seinen Saufkumpanen ihren Ruf ruiniert und dann noch ihre Mitgift an sich bringen will. Ja, ja«, setzte er energisch hinzu, als er Charles' Blick sah, »mir ist da einiges zu Ohren gekommen.« Er wandte sich mit einer heftigen Bewegung um und begann, unruhig im Raum auf und ab zu laufen. »Genug, um ihn zur Rechenschaft zu ziehen, hätte ich gewisse Bemerkungen offiziell zur Kenntnis genommen. Nein, ich suche einen seriösen Ehemann für Harriet.«

»Ich werde weder Ihren noch meinen Verstand beleidigen, indem ich so tue, als hätte ich Sie nicht verstanden«, erwiderte Charles halb amüsiert, halb erstaunt. »Was mich allerdings verblüfft, ist die Tatsache, dass Sie mich als Schwiegersohn in Erwägung ziehen.«

Sir Percival hob beide Hände. »Ach was, Charles. Ich kenne Sie, seit Ihr Vater damals mit Ihnen und Ihrer Mutter nach Kalkutta gekommen ist. Sie waren kaum drei Jahre alt.« Er atmete tief durch. »Glauben Sie nicht, dass ich Harriet leichtfertig einem Mann anvertrauen würde, vor dem ich nicht Respekt und zu dem ich nicht Vertrauen hätte. Es gefällt mir nicht, wie sich hier alles entwickelt. Sullivan ist nicht der Einzige, der schaden kann. Der Generalgouverneur …« Er unterbrach sich. »Nun, die Lage kann sich zuspitzen, auch wenn ich nicht hoffe, dass es so weit kommt. Aber ich möchte, dass Harriet jemanden hat, der genügend Macht und Einfluss besitzt, um sie in jeder Hinsicht zu schützen.« Er sah Charles eindringlich an.

»Sir Percival, ich glaube nicht …«

»Hören Sie, Charles. Die Vorteile für uns beide liegen doch auf der Hand. Ich weiß sehr wohl, dass nicht alle Ihre Geschäfte so ehrenwert sind, wie die meisten hier glauben.«

Charles zog in gespielter Verwunderung die Augenbrauen hoch, aber Sir Percival winkte ab. »Ich habe Informationen darüber, dass Sie Teile der gekaperten Waren unter der Hand vertreiben.«

Nicht nur zum Teil, dachte Charles zynisch. Eher zur Hauptsache. Neun von zehn gekaperten Schiffen verschwanden spurlos in seinen ganz privaten Kanälen.

Sir Percival machte eine wegwerfende Handbewegung. »Aber darüber kann ich hinwegsehen. Das macht doch fast jeder, der mit einem Kaperbrief segelt.« Er seufzte. »Harriet ist vielleicht keine Schönheit, nicht mehr allzu jung, aber sehr vernünftig. Sollten Sie … ich meine, es ist so üblich, dass sich fast jeder hier noch indische Geliebte nimmt. Ich glaube nicht, dass Harriet das stören würde.«

Er wischte sich abermals über die Stirn, als er sah, wie Charles' Gesicht sich verschloss. »Harriet ist vielleicht manchmal ein wenig … schwierig, aber ein gutes Mädchen. Sie ist offen und aufrichtig, klug, gebildet und …«

»Sie ist eine der hübschesten und liebenswertesten Frauen, die ich je getroffen habe«, unterbrach ihn Charles mit einem Nachdruck, der ihn und seinen Gesprächspartner gleichermaßen erstaunte.

Ein langsames Lächeln glitt über Sir Percivals Gesicht. »Sie haben Harriet also schon genauer angesehen«, sagte er schließlich. »Das tun nur wenige. Die meisten lassen sich von ihrer selbstbewussten Art abschrecken oder behandeln sie wie ein Geschäft, das ihnen eine gute Mitgift einbringen soll. Aber ich als ihr Vater fand immer, dass es sich auszahlt, sie genauer zu betrachten.«

»Das tut es wirklich«, brummte Charles. Aber das hieß nicht, dass er sie deshalb gleich heiraten wollte. Um Sir Percivals fragendem Blick zu entgehen, schlenderte er zum Fenster und sah beiläufig hinaus in den Park.

Dort war Harriet. Die ranke Gestalt, das leuchtende Haar stachen aus der üppigen Blütenpracht des Gartens heraus. Lan Meng, die sich nie weit von ihrer Freundin entfernte, saß mit untergeschlagenen Beinen im Schatten eines blühenden Jasminbusches und sah verträumt vor sich hin. In diesem Moment trat Lady Elisabeth zu Harriet und legte ihr eine Hand auf den Arm. In ein ernstes Gespräch vertieft, schritten sie gemeinsam über den Rasen, als Harriet plötzlich den Kopf schüttelte, dass ihre Locken wild durcheinanderflogen. Sie wirkte verärgert. Dann wirbelte sie herum und eilte mit langen Schritten quer über den Rasen, so dass ihr Haar und ihr Kleid hinter ihr herwehten. Charles lächelte leicht. Er hatte keine Ahnung, womit Lady Elisabeth Harriets Unmut erregt hatte, aber es gab nur wenige Frauen, die bei diesem Ungestüm immer noch anmutig wirkten.

Das Mädchen gefiel ihm tatsächlich. Es imponierte ihm, wie sie durch die Straßen von Kalkutta lief, als wäre sie ein Teil davon, und sich nicht wie die meisten englischen Ladys naserümpfend in Sänften oder ihre vornehmen Häuser zurückzog. Sie hatte Herz und Humor. Und ein bisschen Jähzorn. Sie wäre zweifellos auf Sullivan losgegangen, hätte er sie nicht zurückgehalten; das Funkeln ihrer Augen war selbst in der Nacht noch deutlich sichtbar gewesen. Und dann ihr blasses Gesicht, der traurige, halb verlangende Ausdruck in ihren Augen, als sie Jahan angeblickt hatte.

Charles ballte langsam die Hand zur Faust. Er wandte sich vom Fenster ab, ging im Raum auf und ab und ließ Sir Percival warten. Er musste nachdenken. Der Gedanke, Harriet Dorley an sich zu binden, war nicht unangenehm. Im Gegenteil. Da war er wieder, dieser unsinnige Wunsch, eine Frau zu bekommen, die ihn zumindest schätzte und die er ebenso achten konnte. Jemanden zu haben, der zu ihm gehörte, der auf ihn wartete, wenn er unterwegs war. Eine Ehe zu führen, die auf Freundschaft und gegenseitigem Respekt basierte. Mit Harriet wäre eine solche Gemeinschaft, sogar ein Heim möglich. Etwas, das er niemals gehabt und worum er immer alle beneidet hatte.

Was könnte ihm in der Tat Besseres passieren, als in diese Familie einzuheiraten? Sir Percival würde sich hüten, den Mann seiner Tochter an den Galgen zu bringen, selbst wenn er herausfände, dass dessen Geschäfte noch illegaler waren als vermutet.

Er blieb stehen und fixierte Sir Percival. »Haben Sie mit Harriet darüber gesprochen? Und hat sie erkennen lassen, dass Sie mich als Ehemann akzeptieren würde?« Er war erstaunt, wie hart sein Herz bei dieser Frage schlug. Wäre es tatsächlich möglich, dass Harriet wärmere Gefühle für ihn entwickelt hatte?

»Nein, nein«, Sir Percival rieb sich nervös die Hände. »Ihre Mutter hat ihr gegenüber zwar eine Andeutung gemacht, dass wir nichts gegen eine mögliche Verbindung hätten, aber sie ist nicht weiter darauf eingegangen. Es wäre auch besser, wenn der Antrag offiziell von Ihnen ausginge. Es würde Harriets Gefühle in dieser Sache schonen.«

Das stimmte allerdings. Es würde ihr gewiss nicht gefallen, von ihrem Vater auf diese Art angeboten zu werden. Das Bild von Harriets roten Lippen verursachte ein Ziehen, das in seinem Hals begann und viel tiefer endete. Hatte er sich nicht eben erst gefragt, wie es wäre, sie zu küssen, sie zu kosten, den schlanken Körper im Arm zu halten? Dieser indische Prinz, den sie so anhimmelte, war dabei allerdings seine geringste Sorge, den würde er ihr schon bald austreiben.

Charles legte die Hände auf den Rücken und schlenderte mit gesenktem Kopf nachdenklich durch den Raum, wohl wissend, dass Sir Percival ihn besorgt beobachtete und dabei immer wieder Schweißperlen von seiner Stirn tupfte.

Grundsätzlich war der Gedanke verlockend, aber man konnte seiner Frau gegenüber nicht sein Leben lang Geheimnisse haben. Die Ehe seiner Eltern war die Hölle gewesen. Auch wenn er nur wenige Erinnerungen an seine Mutter hatte, das wusste er.

Nein, so etwas würde ihm nicht passieren. Er war schon weit genug in die Fußstapfen seines Vaters getreten, er musste nicht alle seine Fehler wiederholen. Wenn er eine Ehefrau wollte, dann eignete sich ein sanftmütiges indisches Mädchen weit besser als dieses Temperamentsbündel. Er war verrückt, überhaupt eine Sekunde darüber nachzudenken. Entschlossen drehte er sich zu Sir Percival um. »Es wäre mir«, sagte er, »eine sehr große Ehre, Sir Percival, um die Hand Ihrer Tochter Harriet anzuhalten, aber ich fürchte, dass wir nicht zusammenpassen.«

~

Harriet traf beinahe der Schlag, als Lady Elisabeth ihr eröffnete, dass ihr Vater soeben dabei war, Charles eine Heirat mit ihr vorzuschlagen. Sie konnte zuerst kaum glauben, was sie da hörte, aber dann stürzte sie davon, um das Schlimmste zu verhindern.

Wie konnten sie nur! Wie unglaublich demütigend! Und ausgerechnet nach dieser verstörenden Erkenntnis am Nachmittag. Der Schreck, als ihr klarwurde, wie gut Charles ihr gefiel, saß ihr jetzt noch in allen Gliedern.

Sie wollte ihn nicht verlieren! Wenn ihr Vater sie ihm aber auf so undelikate Weise antrug, würde er vermutlich so schnell davonlaufen, dass man die Staubwolke bis nach Madras sehen konnte.

Sie eilte mit fliegenden Röcken ins Haus und stürmte den Gang entlang. Ein Diener kreuzte ihren Weg. Sie wich aus, ohne ihren Schritt zu verlangsamen.

»Es ist Besuch für Sie da, Memsahib.«

»Ich habe jetzt keine Zeit!«

Und dann stand Jahan plötzlich wie aus dem Nichts vor ihr. Harriet blieb wie angewurzelt stehen und rang nach Luft.

Ihr blieb auch nichts erspart. Dabei hätte sie sich denken können, dass er sie besuchen würde. Aber ausgerechnet jetzt? Männer waren manchmal so unsensibel. Hilflos sah sie von dem schönen Inder zur Tür des Arbeitszimmers ihres Vaters. Nur noch fünf Schritte …

»Jahan, wie schön, dass du … aber ich muss zuerst …«

Er ließ sie nicht einmal ausreden, war schon bei ihr, ergriff ihre Hände und zog sie an seine Lippen, sie spürte den zärtlichen, vertrauten Druck. Ohne sie loszulassen, sah er sie an. Ein Blick reinster Anbetung und Verführung. Harriets Herz schmolz ein wenig.

»Meine schöne englische Blume«, murmelte er an ihren Fingern, küsste jeden einzelnen davon. Sie spürte den Hauch seines Atems und erschauerte leicht. Seine Berührung erinnerte sie an die vielen einsamen Nächte auf Java, in denen sie sich ihren sehr gewagten Träumen hingegeben hatte.

Aber Charles war nur fünf Schritte entfernt. Rasch entzog sie Jahan ihre Hände. »Wie aufmerksam von dir, mir einen Besuch abzustatten.« Sie schielte über die Schulter und trat unruhig von einem Fuß auf den anderen. Was sollte sie tun? Jahan warten lassen und schnell die Sache mit Charles klären? Retten, was zu retten war?

Jahan ergriff ihre Hände und zog sie trotz ihres Widerstrebens weg vom Arbeitszimmer in den Empfangssalon. Sein Diener schloss hinter ihnen die Tür und baute sich als Wächter davor auf.

Schon hüllte Jahans sinnliche Stimme sie ein. »Hast du daran gezweifelt, dass ich kommen würde, nachdem ich dich sah?«, fragte er leise. »Daran gezweifelt, dass ich von dem Tag an, als du mich verlassen hast, bis heute, nicht jede Stunde an dich denken würde?«

Das war nun doch etwas stark aufgetragen. Sie wurde sogar etwas ärgerlich. Erstaunlich, aber ein gutes Gefühl. Auf jeden Fall viel besser als sehnsüchtiger Schmerz.

Sie legte den Kopf schief und gönnte Jahan eine etwas spöttische Musterung. »Ich kann mir nicht vorstellen, dass es in diesen Jahren nicht Dinge oder … ähem … Personen gegeben hätte, die durchaus imstande waren, dich auf erheiterndere Gedanken zu bringen.« Eine Menge Personen sogar, wenn sie an den Harem seines Vaters dachte. Und jener von Jahan stand ihm bestimmt nicht nach. Seltsam, dass dieser Gedanke mit einem Mal gar nicht mehr weh tat. Sie spürte diesem Gefühl nach. Wann hatte sie aufgehört, sich über Jahans Heirat zu grämen? War das schon auf Java gewesen? Oder hatte es vielmehr mit Charles zu tun?

Jahans Gesicht verschloss sich. »Harriet, ich weiß, du bist von mir enttäuscht. Und ich verstehe das auch. Aber ich musste diese Frau nehmen. Es ist wichtig, für meine Familie.«

»Ich hörte, dass ihr schon Kinder habt«, erwiderte Harriet.

»Es ist bei deinem Volk nicht anders«, fuhr Jahan fort, zornig, weil er nicht widersprechen konnte.

»Auch ihr heiratet der Familie, des Geldes wegen. Um Macht zu gewinnen!« Er besann sich, holte Luft und mäßigte seinen Tonfall. »Wärst du eine Frau aus meinem Volk, hätte ich dich zu mir geholt, damit du als meine erste und Lieblingsfrau mit mir lebst. So trennen uns jedoch euer Gesetz und eure Tradition.«

Vor allem aber Harriets Einstellung zur Vielehe. Fast musste sie lächeln. Jahan glaubte doch nicht wirklich, sie gäbe sich jemals mit einem Platz unter vielen zufrieden! Bei ihrer Eifersucht?

Er legte einen Finger unter ihr Kinn und hob es sachte an. Harriet, die diese Geste nicht leiden konnte, drehte den Kopf weg.

»Du bist gekränkt.«

»Durchaus nicht, ich verstehe deine Gründe vollkommen.« Sie bemühte sich um einen sachlichen Tonfall, während sie zwei kleine Schritte zur Tür hin machte, um Jahan einen dezenten Hinweis zu geben, dass ihre Zeit beschränkt war. »Ich bin sicher, dass deine Frau dich liebt, und du sie ebenfalls.«

Jahan fasste heftig nach ihrer Hand und zog sie wieder in die Zimmermitte. »Wärst du meine …«

»Du solltest jetzt besser gehen.« Sie lächelte ihn an, um es nicht allzu unhöflich klingen zu lassen. Seine Gegenwart war tatsächlich etwas lästig. Sie hatte dringend die Sache mit Charles zu klären, und dann wollte sie allein sein, um über verschiedene Dinge nachzudenken. Vor allem über den Unterschied zwischen dem leidenschaftlichen Jahan und dem kühlen Charles.

»Habe ich kein Recht, mich hier aufzuhalten?«, fragte Jahan in ihre Gedanken hinein erzürnt. »Mit dir zu sprechen?«

»Doch. Aber …« O Gott, Charles würde ihr fehlen, wenn er sich nicht mehr in ihre Nähe wagte, aus Angst, mit ihr verheiratet zu werden! Das war unerträglich! Ihr Gesicht wurde finster. Charles wollte ohnehin morgen fortreisen! Hätte ihr Vater nicht zumindest bis nach seiner Rückkehr warten können, um diesen unseligen Vorschlag zu machen? Bis dahin hätte sie eine Möglichkeit gehabt, ihm und ihrer Mutter diese verrückte Idee auszureden. Und sie hätte an Charles denken können wie an einen guten Freund und nicht wie an einen flüchtenden Bräutigam.

»Du hast dich einem anderen zugewandt.« Jahans schöne Augen wurden schmal. »Diesem Charles Daugherty. O ja, ich habe gehört, dass er sich um dich bemüht und dass du ihn bevorzugst.«

»Das tue ich keinesfalls!« Harriet wurde wütend. Musste Jahan damit anfangen? Ausgerechnet jetzt, wo sie ohnehin nicht wusste, wie sie Charles jemals wieder unbefangen unter die Augen treten sollte?

»Ich vertraue ihm nicht!«

»Charles Daugherty war immer schon ein netter junger Mann«, erwiderte Harriet abweisend. »Und daran hat sich nichts geändert.« Tatsächlich hatte sich der ganze Mann geändert, aber das ging Jahan nichts an. Und dass »nett« nicht der passende Ausdruck für ihn war, spielte jetzt auch keine Rolle.

»Er hat die Geschäfte seines Vaters übernommen, heißt es.«

»Ja, natürlich. Welcher Sohn würde das nicht tun?« Harriet warf verärgert den Kopf zurück.

Jahans Blick wurde weich. Er sah sie mit liebevoller Nachsicht an. »Nun, es ist ja auch gleichgültig. Wie ich höre, wird er demnächst abreisen. Er ist unwichtig.« Jahan hatte sich wieder über ihre Hand gebeugt, presste heiße Küsse darauf. »Lass uns …«

»Jahan, bitte …«

Energische Schritte. Eine inzwischen sehr vertraute Stimme lieferte sich mit Jahans Leibwächter ein kurzes, scharfes Wortgefecht, und dann wurde die Tür aufgerissen. Harriet schloss die Augen. Ihr Pech wollte heute offenbar kein Ende nehmen.

Man konnte nicht einmal sagen, dass Charles überrascht war, Harriet und Jahan in einer derart intimen Situation vorzufinden. Im Grunde genommen hatte er Ähnliches sogar erwartet, als er Jahans Wachen und das kostbare Pferd bemerkt hatte.

Das war unfassbar! Soeben trug ihm Sir Percival seine Tochter an, und nun fand er sie dabei, wie sie sich von diesem Kerl die Finger ablecken ließ! Charles ignorierte den Inder und wandte sich Harriet zu, die ihn mit einem Ausdruck, als würde sie ihn zum Teufel wünschen, fixierte. Sie entriss Jahan energisch ihre Hände.

Ein bisschen zu spät, liebes Kind. Charles' Mundwinkel zogen sich leicht nach unten.

»Ich wusste nicht, dass Sie Besuch haben, Miss Dorley, andernfalls hätte ich jetzt nicht gestört.« Er hatte gleichgültig sprechen wollen, war sich jedoch klar, dass seine Stimme vor unterdrückter Wut leicht bebte. Die Vorstellung, diesen Inder am Kragen zu packen und im hohen Bogen aus dem Fenster zu werfen, wurde unwiderstehlich.

»Sie stören nicht im mindesten«, erklärte Harriet rasch. Es traf sich zwar unglücklich, dass Charles ausgerechnet jetzt hereinplatzte, aber vielleicht war es ganz gut, wenn sie sofort Gelegenheit hatte, alles zwischen ihnen zu klären. Vor allem, bevor er fortreiste und vielleicht einen peinlich falschen Eindruck mitnahm.

Sie wandte sich Jahan zu. »Ich habe Sie schon viel zu lange aufgehalten.« Sie lächelte. »Haben Sie vielen Dank für den Besuch, Hoheit, es war mir eine große Ehre und Freude, dass

Sie sich die Mühe machten, mich daheim willkommen zu heißen. Empfehlen Sie mich bitte Ihrer lieben Gattin. Vielleicht habe ich einmal die Ehre und Freude, sie kennenzulernen.« Nicht bevor die Hölle gefror, aber es war ein guter Abschied. Sehr würdevoll. Harriet war sogar ein wenig stolz auf sich.

Leider spielten die beiden Männer nicht mit, und die Situation wurde mit jedem Moment gefährlicher. Jahans schwarze Augen glühten, und er machte den Eindruck, als wolle er sich gleich auf Charles stürzen. Charles, mit einem eiskalten Lächeln und Augen, die hart wie Stein waren, stand auf der anderen Seite und sah aus, als wolle er sie beide mit Blicken einfrieren.

Harriet blieb nichts anderes übrig, als die Initiative zu ergreifen. Manchmal waren Frauen eben besser geeignet als Männer, eine Situation zu retten. Sie fasste Jahan mit einem liebenswürdigen Lächeln, dem man das Zähneknirschen nicht ansah, am Gewand und zog ihn damit bedeutsam Richtung Tür. Sie verabschiedete sich in der Halle angemessen, nickte zu seinen leise und leidenschaftlich hervorgestoßenen Beteuerungen, Charles Daugherty zu töten, falls er ihr zu nahe treten sollte, und kehrte dann in den Salon zurück, die beiden Türflügel nachdrücklich hinter sich zuziehend.

Charles befand sich immer noch an derselben Stelle, die Hände auf dem Rücken verschränkt, und sah ihr mit steinernem Gesichtsausdruck entgegen.

Harriet ließ ihn erst gar nicht zu Wort kommen. »Es trifft sich hervorragend, dass Sie mich aufsuchen, Charles, ich muss nämlich mit Ihnen sprechen.« Sie machte keine Umwege, keine Ausflüchte, sondern kam gleich auf den Punkt. »Ich weiß, was mein Vater vorhat, und ich billige es nicht.«

Charles warf einen eisigen Blick zur Tür hin. »Das überrascht mich nicht.«

»Verzeihen Sie, wenn ich Ihnen widerspreche, Charles«, erwiderte Harriet energisch, »aber Sie irren sich.«

»So?« Er straffte die Schultern. »Es gehört wenig Scharfsinn dazu, sich …«

»Ihr Scharfsinn in Ehren«, unterbrach Harriet ihn gereizt, »aber Sie täuschen sich tatsächlich. Und«, fuhr sie erregt fort, »Sie irren sich auch, wenn Sie glauben, ich würde dulden, dass mein Vater Ihre Ritterlichkeit ausnützt, um mir einen guten Ruf und einen Ehemann zu verschaffen!« Harriet hielt schwer atmend inne und starrte Charles mit wachsender Verzweiflung an. Wie schön wäre es gewesen, ihn jetzt wie einen Freund behandeln zu können! Sich von ihm zu verabschieden, ihm nochmals eine gute Reise zu wünschen und zu bitten, sie bald zu besuchen. Sehr bald zu besuchen. Und ihr zu schreiben. Am besten jeden zweiten Tag.

Charles hob mokant die Augenbrauen. »Sie legen, wenn ich das richtig verstehe, also weder Wert auf mich als Ehemann noch auf einen guten Ruf?«

»Sie wissen genau, wie es gemeint war!« Harriet spürte, wie ihre Wangen noch heißer wurden. Vermutlich hatte sie jetzt schon die Farbe von Mutters persischen Edelrosen angenommen. Was immerhin den Vorteil hatte, dass man dann ihre Sommersprossen nicht mehr sah.

Charles schienen ähnliche Überlegungen im Kopf herumzugehen, denn sein Blick glitt sehr eindringlich über ihr Gesicht und blieb dann an ihren Augen hängen.

Harriet blinzelte, als sie bemerkte, wie sich sein Gesichtsausdruck veränderte. Ein leichtes Lächeln legte sich um seine Lippen.

Charles' Ärger verflog bei diesem reizenden Anblick ein wenig. Es war schließlich keine Überraschung, dass sie in diesen verfluchten Prinzen verliebt war. Welche Frau hätte da wohl widerstehen können, wenn ein Kerl mit solchem Süßholzgeraspel daherkam – auch wenn er von Harriet doch mehr Verstand erwartet hätte.

»Es tut mir leid, Miss Harriet, ich hatte kein Recht, hier hereinzuplatzen und Ihre Unterhaltung mit Jahan zu stören. Ebenso wenig wie ich ein Recht hatte, meine Schlüsse daraus zu ziehen.« Am liebsten wäre er ihm nachgelaufen, um ihm noch nachträglich einen Kinnhaken zu verpassen. »Ich bin auch nur gekommen, weil ich nicht gehen wollte, ohne Ihnen nochmals Lebewohl zu sagen.« Harriets sich vertiefende Gesichtsfarbe ließ ihn hinzufügen: »Sie wussten also schon, weshalb Ihr Vater mich sprechen wollte?«

»Mutter hat es mir gesagt.« Harriet streckte angriffslustig ihr Kinn vor.

Sie hatte ein reizendes Kinn. Und wunderbare Lippen. »Und Sie billigen seinen Vorschlag nicht?«, fragte er, um einen neutralen Tonfall bemüht. Seltsam, dass ihn dieser Gedanke störte. Er hatte nicht die geringste Absicht, sich mit einer Frau wie ihr das Leben schwerzumachen, aber die Erkenntnis, dass sie ihn erst gar nicht als Ehemann in Erwägung zog, war ärgerlich.

»Natürlich nicht!« Ihre dunkelblauen Augen funkelten, und ihre Nasenflügel bebten. »Sie wollen doch nicht sagen, dass Sie auf diesen Handel eingehen würden!«

»Darüber zu diskutieren wäre im Moment nicht passend«, erwiderte er, »da ich ja, wie Ihnen bekannt ist, morgen abreisen muss. Wären die Umstände allerdings …« Harriet unterbrach ihn, indem sie einen raschen Schritt auf ihn zu machte, seine Hand ergriff und diese heftig schüttelte.

»O Charles, ich bin so froh, dass wir das geklärt haben! Ihre Freundschaft, Ihre Hilfe bei dem Ball, unsere angenehmen

Gespräche und Ihre Liebenswürdigkeit heute Nachmittag haben mir so viel bedeutet, es ist mir immer eine Freude, Sie zu sehen, und ich würde dieses harmlose und unschuldige Vergnügen nicht durch Missverständnisse getrübt sehen wollen, wirklich, ich weiß nicht, was Vater eingefallen ist, uns beide in eine derart peinliche Situation zu bringen, und um ganz ehrlich zu sein: Sie wären einfach zu gut für mich!«

Sie hatte diese Sätze ohne Unterbrechung, ohne Atem zu holen, herausgesprudelt, und Charles schaffte es, ihre Worte ohne ein Blinzeln hinzunehmen. Er hatte zwar nicht die Absicht, sie zu heiraten, aber harmlos und unschuldig waren nicht unbedingt die Begriffe, die er im Zusammenhang mit ihr benutzt hätte.

Und ihr lag offensichtlich wirklich einiges daran, ihn nicht zu kränken. Er hatte Harriet in den letzten Wochen gut genug kennengelernt, um zu wissen, dass sie weder aus Höflichkeit log noch um besondere Freundlichkeit bemüht war, wenn sie diese nicht ehrlich meinte. Das war eine weitere Eigenschaft, die sie schätzenswert machte: Sie war aufrichtig.

Er blickte auf ihre Hand, die seine hielt, legte seine zweite darüber und streichelte sanft mit dem Daumen über ihren Handrücken. So weiche Haut. Sogar hier und auf ihrem Handgelenk waren Sommersprossen, bis der enganliegende Ärmel die Haut verdeckte. Wenn er seinen Blick und seine Finger jetzt über diesen Unterarm hinaufwandern lassen könnte, würde er überall dort Sommersprossen finden. Zarte, hellbraune Flecken auf dieser unwahrscheinlich weißen Haut. Bis ganz hinauf, die Oberarme, die Schultern, zweifellos auch …

Ein dezentes Räuspern riss ihn aus seinen Betrachtungen. »Charles?«

Er blickte ertappt von Harriets Ausschnitt hoch und

bemerkte zu seinem Ärger, dass ihm heiß geworden war. Viel zu heiß für diese Situation. An verschiedenen Stellen seines Körpers sogar glühend heiß. Er setzte sein ausdruckslosestes Gesicht auf und widerstand dem Impuls, sein Halstuch zu lockern. Und seine Hose. Verflucht, so etwas war ihm schon lange nicht passiert. Allein die Vorstellung, diese Frau unbekleidet zu sehen, sich mit Händen, Augen und Lippen an ihrem reizvollen Körper gütlich zu tun und jede Stelle zu betrachten, hatte ihn erregt wie einen Halbwüchsigen. »Dann wird es wohl Zeit, dass ich mich verabschiede«, sagte er rauh.

Harriet blickte bedeutsam auf ihre Hand, die fest in seinen lag. »Ja, ich denke, das stimmt. Leben Sie wohl. Und … Charles? Vielleicht lassen Sie ja einmal von sich hören? Ich würde mich sehr freuen, wenn Sie mich nach Ihrer Rückkehr besuchten.«

»Das werde ich.« Wenn er vernünftig war, machte er in Zukunft einen großen Bogen um dieses Mädchen. Die Hitze verstärkte sich, sein Herz schlug schneller, und sein Atem beschleunigte sich. Mit einem Mal wurde die Vorstellung, diese vollen Lippen zu kosten, übermächtig. In ihrem – durch Verlegenheit und Aufregung leicht geröteten – Gesicht wirkten sie wie blutrote Rosen. Der Vergleich war wie schlechte Poesie, aber Charles fiel im Moment nichts Besseres ein. Und er konnte auch an nichts anderes denken als daran, diese glänzenden Blütenblätter mit seinen Lippen zu berühren, ihren Duft einzuatmen, sie zu kosten. Selbst wenn er Gefahr lief, sich dafür eine Ohrfeige einzuhandeln. Oder Prügel mit dem Schirm. Das war es wert.

Er bemühte sich um ein leichtes Lächeln. »Da wir das nun geklärt haben, könnte es doch nicht schaden, unseren Abschied etwas freundschaftlicher zu gestalten, nicht wahr?«

Freundschaftlicher? Harriet sah Charles verwundert an, aber

als er auf sie zutrat und sein Blick ihre Lippen suchte, verstand sie. Er kam so nahe, dass er sie fast berührte. Harriet war es, als hätte sie plötzlich zu wenig Luft zum Atmen. Eine ungewohnte Erregung hatte sie erfasst, und eine verräterische Wärme kroch ihren Hals hinauf in ihre Wangen. Zuerst wollte sie von ihm abrücken, aber dann blieb sie stehen und sah ihn an. Seine Augen waren wie dunkler Bernstein. Noch nie hatte sie Augen gesehen, die sich so verändern konnten. Wieso hatte sie früher nur gedacht, sie wären einfach nur braun?

Harriet wusste nicht, wie ihr geschah. Ihr Herz schlug heftig und so laut, dass sie beinahe sicher war, Charles müsse es ebenfalls hören. Er fasste sie leicht an den Oberarmen, um sie etwas zu sich zu ziehen. »Ich darf doch?«, fragte er leise. Harriet bemerkte, dass sein Blick ihre Lippen nicht losließ. Auch sein Atem ging schneller. Sie nickte, sprechen konnte sie jetzt nicht. Was hatte er denn vor? Er wollte sie doch nicht etwa küssen?

Ein Zucken ging über sein Gesicht, dann war es wieder beherrscht. Seine Hände wanderten langsam über ihre Schultern hinauf und legten sich um ihre Wangen. Jetzt war sein Gesicht so dicht vor ihrem, dass sie seinen Atem fühlen konnte. Ihr wurde bewusst, dass sie Charles zwar schon nahe gewesen war, aber noch niemals so sehr, dass sie den kleinen Schimmer nachwachsenden Bartes auf seinem Kinn wahrnehmen konnte. Er roch nach frisch gewaschenem und gestärktem Leinen, nach Pferd, ein wenig nach Schweiß und dann so gut nach Mann.

Sie atmete tief ein, um sich seinen Geruch einzuprägen, die Erinnerung musste immerhin ein paar Wochen überdauern. Sein Blick hob sich von ihren Lippen, und Harriet sah zum ersten Mal Leben darin. Ein kurzes Aufglühen, das ihr den Atem nahm. Und endlich senkte sich sein Mund auf ihren.

Harriet wollte kühl bleiben. Gelassen. Freundschaftlich eben. Schon um sich nicht zu verraten. Aber in dem Moment, als seine Lippen ihre berührten, gab ihr Körper dem Druck seiner Hände wie von selbst nach. Er zog sie näher heran. Sie spürte seinen harten Körper, seine Arme, die sie umschlossen, fühlte Geborgenheit, als sein Mund sich auf ihren legte, und dann wachsende Erregung, als der Druck sich verstärkte. Sie seufzte in seine Lippen, als Charles sich nicht damit begnügte, sie einfach zu küssen, sondern begann, seine Lippen auf ihren zu bewegen, mit deren Weichheit zu spielen und sie dann sachte mit seiner Zunge zu teilen, diese tiefer wandern zu lassen, bis Harriet sich ihm weiter öffnete. Dieser Kuss war die sinnlichste, zärtlichste Verführung, die Harriet sich vorstellen konnte, und sie gab sich ihr völlig hin, ohne einen Gedanken an Jahan, ihre Eltern oder den Rest der Welt zu verschwenden.

Erst als Charles sich von ihr löste, wurde ihr klar, dass sie nicht mehr aufrecht und gefasst vor ihm stand, sondern eng an ihn geschmiegt an seiner Brust lag, einen Arm um seinen Nacken geschlungen, die Finger in seinen Kragen verkrallt und die zweite Hand in seinem Haar vergraben, um ihn zu sich zu ziehen und festzuhalten.

»Oh …« Es bedurfte einiger Willensanstrengung, ihre Finger von seinem Haar zu lösen und sich aufrecht hinzustellen. Und noch mehr Zurückhaltung, ihn nicht doch noch zu berühren. »Das … es tut mir leid«, murmelte sie tödlich verlegen, als Charles' dicke Haarsträhnen ins Gesicht und bis auf die Schultern fielen. Sie konnte sich nur noch dunkel erinnern, wie sie an der Samtschleife gezerrt hatte, die sein Haar im Nacken zusammenhielt, bis sie endlich nachgegeben hatte. Im Bewusstsein war ihr allerdings das angenehme Gefühl von Charles' Haar geblieben, weich wie Seide und so dicht, dass

Harriet am liebsten mit beiden Händen darin gewühlt hätte. Oder hatte sie etwa?!

Charles, offenbar nicht weniger benommen als sie, strich sich das Haar aus dem Gesicht. Er mied ihren Blick, als er sich suchend auf dem Boden umsah, dann bückte er sich nach seiner Samtschleife und betrachtete sie, als wüsste er nichts damit anzufangen. »Donnerwetter«, sagte er heiser. »Damit hatte ich nicht gerechnet.«

»Ich auch nicht«, wisperte Harriet. Sie legte die Finger auf ihre Lippen, wo sie noch den Druck von Charles' Mund und seinen Geschmack fühlte. Sie leckte mit der Zunge darüber. Charles schmeckte gut.

Dann trafen sich ihre Blicke. Seiner war so erstaunt, so fassungslos, dass Harriet, tödlich verlegen, mit einem nervösen Kichern herausplatzte, während Charles todernst blieb.

»Ein Glück, dass das niemand gesehen hat, Harriet. Sonst müssten wir jetzt auf der Stelle heiraten.« Ob es ihm nun passte oder nicht. Wie hatte er nur so unvorsichtig sein können!

Harriet nickte langsam. Sie wirkte nicht sehr überzeugt.

»Wir sehen uns dann nach meiner Rückkehr.« Vielleicht. Damit drehte er sich auf dem Absatz um und ging rasch hinaus.

4. KAPITEL

Als Charles von seiner Reise nach Sumatra zurückkehrte, betrat er nur ungern das Haus, in dem er so viele Jahre mit seinem Vater gelebt hatte. Als James Daugherty vor knapp dreißig Jahren nach Kalkutta gezogen war, hatte er den palastartigen Bau einem ehemaligen Mitglied der East India Company abgekauft und noch weiter ausgebaut. Er bestand aus weitläufigen Zimmerfluchten, einem Park und den Stallungen, denen sich kleinere Hütten für die Diener anschlossen.

Charles stieg langsam die breite Marmortreppe hinauf, wobei sein Blick zu der einzigen Tür glitt, die verschlossen war. Dahinter befanden sich die Räumlichkeiten seines Vaters. Er hatte sie nach James Daughertys Tod versperrt und nicht mehr betreten. Jetzt blieb er davor stehen und zog den Schlüssel hervor. Noch zögerte er, dann schloss er auf und trat ein.

Dumpfer Geruch schlug ihm entgegen. Er ging durch den kleinen Vorraum, und kurz bevor er das Schlafzimmer betrat, blieb er stehen. Fast erwartete er, das Rasseln der Kette zu hören, an der sein Vater den jungen Tiger gehalten hatte. Es war das fast erwachsene Junge der Tigerin, die James Daugherty gejagt und erlegt hatte. Bevor sie starb, hatte sie ihn selbst tödlich verwundet. Allerdings hatte er lange Wochen gebraucht, um endlich zu sterben. Und dann …

Charles holte tief Luft und trat ein. Alles war still. Er spürte ein Würgen im Hals, wenn er sich daran erinnerte, wie man ihn gerufen und er das Zimmer betreten hatte. Noch immer glaubte er, den erstickenden Geruch von Tod hier drinnen einzuatmen, obwohl die Diener das Blut schon vor Jahren weggewaschen hatten und die Toten längst begraben waren.

Er durchquerte mit schnellen Schritten den Raum und stieß die geschnitzten Fensterläden weit auf. Gleißendes Licht und ein Schwall, heißer, von den Düften des Gartens durchsetzter Luft drangen herein. Charles atmete tief durch, drehte sich um und lehnte sich gegen das Fensterbrett. Sein Blick glitt über das Bett, in dem sein Vater sich – wenn er nicht mit Opium betäubt war – vor Schmerzen gewunden hatte. Es war nun leer bis auf das Bettgestell. Charles hatte die Laken und Matratzen entfernen und verbrennen lassen. Er wandte sich der Ecke neben dem Eingang zu. Der Arzt hatte den Hausherrn tot im Bett vorgefunden, mit Schaum vor dem Mund, die Augen hervorquellend. Von dem stummen Diener und Leibwächter war lediglich ein blutiger, zerfetzter Körper übrig geblieben. Der Tiger hatte ihn zerfleischt.

Charles hatte den jungen Tiger erschießen lassen. Er hatte die Idee seines Vaters, das fast ausgewachsene Tier in seinem Schlafzimmer zu halten, verrückt gefunden. Aber das war typisch für James Daugherty gewesen, den man besser unter dem Namen El Capitano gekannt und gefürchtet hatte.

Charles hatte sich oft gefragt, wann seine Mutter dahintergekommen war, dass ihr Gatte all sein Vermögen auf Mord und Raub aufgebaut hatte.

Rachel Daugherty war ebenfalls in diesem Palast gestorben. Charles war damals acht Jahre alt gewesen. Er hatte ihr lange nicht verziehen, dass sie ihn hier mit diesem düsteren Mann alleingelassen hatte. Sein Verhältnis zu seinem Vater war zwiespältig gewesen. Einerseits hatte er in kindlicher Weise an ihm gehangen und hätte alles getan, um seine Anerkennung zu erhalten. Andererseits hatte er als Kind eine große Scheu vor diesem grausamen Mann gehabt, obwohl Daugherty seinen Sohn niemals misshandelt hatte.

Charles hatte nur ein einziges Mal eine Ohrfeige bekommen, die ihn halb bewusstlos zu Boden geworfen hatte. Das war am Tag des Begräbnisses seiner Mutter gewesen. James Daugherty hatte sie dem indischen Ritual entsprechend verbrennen lassen, und Charles hatte sich losgerissen, um zu dem in den Flammen liegenden, sich aufbäumenden Körper zu laufen, vor Angst, seine Mutter könnte noch leben. Da hatte James ihn zurückgeholt und ihm eine Ohrfeige gegeben. Und dann hatte plötzlich Harding vor ihm gestanden und hatte Daugherty mit einem Blick gemessen, den Charles niemals vergessen würde. Harding hatte Charles auf die Arme genommen und ins Haus getragen. Der Junge hätte schwören können, Tränen in seinen Augen zu sehen.

Charles verließ das Zimmer, ohne erneut abzusperren oder die Läden zu schließen, und schlenderte durch den Gang in die ehemaligen Gemächer seiner Mutter. Es war alles sauber, sah aber unbewohnt aus, kalt. Die Möbel waren kostbar, auch die Bettlaken aus reiner Seide, ebenso wie die ehemals gelben, mit Blumenmotiven bestickten Vorhänge vor den Fenstern, die schon lange von der Sonne ausgebleicht waren. Wie in jedem anderen Raum waren die Fenster von geschnitzten Holzgittern verschlossen, um die Hitze des Tages abzuhalten. Über einem Diwan befand sich ein großer Fächer, der von einem Diener über einen Flaschenzug in Bewegung gehalten werden konnte. Sein Vater hatte alles Persönliche aus diesem Raum entfernen lassen, als Charles' Mutter starb. Es war, als hätte sie nie gelebt.

Er ging in sein Zimmer, ließ sich auf das Bett fallen, stopfte sich Kissen in den Rücken und zog einen Brief aus seiner Jackentasche. Als sein Verwalter ihm seine Post bei der Ankunft übergeben hatte, hatte Charles sie schnell durchgesehen, aber nur diesen einen Brief mitgenommen. Er stammte von Harriet Dorley. Sein Blick glitt über die runde, energische Schrift, die so lebhaft war wie sie selbst.

Der Brief war lang und ausführlich, die Gedanken sprunghaft, genau so, wie sie redete, wenn sie nervös war. Sie plapperte dann drauflos, und es war kaum möglich, sie zu unterbrechen. Sie schrieb ihm, dass sie die in Boston lebende Base ihres Vaters, Vanessa McRawley, besuchen wolle. Charles' Nackenhaare stellten sich auf. McRawley, Finnegan, O'Connor, das waren Namen, die er nach Möglichkeit am liebsten aus seinem Gedächtnis gestrichen hätte.

Ärgerlich überflog er den Brief und warf ihn dann zu Boden. Harriet hatte ihn vor drei Wochen geschrieben und war inzwischen schon abgereist. Das war verdammt unangenehm. Diese Leute hatten damals – nicht ganz freiwillig – herausgefunden, wer hinter dem Namen El Capitano steckte, und würden Harriet sehr schnell über ihn aufklären. Charles fluchte herzhaft.

Und dann noch dieser vermaledeite Abschiedskuss, der selbst jetzt, nach Wochen, noch das heftige Verlangen auslöste, ihn ausgiebig zu wiederholen. Bei dem Gedanken an Harriets weiche Lippen und ihren biegsamen Körper, an die Leidenschaft, mit der sie sich an ihn geschmiegt und seinen Kuss erwidert hatte, wurde seine Kehle eng und sein Mund trocken. Von anderen, übermäßigen, körperlichen Reaktionen ganz abgesehen.

Er beugte sich hinunter und hob den Brief auf, studierte ihn nun genauer und versuchte, zwischen den Zeilen zu lesen. Aus ihrem Geplapper ging nicht eindeutig hervor, weshalb sie wirklich abgereist war. Abenteuerlust? Das behauptete sie jedenfalls wiederholt. Dazwischen gab es einige kryptische Andeutungen über gewisse Ereignisse in ihrer Vergangenheit, die sie zurücklassen wollte. Meinte sie diesen verdammten Inder, der ihr wieder nachgestellt hatte? Ertrug sie es nicht, in seiner Nähe zu leben und zu wissen, dass er einen ganzen Harem hatte? Oder war Sullivan wieder aufdringlich geworden, trotz seiner deutlichen Warnungen?

Schritte näherten sich, dann ertönte ein energisches Pochen an der Tür. Auf seinen Ruf hin trat Harding ein.

Charles legte den Brief zur Seite und sah seinem Vertrauten entgegen. »Etwas Interessantes?« Harding hatte seine eigene Art und Weise, sich auf dem Laufenden zu halten. Die *Sea Snake* hatte kaum im Hafen gelegen, als er auch schon Besuch von seinen verschiedenen Informanten erhalten hatte. Charles hatte in der Zwischenzeit das Hafenbüro aufgesucht, wo sie ihre legalen Geschäfte abwickelten. So hielten sie es – auf Hardings Drängen –, seit Charles sein Erbe übernommen hatte. Sein Vater hatte ihn stets aus allen illegalen Aktivitäten herausgehalten, auch wenn Charles schon lange geahnt hatte, dass James Daugherty so einiges trieb, was das Licht des Tages scheute. Die volle Wahrheit hatte er allerdings erst nach Daughertys Tod erfahren, und Harding war auch nur nach einigem Zögern und Zaudern damit herausgerückt.

Sein Vater hatte unter dem Namen Jacques le Fortune als einer der berüchtigtsten und grausamsten Piraten des Indischen Ozeans sein Unwesen getrieben, bis er von seinen eigenen Leuten verraten worden war. Er war gefangen genommen worden, hatte jedoch flüchten können und sich mit dem verbleibenden

Vermögen ein neues Leben geschaffen. Allerdings hatte er es dieses Mal subtiler angestellt, offiziell legalen Handel getrieben, ein ehrbares Leben mit Frau und Kind geführt und daneben seine neue Piratenflotte aufgebaut.

Nach Daughertys Tod hatte Harding versucht, Charles dazu zu bewegen, sich nur auf die offiziellen Handelsgeschäfte, die lukrativ genug waren, zu beschränken. Charles war jedoch nicht darauf eingegangen. Vermutlich war es das Bedürfnis, sich selbst etwas zu beweisen, das ihn dazu getrieben hatte, die Piratenflotte nicht nur zu behalten, sondern seine Geschäfte sogar noch auszubauen.

Harding schlenderte in seiner lässigen Art zu dem schweren, samtbezogenen Lehnstuhl, den Charles vor zwei Jahren einem französischen Händler abgenommen hatte, und ließ sich hineinfallen. »Nur das Übliche«, sagte er gemächlich, als er es sich bequem gemacht und die Beine übereinander geschlagen hatte. »Die *El Capitano* hat wieder zugeschlagen und mit vier Schiffen einen niederländischen Konvoi angegriffen.«

»Verluste?«

Harding zuckte mit den Schultern. »Keine nennenswerten. Aber die Beute war gut. Die Niederländer hatten die Ladung in Mokka gelöscht und dafür dort jede Menge Waren eingekauft. Unsere Lager werden einen hübschen Zustrom an Gewürzen, Färbstoffen, Elfenbein und Kaffee bekommen. Und«, setzte er grinsend hinzu, »zwei schöne neue Schiffe.«

»Hört sich nicht schlecht an«, meinte Charles. »Johnson ist ein guter Mann.«

Harding nickte. Johnson war sein ehemaliger Erster Offizier. Er war James Daugherty ausgewichen, aber Harding hatte sich jederzeit auf ihn verlassen können. Und als er nach Daughertys Tod vorgeschlagen hatte, Johnson die *El Capitano*, also quasi das Flaggschiff der Daugherty'schen Piratenflotte, anzuvertrauen, war Charles sofort damit einverstanden gewesen.

»Und was gibt es hier?«

»Napoleon wird in Europa immer lästiger, man spricht davon, dass er sogar nach der Kaiserkrone schielt, wenn er sie in der Zwischenzeit nicht schon erhalten hat. Wir befinden uns immer noch im Krieg mit Frankreich. Und eines unserer Handelsschiffe ist gekapert worden«, erwiderte Charles.

Harding, der bei der Erwähnung der Kaiserkrone gegrinst hatte, setzte sich auf. Seine dunklen Brauen zogen sich zusammen und verliehen seinem hageren Gesicht einen dämonischen Ausdruck. »Schon wieder? Das ist schon das fünfte Mal innerhalb von knapp zwei Jahren.«

»Es fällt wirklich auf«, stellte Charles fest. »Freibeuter machen normalerweise einen großen Bogen um unsere Konvois.« Und zu Recht. Die offiziellen, schwerbewaffneten Schiffe seines Unternehmens waren dafür bekannt, jeden Angriff so brutal abzuwehren, dass von dem ehrgeizigen Freibeuter nicht viel übrig blieb. »Aber diese hier agieren anders«, sprach Charles weiter. »Sie greifen nicht in der Nähe der Küste an wie die ortsansässigen Piraten, sondern mitten auf dem Meer. Irgendwie gelingt es ihnen, Schiffe vom Konvoi zu trennen und Flauten auszunutzen. Aber das ist noch nicht alles. Als sie das Schiff selbst nicht mitschleppen konnten, haben sie die Waren an Bord genommen und den Rest mitsamt der im Unterdeck eingesperrten Mannschaft versenkt. Einige wenige konnten geborgen werden, aber etwa achtzig Leute sind ertrunken.«

»Hölle und Verdammnis über diese Hunde«, fluchte Harding. »Ich frage mich, woher sie immer wissen, welchen Kurs wir nehmen. Haben sie den Konvoi verfolgt?«

»Bis fast an die südamerikanische Küste? Nein, die mussten

genau wissen, wo wir unsere Waren hinliefern wollten.« Charles hatte in Südamerika, Westindien und an der afrikanischen Küste einige »Niederlassungen« aufgebaut, die seine Waren weiterverkauften und wo die gekaperten Schiffe umgerüstet und neu gestrichen wurden. Sobald das Handelsgut die letzten Käufer erreichte, war es so unschuldig sauber wie ein frisch gewaschenes Kinderhemd. Seit zwei Jahren hatten sie auch eine kleine, aber schlagkräftige Flotte im Mittelmeer. Die dort erbeuteten Waren – vornehmlich Spitzen, kostbares Glas und Felle – nahmen allerdings den Handelsweg über Land und wurden teuer – und legal – in Indien verkauft. Ein Geschäft, das zu den offiziellen Aktivitäten seines Unternehmens zählte.

Bisher war alles gut gelaufen. Er hatte sich in mancherlei Hinsicht abgesichert und gewisse Neuerungen eingeführt. Die Schiffe der East India Company waren von vornherein von allen piratischen Aktivitäten ausgenommen. Damit sicherte er sich und seinen Leuten zumindest in Ostindien den Hals, falls einer von ihnen gefasst wurde. Aufgebracht wurden lediglich Schiffe anderer Nationen, für die Charles sicherheitshalber auch Kaperbriefe besaß. Allerdings zog er diese nur hervor, wenn es absolut nötig war; sonst wurden die erbeuteten Waren und Schiffe nicht auf dem legalen Weg dem Prisengericht gemeldet, sondern in Eigenregie vermarktet. Charles und seine Leute verdienten hervorragend mit dem Verkauf der geraubten Güter, die er bis nach Südamerika und Europa verschiffte.

Trotzdem wäre es lästig, wenn Harriet Dorley alles von ihm erfuhr. Vor allem wusste man in Boston sehr genau über seinen Vater und dessen noch weit grausamere Vergangenheit Bescheid. Harriet würde nicht nur ihrem Vater davon erzählen, sobald sie wieder daheim war, sondern ihn, Charles, zutiefst verachten. Dies war ein Gedanke, der wie Blei in seinem Magen lag.

Harding grübelte ebenfalls eine Weile düster vor sich hin, bis er bemerkte, wie Charles nachdenklich mit dem neben ihm liegenden Brief spielte.

»Von Ihrer Miss Harriet?«

Charles' Miene nahm einen Ausdruck genervter Duldsamkeit an. »Woher wissen Sie das schon wieder?«

»Zum einen daher, weil er bis hierher nach Parfüm stinkt.«

Charles hob den Brief unwillkürlich an seine Nase. Ihm war nichts aufgefallen. Ja, er roch ein wenig, aber ganz zart, kaum merklich. Er warf Harding einen gallenbitteren Blick zu.

»Und sonst von ihrem Vater.« Harding feixte zufrieden, weil Charles ihm auf den Leim gegangen war. »Ich habe ihn auf dem Weg hierher getroffen. Er hat mir erzählt, dass seine Tochter abgereist ist, und meinte, Sie müssten davon wissen, sie hätte Ihnen geschrieben. Er wirkte etwas aufgelöst, der arme Mann.«

»Inwiefern? Gab es Probleme?«

»Bei Harriet Dorley wohl immer, soweit ich ihn verstanden habe. Wenn ich so eine Tochter hätte ...«, begann Harding.

»Lassen Sie die Sprüche, Mortimer«, unterbrach ihn Charles, »und erzählen Sie schon.«

»Die junge Dame hat einen Skandal ausgelöst.« Harding ließ sich die Worte auf der Zunge zergehen.

»Und?«, bohrte Charles nach, als er nicht gleich weitersprach.

»Da ich dachte, es könnte Sie interessieren, habe ich noch anderweitig nachgeforscht. Es war nicht leicht, Details zu erhalten; die Leute bei Sir Percival werden gut bezahlt und haben überraschend viele Hemmungen, über das zu klatschen, was im Haus vor sich geht. Wäre da nicht die Kleine gewesen, die mit dem …«

»Harding!«

Harding grinste und kratzte sich mit seinem Haken am Kinn. »Es gab einen beachtlichen Streit mit seiner Hoheit, dem Prinzen Jahan.«

Charles setzte sich interessiert auf.

»Offenbar hat es seine Hoheit nicht ganz verkraftet, von dem Mädchen abgeschoben zu werden, und hat sie immer wieder besucht. Was beim letzten Mal passiert ist, konnte niemand sagen, da die Türen verschlossen waren …«

Charles' Kiefermuskeln verspannten sich. Verschlossene Türen. Jahan hatte zweifellos sein Glück immer fordernder bei Harriet versucht. Das Bild des Inders, wie er Harriet dieses Mal nicht nur die Hände küsste, stieg in ihm hoch und hinterließ den Geschmack von Zorn und Übelkeit.

»… auf jeden Fall ist Ihre Miss Harriet plötzlich sehr laut geworden. Der edle Prinz schrie zurück – vermutlich ist er ein solches Benehmen von seinem Konkubinat nicht gewöhnt –, dann hörte man Splittern, Krachen, Glas brechen, und am Ende stürzte seine Hoheit wutentbrannt und etwas derangiert aus der Tür, aus dem Haus und auf sein Pferd. Und ward von Stund an nicht mehr gesehen.«

Charles schwang die Beine aus dem Bett und beugte sich angespannt vor. »Und weiter?«

»Ihre Miss Harriet«, Charles merkte sehr wohl, dass Harding jedes Mal die Betonung auf *Ihre* legte, »rauschte danach ebenfalls aus dem Zimmer, mit hochrotem Kopf und hocherhobener Nase. In dem Raum soll es ausgesehen haben wie auf einem Schlachtfeld. Aber ich persönlich neige dazu, das für eine typische Übertreibung des indischen Personals zu halten.«

Harding ließ seinen Blick grinsend über Charles gleiten, dessen Augen die übliche Zurückhaltung und Kühle verloren hatten, sondern amüsiert und aufgeregt glänzten. »Auf jeden Fall scheint die Liebe einen ziemlichen Sprung bekommen zu haben, denn eine Woche später reiste sie ab.«

Charles lehnte sich wieder zurück, überkreuzte die Beine und griff nach dem Brief. »Nach Boston.«

»Nach Boston«, nickte Harding bestätigend. »Was das bedeutet, muss ich Ihnen nicht erst sagen, oder?«

Charles rieb sich den Nasenrücken zwischen Daumen und Mittelfinger, während er auf Harriets Brief blickte. »Finden Sie doch heraus, welches Schiff sie genommen hat, Mortimer. Vielleicht sollten wir die junge Dame auf ihrem langen, gefährlichen Weg begleiten.«

»Sie hat ein Postschiff bis nach Madras genommen und ist dort auf die *Red Vanessa* umgestiegen«, antwortete Harding wie aus der Pistole geschossen.

»Die *Red Vanessa?*« Dieser Name weckte in Charles unangenehme Assoziationen.

Harding nickte grimmig. »Eines von O'Connors Schiffen. Sie meiden zwar Kalkutta, um uns nicht in die Quere zu kommen, machen aber die Häfen im Süden unsicher. Allerdings haben sie noch nicht versucht, uns dort Probleme zu machen.«

Seit Charles Jack O'Connor damals hatte laufenlassen, hatte dieser sich an die Vereinbarung gehalten, nicht mehr in Kalkutta aufzutauchen. Das war auch gesünder für ihn, da er zu viel über El Capitano und dessen Geschäfte wusste. Dagegen liefen die Schiffe der Boston Independence Company nach wie vor südindische Häfen an. »Welchen Vorsprung haben sie?«

»Nur zwei Wochen. Sie segeln in einem amerikanischen Konvoi. Soll ich einige Schiffe nachschicken?«

»Wir werden selbst losfahren«, entschied Charles. »Dabei können wir uns gleich davon überzeugen, dass sich unsere Geschäftspartner in Westindien noch an die Vereinbarungen halten und bei Gelegenheit den Kerlen, die uns angreifen, auf die Finger klopfen.«

Charles legte den Brief endgültig weg und verschränkte die Hände hinter dem Kopf. Durchaus möglich, dass sich ihre Wege schneller wieder kreuzten, als Harriet dachte.

5. KAPITEL

Harriet saß bei geöffneten Luken in ihrer Kajüte und hoffte, dass die frische Meeresluft einen Teil der manchmal recht strengen Ausdünstungen auf dem Schiff vertrieb. Bilgenwasser, Teergeruch, die vielen schwitzenden Menschen auf engstem Raum und lebender Proviant wie Hühner, Ziegen und Schweine bildeten ein recht fragwürdiges Bouquet, an das sie sich wohl niemals völlig gewöhnen würde.

Aber sie war nicht unzufrieden. Die Reise auf der *Red Vanessa* war, trotz aller Einschränkungen, die man auf so beengtem Raum und mitten auf dem Meer in Kauf nehmen musste, bisher angenehmer verlaufen, als Harriet gefürchtet hatte. Sie waren immerhin schon einige Monate unterwegs, hatten – ohne dass Harriet nennenswert seekrank wurde – sogar schon das stürmische Kap der Guten Hoffnung umsegelt und befanden sich nun auf der Route, die sie zu den Westindischen Inseln bringen sollte. Das Schiff war relativ geräumig und bot gut zahlenden Passagieren wie ihr eine ausreichend große Kajüte, die sie mit Lan Meng und ihrer Zofe teilte.

Der Entschluss zu dieser Reise war zugegebenermaßen etwas spontan erfolgt, was unter anderem an Harriets völlig familienuntypischer Abenteuerlust lag – zweifellos ein Erbteil ihrer Großmutter väterlicherseits. Die rüstige Dame hatte nach dem Tod ihres Gatten, und nachdem ihre Söhne sich in angemessenen Ehen etabliert hatten, ein sehr freies und abenteuerliches Leben geführt. Vater sprach oft davon, dass Harriet nicht nur ihr rotes Haar und die dunkelblauen Augen, sondern auch ihren Charakter geerbt hätte. Er sagte das immer mit einer Mischung aus Stolz und Bedauern.

Ihrer Mutter hatte es ganz und gar nicht gefallen, dass sie die Reise unternahm, und ihr Vater hätte beinahe ein Machtwort gesprochen, aber Harriet hatte darauf bestanden, ihre amerikanischen Verwandten kennenzulernen. Der Abschied hatte ein wenig geschmerzt, aber letzten Endes war sie mit jeder Seemeile, die sie zwischen sich und Kalkutta brachte, froh, dem Tohuwabohu daheim entkommen zu sein.

Auch Lan Meng, mit der sie sich ausführlich besprochen hatte, war für diese Reise gewesen. Harriet hatte bemerkt, dass ihre Freundin weder Jahans Aufmerksamkeiten noch die beginnende Freundschaft zu Charles mit Wohlwollen betrachtete. In Lan Mengs Augen waren vermutlich alle Männer mehr oder weniger Verbrecher.

Jahan hatte tatsächlich wieder begonnen, sie zu umwerben. Er hatte sie regelmäßig besucht und ihr kleine Geschenke zukommen lassen, bis sie ihn höflich, wenn auch deutlich darauf hingewiesen hatte, dass sie sich weder als Nebenfrau noch als heimliche Geliebte eignete. Und dann hatte Jahan eines Tages mit vor Eifersucht glühenden Augen vor ihr gestanden und hatte ihr vorgehalten, Charles' Avancen gegenüber weitaus empfänglicher zu sein. Da er hier einen gewissen, hochempfindlichen Nerv bei Harriet getroffen hatte, war sie etwas unwirsch geworden. Mit anderen Worten: Ihr Mundwerk war auf sehr undamenhafte Weise mit ihr durchgegangen. Jahan hatte bitterböse Worte für Charles gefunden und ihr Dinge gesagt, die sie nicht ruhig hatte hinnehmen können. Ein Wort hatte das andere gegeben, und schließlich hatte Jahan wutentbrannt den

Raum verlassen, woraufhin Harriet eine von Mutters geschätzten englischen Vasen gepackt und an die sich hinter ihm schließenden Türen geworfen hatte. Nun ja, so viel zu den ehemals zärtlichen Gefühlen zwischen dem schönen Inder und ihr.

Tags darauf waren sie und der Streit mit Jahan das Stadtgespräch gewesen. Das allein war schon ein guter Grund, Kalkutta für einige Zeit zu verlassen.

Die Schar der Mitgiftjäger war ein weiterer. Bis sie dann wiederkam – sie rechnete mit mindestens zwei Jahren, denn knapp zehn Monate konnte je nach Wind und Wetter allein schon die Reise dauern –, wäre alles ganz anders. Vor allem wäre sie dann endlich in einem passenden Alter, um als alte Jungfer zu gelten. Das hatte unglaubliche Vorteile für jemanden, der nicht heiraten wollte! Ihr Vater war wohlhabend genug, um ihr ein ausreichendes Vermögen zu hinterlassen, das es ihr später erlaubte, völlig unabhängig zu leben. Besagte abenteuerlustige Großmutter war ebenfalls so freundlich gewesen, ihr eine nette Summe zu vererben, auf die Harriet an ihrem dreißigsten Geburtstag Zugriff bekommen sollte. Also nur noch fünf Jahre, dann war sie so gut wie unabhängig.

Inwieweit Charles an ihrer Entscheidung, Kalkutta für längere Zeit zu verlassen, beteiligt war, darüber wollte sie lieber nicht zu lange nachdenken. Nicht einmal jetzt, nach einigen Monaten. Er hatte nach diesem Abschiedskuss – der noch dazu seine Idee gewesen war – kein einziges Mal von sich hören lassen, obwohl sie ihn darum gebeten hatte. Lediglich ein Schreiben an ihren Vater war eingetroffen, in dem er ihr *respektvolle Empfehlungen* sandte. Sonst nichts. Sie hatte ebenso stillschweigend abreisen wollen, es sich dann aber anders überlegt und einen Brief geschrieben, in dem sie versuchte, ihm die Gründe für ihre Abreise darzulegen, ohne zu viel zu verraten. Sie wusste nicht, ob ihr das gelungen war, für sie hatte beim Durchlesen alles etwas wirr geklungen, aber eines hatte sie bestimmt geschafft: jeden Verdacht ausgeräumt, Charles könne mit ihrer Abreise zu tun haben.

Sie zuckte zusammen, als plötzlich die Tür aufgerissen wurde und Beth, ihr Zofe, hereinstürzte. Die Kleine vertrug die Seefahrt angeblich nicht so gut, weshalb sie die meiste Zeit an Deck verbrachte. Harriet wusste zwar, dass vielmehr ein Seemann – ein bärtiger, vierschrötiger Kerl, mit einem breiten Grinsen voller Zahnlücken – der Grund für Beths Hunger nach frischer Luft war, aber sie ließ das Mädchen gewähren. Sie hatte ein gewisses Verständnis für Verliebte.

Nun jedoch wirkte Beth alles andere als verliebt, sondern blass und ängstlich erregt, und Harriet erkannte an dem Trampeln von gut einhundert Füßen an Deck, an den scharfen Befehlen des Captains und seiner Offiziere, dass etwas nicht stimmte.

»Piraten«, jammerte Beth auch schon. »Sie haben Piraten entdeckt und bereiten sich zum Kampf vor!«

»Piraten?« Harriet sprang auf. Das musste sie sich selbst ansehen. Sie waren vor zwei Tagen in einen Sturm geraten, der den Konvoi zersplittert hatte. Nun war die See wieder verhältnismäßig glatt und freundlich, aber es war ihnen noch nicht gelungen, zu den anderen Schiffen aufzuschließen.

Kaum hatte Harriet das Deck betreten, als sich auch schon Lan Meng an ihre Fersen heftete und mit ihr die Treppe zum erhöhten Achterdeck hinaufstieg. Captain Jenkins und sein Erster Offizier diskutierten leise, aber heftig, bis Jenkins die beiden Frauen bemerkte und schlagartig eine optimistische Miene aufsetzte. Die Matrosen machten das Schiff bereits klar zum Gefecht.

Harriet trat näher. »Gibt es Schwierigkeiten, Captain?«

»Nun, Miss Dorley, ich könnte nicht sagen, dass mir der Anblick dieser Fregatte backbord gefällt.« Jenkins hatte versucht auszuweichen, aber die Fregatte schien darauf abzuzielen, ihnen den Weg abzuschneiden.

Sein Erster Offizier flüsterte ihm etwas zu, und Jenkins' Gesicht wurde grimmig. »Dachte ich mir's doch. Die *El Capitano*. Diese verdammten Kerle machen jetzt schon alle Meere unsicher.«

»Wie heißt das Schiff?« Lan Meng hatte so hastig gefragt, dass Jenkins sie erstaunt ansah. Sie drängte sich an Harriet vorbei und starrte mit aufgerissenen Augen auf die weißen Segel am Horizont.

»Es ist die *El Capitano*«, wiederholte Jenkins, verblüfft über Lan Mengs Erregung.

»Ist das nicht jenes Schiff, von dem man sagt, es wäre so eine Art Flaggschiff für diesen Piraten?«, fragte Harriet. Sie bemühte sich um einen gelassenen Tonfall. Sie wusste, was ihre Freundin so außer Fassung brachte. Und ihr selbst ging es nicht viel besser.

Der Captain beeilte sich, ihre Sorge zu zerstreuen. »Ein Piratenschiff, zweifellos, aber wir hätten es auch schlechter treffen können.« Sein beruhigendes Lächeln fiel reichlich schief aus. »Sie werden vermutlich schon von ihm gehört haben. Dieser El Capitano besitzt eine ganze Flotte und ist zwar überall verhasst, aber diese Leute sind auch dafür bekannt, dass sie Passagieren nichts tun und nicht ganze Mannschaften abschlachten. Es wäre sogar leicht möglich, dass sie uns nur unsere Ladung abnehmen und dann wieder abziehen, wenn wir die Flagge streichen, ohne uns auf einen Kampf einzulassen.«

Harriet ließ sich von seinem besänftigenden Ton nicht in die Irre führen. »Und werden wir das tun?« Sie zwang sich zu einem ruhigen Tonfall, obwohl sie vor Nervosität kaum ruhig stehen bleiben konnte. Die *El Capitano*. Von allen Piraten ausgerechnet er!

Über Jenkins' Gesicht glitt ein um Verständnis bittendes Lächeln, dem zugleich die Entschlossenheit eines harten Seemanns anzusehen war. »Nein, Miss Dorley. Ich werde vor keinem Piraten der Welt die Flagge streichen, bevor ich nicht alle Möglichkeiten ausgeschöpft habe, zu entkommen oder mich zu wehren. Ich möchte weder Admiral McRawley noch seinen Partnern gegenübertreten müssen, ohne das Schiff entsprechend verteidigt zu haben. Aber haben Sie keine Sorge, einer meiner Männer wird Sie und Miss Lan Meng an einen sicheren Ort unter der Wasserlinie bringen, sobald das Gefecht losgeht.«

Der Erste Offizier brüllte einen Befehl über Deck. Weitere Segel entrollten sich, fingen den Wind ein und trieben das Schiff voran. Die Masten knarrten, das Tauwerk ächzte und stöhnte unter dem zusätzlich Druck. Die *Red Vanessa* legte sich schräger und beschleunigte, und Harriet hielt sich an der Reling fest, bis sie wieder ihr Gleichgewicht gefunden hatte. Kurz bevor sie sich vorsichtig die Treppe hinunterhangelte, sah sie noch einmal zu dem sie verfolgenden Schiff. Der Abstand verringerte sich zunehmend, das war schon mit bloßem Auge deutlich. Die *Red Vanessa* war zwar ein relativ schnelles Schiff, aber doch behäbiger als die sie verfolgende Fregatte und zudem schwer beladen.

Als Harriet Lan Meng in die Kajüte ziehen wollte, schüttelte diese den Kopf. Ihre Augen wirkten in dem bleichen Gesicht tiefschwarz.

»Ich gehe nicht mit. Ich werde kämpfen. Wenn El Capitano noch lebt und an Bord ist, werde ich ihn töten.«

»Ist es denn gewiss, dass es sich um die *El Capitano* handelt?« Harriets Stimme klang belegt.

»Völlig sicher.«

»Lany«, Harriet klang bittend, aber ein Blick in Lan Mengs Gesicht ließ sie verstummen. Man hörte schon das erste Grollen von Kanonen. Das sie verfolgende Schiff hatte auf die *Red Vanessa* gefeuert. Vorerst war es nur ein Warnschuss, aber bald würde es ernst werden.

Matrosen kamen herein, um die Heckkanone in Harriets Kajüte gefechtsklar zu machen. Als Lan Meng sie am Arm packte und energisch mit sich zog, warf sie noch einen Blick zum Fenster hin. Sie hoffte so sehr, dass El Capitano sich letzten Endes doch als der Gentleman entpuppte, für den sie ihn hielt.

Harding und Charles standen in der großen Kajüte von Hardings Schiff, der *Sea Snake*, und blickten düster auf die vor ihnen ausgebreitete Seekarte. Charles hatte sie an drei Ecken mit großen Muscheln und Steinen befestigt, um sie am Zusammenrollen zu hindern, und auf der vierten Ecke stand sein Kaffeebecher. Er nahm einen Schluck, ohne den Blick von der Karte zu nehmen, und plazierte dann den Becher wieder auf die Ecke. Gewisse Punkte zwischen den Kapverdischen Inseln und Westindien waren mit kleinen, rotbemalten Steinen markiert. Bisher waren es noch sechs Steinchen gewesen, aber vor kurzem war ein siebtes dazugekommen. Charles deutete auf die Markierungen. »Wann immer sie angreifen, sie tun es ausschließlich auf dieser Strecke und nur wenige Tagesreisen von den Westindischen Inseln entfernt. Das heißt, dort muss sich ihr Stützpunkt befinden.«

Harding starrte auf die Karte.

Den letzten Konvoi hatten die Piraten erwischt, nachdem ein Sturm die Schiffe auseinandergetrieben hatte. Die Strategie war nicht schlecht, aber es war ein Affront, dass die Piraten ausgerechnet El Capitanos Flotte angriffen. Charles klang gereizt, als er Harding gegenüber seinem Ärger Luft machte.

»Natürlich«, erwiderte dieser trocken. »Schließlich sind es unsere Kaperfahrer und Piraten, die die anderen angreifen. Da sollten unsere Schiffe doch wohl vor Konkurrenz sicher sein.«

Charles tat diese sarkastische Bemerkung mit einer Handbewegung ab. Es wurde wirklich höchste Zeit, ihre in Übersee sitzenden Geschäftspartner unter die Lupe zu nehmen. Möglicherweise paktierten sie schon längst mit der anderen Seite. Harding hatte Informationen, die darauf hinwiesen, dass Kuba eine der Schwachstellen war. Es traf sich dabei günstig, dass sie damit fast parallel zum Kurs der *Red Vanessa* unterwegs waren. Nach ihren Berechnungen befanden sie sich bestenfalls zwei Tagesreisen hinter Harriet. Dies war ein Gedanke, der in Charles gemischte Gefühle auslöste, da er noch nicht wusste, wie er sie daran hindern wollte weiterzureisen, ohne Gewalt anzuwenden.

Harding beugte sich wieder über die Karte und studierte die Routen. Neben den roten Steinen waren auch andersfarbige plaziert, die Schiffe anderer Nationalitäten bezeichneten. Es waren erstaunlich wenige. »Sie scheinen wirklich hauptsächlich unsere anzugreifen.«

Charles nickte. »Etwa im Verhältnis eins zu fünf. Da ist jemand, der genau weiß, wann unsere Schiffe losfahren und wo sie abgefangen werden können.« Er hatte also einen oder sogar mehrere Verräter unter seinen eigenen Leuten; wenn er diese in die Finger bekam, würden sie bereuen, ihn hintergangen zu haben. »Und ich habe den Verdacht, dass der Partner auf der anderen Seite des Handelsweges sitzt und unsere Schiffsladungen dann an unserer Stelle verkauft.« *Unsere gestohlenen Schiffsladungen* wäre richtiger gewesen, aber weder Harding noch Charles hielten sich diesbezüglich mit Nebensächlichkeiten auf.

»Meinen Sie, dass Ramirez damit zu tun hat?« Señor Ramirez Rodrigez Torrez-Ventamilla war ein ehemaliger Pirat, der schon seit vielen Jahren für El Capitanos illegal »erworbene« Waren legale Abnehmer auf den Westindischen Inseln und weiter im Norden fand. Er kannte sich im Geschäft aus und hatte früher das Karibische Meer und den Atlantischen Ozean bis weit nach Florida hinauf unsicher gemacht.

Charles zuckte mit den Schultern.

»Oder es ist Rache«, überlegte Harding weiter.

Charles sah hoch. »Jemand, dem wir ein Schiff gekapert oder eines weggeschnappt haben?«

»Das ist nicht von der Hand zu weisen, El Capitanos Leute sind recht rege.« Hardings Grinsen fiel überraschend selbstgefällig aus. »Und bei Rache fällt mir doch gleich ein Name ein«, fuhr er fort.

Charles sah, wie Harding nach seinem rechten Arm griff. Seine Kiefermuskeln traten hervor, als er über den Eisenhaken strich. »Sie hätten die Frau behalten und O'Connor über Bord werfen sollen. Sie hätte ihm nicht lange nachgeweint.«

»Seien Sie froh, dass sie fort ist«, erwiderte Charles spöttisch. »Hätten wir O'Connor getötet und sie bei uns behalten, würde uns beiden jetzt schon mehr fehlen als nur ein Arm.«

Harding lachte grimmig. »Na schön, da kann ich nicht widersprechen. Und was ist jetzt mit der *Red Vanessa?*«

»Die habe ich nicht vergessen.« Es wäre ihm vor allem

schwergefallen, Harriet Dorley zu vergessen. Ihr lebhaftes Gesicht stand ihm zu deutlich vor Augen. Charles deutete auf einen Punkt auf der Seekarte. »Lassen Sie diesen Kurs setzen, Mortimer. Wenn der amerikanische Konvoi vor zwei Tagen in den Sturm geraten ist, könnten sie bis dorthin abgetrieben worden sein.«

Harding sah aus zusammengekniffenen Augen auf die Karte und überlegte. Er setzte zum Widerspruch an, schluckte diesen jedoch hinunter.

»Nun sagen Sie es schon, Mortimer, ehe Sie dran ersticken.«

Harding schnitt eine Grimasse. »Ich hätte eine andere Route gewählt. Es ist unwahrscheinlich, dass wir hier auf die Amerikaner treffen.«

Charles runzelte die Stirn, und Harding wusste, dass er seine Entscheidung nochmals überdachte. Das war eine seiner Schwächen und zugleich Stärken. James Daugherty hatte niemals an einem seiner Beschlüsse gezweifelt. Er hatte ihn gefasst und dann auf Biegen und Brechen durchgesetzt. Und wer mit heiler Haut davonkommen wollte, der hielt besser das Maul. Charles dagegen war Ratschlägen zugänglich. Was jedoch trotzdem nicht hieß, dass er sie auch annahm.

Harding konnte sich für das Thema *Red Vanessa* regelrecht erwärmen. »Sie hat Madras Richtung Mokka verlassen. Wenn sie dort nichts von der Ladung gelöscht hat, ist sie bis oben hin voll mit Zucker, Pfeffer und Reis. Und ich möchte schwören, dass sie in Mokka noch Weihrauch, Kaffee und Farbstoffe eingekauft haben. Vielleicht sogar Elfenbein.«

In seine letzten Worte klang leises Donnergrollen. Harding und Charles sahen gleichzeitig hoch, und kurz darauf war Charles auch schon an Deck und kletterte die Wanten hinauf.

Der Mann im Ausguck war kaum erstaunt, ihn plötzlich neben sich auftauchen zu sehen. »Ein Gefecht, Sir. Steuerbord voraus.«

Charles machte es sich bequem und zog sein Fernrohr heraus. Automatisch suchten seine Füße Halt, sein Arm schlang sich wie von selbst um ein Tau, als er in luftiger Höhe balancierte. Das war nicht immer so selbstverständlich gewesen, als Kind hatte er die Angst vor der Höhe bei jedem Aufstieg von neuem bezwingen müssen. Aber wäre er nicht freiwillig geklettert, hätte sein Vater ihn mit dem Stock hinaufgejagt. James Daugherty war kein Mann gewesen, der auch nur die kleinste Schwäche bei seinem Sohn geduldet hätte. Charles konnte sich gut erinnern, dass Harding anfangs sehr oft mit ihm geklettert war, um ihm zu zeigen, wo er die Füße absetzen und sich festhalten sollte.

Von Deck tönte Hardings befehlende Stimme. Segel wurden gesetzt, der Kurs leicht verändert. Charles starrte durch das Glas. Außer Rauchwolken und Mastspitzen war nicht viel zu erkennen. Die Marssegel der *Sea Snake* entfalteten sich auf dem Vormast, und ein beachtlicher Ruck ging durch das Schiff, als die Segel den Wind aufnahmen und das Schiff beschleunigte. Er passte sich automatisch an und ließ keinen Blick von den beiden Schiffen, die sich einige Meilen vor ihnen gegenseitig mit Breitseiten bestückten. Insgeheim hoffte er grimmig darauf, endlich einen der Piraten in die Finger zu bekommen, die seine Schiffe angriffen.

Da! Eine amerikanische Flagge auf einem der Schiffe und eine rote auf dem anderen. Seine Augen begannen in grimmiger Freude zu funkeln. Wer immer der Amerikaner war, über die Identität des anderen konnte kein Zweifel bestehen. Es war eines ihrer eigenen Schiffe. Die rote Flagge war ihr Erkennungszeichen. Charles juckte es förmlich in den Fingern mitzumischen, aber damit wäre die Identität der *Sea Snake* verraten worden, und er hätte keinen der Leute auf dem Amerikaner lebend davonkommen lassen dürfen.

»Rote Flagge, Captain!«, brüllte er zu Harding hinunter.

Charles konnte zwischen den Gefechtspausen, wenn sich die Rauchwolken in dem frischen Wind etwas verzogen hatten, die Schiffe deutlicher ausmachen. Der amerikanische Captain versuchte trotz der zerfetzten Segel zu entkommen und schoss dabei auf den Verfolger. Er traf nicht schlecht. Seine Männer verstanden etwas von ihrem Handwerk.

Sie hatten sich in der Zwischenzeit auf wenige Meilen genähert, und Charles gab seinen Beobachtungsposten auf.

»Es ist die *El Capitano*«, sagte Harding erfreut, als Charles wieder neben ihm an Deck stand. »Sie haben hier ein hübsches Stück Prise gestellt. Das hätte ich so weit vom Kurs nicht erwartet. Sie müssen sie verfolgt haben.«

Charles nickte zufrieden, und Harding wandte sich an Bains, seinen Ersten Offizier. »Beidrehen.« Segel wurden wieder eingeholt, das Schiff verlor an Fahrt und änderte den Kurs. Sie würden sich nicht einmischen, sondern warten, bis Johnson mit dem Amerikaner fertig war.

»Können Sie erkennen, wer die anderen sind?«

Harding antwortete nicht gleich, aber als er sicher war, setzte er das Glas ab, um Charles einen triumphierenden Blick zuzuwerfen. »Die *Red Vanessa*. Was für ein verfluchtes Glück auch, Charles! Sie hatten recht mit Ihrem Kurs!«

Als Charles nur laut fluchend ins Fernrohr starrte, fragte Harding: »Was ist denn? Stimmt etwas nicht?«

»Wenn das die *Red Vanessa* ist, dann befindet sich Miss Dorley an Bord.«

»Wollten wir das Schiff nicht hauptsächlich deshalb haben?«

Charles knurrte etwas Unverständliches. Er beobachtete die *Red Vanessa* und sah einiges, was ihm nicht gefiel. Die Pumpen des Händlers arbeiteten wie verrückt und pressten einen dicken Wasserstrahl hinaus. Zudem lag das Schiff bedenklich tief im Wasser. Das hieß, dass der Amerikaner ein Leck unter der Wasserlinie hatte.

Das Handelsschiff hatte seine Strategie geändert. Segel wurden eingeholt, man drehte bei, dann wurde eine volle Breitseite auf die *El Capitano* abgefeuert. Verfluchter Idiot! Damit zwang er Johnson doch, weiter zurückzuschießen!

»Signalisieren Sie der *El Capitano*, dass sie abdrehen soll.«

»Charles! Sie wollen doch nicht etwa dieses Schiff entkommen lassen!«

Charles nahm keinen Blick von den beiden Kontrahenten. »Tun Sie, was ich Ihnen sage.« Die Erkenntnis, in welcher Gefahr Harriet schwebte, drehte ihm den Magen um. »Lassen Sie wieder Segel setzen, wir nehmen Kurs auf die *Red Vanessa*. Es sieht so aus, als wäre das Schiff schwer beschädigt.«

Harding war der Wasserstrahl ebenfalls nicht entgangen. »Ja, mindestens ein Treffer unter der Wasserlinie. Na und? Ganz abgesehen von Harriet Dorley, wissen Sie, wer Captain auf der *Red Vanessa* ist?«, fragte Harding zynisch. »Der ehemalige Erste Offizier dieses O'Connor, der in der Hölle schmoren soll. Er kennt uns genau. Er weiß, wer hinter dem Namen El Capitano steckt. Wir lassen Johnson die Waren an Bord nehmen, dann holen wir uns die Frau und lassen das verfluchte Schiff untergehen.«

»Niemand wird versenkt oder getötet«, erwiderte Charles scharf. »Und jetzt machen Sie Johnson mit einem Kanonenschuss Beine.«

Harding knurrte etwas, das sich wie eine düstere Prophezeiung anhörte, widersprach jedoch nicht länger, sondern gab die entsprechenden Befehle weiter. Die Segel entfalteten sich wieder, die *Sea Snake* nahm Fahrt auf, und die Gischt spritzte über das Deck, als sie mit ihrem Bug die Wellen durchschnitt.

Zuerst geschah auf der *El Capitano* gar nichts, vermutlich konnte Johnson den Befehl ebenso wenig fassen wie Harding, aber dann wurden Segel gesetzt, und das Schiff zog davon, die entgangene Prise zurücklassend.

»Verdammt«, fluchte Harding, dem wahrscheinlich ebenso das Herz blutete wie jedem anderen auf der *El Capitano* und der *Sea Snake*, wenn nicht sogar noch mehr. »Wenn wir nur eine Stunde später gekommen wären, hätte Johnson das Schiff geentert gehabt.«

Wenn Charles bisher noch Zweifel daran gehabt hatte, ob Harriet an Bord war, so war er jetzt sicher. Die hüpfende und winkende Gestalt am Heck des Handelsschiffes war unverkennbar. Ihr rotblondes Haar wippte und flatterte im Wind.

»Wir werden kein Schiff kapern, auf dem sich Miss Dorley befindet.«

»Aber woher denn«, knurrte Harding. »Hoffentlich zeigt sich ihr Vater wenigstens dankbar, wenn wir dereinst als Piraten vor Gericht stehen.«

Charles grinste. »Natürlich. Und wenn es uns an den Kragen geht, hängen sie uns mit Blümchen geschmückt an den Galgen.«

Harding fluchte. »Und die Ware wollen wir vermutlich auch noch hübsch in Seidenpapier verpacken und bei Jack O'Connor abliefern?«

Unter der Mannschaft des Amerikaners herrschte nur gedämpfte Freude über die Rettung. Als Harding die Segel back stellen ließ, um so knapp wie möglich neben der *Red*

Vanessa zum Halten zu kommen, bemerkte Charles, wie sich deren Mannschaft bewaffnet an Deck versammelte und feindselig herüberstarrte. Kein Wunder. O'Connors Leute wussten genau, mit wem sie es hier zu tun hatten. In der Person des Captains hatte Harding sich nicht getäuscht: Charles erkannte ebenfalls O'Connors Ersten Offizier, der damals mit der *Tuesday* diesen irischen Amerikaner gerettet und Jessica mitgenommen hatte.

Jenkins stand an der Reling und blickte finster herüber, dann legte er die Hände trichterförmig um den Mund. »Wir verwahren uns gegen jede feindliche Handlung! Unsere Waffen sind auf Sie gerichtet!«

»Wir befinden uns nicht im Krieg mit Ihnen«, schrie Charles zurück, dem mit jedem Moment mehr daran gelegen war, Harriet in Sicherheit zu wissen. »Wie ich sehe, haben Sie Probleme und müssen vermutlich Ladung auf die Boote bringen. Wir werden Ihnen helfen.«

»Danke, aber ausgerechnet auf Ihre Hilfe können wir gut …« Jenkins unterbrach sich, weil ein rothaariger Lockenkopf neben ihm auftauchte und angeregt auf ihn einredete. Jenkins widersprach offenbar, dann schüttelte er den Kopf und blickte äußerst skeptisch drein. Harriet nickte und redete energisch mit Händen und Füßen weiter. Charles konnte kaum den Blick von ihrem eifrigen, leicht geröteten Gesicht lassen. Jenkins' Miene dagegen wurde immer säuerlicher, und Charles begann zu lächeln. Er hob die Hand und winkte Harriet zu. Harriet winkte arglos zurück. Neben ihr stand ihre Freundin Lan Meng. Deren Ausdruck allerdings war finster, und die vollen Lippen waren so grimmig zusammengepresst, dass sie wie ein Strich wirkten. Als ihr Blick auf Charles fiel, hob sie kurz die Faust wie zur Drohung.

Charles zuckte nur mit den Schultern und lächelte kalt. An Lan Mengs Zuneigung lag ihm herzlich wenig.

»Falls es der Seegang erlaubt, werden wir anlegen«, rief Harding, der sich entweder mit der entgangenen Prise abgefunden hatte oder hoffte, die Waren doch noch in seine Gewalt zu bringen. »Mit den Booten geht es zu langsam!«

»Sie können uns vertrauen«, setzte Charles nach, der misstrauisch den dicken Strahl beobachtete, der seitlich des amerikanischen Handelsschiffes herausgepumpt wurde. Offenbar bekamen Jenkins' Zimmerleute den Schaden nicht in den Griff. Das Schiff neigte sich bereits ein wenig. Es brauchte nur eine der Pumpen auszufallen, dann gab es kaum eine Möglichkeit, Harriet zu retten. »Lassen Sie wenigstens die Passagiere zu uns an Bord kommen!« Er winkte ungeduldig. »Miss Harriet! Sagen Sie diesem verbohrten Menschen, dass er von uns nichts zu befürchten hat!«

»Habe ich schon!« Harriet strahlte ihn an. Offenbar hatte sie keine Ahnung von der Gefahr, in der sie schwebte. Er sah mit wachsender Ruhelosigkeit, wie Jenkins und sein Erster Offizier sich beratschlagten. Dann warfen sie Leinen herüber, an denen die Männer der *Sea Snake* die Schiffe näher zogen. Das Deck des Händlers lag jedoch gut zwei Meter tiefer als das der *Sea Snake*.

Der Captain der *Red Vanessa* war schweißgebadet, sein Gesicht finster. »Das eine Leck unterhalb der Wasserlinie hat unser Zimmermann so weit im Griff, aber wir haben noch eines backbord und ein weiteres oben, und bei dem Tiefgang aufgrund der Ladung wird immer wieder Wasser reingepresst. Die Männer ersaufen halb dort unten.«

»Brauchen Sie Hilfe bei der Reparatur?«, fragte Harding mit ausdruckslosem Gesicht.

»Nein, es geht schon.« Man sah Jenkins an, dass er Absaufen vermutlich für das kleinere Übel hielt, als von Harding und Charles noch weitere Hilfe anzunehmen.

»Warum nehmen wir nicht alles an Bord und hauen ab?«, fragte Harding aus dem Mundwinkel zu Charles hinüber.

»Charles! Ich bin so glücklich, in Ihnen unseren Retter zu sehen, dass ich kaum Worte finde! Sie sind gerade zur rechten Zeit gekommen!« Harriet drängte sich durch die Männer hindurch bis zur Reling.

»Deshalb nicht«, sagte Charles leise zu Harding.

Harriet streckte ihre Hand nach ihm aus, als wollte sie seine ergreifen und schütteln, woraufhin Charles ihr seine auch hinüberreichte, aber der Abstand war zu groß. Charles lächelte auf sie hinab. Die Aussicht, sie an Bord zu nehmen, ließ sein Herz unvermutet einige schnelle Schläge machen.

»Sie hat wirklich der Himmel geschickt«, rief sie munter. »Ich habe um Hilfe gebetet, dachte aber eher an etwas Spektakuläres wie einen Blitz, der die Piraten versenkt.«

»Die *El Capitano* versenken? Das fehlte noch«, knurrte Harding, der mit hungrigen Augen auf die Waren sah, die von den Männern der *Red Vanessa* an Deck geschleppt wurden. Jene Männer der *Sea Snake*, die weder mit dem Schiff noch mit dem Umschichten der Ladung beschäftigt waren, starrten ähnlich trübsinnig hinüber. »Blackbeard und Konsorten werden im Grab rotieren, Sie heiliger Charles.«

Charles lachte kurz auf. »Glauben Sie mir, Miss Harriet«, rief er zur *Red Vanessa* zurück, »diese Rettung war so schon wunderbar genug.«

»Ein Wunder wird sein, wenn unsere Leute nicht meutern«, ätzte Harding.

Charles, dem alles zu langsam ging, schwang sich an einem

Tau über die Reling und an Deck der *Red Vanessa*. Harriet wollte auf ihn zugehen, aber ihre chinesische Freundin warf sich förmlich dazwischen und schob sie von ihm weg. Er sah, wie Lan Meng auf sie einsprach und wie sie sich frei machte. Dann eilte sie auf ihn zu und ergriff seine ausgestreckte Hand. »Ich käme sehr gern an Bord Ihres Schiffes, sofern es Ihnen keine Umstände macht!«

»Niemals.« Charles' Lächeln war seit langem nicht mehr so ehrlich ausgefallen.

»Seien Sie vorsichtig, Miss Dorley«, warnte Jenkins, als Harriet in ihre in Mitleidenschaft gezogene Kabine stürzte, um von Beth ihre Sachen packen zu lassen, während Charles an Deck auf sie wartete. Das Mädchen arbeitete nur widerwillig und war offenbar wenig begeistert von der Aussicht, dieses Schiff und ihren Liebsten zu verlassen. Lan Meng befand sich wie immer dicht hinter Harriet. Ihr Gesicht war düster, aber im Gegensatz zum Captain hielt sie ihren Mund, während sie ihre bescheidenen Habseligkeiten zu einem Bündel band. Sie kannte Harriet besser als Jenkins und wusste, wann man mit vernünftigen Argumenten nicht mehr weiterkam. Außerdem hatte sie das Leuchten in Harriets Augen gesehen, als Charles Daugherty aufgetaucht war.

»Diesen Leuten ist nicht zu trauen«, fuhr Jenkins eindringlich fort. »Captain O'Connor hatte einmal einen bösen Zusammenstoß mit Daugherty. Wobei böse noch untertrieben ist. Und dieser Harding ist ein Bastard, wie er im Buche steht. Er hat damals alles getan, um Jack zu töten. Und Daugherty hat versucht, Miss Jessica …«

»Das ist einige Jahre her, und ich habe nichts damit zu tun«, unterbrach ihn Harriet energisch. »Ich weiß über diese alte

Geschichte Bescheid. Miss Jessica war, als diese unangenehmen Dinge passierten, sogar Gast im Hause meiner Eltern. Aber Mr. Daugherty und ich sind alte Bekannte, um nicht zu sagen Freunde. Und er ist ein Gentleman.«

»Der Mann ist ein fieser Pirat«, erwiderte Jenkins grollend. »Sein Vater war schon einer, und er ist vermutlich noch schlimmer.«

»Nun, Mr. Jenkins«, erwiderte Harriet kühl, »mir ist sehr wohl klar, dass Charles Daugherty, so wie viele andere, durchaus geachtete Gentlemen und Geschäftsleute, über Kaperbriefe verfügt und diese auch nutzt. Ich weiß auch, dass man Freibeuterei der Piraterie gleichsetzen könnte. Aber lassen Sie sich gesagt sein, dass mein Vater sogar erwogen hat, Mr. Daugherty als Schwiegersohn in sein Haus aufzunehmen. Das wäre niemals der Fall gewesen, hegte er über den Ruf dieses Gentlemans auch nur den geringsten Zweifel. Aber«, fuhr sie versöhnlich fort, als sie sah, wie Jenkins schluckte und die Lippen zusammenpresste, »ich weiß Ihre Sorge sehr zu schätzen. Nur, sehen Sie doch selbst«, sie wies auf das klaffende Loch in der Bordwand. Die Fenster waren zersplittert, eine Kanonenkugel hatte die halbe Koje weggerissen und noch auf der gegenüberliegenden Seite ein Loch hinterlassen. »Hier kann ich längere Zeit nicht wohnen, wenn ich nicht am Morgen von einem Schwall Meerwasser geweckt werden möchte. Es ist für alle Beteiligten gewiss besser, wenn ich vorläufig mit Mr. Daugherty segle. Ich bin sicher, er wird die *Red Vanessa* vor weiteren Piratenangriffen schützen.«

Jenkins lachte nur auf, was wie eine Mischung aus Verzweiflung und Hohn klang, dann fuhr er sich mit beiden Händen durchs Haar, drehte um und verließ die Kajüte. Draußen wartete Lan Meng. »Keine Sorge«, sagte sie leise. »Ich schneide allen die Kehle durch, die meine Miss Harriet auch nur schief ansehen.«

»Eine wunderbare Idee«, ächzte Jenkins und stapfte an Deck. Da wartete an Bord der *Sea Snake* zweifellos eine Menge Arbeit auf die Kleine.

Stunden später saß Harriet Charles in der Großen Kajüte beim Dinner gegenüber. Der größte Teil der Waren der *Red Vanessa* war auf die *Sea Snake* umgeladen worden, die Schiffszimmerleute hatten die Lecks ausreichend abgedichtet, und beide Schiffe waren nun gemeinsam unterwegs zum nächsten Hafen, um die *Red Vanessa* einer gründlichen Reparatur zu unterziehen. Charles hatte sich den Schaden selbst angesehen, und als er Harriets Kajüte betreten hatte, war er nahe daran gewesen, Johnson mit den Ohren an den Großmast zu nageln. Der verdammte Halunke war lange genug Pirat, um zu wissen, wie man ein Schiff kaperte, ohne gleich die Kabinen der Passagiere in Trümmer zu schießen.

Hätte Harriet nicht so lebhaft und unverfänglich mit Charles geplaudert, wäre das Dinner eine eher trostlose Angelegenheit geworden. Harding warf nur hin und wieder ein Wort ein, und Lan Meng saß schweigend mit angespanntem Gesichtsausdruck neben Harriet. Ihre Hand lag auf dem unter ihrer Weste steckenden Pistolengriff. Entweder hatte die Chinesin Angst um die Tugend ihrer Freundin, oder sie war von Jenkins gewarnt worden. Harriet wiederum schien völlig arglos und voller Vertrauen zu sein; sie war reizend, als sie in ihrer lebhaften Art von dem Überfall erzählte und dabei mit gutem Appetit dem Essen zusprach. Kein Wunder, dass es ihr schmeckte – die Speisen waren von Charles' Koch – einem französischen Virtuosen seines Fachs – nicht nur simpel zubereitet, sondern, wie er selbst behauptete, *kreiert* worden. Der Mann war früher Koch eines wohlsituierten französischen Handelscaptains gewesen, der zuvorkommend genug gewesen war, sein Schiff von Johnson kapern zu lassen, und Charles, der sich damals zufällig an Bord seines Flaggschiffs befand, hatte nicht lange gezögert, ihm ein weitaus besseres Gehalt anzubieten, als er bisher bezogen hatte. Der französische Händler hatte den Verlust seiner Waren damals leichter verschmerzt als den seines Kochs.

Viele der Lebensmittel stammten von einem vor zwei Wochen gekaperten niederländischen Händler, den die *Sea Snake* quasi im Vorüberfahren »mitgenommen« hatte. Harriet ahnte jedoch nichts davon, als sie das Essen lobte, und Charles sah keinen Grund, sie aufzuklären.

Harriets Anblick tat ihm gut, und ihre muntere Art erheiterte ihn. Nein, mehr noch, sie wärmte ihn innerlich, und das war ein Gefühl, das er schon lange nicht mehr empfunden hatte. Er ließ seinen Blick über ihren Körper gleiten, soweit die Höflichkeit dies zuließ. Reizvoll, schlank und biegsam, mit anmutigen Bewegungen, das war Harriet Dorley. Und dazu diese verführerischen kleinen Fleckchen, die er liebend gern näher untersucht hätte … Er lockerte sein Halstuch. Es war plötzlich verflixt stickig unter Deck.

Harriet bemerkte seinen intensiven Blick, errötete, würgte an ihrem Bissen und stocherte dann verlegen auf ihrem Teller herum. Schließlich legte sie die Gabel weg, griff nach dem Weinglas und hielt es so energisch hoch, dass der Inhalt beinahe überschwappte. »Auf unsere Rettung und unser Wiedersehen!«

»Auf die Amerikaner und ihre gefüllten Handelsschiffe«, fügte Harding in seiner trockenen Art hinzu.

Charles verschluckte sich an seinem Wein.

»Meinen Sie, er war an Bord des Schiffes?«, fragte Harriet beiläufig, als Charles wieder hinter seiner Serviette auftauchte. Er sah sie fragend an, und von Lan Mengs Seite ertönte ein leises Schnauben.

»El Capitano.« Sie sah mit einem neugierigen Blick von Charles zu Harding, dessen Gesicht einen geradezu sardonischen Ausdruck trug, und wieder zurück. »Man liest doch daheim so viel über ihn. Für einen Journalisten der *Calcutta Gazette* ist er sogar so etwas wie ein Held.«

»Sie sollten froh sein, Miss Dorley, wenn Sie auf der Fahrt keinem weiteren Piraten begegnen«, meinte Harding. »Und wenn ich hinzufügen darf, Sie hatten unglaubliches Glück, dass wir mit der *Sea Snake* in der Nähe waren und Mr. Daugherty Befehl gegeben hat, der *Red Vanessa* beizustehen.«

Harriet wandte sich Charles zu, aber dieser betrachtete interessiert den Teppich, der aus gefärbtem Segeltuch war, mit schwarzen und weißen Quadraten, die schachbrettartig angeordnet waren. Harriet fand, dass der Bodenbelag weitaus weniger Aufmerksamkeit verdient hätte.

»Dafür bin ich auch sehr dankbar«, sagte sie schließlich leise. Bei dem Tonfall hob Charles den Blick. Das seltsame, leicht spöttische Lächeln war aus seinen Augen verschwunden. Er sah ernst aus, fast ein wenig traurig. Harriets Lächeln wurde warm und zärtlich. Es hatte keinen Sinn mehr, es zu leugnen: Sie mochte Charles Daugherty noch mehr, als sie sich bisher selbst eingestanden hatte.

Am Abend überließ Charles Harriet und Lan Meng sowie der Zofe, die sich nur schmollend von der *Red Vanessa* und ihrem Seemann trennte, seine bequeme Kajüte und übersiedelte trotz Hardings Spott und Hohn in die Große Kajüte, wo er es sich in einer Hängematte bequem machte. Dort lag er lange wach und lauschte zu den Frauen hinüber. Es drang kein Geräusch heraus. Vermutlich schliefen sie schon längst. Von der anderen Seite hörte er dagegen Harding rumoren und leise fluchen. Vermutlich fand er schon aus Ärger über die »Rettung« der *Red Vanessa* keine Ruhe. An diesem Abend schlief Charles mit einem Grinsen ein.

6. KAPITEL

Kurz bevor sie die Westindischen Inseln erreichten und ihren Kurs den dort herrschenden Winden und Oberflächenströmungen anpassen mussten, stattete Charles der *Red Vanessa* einen Besuch ab, um eine gewisse Sache mit Jenkins zu regeln. Harding begleitete ihn, offenbar in der Meinung, Charles brauche wieder einmal eine Gouvernante.

»Das Schiff sieht aus, als wäre es seetauglich«, stellte Charles fest, als er auf dem Deck des Amerikaners stand und sich umblickte.

»Das ist es auch«, knurrte Jenkins. Er und seine Leute hatten Tag und Nacht daran gearbeitet. Viele Reparaturen konnten erst im Hafen vorgenommen werden, aber die Lecks waren abgedichtet, und die Waren konnten wieder an Bord gebracht werden.

»Gut, dann gibt es für uns keinen Grund, einige Wochen zu verschwenden und Sie nach Kingston zu begleiten. Lassen Sie Ihre Boote zu Wasser. Wir werden die Waren umladen und danach einen anderen Kurs einschlagen.« Charles hatte keine Lust, an Land und unter den Augen der Behörden vielleicht in eine Auseinandersetzung mit Jenkins zu geraten und jemanden darauf aufmerksam zu machen, dass er Harriet Dorley *kapern* wollte. Es war wichtig, Harriet sowohl von Jenkins zu trennen als auch ihre Weiterreise zu verhindern. Und er wusste auch schon, wie er das anstellen wollte.

»Was Miss Dorley betrifft, so wird sie an Bord der *Sea Snake* bleiben. Ich werde sie selbst nach Boston begleiten.«

Jenkins war für kurze Zeit sprachlos, und Harding zeigte sich über diese Zumutung nicht weniger entsetzt, auch wenn er es um eine Spur besser zu verbergen verstand. Charles erkannte mit bitterem Spott, dass es offenbar einige Punkte gab, in denen die beiden übereinstimmten.

»Sie glauben doch nicht wirklich, dass ich das arme Mädchen mit Ihnen fahren lasse?«, schnaubte Jenkins, als er sich wieder gefangen hatte.

»Jede Diskussion darüber erübrigt sich.« Charles wollte sich abwenden, aber Jenkins trat so knapp an ihn heran, dass sich ihre Nasen fast berührten.

»Hören Sie zu, Daugherty, glauben Sie nicht, dass ich auch nur eine Minute zögern werde, Sie auffliegen zu lassen, sollten Sie falschspielen. Für mich sind und bleiben Sie ein Schurke, der an den Galgen gehört. Und dieser einarmige Galgenvogel«, er deutete dabei mit dem Kinn auf Harding, »sollte neben Ihnen baumeln.«

»Ganz schön großmäulig für einen Mann, der nur eine Breitseite vom Meeresgrund entfernt ist«, stellte Harding spöttisch fest.

»Sie drohen mir?« Jenkins' Gesicht wurde rot vor Wut.

Charles bemerkte, dass Harding zu einem seiner höhnischen Kommentare ansetzte, und hob die Hand. Ein Streit führte zu nichts. »Gehen wir, Mortimer.«

»Und dass dieser Sir Percival, oder wie er heißt, angeblich schon über eine Heirat zwischen Ihnen und Miss Harriet nachgedacht hat, ist mir dabei verdammt egal«, setzte Jenkins beißend hinzu. »Das Mädchen scheint den Verstand verloren zu haben, so was wie Sie auch nur eines zweiten Blickes zu würdigen. Die Kleine ist viel zu schade für solchen Abschau…«

Charles hatte zu Beginn dieser Rede nur die Augenbrauen hochgezogen. Beim letzten Teil jedoch schnellte seine Hand nach vorn und packte Jenkins am Jackenaufschlag. »Das haben Sie schön gesagt«, zischte er ihn an. »Um ehrlich zu sein, hätte ich es gar nicht für möglich gehalten, dass ein Analphabet wie Sie so viele Buchstaben auf einmal aneinanderreihen könnte. Aber ich würde Ihnen raten, die letzten Worte sehr schnell zurückzunehmen, sonst …«

»Wie bitte? Zum Teufel mit Ihnen! Nichts nehme ich zurück!« Jenkins riss sich los. »Und ich werde bestimmt kein Duell oder so was mit Ihnen austragen! Das sieht euch verdammten Engländern ähnlich! Anstatt wie ein Mann die Sache mit Fäusten zu regeln!«

»Aber mit Freuden.« Charles war schon dabei, seine Jacke auszuziehen, und hätte sich im nächsten Moment auf Jenkins gestürzt, wäre nicht Harding dazwischengetreten.

»Charles, hören Sie auf. Miss Dorley steht an Deck und sieht herüber.«

Charles warf einen Blick zur *Sea Snake*, schlüpfte wieder in seine Jacke und zog sie zurecht, während er Jenkins mit einem drohenden Blick musterte. »Nehmen Sie Ihr Maul in Zukunft besser in Acht, wenn Sie nicht ein paar Zähne verlieren wollen. Die Sache mit Miss Dorley ist damit erledigt, und Ihre Meinung dazu ist irrelevant. Wenn Sie Ihre Waren zurückhaben wollen, dann sorgen Sie dafür, dass Sie sie schleunigst auf Ihre Boote schaffen, ich werde Ihretwegen bestimmt keine Zeit mehr verlieren.« Damit wandte er sich auf dem Absatz um und schwang sich über die Bordwand, um in sein Boot zu klettern.

Dort saß er dann mit hochrotem Kopf und knirschenden

Zähnen und wartete darauf, dass Harding neben ihm Platz nahm und Befehl gab, zur *Sea Snake* zurückzurudern. Er hatte mit einiger Ruhe akzeptieren können, dass Jenkins ihn und Harding an den Galgen wünschte, aber Harriets Erwähnung hatte ihn die Beherrschung verlieren lassen. Der Wunsch, diesem Kerl die Zähne einzuschlagen, war so heftig und unvermittelt in ihm hochgestiegen, dass er drauf und dran gewesen war, sich auf ihn zu stürzen.

Er hatte, als sie auf die *Red Vanessa* getroffen waren, noch nicht gewusst, wie er Harriet von der Weiterreise abhalten konnte, sofern er keine Gewalt anwenden wollte, aber in den vergangenen Tagen hatte er begriffen, dass ein Antrag eine verdammt reizvolle Option war. Er musste die Sache nur geschickt angehen.

»Er hat nicht ganz unrecht, wenn er uns nicht mag«, meinte Harding leise. »Ich habe Jack O'Connor damals wirklich nichts geschenkt. Und James Daugherty hat mir die Befehle dazu erteilt; das macht Sie auch zu einem der *Bösen*.«

»Und so manches andere mehr«, stellte Charles tonlos fest.

Harding studierte ihn für einen Moment, dann drehte er sich zu den Matrosen um, die möglichst leise ruderten, um sich ja kein Wort entgehen zu lassen. »Ein falsches Ohr in unsere Richtung«, sagte er beißend, »ein Wort darüber, was hier geredet wird, und ihr landet alle sechs an der Gräting und bezieht mehr Prügel, als ich in den letzten zehn Jahren an die ganze Mannschaft verteilt habe. Ist das klar?«

Hastiges Kopfnicken. Die Männer griffen wieder energisch in die Riemen und starrten entweder an Harding und Charles vorbei oder in die Luft, als hinge ihr Leben davon ab. Was möglicherweise auch der Fall war.

»Nun, O'Connor wird sich auf jeden Fall freuen«, meinte

Harding trocken. »Und ich bin sicher, seine Frau ist schon ganz verrückt danach, auch meinen zweiten Arm zu kriegen.«

»Nicht den Arm«, sagte Charles, während er die Hand hob, um Harriet zu grüßen, die an der Reling der *Sea Snake* winkend auf ihn wartete. »Den Kopf. Und meinen dazu. Jenkins hat bestimmt nicht übertrieben. Aber das wäre doch den Spaß wert, oder?«

Hardings Blick wurde besorgt. »Hören Sie, die Sache kann gut ausgehen, solange Miss Dorley nicht mit diesen Leuten in Berührung kommt. Offenbar weiß sie wirklich nichts. Sie jetzt nach Boston zu bringen wäre Irrsinn.«

Das hatte er auch nicht vor. Was genau er mit Harriet plante, wollte er im Moment jedoch nicht besprechen. Charles stützte die Ellbogen auf die Knie und starrte auf die Bootsplanken unter ihm.

James Daugherty hatte O'Connor dazu benutzt, sich an einem alten Feind zu rächen. Er hatte damit auch Jessica und ihn hineingezogen, und Charles, in seiner verfluchten Naivität, hatte es nicht geahnt. Als er dahintergekommen war, war es zu spät gewesen.

Er schloss sekundenlang die Augen. Bilder stiegen wieder herauf, die er so lange verdrängt hatte. Ein blutiges Kissen, das man neben der Leiche seines Vaters gefunden hatte und mit dem dieser erstickt worden war. Der Leibwächter war schon tot gewesen, als der Tiger über ihn hergefallen war. Trotz der immensen Verletzungen hatte man deutlich den Schnitt einer scharfen Klinge gesehen, der quer über die Kehle des Mannes lief. Nicht seine Stummheit hatte ihn daran gehindert zu schreien, sondern ein Messer.

Ein Diener hatte einen Fremden beobachtet, der aus dem Fenster seines Vaters gesprungen war. Charles hatte zuerst angenommen, dass es O'Connor gewesen war, aber die Beschreibung hatte auf den undurchsichtigen Martin, Jessica Finnegans Begleiter und Beschützer, gepasst. Jener alte Feind, den sein Vater nach Kalkutta hatte locken wollen, um sich an ihm zu rächen.

Sie alle, er mit eingeschlossen, waren immer nur Figuren auf dem Spielbrett seines Vaters gewesen. Der Moment, in dem Charles das begriffen hatte, hatte für ihn alles verändert. Er hatte beschlossen, nie wieder nachzugeben, nie wieder einem anderen auch nur die Möglichkeit einzuräumen, ihn zu manipulieren oder zu benutzen.

Er fragte sich plötzlich, ob Harding damals daran gedacht hatte, ihn auszubooten und an seiner statt das Kommando zu übernehmen. Mortimer war ein intelligenter, erfahrener Mann und noch dazu skrupellos. Und er besaß die Loyalität seiner Leute. Es wäre ihm ein Leichtes gewesen, Charles gleich auf der Reise nach Sumatra verschwinden zu lassen. Er hatte jedoch nichts dergleichen getan, sondern ihn von Beginn an bedingungslos unterstützt und seine Pläne mit allem Nachdruck durchgesetzt.

Als er hochsah, blickte er in Hardings schiefergraue Augen. Nein, Harding hätte ihn nicht verschwinden lassen, um selbst El Capitano zu werden. Er war der verlässlichste, wenn nicht sogar der einzige Freund, den Charles jemals besessen hatte. Jemand, der ihn in seiner Kindheit immer wieder aus Schlamasseln gerettet und sogar vor seinem Vater in Schutz genommen hatte. Er lächelte ihn unwillkürlich an.

Harding, der nicht ahnte, was in seinem Kopf vorging, hob mokant die Augenbrauen. »Und weiß die Lady schon von ihrem Glück?«

Charles richtete sich auf und zog seine Jacke zurecht. »Nein, aber ich bin sicher, ich kann ihr die Vorteile meines Vorschlags schmackhaft machen.«

Im Grunde war das, was er mit ihr plante, eine Art von Freibeuterei, auch wenn sie es noch nicht ahnte. Er wollte sie in seinen Besitz bringen, sie allerdings danach nicht gewinnbringend verschachern, sondern behalten. Der Gedanke daran ließ sein Herz überraschend schnell klopfen.

Harriet hatte mit wachsender Besorgnis beobachtet, wie das Gespräch zwischen Charles und Captain Jenkins sich erhitzte, bis Charles den anderen sogar an der Jacke packte. Zum Glück war Harding dazwischengetreten, und sie hatte erleichtert aufgeatmet, als Charles endlich im Boot saß und seine Männer ihn zurückruderten. Captain Jenkins auf der *Red Vanessa* schien immer noch erzürnt. Er trieb seine Leute an, fluchte laut und warf immer wieder böse Blicke herüber. Verwundert beobachtete sie, wie die Boote der *Red Vanessa* zu Wasser gelassen wurden und die Leute der *Sea Snake* mit den Waren zu hantieren begannen. Sie sah dabei viele düstere und mürrische Gesichter, und hätte nicht Bains mit einem sehr wachsamen Auge dabeigestanden, hätte wohl mancher sogar laut zu murren begonnen.

»Sie laden um«, stellte Lan Meng fest.

»Umladen?« Harriet sah sie aus großen Augen an. »Aber ich dachte, Charles wollte die *Red Vanessa* nach Kingston begleiten.«

»Offenbar hat er es sich anders überlegt.«

Harriets Blick suchte Charles, der im Boot saß und mit einem abwesenden Ausdruck vor sich hin starrte. »Ja, aber, heißt das dann, dass wir jetzt auch umsteigen?«

Lan Meng zuckte mit den Schultern. »Wäre eine sehr gute Idee.«

»Finde ich nicht.« Ganz und gar nicht! Harriet hatte diese wenigen Tage in Charles' Gesellschaft mehr genossen als die letzten Jahre ihres Lebens. Er war von einer ausgesuchten Liebenswürdigkeit ihr gegenüber gewesen, und Harriet, der es unmöglich war, diesen denkwürdigen Abschiedskuss vor einigen Monaten zu vergessen, hatte begonnen, sich einzubilden, dass vielleicht sogar etwas mehr hinter seiner Freundlichkeit steckte.

Es war anfänglich besprochen worden, dass sie nach ihrer Ankunft in Kingston in einem respektablen Gasthof bleiben sollte, bis die *Red Vanessa* überholt war und wieder unbesorgt in See stechen konnte. Sie hatte gewusst, dass sie Charles dann verlassen musste, aber ihr Gefühl hatte diesen Tag weit weggeschoben.

Und jetzt wurden die Waren umgeladen? Hieß das etwa, dass Captain Jenkins darauf bestand, sich schon jetzt von der *Sea Snake* zu trennen? War Charles deshalb so wütend geworden? Harriet eilte Charles entgegen. Seine Miene war nachdenklich, fast schon grimmig, als er die Bordwand erklomm, aber bei ihrem Anblick hellte sich sein Gesicht auf. Harriet konnte kaum ihren Blick von ihm lösen. Wenn er lächelte, sah man die vielen Lachfältchen um seine Augen. Der Anblick ließ ihr Herz jedes Mal etwas höher schlagen, und sie stellte fest, dass Charles' Lächeln die Eigenschaft besaß, durch ihre Augen hindurch in ihren ganzen Körper zu wandern. So hatte sie noch nie gefühlt, ausgenommen bei Jahan. Und selbst da … Nein, es war gar kein Vergleich. Und das sollte sie nicht einmal einen einzigen Tag länger genießen dürfen?

Sie war so selbstvergessen in sein Lächeln vertieft, dass er seine Frage ein zweites Mal stellen musste.

Sie blinzelte verwirrt.

»Darf ich Sie einen Moment sprechen, Miss Harriet?«

Das war es dann wohl. Am liebsten hätte Harriet NEIN geschrien. Sie wollte nicht darüber sprechen, sie wollte nicht hören, dass sie ihre Sachen packen und zur *Red Vanessa* übersiedeln sollte. Wie konnte sie jetzt noch weiterreisen in dem Bewusstsein, dass sie Charles für Monate, nein sogar für Jahre nicht sehen würde! Das war unerträglich.

Bemüht, sich ihren Schrecken nicht anmerken zu lassen, nahm sie Charles' Hilfe an, als er ihr den Niedergang zu den Kajüten hinunterhalf.

Lan Meng, die sie beide nie aus den Augen ließ, folgte ihnen in die Große Kajüte. Charles schob Harriet einen Stuhl zurecht und setzte sich dann ihr gegenüber, während Lan Meng ihren Lieblingsplatz auf der Seekiste unter dem Fenster einnahm. Sie fixierte Charles mit einem fast drohenden Blick.

»Ich habe mit Captain Jenkins gesprochen«, leitete er das Gespräch ein. »Die *Red Vanessa* ist zwar im Moment seetüchtig, aber ich schätze, dass sie zwei bis drei Wochen im Hafen von Kingston liegen muss, bis sie wieder so völlig hergestellt ist, dass sie die Reise fortsetzen kann.«

Harriet bemühte sich krampfhaft um einen höflich-interessierten Ausdruck, während ihr Herz schwer wie ein Stein in ihrer Brust lag. Unter anderen Umständen hätte sie sich auf Jamaika und den Aufenthalt gefreut. Die Insel war interessant, und wenn sie ihre Pläne, als alte Jungfer die Welt zu bereisen, umsetzen wollte, war Jamaika schon einmal ein guter Beginn. Es gab so einiges zu besichtigen, Land und Leute kennenzulernen. Sie konnte die Zeit dazu nutzen die Insel zu erforschen. Mit einigen Dienern, vielleicht zwei, drei verlässlichen Männern von der *Red Vanessa* und in Lan Mengs Begleitung barg eine solche Erkundungstour keinerlei Gefahr.

»Ich würde Ihnen dort Gesellschaft leisten«, fuhr Charles fort, »müsste ich nicht nach Kuba, weil ich Geschäfte zu erledigen habe, die keinen Aufschub dulden.«

»Ja, natürlich.« Harriets Herz sank noch tiefer, und ihr letztes Fünkchen Hoffnung erstarb. Um ihre Enttäuschung zu verbergen, gab sie ihrem Ärger darüber, dass sie in ihrer Reise so aufgehalten wurde, Ausdruck und ging dann übergangslos zu den möglichen Erkundungsfahrten und Attraktionen der Insel über. Sie erzählte, was sie darüber gehört hatte, von den Eingeborenen, den Plantagen, den Auseinandersetzungen um die Insel, dem Tier- und Pflanzenreich. Sie klang dabei wie eines der Reisetagebücher, die sie im Gepäck hatte, und redete schnell und hastig, bis Charles nach einer Weile die Hand hob. »Harriet, hätten Sie die Güte, mich Ihnen meinen Vorschlag unterbreiten zu lassen?«

Harriet rutschte unruhig auf ihrem Stuhl hin und her. »Aber bitte. Gewiss doch. Ich wollte nur …«

»Miss Harriet«, sagte Charles, »würden Sie mir die Ehre erweisen, mit mir auf der *Sea Snake* weiterzureisen?«

»Mit Ihnen?« Harriet riss die Augen auf. »Nach Kuba?«

»Und von dort nach Boston. Das wäre für mich eine gute Gelegenheit, Geschäftsbeziehungen zu erneuern. Und vor allem wäre es wäre mir eine Freude, Sie hinzubringen.«

Charles wollte nach Boston? Ihretwegen? Wegen der Geschäfte? Oder war ihm gar die Idee gekommen, Jessica Finnegan wiederzusehen? In Harriet stieg leiser Argwohn auf, sie schob jedoch das irritierende Gefühl von erwachender Eifersucht von sich. Zum Kuckuck mit dieser Jessica! Charles bot ihr an, sie zu begleiten!

»Das heißt, Sie würden mich mitnehmen?«, platzte sie heraus. »Das wäre doch zu liebenswürdig von Ihnen, wirklich äußerst nett, Charles. Das würde mich von der langen Wartezeit befreien, und ich könnte vermutlich auch viel schneller als mit der *Red Vanessa* in Boston sein, wie erfreulich, ich habe nämlich Vanessa, der richtigen Vanessa, nicht dem Schiff«, sie lachte vor Verlegenheit und Eifer viel zu hoch und zu laut, »vor meiner Abreise geschrieben, dass ich noch vor der Hurrikan-Saison in Boston sein will, und diesen Zeitplan kann ich nun …« Charles' Miene ließ ihren Wortschwall verebben. »Ja?«

»Es besteht leider, wie gesagt, die Notwendigkeit, vorher auf Kuba Station zu machen«, sagte er bedauernd. »Es ist allerdings nur ein Aufenthalt von einigen Tagen, bestenfalls zwei Wochen, da ich Geschäftspartner treffen muss.«

»Oh«, Harriet fand sich erstaunlich leicht mit der Verzögerung ab. »Das macht doch nichts! Auch wenn es vier Wochen wären!« Sie strahlte ihn an. »Es besteht doch gar keine Notwendigkeit, so schnell in Boston einzutreffen!« Sie verstummte, atemlos, verwirrt, sich vor lauter Glück ihrer krassen Widersprüchlichkeit nur halb bewusst.

Lan Meng und Charles dagegen war die mangelnde Logik sofort aufgefallen. Während die Chinesin jedoch nur resigniert die Augen verdrehte, umspielte Charles' Lippen ein ihm unbewusstes, zärtliches Lächeln.

~

Sie hatten sich in der Höhe von Puerto Rico von der *Red Vanessa* getrennt, in einem der Häfen Proviant an Bord genommen und Wasser gebunkert und waren dann weitergereist. Charles hatte Harriet abermals seine Kajüte überlassen, die sie dieses Mal nur mit Lan Meng teilte, da Beth so lange geschluchzt hatte, bis ihr erlaubt worden war, auf der *Red Vanessa* und bei ihrem Seemann zu bleiben. Harriet konnte ihre Zofe gut verstehen, sie wäre ebenfalls todunglücklich gewesen, hätte man sie gezwungen, sich von Charles zu trennen.

Wann immer das Wetter und der Seegang es zuließen, saß Harriet unter einem fürsorglich gespannten Segeltuch in einer geschützten Ecke des Achterdecks, während Charles daneben stand. Lan Meng hockte während dieser Zeit meistens in der Nähe, um mit Argusaugen abwechselnd Charles, die Mannschaft und vor allem Captain Harding zu beobachten.

Dieser schien ihr ein besonderes Anliegen zu sein. Harriet hatte zuerst angenommen, dass Lan Mengs Aufmerksamkeit auf besonderer Feindseligkeit beruhte, aber als sie einmal ein von Harding initiiertes Segelmanöver mit einem bestätigenden Nicken aufnahm, wusste sie, dass das Interesse ihrer Freundin fachmännischer Natur war. Ähnlich hatte sie auch die Leute auf der *Red Vanessa* beobachtet. Hier jedoch befand sie sich nicht auf einem schwerfälligen Frachtschiff, sondern auf einer wendigen, schlanken Fregatte, die sich willig in den Wind legte und dahinschoss wie ein Pfeil. Eine wahre Freude für die Tochter eines Piraten, die ihr halbes Leben auf See verbracht hatte.

Und Harriet? Sie war schlichtweg glücklich. Das lag vor allem an Charles, der sie nicht behandelte, als wäre sie ein zwar zahlender, dadurch aber nicht weniger lästiger Passagier, sondern ein höchst willkommener Gast. Nur eines trübte Harriets Vergnügen an der Reise: Es war schwierig, sich unter so vielen Leuten und auf engstem Raum ungestört unterhalten zu können. Daher beschränkten sich die Themen zwischen ihnen beiden auf neutrale Dinge, auch wenn ihr Tonfall zunehmend herzlicher und ihre Stimmen leiser wurden.

Als die Mannschaft jedoch eines Abends auf dem Vordeck

mit Genehmigung des Captains feierte und es dabei laut und fröhlich zuging, fand Harriet endlich Gelegenheit, auch persönlichere Dinge mit Charles zu besprechen. Es gab ja schließlich so vieles, das sie von ihm wissen wollte! Wohin er reiste, wenn er Kalkutta wochenlang verließ, welche Erinnerungen er an seine Mutter hatte, was seine Lieblingsspeisen waren und – nicht zuletzt – alles, was Jessica Finnegan betraf. Harriet musste schließlich wissen, was sie in Boston erwartete. Geschickt lenkte sie endlich das Gespräch auf ihren geplanten Besuch bei Vanessa und damit auch auf Jessica.

»Haben Sie sich tatsächlich ihretwegen duelliert?« Sie versuchte, nicht zu drängend oder gar neugierig zu klingen, sondern nur teilnahmsvoll. Wie eine gute Freundin eben, die besorgt nachfragte, und nicht wie eine Frau, die jedes Mal beim Gedanken an diese andere einen eifersüchtigen Stich verspürte.

Charles dagegen behagte dieses Thema gar nicht. Zuerst wollte er abwehren, aber dann erkannte er völlig richtig, dass es hier noch einiges klarzustellen galt, bevor er darangehen konnte, Harriet einen Antrag zu machen.

»Das haben wir tatsächlich. Und ich hatte Glück, dass O'Connor mich nicht erschießen wollte; er ist zweifellos ein guter Schütze.«

»Mutter hat mir von Miss Finnegan geschrieben. Sie mochte sie sehr.« Was nur bedingt der Wahrheit entsprach, denn letztendlich war Lady Dorley heilfroh gewesen, die Verantwortung für diesen schwierigen Gast loszuwerden. »Und sie ist tatsächlich wieder mit dem Piraten heimgefahren?«

Charles zuckte innerlich bei dem leicht kritisch hervorgebrachten »Piraten« zusammen. Jack O'Connor war sicher kein Waisenknabe, aber weitaus weniger ein Pirat als er selbst. »Und gerade rechtzeitig, bevor sie Grund hatte, mich zu hassen«, erwiderte er leichthin.

»Ich kann mir nicht vorstellen, wie jemand Sie hassen könnte«, entfuhr es Harriet schockiert.

»Sie bringen mir also Sympathie entgegen?« Er beugte sich ein wenig zu ihr. Er sprach leise, seine Stimme übertönte gerade noch das Gelächter, den rauhen Gesang und die gutgelaunten, ausgelassenen Männerstimmen, die vom vorderen Deck zu ihnen nach hinten drangen.

Harriet schluckte, als er plötzlich viel näher stand als noch eine halbe Minute zuvor. Die Luft schien mit einem Mal so schwer, dass sie kaum Atem holen konnte. Sie glaubte, die Wärme seines Körpers zu spüren, und sein eigener, für Harriet inzwischen schon so vertrauter und anziehender Geruch stieg ihr in die Nase. Ihr wurde heiß. Das Kleid klebte plötzlich an ihrem Körper. Sie griff sich an den Hals, weil ihr Herz dort mindestens so heftig schlug wie in ihrer Brust und ihr dabei die Kehle zuschnürte. Eine bereits vertraute Reaktion, wann immer Charles ihr näher als zwei Schritte kam. Und das geschah in letzter Zeit sehr häufig.

»Aber natürlich!« Sie bemühte sich um einen leichten Tonfall, einen unschuldigen Augenaufschlag, der vermutlich gründlich misslang. Aber wie konnte sie, wie konnte irgendjemand Charles nicht mögen? Es war nicht nur seine höfliche, zuvorkommende Art, sondern sein ganzes Wesen, das sie so unwiderstehlich anzog, dass er ihr schon fehlte, wenn sie sich am Abend von ihm verabschiedete, um sich in ihre Kajüte zurückzuziehen. Den einzigen Trost in den langen Nachtstunden fand sie allein in der Vorstellung, dass er ja nur wenige Schritte von ihr entfernt und nur durch eine dünne Bretterwand von ihr getrennt in seiner Hängematte schaukelte. In ihrer Phantasie war sie so manches Mal aus der Tür geschlichen, um …

»Aber nicht genug, um mich zu heiraten?«

Harriet wurde tiefrot, als hätte Charles ihre Gedanken gelesen, die sich soeben mit Dingen beschäftigt hatten, die in ihren Kreisen strikt erst nach der Hochzeit erlaubt waren.

»Sie sind zu … liebenswürdig für mich«, brachte Harriet stotternd hervor.

Er stutzte, dann lachte er kurz auf. »Liebenswürdigkeit oder Freundlichkeit gehören schon lange nicht mehr zu meinen hervorstechendsten Eigenschaften.«

Sein Tonfall und der bittere Zug um seinen Mund ernüchterten sie. »Das sehe ich anders«, sagte sie leise. Ihr Blick glitt über sein vom Schein der Laterne beleuchtetes Gesicht. Seine Züge waren kantiger als früher, aber vielleicht lag es auch daran, dass er stets so beherrscht wirkte. Er sah seinem Vater zum Glück gar nicht ähnlich, sondern kam wohl mehr nach seiner Mutter.

»Wissen Sie, Harriet«, riss Charles' Stimme sie aus ihren Gedanken, »ich habe in den vergangenen Monaten viel nachgedacht. Und zwar darüber, dass ich mein Glück energischer bei Ihnen hätte versuchen sollen.«

Erst nach einigen Atemzügen hatte Harriet ihre Fassung wiedererlangt. Ihr ganzer Körper war plötzlich wie gelähmt, und zugleich schien alles zu pulsieren.

Er wandte leicht den Kopf, und Harriets Blick glitt ebenfalls zu der kleinen, dunklen Gestalt, die es sich einige Schritte entfernt auf der Reling bequem gemacht hatte, einen Arm um ein Tau geschlungen – man merkte, dass Lan Meng auf einem Schiff groß geworden war.

Als Charles ihren Arm nahm, um sie weiter zum Heck zu

führen, folgte sie ihm mit weichen Knien. Dieses Gespräch, oder das, was jetzt auf sie zukam, wollte sie ebenso wenig wie Charles vor Zeugen führen. Jetzt waren sie auch weit genug vom Steuermann und dem wachhabenden Offizier entfernt, der mit vor Müdigkeit roten Augen und sich doch seiner Wichtigkeit bewusst auf dem Achterdeck hin und her schritt.

»Sie schienen damals sehr abgeneigt, den Vorschlag Ihres Vaters aufzugreifen, Harriet.«

»Wundert Sie das?«, brachte Harriet erregt hervor. Sie umklammerte mit der linken Hand die Reling, bis ihre Finger schmerzten, weil ihre Beine mit einem Mal so zitterten, dass sie nachzugeben drohten. »Ich weiß, dass es so üblich ist, Ehen zu arrangieren, aber ich bin …«

»Ihr Vater hatte nicht vor, etwas zu arrangieren«, korrigierte Charles sie sanft. »Meine Besuche hatten in ihm den Eindruck geweckt, dass wir beide schon zu einem gewissen Einverständnis gekommen wären.«

»Was aber nicht der Fall war. Ach, Charles, Vater war doch nur besorgt um meinen Ruf. Ich weiß genau, was geredet wurde. Vater hat Ihre Gutmütigkeit und die Freundschaft, die Sie mir entgegengebracht haben, falsch interpretiert, und …«

»Hat er nicht«, unterbrach Charles sie ruhig. Harriet schnappte nach Luft, und Charles nutzte ihre seltene Sprachlosigkeit, um fortzufahren. »Abgesehen davon fände ich auch nichts gegen arrangierte Ehen einzuwenden. Manchmal …«, er suchte nach Worten, »… lässt man sich zu sehr von seinen Gefühlen leiten, wenn man einen so dauerhaften Bund schließt.«

Harriet starrte ihn durch das Halbdunkel an. »Eine Ehe ohne Gefühle?«

»Nun, Gefühle natürlich.« Er räusperte sich. »Aber nur solche, die ebenfalls dauerhaft sind, Respekt, Zuneigung,

Freundschaft. Keine kindliche Verliebtheit, die einen Abend noch die Nacht zu erhellen scheint und in der nächsten nicht einmal eine Kerze auszustechen vermag.«

Harriet, die den Vergleich von Verliebtheit, die das Dunkel der Nacht erhellte, sehr poetisch und sogar realistisch fand, unterdrückte ein Seufzen.

»Ich hätte es ohne den Hinweis Ihres Vaters niemals gewagt, von mir aus diesen Vorschlag zu machen«, sprach Charles weiter, »oder auch nur anzunehmen, Ihre freundschaftlichen Gefühle für mich wären stark genug. Aber ich hatte geplant, Ihnen nach meiner Rückkehr den Hof zu machen.« Das war zwar gelogen, aber jetzt bot eine Heirat mit Harriet Vorteile, die es wert waren, etwaige Nachteile und Unwägbarkeiten einer Ehe zu vernachlässigen. Eine ungewohnte Wärme stieg in ihm hoch, wenn er sie im Licht der Laternen betrachtete, die nichts mit Begehren zu tun hatte. Zumindest nicht hauptsächlich, auch wenn er ihre Nähe so deutlich fühlte, als würde er sie berühren.

Er widerstand dem Drang, sie tatsächlich anzufassen, sie an sich zu ziehen, was vermutlich auch unklug gewesen wäre. Er hatte in den vergangenen Nächten, die er schlaflos und unruhig in seiner Hängematte verbracht hatte, über die Gründe nachgedacht, die sie veranlassten, nach Boston zu reisen. Zweifellos steckte ihre unselige Leidenschaft zu diesem Jahan dahinter, und eine Frau, die in einen anderen verliebt war, war schnell mit einer Ablehnung bei der Hand. Das durfte er nicht riskieren. Ihr nahekommen, sie ein wenig verunsichern, ihre Sinnlichkeit wecken, aber nicht mehr. Zumindest vorerst nicht, bis er ihrer sicher war.

»Habe ich mich denn in der Hoffnung getäuscht, Ihre Freundschaft zu besitzen, Harriet?«

»Das haben Sie nicht«, entgegnete sie verlegen.

»Und ich will mir Mühe geben, auch Ihr Vertrauen zu erringen.« Wie, das wusste er noch nicht. Er sprach über Vertrauen und belog sie, oder verheimlichte ihr zumindest den wichtigsten Teil seines Lebens. »Und Ihren Respekt.«

»Also all jene … hm … Gefühle, die Sie für eine Ehe als nötig erachten«, fasste Harriet mit leicht belegter Stimme zusammen.

»So ist es, meine Liebe.«

Harriet schwieg eine Weile, und Charles war klug genug, sie nicht zu bedrängen. Das lange Schweigen machte ihn ein wenig nervös, aber etwas in Harriets Haltung, wie sie sich ihm zuwandte und nicht einmal zurückzuckte, wenn die Bewegung des Schiffs sie leicht an ihn drückte, gab ihm Hoffnung. Er selbst begnügte sich in der Zwischenzeit damit, tief den Duft ihres Haars und ihrer Haut einzuatmen, ihre Wärme zu erfühlen. Sie war so nahe, dass einige ihrer Locken sogar seine Nase kitzelten. Am liebsten hätte er den Kopf gesenkt, um sein Gesicht in dieser seidigen Pracht zu vergraben.

»Sie schlagen mir also ein Geschäft vor, Charles?«, fragte Harriet leise, nachdem sie Charles' – sehr vernünftigen – Antrag kurz überdacht hatte.

»Kein Geschäft, Harriet! Eine Gemeinschaft, zu beiderseitigem Nutzen«, erwiderte er, nur mühsam seinen Eifer bezwingend, sie zu überreden. »Ich schätze und respektiere Sie sehr«, meinte er nach einer kleinen Pause. »Und ich denke, dass wir beide alt genug sind, um offen miteinander reden zu können. Sie hätten – das kann ich Ihnen versichern – in mir einen aufmerksamen und treuen Ehemann, der Ihnen immer seinen Schutz anbietet.« Sein Herz schlug hart und schnell, und in seinen Ohren rauschte es. Seine Kehle wurde eng, als sie immer noch nichts sagte. Hatte er die richtigen Worte gefunden? Hätte er etwas anders machen sollen? Sie einfach in die Arme reißen und überrumpeln? Und wenn sie Angst bekam? Sie war ihm auf dem Schiff und in den nächsten Wochen auf Gedeih und Verderb ausgeliefert. Er konnte sie natürlich zwingen, ihn zu heiraten, indem er ihren Ruf ruinierte. Nichts einfacher als das. Er konnte einfach über sie herfallen und sich nehmen, was er begehrte. Er konnte. Aber er würde es nicht tun, und das nicht Sir Percivals wegen, sondern weil es ihm guttat, in Harriet einen Menschen vor sich zu haben, der ihm vertraute. Zwang würde er nur anwenden, wenn sie ihm keine andere Möglichkeit ließ.

Harriet überlegte. Sofern ihr Zustand Überlegung in diesem Moment überhaupt zuließ. Der Antrag war zwar nicht ganz das, was sie sich erhofft hätte und was sie selbst fühlte, aber sie erwärmte sich immer mehr für diesen Gedanken. Es sprachen, wenn sie seiner rationalen Argumentation folgte, auch sehr viele logische Gründe dafür: Wie sah ihr Leben denn aus? Zuerst war sie vor Jahans Heirat geflohen, jetzt vor Jahan selber, den Nachstellungen der Mitgiftjäger und – nicht zuletzt – vor Charles. Aber war gerade Charles nicht das Beste, was ihr geschehen konnte? Hatte er ihr nicht zur Genüge bewiesen, dass eine Frau sich in seiner Gegenwart völlig sicher fühlen konnte?

Vielleicht hatte er von seiner Warte aus ja nicht einmal so unrecht. Keine Liebesschwüre, keine unerträglichen emotionalen Purzelbäume. Und auch keine schlaflosen Nächte aus unerfüllter Liebe und Sehnsucht, denn wenn sie in Charles' Bett einschlief und erwachte, hatte sie alles, was eine Frau sich nur wünschen konnte. Wenn sie sich vorstellte, dass er seine Arme um sie legte und sein Mund … Sie nagte an ihrer Unterlippe, als fühlte sie dort schon seinen Kuss, seine leidenschaftliche Berührung.

Charles hob die Hand und strich leicht über ihre Lippe, wo ihre weißen Zähne Abdrücke hinterlassen hatten. Sie war etwas feucht und glänzend. Seine Hand zitterte, wie ihm mit Erstaunen bewusst wurde. Harriet atmete schneller, aber sie zog sich nicht zurück. Er beugte sich ein wenig zu ihr. »Sie müssen sich nicht sofort entscheiden, Harriet. Ich werde so lange in Boston bleiben, solange Sie sich dort aufzuhalten wünschen, und dann mit Ihnen heimfahren. Und ich kann Ihnen versichern, dass Sie all die Zeit über sicher bei mir sind.« Sie ahnte nicht, dass sie Boston niemals erreichen würde, aber er musste ihr das Gefühl geben, völlig Herrin der Lage zu sein.

In seinem Kopf formte sich ein erfreuliches Bild: Der düstere Palast seines Vaters voller Helligkeit. Eine Frau mit rotblondem Haar, die ihn bei seiner Heimkehr begrüßte und die Dunkelheit vertrieb. Eine Frau, die ihm Kinder schenkte, eine Familie. Ein Heim.

Auch Harriet gingen viele Dinge im Kopf herum. Auch sie sah eine angenehme Zukunft vor sich. Besser als alles, was sie sich je erträumt hatte. Einen Ehemann, eine Familie! Liebe. All das war durch ihre – zugegeben etwas halbherzige – Entscheidung, eine alte Jungfer zu werden, so unerreichbar erschienen. Und nun fand sie in Charles Daugherty den Mann, der ihr all das bot. Harriet richtete sich gerade auf. Das Schiff schwankte in diesem Augenblick ein wenig, doch Charles fasste sie an den Armen und hielt sie fest und sicher. Es war schön, die Wärme seiner Hände zu spüren. Am liebsten hätte sie sich nach vorne sinken lassen, um von seinen Armen umfangen und gehalten zu werden. Die Augen zu schließen und sich ganz dem beruhigenden Gefühl seiner Nähe hinzugeben. Sie holte tief Luft. »Ich bin einverstanden, Charles.« Sie fasste nach seiner Hand und schüttelte sie kräftig. »Eine Ehe auf beidseitigem Respekt, Vertrauen und Freundschaft.« Im Hintergrund hörte sie Lan Mengs abfälliges Schnauben.

»So soll es sein.« Charles hatte Mühe, seiner Stimme einen ruhigen, gelassenen Klang zu verleihen und seine Erleichterung zu verbergen. Wie einfach das doch gewesen war. Damit lösten sich alle seine Probleme. Am liebsten hätte er gelacht.

Wann hatte er das letzte Mal so gefühlt? Als Jessica Finnegan seine Einladung angenommen hatte und nach Kalkutta gekommen war. Allerdings nicht seinetwegen, wie er hatte feststellen müssen, sondern auf der Suche nach diesem O'Connor. Seine Jugend und Dummheit und die Manipulationen seines Vaters hatten ihn sich damals in diese Liebe stürzen lassen. Bei Harriet würde ihm das nicht passieren.

Es gibt da natürlich noch ein kleines Problem, dachte Harriet. Aber wirklich nur ein ganz winziges: ihre Verliebtheit in Charles, die offenbar nicht im selben Maße erwidert wurde. Aber das würde sie ihm im Laufe ihrer Ehe schon auf diplomatische Art und Weise beibringen. Der Mann war ja nicht dumm, irgendwann würde er es schon begreifen, dass Harriet auch seinerseits ein wenig mehr an Gefühl als nur Respekt wünschte. Das zweite, allerdings weitaus größere Problem bestand in dieser Jessica Finnegan. Es würde ihr wohl nichts anderes übrigbleiben, als die nächste Zeit sinnvoll zu nutzen, um Charles völlig für sich zu gewinnen. Und zwar mit allen Mitteln. Wenn sie es geschickt genug anstellte, gelang es ihr vielleicht sogar, ihn von der Reise nach Boston abzuhalten. Was sollte sie in Boston, jetzt da Charles ihr einen Antrag gemacht hatte! Das konnte nur gefährlich werden. Gefährlich für sie, falls er diese Jessica noch liebte, und noch viel gefährlicher für ihn. Denn dass diese Leute Charles nicht gerade in ihr Herz geschlossen hatten, war durch verschiedene Bemerkungen von Captain Jenkins klar genug geworden.

Erst als sie sich in ihrer Kajüte befand, fiel ihr auf, dass Charles diesen »Vertrag« nicht mit einem Kuss bekräftigt hatte. Hatte ihm der erste, der ihr selbst so viel bedeutete, etwa nicht gefallen? Ihr Mund wurde trocken bei diesem Gedanken.

War sie ihm damals zu aufdringlich erschienen? Zu wenig damenhaft? Sie erinnerte sich voller Scham, wie sie mit ihren Fingern in seinem Haar gewühlt und die Schleife heruntergezerrt hatte. Kein Mädchen mit auch nur einer Spur von Anstand hätte sich so gehenlassen! Wenn es sich wenigstens um einen Verlobungskuss gehandelt hätte, aber nein, Charles hatte ja nur ihre Freundschaft besiegeln wollen. Vielleicht hatte ihm ein zarter Kuss vorgeschwebt – ein kurzer, nur einen Wimpernschlag dauernder Kontakt ihrer Lippen. Und was hatte sie getan? Sich an ihn gekrallt, als würde ihr Lebensglück davon abhängen! Und wie gern hätte sie das jetzt wiederholt! Ihr wurde heiß bei dem Gedanken, und sie hoffte innigst, dass seine Zurückhaltung nur an diesem unseligen Versprechen lag, sie nicht zu berühren.

Nachdem Harriet sich zurückgezogen hatte, lief Charles mit einem Gefühl größter Genugtuung an Deck hin und her, um seine angestauten Emotionen wenigstens auf diesem Weg abzureagieren. Der Teufel sollte ihn holen, wenn er den Aufenthalt in Kuba nicht dazu nutzte, Harriet ganz für sich zu gewinnen. Mit Haut und Haar. Mit Herz und Verstand. Er wollte sie völlig, wollte sie auf eine Weise besitzen, die es ihm ermöglichte, der Heimreise nach Kalkutta mit Ruhe entgegenzusehen.

Er blieb wie angewurzelt stehen, als wie aus dem Nichts Lan Meng vor ihm auftauchte und sich mit ihren nicht einmal einen Meter fünfzig drohend vor ihm aufbaute. »Harriet will mit Ihnen fahren«, stellte sie in einem unheilschwangeren Tonfall fest. »Und sie hat Ihren Antrag angenommen.« Sie spielte mit dem Gürtel, der ihre Weste zusammenhielt, und Charles war auf der Hut.

»Stimmt. Und darüber bin ich sehr glücklich.« Im nächsten Moment trat er rasch einen Schritt zurück, denn Lan Meng hatte mit einer kaum sichtbaren Bewegung den Dolch aus dem Gürtel gerissen und hielt ihn unter seine Nase.

»Ich weiß genau, wer Charles Daugherty in Wirklichkeit ist«, flüsterte sie drohend. »Ich weiß alles über El Capitano. Alles! Und ich sage dir jetzt: Solltest du meine Freundin betrügen oder ihr etwas antun wollen, so schneide ich dir die Kehle durch. Aber«, fügte sie lächelnd hinzu, »erst nachher, nachdem ich dich von anderen, sehr wichtigen Körperteilen befreit habe.« Damit steckte sie den Dolch wieder in den Gürtel, warf ihm noch einen vernichtenden Blick zu, drehte sich um und stolzierte davon.

Charles stieß hörbar den Atem aus. Er hatte keinen Zweifel, dass sie imstande war, ihre Drohung auch mit allen Konsequenzen wahrzumachen. Ein Glück, dass seine Intentionen Harriet gegenüber absolut ehrbar waren.

Oder so ehrbar, wie eine Ehe mit einem Piraten eben sein konnte.

7. KAPITEL

Charles hockte in luftiger Höhe auf der Großbramrah und gab vor, mit seinem Fernrohr den Horizont nach Land abzusuchen. In Wahrheit verirrte sich sein Blick immer wieder zu Harriet, die unten an Deck saß, den Sonnenhut etwas aus dem Gesicht geschoben, und sich mit einem Fächer Luft zufächelte. Wie hatte er nur jemals denken können, sie wäre nur mäßig hübsch? Das Licht spielte mit ihrem Haar, ließ es manchmal rötlich, dann wieder golden schimmern, ihre blasse Haut hatte sich unter der Sonne gebräunt und zugleich auch ihre Sommersprossen dunkler gefärbt. Sehr zu ihrem Missfallen, denn er hatte sie dabei ertappt, wie sie mit verkniffenem Mund und schmalen Augen vor dem Spiegel gestanden und von allen Seiten ihr Gesicht und insbesondere ihre Sommersprossen betrachtet hatte. Sie hatte ja keine Ahnung, wie anziehend er diese Fleckchen fand. So sehr, dass er seine schlaflosen Stunden damit verbrachte, sich vorzustellen, wie sie Harriets Körper bevölkerten, und seine Phantasie damit anheizte, sie in Gedanken zu zählen, jedes einzelne ausfindig zu machen und zu küssen. Über Harriets ganzen, schlanken Körper entlang. Er räusperte sich und rutschte unruhig herum. Diese Vorstellungen waren, solange er sie nicht zur Realität werden lassen konnte, verdammt wenig hilfreich. Er wandte sich wieder ihrem Gesicht zu, das durch das Fernrohr so nah erschien, als könne er es berühren.

Ihre gebogene Nase war schmal und zart wie ihr Körper, das

Kinn energisch und doch sanft gerundet, die Wimpern hell und kaum sichtbar, aber so lang und dicht, dass sie tatsächlich kleine Schatten auf Harriets Wangen warfen. Dergleichen hatte er schon oft in Liebesgedichten gefunden, speziell in indischen, aber vor Harriet noch nie in der Realität gesehen.

Sein Blick glitt weiter. Harriets ganzes Wesen war ein einziges Konglomerat von Gegensätzlichkeiten, das sich zu einem reizvollen Ganzen zusammensetzte, von dem er kaum genug bekam. Ihr Charakter, liebenswürdig und manchmal widerborstig. Klug und zugleich unendlich naiv. Hart und weich. So wie ihr Körper. Schlank wie der eines Jungen, aber so anmutig weiblich in jeder Bewegung, dass jeder an Bord stehen blieb, um ihr nachzusehen, wenn sie in ihren flachen Lederschuhen über das Deck lief, als hätte sie ihr Lebtag lang nichts anderes getan.

Ihr Lächeln war atemberaubend. Er konnte sich kaum daran sattsehen, bis sie die Hand hob und ihm zuwinkte. Charles riss ertappt das Fernrohr nach unten. Jetzt wusste sie vermutlich, dass er sie die ganze Zeit über angegafft hatte. Er benahm sich wirklich wie ein Idiot. Harriet winkte abermals, woraufhin Charles den Gruß erwiderte, das Fernrohr zusammenschob, es in die Jackentasche steckte und sich so ungeduldig an den Abstieg machte, dass er zweimal beinahe danebengriff.

Harriet richtete sich ein wenig auf, als sie sah, wie Charles endlich herunterkam. Ihr war die Zeit, die er da oben verbracht hatte, endlos erschienen. Ihr Herz klopfte aufgeregt, als sie sah, wie wendig und geschmeidig er sich bewegte. Seine Armmuskeln traten selbst unter dem losen Hemd beeindruckend hervor, und seine Oberschenkel zeichneten sich deutlich unter der Hose ab. Für lange Momente war Harriet mit der Vorstellung beschäftigt, wie es sein musste, auf seinen Knien zu sitzen und seine Muskeln unter ihrer Kehrseite zu fühlen. Sich dabei an ihn zu lehnen oder seinen Kopf festzuhalten, ihn zu küssen und mit beiden Händen hemmungslos in seinem Haar zu wühlen. Harriet seufzte sehnsüchtig und verfolgte mit Interesse die Linie seiner Schenkel, die sehnigen Beine, ließ den Blick hinaufwandern, bis … Sie wurde rot und wandte den Kopf, nur um gleich darauf noch stärker errötend wieder hinzusehen. Er trug zwar keine wie eine zweite Haut anliegenden Kniehosen, aber die lockere Nanking Hose, wie sie fast alle an Bord bevorzugten und die er nur am Abend gegen einen formellen Anzug tauschte, wenn er mit ihr bei Tisch saß, gewährte ihr schon genügend Einblick auf das, was in nicht allzulanger Zeit ihr gehören würde.

Sie fächelte sich Luft zu und zog sich den breitkrempigen Hut ein wenig tiefer ins Gesicht, damit niemand sah, wie heiß ihre Wangen geworden waren.

Charles ließ sich das letzte Stück fallen und kam federnd an Deck auf. Harriet streckte ihm die Hand entgegen; er ergriff sie und drückte einen Kuss darauf. Ein angenehmer kleiner Schauder ging bei dieser Berührung durch Harriets Körper.

»Wir werden bald ankommen. In wenigen Stunden kann man unser Ziel schon mit bloßem Auge erkennen. Und hier«, er nahm sein Fernrohr aus der Tasche, zog es auseinander und reichte es ihr, »damit können Sie Kuba jetzt schon betrachten.«

Harriet erhob sich. Charles stellte sich schräg hinter sie, seine Hand lag auf ihrem Rücken, und er stützte sie leicht, als sie mit dem Schiff schwankte. Sie blinzelte krampfhaft durch das Glas, sah jedoch kaum etwas. Kein Wunder, Charles' Atem auf ihrem Nacken ließ alles vor ihren Augen verschwimmen. Sie konzentrierte sich. Aha. Dort war ein dunkler Streifen am

Horizont. Und hier war Charles. Er roch ein bisschen stärker nach Schweiß als sonst. Sie musste bei Gelegenheit darüber nachdenken, weshalb sie den Geruch an Charles mochte, an anderen Menschen jedoch abstoßend fand.

Sie lehnte sich noch ein wenig näher, bis sie den Horizont völlig aus den Augen verlor und das Fernrohr auf irgendeine Stelle auf dem Vorsegel fokussierte. Sie schielte mit dem offenen Auge ein bisschen zurück. Seine rechte Schulter war nur eine Handbreit von ihrem Gesicht entfernt. Wie gern hätte sie sich jetzt zurückgelehnt und durch das Hemd hindurch seine Wärme gefühlt. Aber das war natürlich unmöglich. Ganz abgesehen davon, dass er wahrscheinlich pikiert über diese Freiheit gewesen wäre, so sagte ihr ein dunkles Gefühl, dass die halbe Mannschaft zu ihnen herüberstarrte, auch wenn jeder so tat, als wäre er schwer beschäftigt.

»Ich war vor Jahren in Santiago.« Seine Stimme war so nah, dass ein angenehmes Kribbeln über ihre Haut lief. Sie lehnte sich wie zufällig ein wenig zurück, täuschte ein wenig Unsicherheit vor und spürte zu ihrer Genugtuung seine Brust und wie sein Arm sich stützend an ihre Taille legte. Seine Hand lag unter ihrem Ellbogen, und sie fühlte, wie sein Daumen sachte darüber strich. Dann hob er ihren Arm mit dem Glas an und deutete auf die Insel.

»Sehen Sie, dort ist Kuba. Dort werden wir für einige Tage bleiben.«

Und dort würde er sie verführen, dachte Charles in erregter Vorfreude, während er die Augen schloss und tief den Duft ihres Haares einatmete.

Und dort werde ich versuchen, dich zu verführen, dachte Harriet mit einer Mischung aus Panik und Entschlossenheit.

Charles suchte die größte und luxuriöseste Unterkunft, das ehemalige Wohnhaus eines reichen spanischen Granden, und mietete dort eine ganze Zimmerflucht, deren gemeinsamer, schattiger Arkadengang durch breite Fenstertüren Zugang zu jedem Raum erlaubte. Er sorgte auch dafür, dass sie sich einen gemeinsamen Salon teilten, wo sie die Mahlzeiten einnahmen, und Harriet ansonsten ein Zimmer für sich allein ihr Eigen nannte. Lan Mengs Schlafzimmer war wiederum durch einen Ankleideraum von Harriets getrennt.

Die Unterkunft lag auch abseits genug, um Harriet von Dingen, die sie nichts angingen, fernzuhalten. Sie sollte die Reise und den Aufenthalt hier genießen, ihn selbst von seiner besten Seite kennenlernen und sich von ihm verführen lassen. Und das möglichst schnell, wenn er nicht demnächst entweder wie ein verliebter Köter vor ihrer verschlossenen Tür heulen oder Abhilfe bei einer dunkelhäutigen kubanischen Schönheit schaffen wollte.

Als Harding an diesem Abend Charles' Zimmer betrat, hielt dieser ihm eine Karte hin, auf der eine schwungvolle Unterschrift prangte. Harding nahm sie entgegen und las sie, ehe er sie auf den kleinen Schreibtisch warf. »Ramirez' Leute arbeiten schnell. Ich bin sicher, sie wussten schon, dass wir kommen, ehe wir überhaupt den Hafen ansteuerten. Was ist mit Reading? Wollen Sie den nicht treffen? Ihn halte ich noch viel eher für einen Verräter als Ramirez.«

Captain Thomas Reading war ein ehemaliger englischer Marinekapitän und hatte früher für die East India Company gearbeitet. James Daugherty war auf ihn aufmerksam geworden, als er ihn dabei erwischt hatte, wie er einige ziemlich wertvolle Prisenanteile in die eigene Tasche steckte, anstatt sie den offiziellen Stellen zu übergeben. Er hatte ihm durch einen

Mittelsmann einen Vorschlag machen lassen, den nur ein Selbstmörder abgelehnt hätte, und Reading war erwartungsgemäß darauf eingegangen. Als eines Tages der Boden in Ostindien zu heiß für ihn geworden war, hatte ihn James Daugherty nach Kuba geschickt, um dort seine einschlägigen Begabungen einzusetzen und mit Daughertys vor Ort ansässigem Partner Ramirez zusammenzuarbeiten.

»Zuerst will ich mit Ramirez allein sprechen«, sagte Charles. »Ich bin sicher, dass einer alleine schneller und weniger *gehemmt* plaudert, als wenn sie sich gegenseitig bespitzeln.«

Er lehnte sich zurück und legte die Füße auf den Schreibtisch. Er war bereits für das Dinner mit Harriet gekleidet. Helle Hosen, blanke schwarze Stiefel, blütenweißes Hemd und eine cremefarbene, dezent bestickte Weste. Die passende, langschößige Jacke lag auf dem Bett. Er hatte sich zweimal von seinem Steward rasieren lassen, und das Haar war korrekt nach hinten gebunden.

Harding musterte ihn mit gutmütigem Spott. »So adrett habe ich Sie noch nie gesehen, wenn wir auf Kaperfahrt waren.«

Charles blickte an seiner Pracht herab, dann grinste er. Etwas, das er, wie Harding feststellte, in letzter Zeit öfter tat. Diese Harriet Dorley war tatsächlich noch nützlicher, als er bisher gedacht hatte.

»Soll ich bei dem Gespräch dabei sein?«, kam er wieder auf das Thema zurück.

»Haben Sie etwas Besseres vor?« Charles wies auf einen Stuhl ihm gegenüber.

Harding winkte ab und wanderte langsam im Zimmer umher, ein Zeichen, dass er über etwas verärgert war. »Wie man's nimmt. Johnson hat zwei Männer von einem unserer Schiffe getroffen, das von den Halunken gekapert wurde. Sie hatten Glück – wurden nicht wie andere niedergemetzelt, sondern gezwungen, auf dem erbeuteten Schiff zu arbeiten. Nach dem, was sie so erzählt haben, nimmt Johnson an, dass die Piraten sich auf Hispaniola verstecken.«

Charles nickte nachdenklich. Das wäre durchaus logisch, denn seit die spanischen Siedler vor einigen Jahren während des Sklavenaufstands von Hispaniola vertrieben worden waren, konnten sich die Piraten dort relativ sicher fühlen.

»Ich schlage vor, dass ich mich dort einmal mit der *Sea Snake* umsehe, während Sie hierbleiben und Miss Dorley die Insel zeigen.«

Charles warf Harding einen misstrauischen Blick zu, aber dessen Gesicht war völlig ausdruckslos. Er rieb sich den Nasenrücken. »Riskant, sich dort sehen zu lassen, Mortimer. Wie sicher sind Sie außerdem, dass diese Männer die Wahrheit sagen? Vielleicht machen sie in der Zwischenzeit mit den Bastarden gemeinsame Sache? Wenn das eine Falle ist, segeln Sie direkt hinein.«

»Ich klappere einfach einige der Häfen ab und horche mich um.« Als Harding sah, dass Charles unwillkürlich einen Blick Richtung Harriets Zimmer warf, musterte er ihn aufreizend gründlich. »Es gibt keinen Grund für Sie mitzukommen. Ihre Mission, Miss Dorley daran zu hindern, alles über uns herauszufinden und uns dann zu verpfeifen, ist mindestens ebenso wichtig.«

»Meine Beziehung zu Miss Dorley ist völlig ehrbar«, erwiderte Charles steif, der jetzt nicht mehr über die Anzüglichkeit hinwegsehen konnte. »Ich habe ihr einen Heiratsantrag gemacht.«

Harding erlaubte sich ein mitleidiges Lächeln. »Seit wann segeln Sie auf Schiffen, mein Junge?«

Charles hob die Augenbrauen. Harding war der Einzige, der ihn jemals so genannt hatte. Selbst sein Vater hatte ihn niemals so väterlich-vertraulich angesprochen, sondern ihn immer nur beim Vornamen genannt. Während Harding diese Anrede allerdings früher freundlich gemeint hatte, benutzte er sie jetzt meist, wenn er sich über ihn lustig machte.

Harding wartete erst gar nicht auf Antwort. »Auf einem Schiff bleibt nichts lange geheim. Ich möchte sogar schwören, dass, fünf Minuten nachdem Sie Ihren … hm … Antrag vorgebracht haben, schon die letzte Schiffsratte davon wusste.«

Charles spitzte die Lippen und zupfte angelegentlich an seinen Manschetten.

»An der Stelle des Mädchens hätte ich Sie ins Wasser geworfen«, sprach Harding in seinem trockenen Tonfall weiter. »Und ich bin sicher, der Rest der Mannschaft ist meiner Meinung, auch wenn ich keinem raten würde, sie in meiner Gegenwart laut werden zu lassen.«

Charles nahm die Füße vom Tisch und zog seine Weste zurecht. »Hören Sie, Mortimer, obwohl Sie so viel älter sind als ich und mich in den letzten dreißig Jahren ziemlich oft aus der Patsche gerettet haben, glaube ich nicht, dass …«

Harding winkte ab. »Ach, kommen Sie, Charles. Mir können Sie nichts vormachen. Wir waren nicht nur hinter der reizenden Miss Dorley her, weil Sie fürchteten, sie könnte von O'Connor und seiner Bande zu viel über Sie herausfinden.« Er machte eine kleine Pause, während der er Charles freundschaftlich musterte. »Wäre ich Sie, würde ich zusehen, dass ich zwischen mir und Miss Dorley einiges klarstelle. Das Mädchen passt gut zu Ihnen. Verderben Sie es sich nicht mit der Kleinen.« Er grinste. »Dieser gute Rat ist kostenlos, aber glauben Sie nicht, dass ich es zur Gewohnheit werden lasse.«

Charles hatte diese Rede mit einem ausdruckslosen Gesicht über sich ergehen lassen. Wenn Harding schon tiefer geblickt hatte, als ihm recht war, dann musste er es nicht auch noch zugeben.

»Wenn wir schon davon sprechen«, sagte er zurückhaltend, »ich habe mir Gedanken darüber gemacht, wie es mit unserem Unternehmen weitergeht.«

Nun setzte sich Harding doch. »Da bin ich jetzt gespannt.«

Charles räusperte sich. »Harriet und ich werden heiraten.«

»Das sagten Sie bereits.«

»Das heißt aber auch, dass ich die … hm … weniger legalen Aktivitäten beenden werde.« Was mit anderen Worten bedeutete, dass er bereit war, sein ganzes Leben umzustellen, um das zu erreichen, was er nie gehabt hatte: ein friedliches Leben, eine Familie. Liebe.

»Soweit ich mich erinnern kann, habe ich Ihnen das einmal vorgeschlagen, oder?«, fragte Harding in einem neutralen Tonfall.

»Damals hatte ich noch keinen Grund dazu.«

»Und jetzt schon?«

Die Frage war provokant gemeint, und Charles warf ihm einen ungeduldigen Blick zu. »Das ist mein letztes Wort. Daran gibt es nichts zu rütteln. Ich will keine Ehe, wie meine Eltern sie geführt haben.«

Hardings Reaktion auf diese Feststellung überraschte ihn. Er fuhr zusammen, als hätte er ihm einen Schlag versetzt. Charles sah, dass er einige Male langsam Luft holte, als bereite ihm das Atmen Schmerzen. »Das wäre auch niemals der Fall«, sagte er tonlos.

Charles machte den Mund auf, aber Harding winkte ab. »Schon gut, ich denke, jetzt habe ich es verstanden.«

»Gut«, Charles musterte ihn nachdenklich. »Dann hören Sie zu, was ich plane …«

Harding lehnte sich zurück und streckte die Beine von sich; während Charles sprach, glitt sein Blick jedoch zum Vorhang, der sich leicht bewegte. Draußen war es noch hell, weshalb er den zierlichen Schatten sehen konnte, der schon die längste Zeit vor dem Fenster herumgelungert hatte und nun gebückt und wieselflink davonhuschte. Die kleine Chinesin schnüffelte mehr umher, als ihr bekömmlich war.

~

Als Harriet an diesem Abend den gemeinsamen Salon betrat, fand sie Charles zu ihrer angenehmen Überraschung allein vor. Harding war geschäftlich unterwegs, und Lan Meng hatte sich ebenfalls entschuldigt. Ihre Freundin hatte auf dem Schiff sehr misstrauisch auf Charles' Antrag reagiert, ihr sogar lebhaft Vorhaltungen gemacht, aber seit diesem Abend schien sie ihre schlechte Meinung über Charles revidiert zu haben. Sie hatte ihr mit einem Blinzeln einen schönen Abend gewünscht und ihr auf eine fast mütterliche Art die Frisur zurechtgezupft.

Und so saßen sie und Charles sich endlich einmal allein gegenüber und konnten sich bei einem exzellenten Mahl, das von Charles' französischem Koch höchstpersönlich »kreiert« worden war, ungestört unterhalten.

Der Abend verlief sehr harmonisch, und Harriet genoss es, Charles endlich einmal ganz für sich zu haben. Ermuntert von seinen Fragen, erzählte sie von ihrer Familie, brachte ihn zu ihrer Freude sogar des Öfteren zum Schmunzeln und freute sich, als sein sonst so zurückhaltender Blick einem warmen Lächeln wich.

Leider sprach er kaum über sich selbst, dabei hätte sie so gern mehr von ihm gewusst. Seine Mutter war gestorben, als er acht oder neun Jahre alt gewesen war, und sie konnte sich nicht vorstellen, wie es für einen kleinen Jungen gewesen sein mochte, ohne Mutter aufzuwachsen, nur mit einem Vater, der streng und hart wirkte und es vermutlich auch war.

Sie selbst hatte nicht nur eine liebevolle Mutter, sondern auch einen nachsichtigen Vater gehabt, der seine lebhafte Tochter mit überraschender Langmut ertragen hatte. Selbst seine Schelte war noch freundlich gewesen. War sie dann doch einmal zu ungestüm gewesen, so hatte man sie eben ihrer Aja übergeben, und Sir Percival hatte sich in sein allerheiligstes Arbeitszimmer zurückgezogen.

Als sie jedoch nach Charles' Vater fragte, um mehr über das Verhältnis der beiden zueinander herauszufinden, verschloss sich Charles' Gesicht.

»Er war ein harter Mann.« Er klang so abweisend, dass Harriet befürchtete, allzu taktlos gewesen zu sein. »Aber nicht zu mir«, setzte er nach einer Pause hinzu, »jedenfalls hat er mich nie gezüchtigt, nicht einmal angeschrien.«

Was auch nicht nötig gewesen war. Er hatte ihn zwar nie geschlagen, aber andere, und Charles hatte dabei zusehen müssen. Sein Vater hatte ihn sogar einmal gezwungen, bei der Hinrichtung eines Mannes anwesend zu sein.

Hinrichtungen waren im Grunde nichts Außergewöhnliches, es wurden immer wieder Leute zum Tode verurteilt, und die Schaulustigen versammelten sich zuhauf auf den Richtstätten. Aber das geschah im Namen der Obrigkeit und des Gesetzes. Dieser Mann hatte jedoch die Dummheit besessen, James Daugherty zu hintergehen, und war allein auf dessen Befehl getötet worden.

Charles würde niemals den Anblick vergessen, wie der Mann vor seinem Vater auf den Knien gelegen und um Gnade gebettelt hatte. Einer von Daughertys Leuten hatte ihm eine Pistole an den Kopf gehalten und abgedrückt.

Charles sah es vor sich wie damals. Er hatte sich bemüht, tapfer zu sein, denselben Ausdruck von Kälte und Gleichgültigkeit zu zeigen wie sein Vater und die Männer um ihn herum. Er hatte durchgehalten, aber danach war er in eine Ecke des Gartens geflüchtet und hatte sich dort übergeben.

Harding hatte ihn schnell gefunden. Er hatte erwartet, Schelte zu bekommen oder auf Befehl seines Vaters wieder zu dem Toten gebracht zu werden, um ihn genau anzusehen, aber Harding hatte den gerade erst elf Jahre alten Jungen nur aufgehoben, leise auf ihn eingesprochen und ihn auf sein Zimmer begleitet. Dort hatte er ihm geholfen, die schmutzigen Sachen auszuziehen und das Gesicht zu waschen.

Charles hatte seitdem viele Menschen sterben sehen. Aber der berstende Kopf, die austretende Gehirnmasse, das heraushängende Auge zählten zu den Erinnerungen, die ihm heute noch fast den Magen umstülpten.

Sein Vater hatte wahrhaftig keine Mühen gescheut, ihn zu einem harten Mann zu erziehen. Und Charles hatte sich bemüht, seine Gefühle zu verbergen.

Vielleicht war er deshalb so versessen auf Jessica gewesen? Weil sie so weit weg lebte und keine bitteren Erinnerungen mit ihm teilte. Er hatte an der Warmherzigkeit ihrer Familie und an ihrer teilhaben wollen. Ein Trugschluss, denn sein Vater hatte andere Pläne gehabt.

Harriets fragender Blick zog ihn aus seinen Erinnerungen wieder in die Gegenwart und zu ihr zurück. Er lächelte bitter, als er ihre besorgte Miene sah. »Lassen wir meinen Vater, Harriet.«

»Natürlich«, erwiderte sie rasch. »Ich wollte nicht …«

»Ich werde Ihnen von ihm erzählen, aber nicht jetzt und nicht heute.« Erst, wenn alles vorbei war und er sich aus der Piraterie zurückgezogen hatte. Er konnte niemals eine gute Ehe mit ihr führen, wenn eine Lüge zwischen ihnen stand. Wenn sie ihn heiratete, dann sollte sie keinen Grund haben, ihn zu verabscheuen, wie seine Mutter seinen Vater verabscheut hatte.

Es war bereits weit nach Mitternacht, als Harriet mit größtem Bedauern beschloss, sich zurückzuziehen. Als sie Charles eine gute Nacht wünschte, küsste er ihr – wie auch in den letzten Tagen – in vollendeter Manier die Hand, aber kurz bevor sie das Zimmer verließ, hielt er sie zurück. Er stand sehr dicht vor ihr, seine Augen waren auf ihre Lippen geheftet, und Harriet hob erwartungsvoll das Gesicht zu ihm empor. Sie fühlte seinen Atem, seine körperliche Nähe und schloss die Augen. Seine Lippen waren jedoch nur wie ein Hauch, als sie ihre Wange streiften, unendlich zart, wie die Berührung einer Feder. Harriet seufzte leicht und sehnsüchtig und verharrte mit geschlossenen Augen, in der Hoffnung, ihm Mut für mehr zu machen.

Als sich nichts mehr tat, öffnete sie die Augen und sah ihn an. Er stand dicht vor ihr, einen Ausdruck von Verlangen in den Augen, von einer Wärme, die sie selbst erhitzte. Sie blinzelte lächelnd, in der Hoffnung, verführerisch zu wirken. Herrgott noch mal, war es denn so schwierig, von einem Mann einen Kuss zu bekommen? Oder war nur dieser so gehemmt? Den Eindruck hatte er ihr bisher nicht gemacht. Aber so waren Männer wohl. Bei fremden Frauen nahmen sie sich heraus, was sie wollten, und sobald sie ehrbare Absichten hatten, wurden sie prüde. Sie hatte dieses befremdliche Phänomen schon des Öfteren in ihrem Bekanntenkreis beobachtet. Gentlemen, über die man sich hinter vorgehaltener Hand Schockierendes über ihre Liebesabenteuer erzählte, die sich nicht zu gut waren, öffentlich mit ihren Mätressen zu erscheinen, standen dann stocksteif neben ihren Verlobten und wagten kaum, ihre Hand zu berühren.

Sie blinzelte abermals, legte alle Süße in ihr Lächeln. Und betete. Schließlich konnte sie ja nicht gut den Anfang machen, das gehörte sich nun wirklich nicht. Jedenfalls nicht vorläufig.

Charles reagierte tatsächlich, aber nicht so, wie sie es erhofft hatte.

»Harriet …« Seine Hände umfassten ihre Oberarme, und schon glaubte sie, er wolle sie an sich ziehen. Doch sofort ließ er sie wieder los, als hätte er sich an ihr verbrannt, und trat schnell einen Schritt zurück. Sein Lächeln wirkte reichlich angespannt, und seine Stimme klang rauh, als er kurz den Kopf neigte. »Gute Nacht, Harriet, schlafen Sie gut. Wir sehen uns dann morgen.« Damit drehte er sich auf dem Absatz um, durchquerte fast fluchtartig den Salon und verschwand in seinem Zimmer, ohne sich noch einmal nach ihr umzusehen.

Harriet starrte ihm mit offenem Mund nach. Dieser Abgang war denn doch etwas überhastet. Lag es vielleicht gar nicht an seiner Prüderie, sondern an ihr? War sie nicht anziehend genug?

Schließlich wirbelte sie herum, stürzte in ihr Zimmer und ließ die Tür mit einem unfeinen Krachen zufallen.

Drinnen wartete die erschreckte Zofe auf sie. Da Harriet Beth an den amerikanischen Seemann auf der *Red Vanessa* verloren hatte, hatte Charles dafür gesorgt, dass sie auf Kuba Ersatz bekam. Harriet blinzelte die Tränen weg, schickte das Mädchen zu Bett und begann, sich selbst zu entkleiden. Sie zerrte das hübsche Kleid herunter, das sie – extra für Charles! –

angezogen hatte, und setzte sich unglücklich vor die Spiegelkommode, um sich kritisch zu betrachten. Wieder einmal. Vielleicht sollte sie alle Spiegel verhängen.

Was war so falsch an ihr? War sie wirklich so hässlich? Sie fand sich selbst eher durchschnittlich, wenn man von den Myriaden von Sommersprossen absah, die ihren Körper überzogen. Und so schlimm waren die auch nicht. Charles hatte sie ja noch nicht einmal gesehen! Die Nase war zu lang und zu gebogen, der Mund zu breit. Sie versuchte zu lächeln und gab es gleich auf. Viel zu breit. Hätte sie Charles vielleicht nicht anlächeln dürfen? Aber sie konnte doch nicht für den Rest ihres Lebens ernst bleiben. Ihre Augen waren gerötet. Das sah natürlich unschön aus, aber vorher hatte sie ja noch nicht mit Tränen gekämpft.

Sie riss die Nadeln aus ihrem – extra für Charles! – kunstvoll hochgesteckten Haar und begann, es mit wilden, wütenden Strichen zu bürsten, dabei jeden weiteren Blick auf ihr Spiegelbild vermeidend. Im Grunde musste sie gar nicht erst nachdenken, was an ihr hässlich war. Sullivan und seine Freunde hatten es deutlich genug hinausposaunt, und Charles hatte es gehört. Sie hatten ihn damit sozusagen sogar mit der Nase daraufgestoßen, bevor er selbst dahintergekommen war! Widerliche Kerle, in der Hölle sollten sie schmoren!

Und dieser Heiratsantrag? Der war vermutlich die Schuld ihres Vaters. Da gab es jetzt keinen Zweifel mehr. Charles, als Gentleman, der er trotz allem nun einmal war, hatte sich überreden lassen. Ihre Abreise hatte gar nichts genützt. Sie hatte ja keine Ahnung, was bei Charles' Heimkehr möglicherweise vorgefallen war! Vielleicht hatte Sir Percival ihm abermals zugesetzt, und – Harriet schniefte bei diesem Gedanken auf – Charles hatte sie dann eben bei dem unerwarteten Wiedersehen gefragt. Deshalb das dämliche Gerede von Respekt und Achtung und … was auch immer. Sie warf ihrem Spiegelbild einen missgünstigen Blick zu. Kein Wunder. Jeder andere Mann hätte zumindest gelogen, aber Charles war wohl zu ehrlich … Nein, so ehrlich war er auch wieder nicht, im Grunde war er recht verlogen. Harriet fand diesen Gedanken seltsam tröstlich. Der Mann hatte schon gewisse gravierende Fehler.

Harriet gab es auf, ihr Haar und ihr Herz zu malträtieren, warf die Bürste fort und gönnte sich eine Waschung mit kühlem, nach Rosenöl duftendem Wasser, bevor sie in ihr leichtes Nachthemd schlüpfte. Das tat gut. Das hatte sie auf der monatelangen Reise viel zu sehr vermisst. Im Grunde war es das Schlimmste für sie gewesen, kaum Wasser zur Verfügung zu haben und ihre Wäsche mit Salzwasser reinigen zu müssen. Das Rosenöl war Charles' Geschenk, ebenso wie die in großen Schalen im Raum verteilten Blüten, deren zarten Duft Harriet tief darüber gebeugt eingeatmet hatte. Sie setzte sich auf das Bett und strich über die weiche Seidendecke. Auch diese war eine Aufmerksamkeit von Charles. Er hatte eigenes Bettzeug ins Hotel schaffen und von einem ganzen Heer von Dienern die Zimmer reinigen lassen, bevor Harriet eingezogen war.

Es war seltsam. Er tat so viel für sie, machte ihr Geschenke, war ungewöhnlich fürsorglich. Nur kam er ihr nicht zu nahe. Wenn er sie so abstoßend fand, zu dünn, zu groß, zu gefleckt, zu sonst was, wie wollte er dann eine Ehe mit ihr führen? Wollte er ihr einen Sack überwerfen, wenn er sie … Siedend heiß kam ihr der Gedanke, dass er vielleicht gar keine richtige Ehe plante! Kam daher dieses Gerede über Respekt?

Harriet schluckte. Das musste sie noch klären, und zwar schleunigst. Vielleicht wollte er ja nur eine Frau, die er der Gesellschaft präsentieren konnte, die er aber nicht anrührte, während er sich an schönen, anschmiegsamen indischen Geliebten schadlos hielt! Der Gedanke war schrecklich. Unerträglich! Sie warf sich mit einem Aufstöhnen ins Bett und zog sich die Decke über den Kopf.

Bald darauf sprang sie wieder auf, viel zu unruhig, um zu schlafen, öffnete die Fensterflügel und trat auf die Arkaden hinaus. Die Lichter der Stadt hüllten die Umgebung in einen schwachen Schimmer. Der Wind brachte die Gerüche der See, des Hafens, von blühenden Sträuchern und gegrilltem Fleisch mit sich und ließ die zwei Laternen in den Arkaden leicht hin und her schaukeln. Nachtaktive Insekten umflatterten nervös die tanzenden Lichter und prallten an den Glasscheiben ab.

Harriet lehnte sich an die Balustrade, schüttelte ihr Haar aus und hielt ihr glühendes Gesicht in die Brise. Sie hatte reichlich Wein getrunken. Vielleicht kamen die schlechten Gedanken nur davon. Alkohol hatte bei ihr nicht immer diese aufheiternde Wirkung wie auf andere. Wenn sie ein Glas zu viel erwischte, wurde sie traurig.

Von rechts drangen Stimmen, Lachen, Musik und Gesang herauf. Offenbar wurde ein Fest gefeiert.

Sie huschte an Charles' Fenster vorbei. Die Türen waren einen Spalt geöffnet, aber die Vorhänge waren zugezogen. Aus dem Zimmer kam kein Laut. Und selbst wenn, wäre jedes Geräusch von den Feiernden überdeckt worden. Sie ging langsam weiter, angezogen von der Gruppe fröhlicher Männer und Frauen, die auf dem Platz neben dem Hotel ein Lagerfeuer entzündet und sich darum geschart hatten. Harriet lehnte sich im Schutz der Dunkelheit an die Balustrade und blickte neugierig hinab.

Es wurde schon besser. Sie konnte nie lange traurig sein, und die freudige Stimmung dieser Menschen griff auch auf sie über. Außerdem war die milde Nachtluft wie Balsam auf ihrer Haut und ihrer Seele, und sie spürte eine wunderbare, angenehme Leichtigkeit in ihrem Kopf. Das dünne Nachthemd ließ den Wind über ihren Körper streifen und erweckte eine unbestimmte Sehnsucht, ein Verlangen nach Nähe, nach Berührung, nach Händen, die sie hielten, streichelten. Nach warmen Lippen, die über ihre glitten. Nach Charles. Sie seufzte leicht.

Sie hatte, wenn man von den wenigen Küssen absah, die sie von Jahan erhalten hatte, und jenem höchst denkwürdigen, mit dem Charles und sie damals ihre »Freundschaft« besiegelt hatten, wenig praktische Erfahrung, wenn auch gewisse, theoretische Grundkenntnisse. Amiya und ihre Dienerinnen waren nicht mit derselben Zurückhaltung erzogen worden wie ein englisches Mädchen, und die Frauen von Amiyas Vater hatten Vergnügen daran gefunden, die harmlose junge Memsahib ein bisschen zu necken und ihr Geschichten zu erzählen, die Harriet jedes Mal eine verlegene Hitze in die Wangen getrieben hatten. Sie war also, wenn man so sagen wollte, unerfahren nur in der Praxis. Die Frauen hatten ihr auch Rollen mit fein gezeichneten Miniaturen gezeigt, die Harriet und Amiya damals gemeinsam studiert hatten. Für Amiya war dies nicht ungewöhnlich gewesen, die Mädchen gingen zwar unberührt in eine Ehe, aber nicht immer völlig unwissend und wurden oftmals in die Geheimnisse der körperlichen Liebe zwischen Mann und Frau eingeweiht, noch ehe sie auf dem Brautbett lagen. Harriets Mutter wäre gewiss vom Schlag getroffen worden, hätte sie auch nur andeutungsweise gewusst, was ihr behütetes Töchterchen zu hören und zu sehen bekam.

Harriet musste bei diesem Gedanken kichern. Aber sie fand es klug, die jungen Frauen vorzubereiten. Sie konnte sich an einige ihrer oberflächlichen Freundinnen erinnern, die sich vor der Hochzeit wichtig gemacht und dann beim nächsten Treffen eher unglücklich dreingesehen hatten, weil sie mit Dingen konfrontiert worden waren, die völlig ihrer Erziehung und ihrem engen Sinn für Anstand widersprachen. Nun, ihr würde das nicht passieren. Sie war von Amiya und deren Gefährtinnen schon längst – zumindest theoretisch – in die Kunst der Liebe eingeweiht worden.

Zum ersten Mal dachte sie darüber nach, weshalb Amiya sie überhaupt einbezogen hatte. War das unter indischen Freundinnen so üblich? Oder hatte sie Harriet als zukünftige Konkubine ihres Bruders vorbereiten wollen? Harriet runzelte die Stirn. Dieser Gedanke war ihr bisher nie gekommen, aber weshalb sollte er ihrer indischen Freundin abwegig gewesen sein? Sie musste beinahe kichern, wenn sie daran dachte, dass sie Amiyas theoretische Schulung jetzt dafür verwenden wollte, einen anderen zu verführen. Einen, der ihre Gedanken und Gefühle so vollständig einnahm, dass ihre ehrbare Erziehung dagegen unwichtig wurde.

Harriet sah den Leuten eine Weile zu. Sie waren bunt gekleidet, bewegten sich geschmeidig. Die Musik war wild und mitreißend. Sie spürte, wie die Leidenschaft dieser Menschen, die sich niemals in ein englisches Korsett hatten zwängen müssen, sie ebenfalls erfasste, bis ihr ganzer Körper im Rhythmus der Musik und der Tanzenden mitschwang. Hitze stieg in ihr auf, eine Sehnsucht, ein Verlangen nach Zärtlichkeit, Leidenschaft. Was Charles wohl sagen würde, wenn sie jetzt einfach in sein Zimmer marschierte, das Nachthemd fallen ließ und sich zu ihm in sein Bett schmiegte?

Er wäre vermutlich zutiefst entsetzt. Wahrscheinlich würde er sogar die Verlobung lösen.

Ja, er berührte sie. Ihre Hand, gelegentlich ihren Arm, ihren Rücken. An diesem Abend hatte er sie sogar auf die Wange geküsst. Welche Dreistigkeit! Harriet musste sich ein Kichern verbeißen. Sie bewegte sich stärker im Takt der Musik. Schwang die Hüften, kreiste auf aufreizende Art und Weise mit ihrem Hintern, ließ ihre kleinen Brüste unter dem Nachthemd wackeln und genoss im Schutz der Dunkelheit ein neues, unbeschreibliches Gefühl von Freiheit.

Charles hatte keinen Grund, mit seinen Fortschritten bei Harriet unzufrieden zu sein. Das gemeinsame Dinner im Salon – zu seiner Freude in trauter Zweisamkeit – war gut verlaufen. Sie war bezaubernd gewesen, fröhlich, gut gelaunt, hatte geplaudert und sein Herz mit Wärme und einer überraschenden Geborgenheit erfüllt. Er plante, die folgenden Tage, wenn man von seinen Treffen mit Ramirez und Reading absah, völlig Harriet zu widmen.

Auf dem Schiff hatte er sich am Abend, wenn sie sich in ihre Kajüte zurückzog, immer nur korrekt mit Handkuss verabschiedet. Viel mehr war in Gegenwart ihrer teils spöttisch, teils finster dreinblickenden Freundin und unter Hardings zynischen Blicken nicht möglich gewesen, aber an diesem Abend hatte er die Gelegenheit nutzen wollen, ihre Sinnlichkeit zu wecken und ein wenig mit ihrer Leidenschaft zu spielen.

Das war ein verfluchter Fehler gewesen, denn er hatte nicht mit seinem eigenen, plötzlich aufwallenden Begehren gerechnet. Sein Verlangen und seine Erregung waren so heftig hochgestiegen, dass sich der Raum um ihn herum gedreht hatte. Er hätte beinahe die Beherrschung verloren, sie an sich gerissen und geküsst, und es hatte verdammt viel Kraft gekostet, sich umzudrehen und einen halbwegs gesitteten Abgang zu machen.

Noch jetzt spürte er ihre samtene Haut auf seinen Lippen, roch ihren Duft, den ihres Parfüms, das er ihr geschenkt hatte.

Und nun lag er entkleidet auf dem Bett – als Erstes hatte er sich diese beengenden Hosen heruntergerissen – und spürte in selbstquälerischer Absicht dem Gefühl ihrer weichen Haut auf seinen Lippen nach. Die Vorstellung, jede Stelle ihres Körpers zu küssen, mit Händen und Lippen zu streicheln, war plötzlich besonders intensiv und quälend. Mit einem gereizten Knurren, das eher wie ein Stöhnen klang, rutschte er ein wenig im Bett herum. Selbst die leichte Seidendecke auf seinem Unterleib war noch zu viel. Er stellte ein Knie auf, um nicht mehr die kühle, zarte Berührung auf seinem Schritt zu fühlen, die seine Wünsche noch mehr auf eine gewisse junge Dame ausrichteten, deren Hände er dort spüren wollte.

Er schlug mit der Faust neben sich auf das Bett. Auch das noch. Anstatt an andere Dinge zu denken, führte ihn seine Phantasie genau dorthin, wo er jetzt am wenigsten Befriedigung finden konnte, sondern bestenfalls Selbstquälerei.

Was sollte er tun? Hier liegen und leiden? Oder aufstehen, einen Spaziergang machen, sich vielleicht an einer der Hafendirnen abreagieren, um danach Harriet am nächsten Morgen wieder wie ein Gentleman entgegentreten zu können, ohne bei ihrem Anblick gleich hart zu werden? Nein, unmöglich. Er würde nie eine Frau finden, die ihm Harriet auch nur annähernd ersetzen konnte. Weder ihren Anblick, ihre Haut, ihren Duft, das Haar. Ihr Lächeln … Verflucht noch mal! Er setzte sich auf, wobei er darauf achtete, dass sein Unterleib nicht zu sehr mit der streichelnden Decke in Berührung kam, und lauschte der von draußen hereintönenden Musik. Sie war wild, leidenschaftlich und genau das Falsche für einen Mann, der ohnehin schon an einem Zuviel an Verlangen litt.

Die Vorhänge bauschten sich in einem kleinen Luftzug, und in diesem Moment sah er, deutlich gegen das Licht der Laterne vor seinem Zimmer, eine Gestalt vorbeihuschen. Er sprang vom Bett. Seine Männlichkeit tat dasselbe, aber er zwang sie hastig in seine – viel zu engen – Hosen, schlüpfte ins Hemd, machte sich nicht einmal die Mühe, es zu verschließen, und trat hinaus.

Der Anblick, der sich ihm bot, ließ ihn scharf die Luft einziehen. Dort lehnte sie, der Gegenstand seiner Sehnsucht, hatte ihm den Rücken zugekehrt und blickte zu den Feiernden hinab. Er schluckte, als er die Konturen ihres Körpers gegen den Lichtschein wahrnehmen konnte. So anmutige, schlanke Formen, die Taille, der elegante Schwung ihrer Hüften, der seinen gierigen Blick zu ihren Schenkeln führte. Lange Beine zeichneten sich durch den Stoff ab. Das gelockte Haar, vom Schein des Feuers wie von einem Heiligenschein umgeben, fiel reich bis über die Schultern und auf den Rücken. Charles ballte die Fäuste, als er sah, wie sie sich im Takt der Musik bewegte und lasziv und selbstvergessen die Hüften bewegte.

Und das alles gehörte ihm. Es sei denn, er verdarb es. Harding hatte recht gehabt, er musste einiges zwischen ihnen beiden klarstellen. Sein Antrag war zwar ein Appell an die Vernunft gewesen – zumindest an ihre, seine spielte bei dieser Heirat bedauerlicherweise ohnehin nur noch eine marginale Rolle –, aber das Geständnis, sie mehr zu begehren als das eigene Leben, hatte bestimmt noch keine Frau in die Flucht getrieben.

Ihr wohlgeformter kleiner Hintern zeichnete sich überdeutlich ab, so sehr, dass er sogar die dunkle Spalte erahnen konnte, die von ihrem Rückgrat tiefer hinabführte, dorthin, wo er sie mit den Händen liebkosen und mit seinem eigenen Leib lieben wollte. Fast glaubte er schon wahrzunehmen, wie diese langen Beine seine Hüften umschlossen, dieser biegsame Körper sich unter seinen Stößen aufbäumte, bis er ihre Schreie von ihren Lippen küsste. Er atmete schneller. Sein Mund wurde trocken.

Jetzt tanzte sie wilder, hob sogar die Arme, sprang mit bezaubernder Anmut hin und her, schwang die Hüften, wackelte mit dem Hintern. Charles bekam kaum noch Luft. Seine Hose spannte, sein Glied schmerzte, seine Hoden prickelten. Sein ganzer Körper pochte. Und dann drehte sie sich in einem wilden Tanz um die eigene Achse, dass ihr Nachthemd und ihre Haare flogen.

Diese Musik, die Rufe der Menschen, das Lachen, alles war wie Feuer auf Harriets Haut. Sie breitete die Arme aus und drehte sich auf der Stelle, wie sie es oft als Kind getan hatte, wenn auch damals mit wesentlich mehr Unschuld.

Und da sah sie ihn. Nur vier Schritte hinter ihr.

Harriet hielt so abrupt in ihrer Drehung inne, dass sie ins Stolpern kam. Er stand wie eine Statue da, sein Blick ruhte unverwandt auf ihr. Sie starrte entsetzt zurück und wurde sich siedend heiß ihres Benehmens, ihres dünnen Nachthemds bewusst. Haltung, Harriet! Haltung, verflixt!

Sie versuchte ein unschuldiges Lächeln, brachte ein übertrieben fröhliches »O, Charles! Welch eine Überraschung!« hervor und beschloss, diese peinliche Situation damit zu beenden, dass sie schleunigst in ihr Zimmer entschwand. Wenn Charles tatsächlich die Sorte Mann war, die zweierlei Maß ansetzte, dann hatte seine zukünftige Frau die Unschuld in Person zu sein. Ein unbeschriebenes Blatt, fast eine Heilige. Nun, sie war zwar unschuldig, unbeschrieben sozusagen, aber für eine Heilige fehlte ihr ganz offensichtlich das Zeug.

Wie er sie ansah! Fast ärgerte sie sich über seinen starrenden Blick. Was hatte sie denn schon getan? Sie reckte das Kinn empor und marschierte los, geradewegs auf ihn zu, mit glühenden Wangen, aber in würdevoller Haltung. Er sollte sich nur nicht einfallen lassen, sie für ihr Benehmen zu tadeln!

Sie erwartete, dass er ausweichen würde, aber er blieb wie angewurzelt vor ihr stehen, so dass Harriet, im Glauben, er würde zur Seite treten, fast auf ihn prallte. Er machte keine Bewegung. War er so schockiert über ihr Benehmen? Sie sah ihm trotzig ins Gesicht, und da wurde ihr klar, dass nicht Erstaunen oder Tadel in seinem Blick lagen, sondern etwas ganz anderes – ein so tiefes und brenndendes Verlangen, das Harriet erbeben ließ. So intensiv hatte sie nicht einmal Jahan angesehen. Harriet fuhr sich nervös mit der Zunge über die Lippen und bemerkte, wie Charles' Blick noch begehrlicher wurde. Du lieber Himmel, sie sehnte sich so sehr danach, von ihm in den Arm genommen zu werden, ihre Finger durch sein Haar gleiten zu lassen, sich an ihn zu schmiegen. Ihn zu fühlen und seinen Atem, seine Lippen, seinen Geschmack aufzunehmen, während ihr Körper eng an seinen gepresst glühte.

Endlich machte er den Mund auf. »Harriet, ich …«

»Ja?« Sie wartete atemlos darauf, was er ihr sagen wollte. Ihre Lippen waren leicht geöffnet, und sie fuhr abermals nervös mit der Zungenspitze darüber. Im nächsten Moment lagen seine Arme um sie. Die Welt neigte sich seltsamerweise schräger, aber für Harriet machte das keinen Unterschied, denn Charles' Lippen auf ihren zogen ihr ohnehin den Boden unter den Füßen weg.

Als er von ihr abließ, hatte sie das Gefühl, auf See in einen Sturm geraten zu sein. »W…war das ein Erdbeben?« Ihre Zofe hatte erwähnt, dass es hier regelmäßig zu kleineren Beben kam.

Charles blinzelte einige Male, dann sah er sich um und lockerte die Umarmung ein wenig, ohne sie ganz loszulassen. »Nein.«

Ihre Hand drehte sein Gesicht wieder zu ihr. Er sah auf eine reizvolle Art verwirrt aus und nicht wie üblich verschlossen, kühl, ironisch, selbst in seiner Freundlichkeit noch immer beherrscht. So hatte sie ihn noch selten gesehen, und ihr gefiel der Anblick.

»Es wäre wohl angemessen, sich zu entschuldigen.« Seine Stimme klang gepresst, und Harriet bemerkte jetzt erst, dass seine Hand mit warmem Druck auf ihrem Hintern lag und sie dort streichelte. Und sie bemerkte noch etwas anderes: Eine gewisse, sehr anregende, zugleich verwirrende Härte, die sich von vorne an sie schmiegte.

»Ich werde mich bestimmt nicht entschuldigen«, stieß sie, atemlos von dieser Erkenntnis, hervor. »Ich habe dieses Mal nicht einmal an Ihren Haaren gezerrt.«

Ein Grinsen zuckte über seine Lippen, dann wurde er wieder ernst. »Ah! Das war es. Ich dachte schon, dass etwas fehlt.«

»Etwas fehlt?«, fragte Harriet verdutzt.

Sein Blick streichelte über ihr Gesicht. »Doch, ich habe es vermisst. Vielleicht sollten wir es noch einmal probieren?«

Er drehte sich mit ihr herum, bis er sich an einen der Stützpfeiler lehnen konnte. Der Kuss, Harriets Nähe hatte ihm tatsächlich das Gefühl gegeben, als wäre er mitten in einem Erdbeben oder in einem Sturm. Mit den Händen konnte er sich nicht abstützen, denn die rechte brauchte er dafür, Harriets Hintern zu umfassen – welch ein köstliches Gefühl! –, und die linke, um ihren Nacken zu massieren und ihren Kopf festzuhalten. Er hatte noch nie eine Geliebte gehabt, die nur eine

Handbreit kleiner war als er, und er fand es sehr bequem, sich nicht zusammenkrümmen zu müssen, wenn er Harriets zarten Hals küssen oder an ihrem Ohrläppchen knabbern wollte. Und genau das hatte er vor.

»In England schneiden sich die jungen Männer die Haare kurz. Zumindest stand dies im letzten *Modekupfer*«, brachte Harriet mit einem kleinen Stöhnen hervor, als seine Lippen über ihren Hals glitten und dort mit schlafwandlerischer Sicherheit Stellen fanden, die erregte Schauer über ihren Körper sandten. Hatte sie vor wenigen Minuten noch gedacht, er würde sie nicht begehren? Fast hätte sie gelacht. Deutlicher als Charles konnte man keiner Frau zeigen, dass man sie anziehend fand.

Charles antwortete nicht sofort. Er war mit ihrem Ohrläppchen beschäftigt. Harriet hatte die reizendsten Ohrläppchen, die er je an einer Frau gesehen hatte. Sie waren sehr wohlgeformt, klein, rundlich, und genau so, dass er sie mit seinen Lippen erfassen und zart daran saugen konnte. Er spürte, wie Harriet erschauerte. Als er von ihr abließ und sie betrachtete, waren ihre Augen halb geschlossen.

»Soll ich es abschneiden?«, fragte er mit gespielter Ernsthaftigkeit.

Harriet blinzelte verwirrt und fasste unwillkürlich nach ihrem Ohrläppchen. Es war so empfindsam, dass Charles' Lippen unaufhörliche Botschaften in ihren ganzen Körper geschickt hatten.

Charles grinste. »Mein Haar. Soll ich mein Haar abschneiden?«

Harriet seufzte auf, griff mit beiden Händen in die seidige Pracht und zog ihn zu sich. »Untersteh dich.« Dann waren ihre Lippen auf seinen.

Charles war schwindlig, als sie sich nach unendlich langer Zeit wieder voneinander trennten. Ein bislang unbekanntes Gefühl ergriff von ihm Besitz, eine Flut von Emotionen, seltsam vertraut und doch fremd und verwirrend, so dass es eine Zeitlang dauerte, bis er begriff, was mit ihm geschah: Er hatte bis dahin noch nie eine Frau geküsst, in die er verliebt war. Diese Erkenntnis ließ die Welt um ihn herum wanken, sein Herz setzte aus, um dann mit doppelter Kraft weiterzuschlagen.

Er hatte, vor allem nach der Enttäuschung mit Jessica Finnegan, viele Frauen gehabt. Jede davon hatte er begehrt, auf seine Art gemocht. Seine Gefühle für Harriet waren jedoch völlig anderer Art, weil sie nicht nur Begehren umfassten, sondern auch Zärtlichkeit, den Wunsch, diese Frau zu halten und gleichzeitig zu beschützen, alles zu tun, damit es ihr gutging.

Jessica hatte ihm nur einmal einen kleinen Kuss gestattet, als er sich in Boston vor seiner Heimreise von ihr verabschiedet hatte. Klein und – hätte nicht sein ganzes Herz in diesem Kuss gelegen – wohl auch unbedeutend. Wie einfältig er damals doch gewesen war, mehr, als man seiner Jugend zugutehalten durfte. Vor allem aber war er ausgehungert nach Wärme und Liebe gewesen.

Eine Liebe, die er – wenn schon nicht sofort, dann doch später – in Harriet erwecken wollte. Der Wunsch, diese Frau zu seiner zu machen, sie zu besitzen, nicht mehr loszulassen, sie zu verwöhnen, sie zu lehren, ihn zu lieben, wurde nahezu übermächtig.

Harriet betrachtete ihn ebenfalls. Ihr Blick wanderte mit einem forschenden, fast erstaunten Ausdruck über sein Gesicht, bis sich ihre Miene plötzlich veränderte und sie sich aus seinen Armen wand. Nicht völlig, nur gerade so, dass sie nicht weglaufen konnte.

»Es gibt noch etwas, das du wissen musst, Charles. Man munkelt so einiges über … über meine Gründe, nach Java zu reisen. Es stimmt aber nicht! Jahan und ich waren immer nur Freunde. Er und seine Schwester. Es stimmt zwar, dass ich gewisse wärmere Gefühle für ihn hegte«, fuhr sie tapfer fort, »aber es ist nichts vorgefallen, was …«

Charles nickte. »Ich habe niemals etwas anderes gedacht.« Jahan hatte ihr mehr als nur Zuneigung entgegengebracht, das war offensichtlich, aber er glaubte ihr aufs Wort, dass nichts zwischen ihnen passiert war. Jahan würde ihm ohnehin nicht mehr in die Quere kommen. Dafür, dass sie diesen Inder und ihre *wärmeren* Gefühle für ihn so schnell wie möglich vergaß, wollte er schon sorgen. Er würde sie so sehr umhegen und lieben, bis sie vollkommen von ihm abhängig war.

Am besten, er fing gleich damit an. »Harriet, ich weiß, dass ich dir versprochen habe, dich nicht zu berühren, ehe wir nicht …«

»… verheiratet sind?«, fragte Harriet. Sie wollte ihren Worten einen neckenden Tonfall geben, aber er misslang. Sie klang zittrig und aufgeregt.

»So ähnlich.« Charles' Stimme war rauh und ungewohnt tief.

Harriet legte ein wenig den Kopf zurück, um ihn besser ansehen zu können. Wie sehr hatten sich seine Augen verändert. Das war nicht mehr der beherrschte, kühle Mann, der seine Gefühle stets im Griff hatte. Hatte sie jemals gedacht, Charles wäre leidenschaftlicher Empfindungen nicht fähig? Wie unsäglich dumm von ihr. Die Hitze seines Blickes entzündete sie an allen Stellen ihres Körpers. War jetzt die Gelegenheit, ihn stärker an sich zu binden? Sollte sie auf eine bessere warten?

Nein. Er wollte sie heiraten, er begehrte sie in diesem Moment, sein heißer, hungriger Blick bewies es. Also vergab sie sich nichts, wenn sie jetzt alles tat, um ihm diese Jessica Finnegan aus dem Kopf zu treiben und ihn davon abzuhalten, nach Boston zu reisen. Die vielen Stunden, die sie in den Frauengemächern verbracht hatte, waren dann zumindest nicht vergeblich gewesen. Sie hob eine Hand und strich über seine Wange, sein Haar, tastete mit bebenden Fingern über seine Lippen, versuchte, verführerisch zu wirken und hatte keine Ahnung, dass sie damit offene Türen einrannte. Nein, nicht nur das, sondern sämtliche, ohnehin schon bröckelige Mauern von Charles' Beherrschung niederriss.

Charles konnte kaum noch denken, er sah, fühlte, spürte, genoss nur Harriets weichen Körper in seinen Armen, den schlanken, biegsamen Leib. Seine Finger schienen zu brennen, wenn er sie berührte. Langsam ließ er seine Hand mit leichtem, doch unmissverständlichem Druck über ihren Hintern wandern, genoss die festen, weichen Backen, unterdrückte ein Stöhnen, als sie sich enger an ihn schmiegte und vor dem sehr fühlbaren und harten Zeichen seines Begehrens nicht zurückschreckte. Das Nachthemd war zwar hochgeschlossen und somit ansatzweise züchtig, aber so dünn, dass er das Gefühl hatte, direkt ihre Haut zu berühren.

»Ich sollte dich auf dein Zimmer bringen«, flüsterte er an ihrem Ohr. Er sog tief den Duft ihres Haares und ihrer Haut ein. Sie roch so wunderbar nach dem Rosenöl, das er ihr geschenkt hatte, und nach ihr, Harriet. Ein erregender, femininer Duft, der von seiner Nase auf direktem Wege in einen sehr relevanten Körperteil schoss, der sich schmerzhaft gegen den Hosenstoff und hin zu Harriet reckte.

Ihre Antwort bestand lediglich aus einem verträumten

»Hm …«, was ihn dazu veranlasste, seine zweite Hand über ihren Rücken wandern zu lassen, sie zu streicheln, enger an sich zu ziehen und abermals ihre Lippen zu suchen. Ihre Hand war unter sein Hemd gerutscht und hinterließ dort glühende Spuren, während die zweite ungeduldig an seinem Haarband zerrte. Ein Lachen blieb ihm im Hals stecken, als sie sein Hemd aufriss, und er spürte nicht nur ihre kleinen, festen Brüste, sondern auch die harten Spitzen, die sich – durch das dünne Nachthemd fast ungehindert – an seine Brust drängten.

Als er sie hochhob, schmiegte sie sich, ohne zu erschrecken, an ihn, legte die Arme um seinen Hals und hauchte kleine Küsse auf sein Kinn. Als sie ihre Lippen über seinen Hals hinab zu seiner Schulter führte, eine feuchte, heiße Spur zog, gab Charles endgültig nach. Er hatte geplant, sie langsam zu verführen, ihr Zeit zu lassen und jeden Tag ein wenig näherzukommen, aber diese Vorsätze waren im Moment weiter weg als Kalkutta.

Er trug sie ohne weiteres Zögern in sein Zimmer und schlug die Fenstertür mit dem Fuß zu. Er wollte sie sanft auf das Bett legen, verfing sich jedoch im Dunkeln und in seiner Hast im Moskitonetz und fiel mit ihr gemeinsam hinein. Beide mussten lachen, und als er sich aufrichten wollte, zog sie ihn wieder zu sich.

Charles hatte keinen Grund, ihrem zärtlichen Drängen nicht nachzugeben, und fand sich sehr schnell halb auf ihr, halb neben ihr liegend, während er sie küsste, als hinge sein Verstand davon ab. Welcher Verstand? Sie war so weich, so nachgiebig, so willig. Ihre Lippen teilten sich unter seinen ungeduldigen, immer leidenschaftlicheren Küssen, ließen seine Zunge ein. Noch nie hatte er es so sehr genossen, den Mund einer

Frau zu erforschen, nach ihrer Zunge zu suchen, noch nie war ein solch lustvoller Schauder durch seinen Körper gegangen, wenn sie ihm mit ihrer entgegenkam.

Harriet hatte schon geküsst, das war offensichtlich, aber sie war nicht versiert genug, um ihn länger darüber nachdenken oder an ihr zweifeln zu lassen. Dieser Jahan hatte das Tor ihrer Leidenschaft lediglich einen Spalt geöffnet, ihr den Appetit gegeben und die Scheu genommen, aber er würde jetzt die Tür völlig aufstoßen und sich alles nehmen. Und behalten.

Als sie unter seinen Küssen, seinen Händen, die über ihren Körper glitten, ihre Brüste ertasteten, zu seufzen begann, hielt er inne. Er stützte sich auf seinen Ellbogen ab und betrachtete sie. Es war dunkel im Raum, aber die Laterne vor seinem Zimmer warf genug Licht herein, um Harriets Gesicht leuchten zu lassen. Sie hatte die Augen halb geschlossen, und ein sehr sinnliches Lächeln lag auf ihren schönen Lippen. Ihre Finger spielten mit seinem Haar. Das hatte noch nie eine Frau gemacht, und falls eine seiner Geliebten auf die Idee gekommen wäre, hätte er sie weggeschoben. Harriets Finger jedoch prickelten an seiner Kopfhaut entlang, und ihre sichtliche Freude, seine Frisur in völlige Unordnung zu bringen, ließ ihn schmunzeln.

»Ich mag dein Haar«, flüsterte sie.

Charles lachte leise. Das war nicht zu übersehen. Er beugte sich wieder über sie. Sein Haar interessierte ihn nicht, mochte sie damit tun, was sie wollte, es gehörte ganz ihr. Seine Ziele lagen woanders. Er ließ seine Lippen über ihren Hals hinablaufen, bis zu ihren Brustspitzen, die sich ihm durch das Nachthemd entgegenreckten. Er umschloss sie mit seinen Lippen, massierte sie damit, saugte zärtlich daran. Harriet bog sich ihm entgegen. Er arbeitete sich wieder aufwärts, bis sein Mund an ihren Lippen angelangt war. Es war nicht die leiseste Unsicherheit in seiner Berührung, nicht an der Art, wie er sie an sich zog. Er hatte sich entschieden, er wusste, was er wollte, auch wenn seine Hände vor Verlangen zitterten.

»Harriet, ich möchte dich ganz sehen. Ohne dieses Nachthemd.«

Ein Schaudern ging durch ihren Körper. Er küsste sie sanft, als hätte er Angst, sie zu erschrecken. »Ich werde es jetzt ganz langsam fortziehen und dich dabei küssen. Von ganz unten bis ganz oben.«

Abermals ging ein Beben durch Harriets Körper. Davon hatten ihr die Frauen des Nawab niemals erzählt. Sie hatten nur davon gesprochen, wie man sich dem Mann näherte, ihn mit Blicken und Gesten lockte und wie man sich ganz allgemein verhielt, um ihm zu gefallen. Aber niemals war die Rede davon gewesen, dass der Mann sich darum bemühte, die Frau zu verführen. Und schon gar nicht, dass sich einer die Mühe machte, ihren Fuß in die Hand zu nehmen, um dann langsam mit seinen Lippen über ihre Wade, ihr Knie hinaufzuwandern.

So wie Charles soeben.

Harriets Atem ging stoßweise, als er tatsächlich, wie er es angekündigt hatte, das Nachthemd hochschob und seine Lippen folgen ließ. Sie schloss die Augen, als er ihren Schenkel berührte und sein langes Haar über ihre Haut strich, während sein Mund an ihr emporglitt. Das kitzelte so erregend. Sie hielt die Luft an, als sie den Hauch seines Atems auf ihrem Dreieck spürte. Er würde sie doch nicht auch dort … Doch. Eine hauchzarte Berührung. Sie spannte sich an. Und schon war er vorüber. Das Nachthemd wich seinen Fingern, der Nabel lag frei, und dann ihre Brüste. Er bedeckte sie mit unzähligen Küssen, umrundete mit seiner Zungenspitze ihre Brustwarzen, saugte daran. So war es also, wenn man verführt wurde. Nein, das hatte ihr niemand erzählt. Vermutlich hatte der Nawab das auch nicht nötig, er hatte ja gut geschulte Konkubinen, die sich um seine Lust kümmerten. Diesen Frauen entging etwas. Sie half scheu mit, als Charles ihr das Nachthemd über den Kopf streifte.

Er hatte sich auf dem Ellbogen neben sie aufgestützt und betrachtete sie. Sie hob die Hand und legte sie an seine Wange. Sein Gesicht lag im Schatten, da er das Fenster und die leicht schaukelnde Laterne im Rücken hatte. Sie hätte gern den Ausdruck in seinen Augen gesehen. Und zugleich war sie froh, dass in diesem Halbdunkel ihr Körper nicht genau zu erkennen war. Langsam ließ sie ihre Hand von seiner Wange abwärtsgleiten, über seine Schulter und dann nach vorn, unter das geöffnete Hemd. Sie tastete seine Brust ab, das Spiel der Muskeln, als er seine Stellung etwas änderte, fühlte, wie sie sich unter seinen Atemzügen hob und senkte. Sie fand seine Brustwarzen und umrundete sie mit ihrem Zeigefinger. Charles zog scharf die Luft ein, und sie stellte entzückt fest, dass sie sich aufstellten, hart wurden.

Sie hatte keine Ahnung, ob auch der Mann beim Liebesspiel nackt war, aber sie hätte es sich gewünscht. Die Frauen hatten es nicht erwähnt, und auf den wenigen Rollen hatte sie zwar nackte Konkubinen, aber bekleidete Männer gesehen. Wie es bei den Engländern gehandhabt wurde, wusste sie überhaupt nicht, nur dass eine ihrer Bekannten, eine recht redselige junge Frau, die sich gern mit ihren Eheerlebnissen vor Harriet brüstete, mit einem albernen Kichern erwähnt hatte, das Nachthemd ihres Gatten wäre etwas »im Weg« gewesen. Nun waren ihr Charles' Hemd und seine Hose »im Weg«. Sie wusste aber nicht, wie und ob sie das ändern konnte.

Zum Glück nahm ihr Charles dieses Problem ab, indem er auf ihr zaghaftes Zerren, mit dem sie versuchte, sein Hemd über seine Schultern zu schieben, reagierte. Er streifte es sich ab und ließ blitzschnell auch die Hose folgen. Sie schluckte, als sie auf jene Stelle sah, die jetzt leider im Dunkeln lag, so dass sie mehr ahnen als sehen konnte. Als er sich jedoch zu ihr drehte, spürte sie ihn. Ein Zittern durchlief sie.

Als er begann, ihren Körper zu streicheln und an Stellen zu erkunden, die Hitze- und Kälteschauer zugleich durch sie wandern ließen, begriff sie zum ersten Mal, seit sie sich Charles auf den Arkaden an den Hals geworfen hatte, dass es kein Zurück mehr gab. Dass sie sehr weit gegangen war und noch viel weiter gehen wollte.

Charles ließ sich Zeit, obwohl er Harriet so leidenschaftlich begehrte, dass es schmerzte. Dieser schlanke, anmutige Körper, zart und doch kräftig, war mehr, als er noch viel länger ertragen konnte. Dazu der Duft eines erhitzten, heißen Frauenleibes. Er hatte den warmen, intimen Geruch gespürt, als er seine Lippen an ihrem Schamhaar entlang zu ihrem Bauch hatte gleiten lassen. Er war kein Mann, der einen Liebesakt überstürzte, aber seine wechselnden Geliebten oder Mätressen waren erfahrene Frauen gewesen. Hier jedoch hatte er es mit einem unberührten Mädchen zu tun, das – so wenig prüde es sich gab – bei seinen Berührungen scheu zusammenzuckte und Zeit brauchte, um sich ihm zu öffnen. Das war reizvoll und zugleich ein heftiger Angriff auf seine Beherrschung.

Seine Hand schob sich vorsichtig zwischen ihre Schenkel. Sie war erregt. So schnell! Obgleich er sein verführerisches Liebesspiel kaum begonnen hatte! Ihre Scham war heiß, und die nach Moschus duftende Feuchte schien ihn willkommen zu heißen. Er hätte gern mehr Licht gehabt, um ihren Körper zu betrachten, aber dazu war auch später oder am Morgen noch Zeit. Jetzt nahm die Dunkelheit ihr viel von ihrem Schamgefühl.

Seine Männlichkeit pochte heiß, als er zärtlich mit seinen Fingern ihre intimsten Stellen berührte, sie sanft massierte und beglückt ihre Reaktionen darauf beobachtete. Seufzend wand sie sich unter ihm, manchmal kam ein genussvolles Stöhnen aus ihrer Kehle. Als sie schließlich dem Druck seiner Hand nachgab, sich ihm öffnete und ihm erlaubte, ihr zitterndes Knie zur Seite zu legen, schob er sich mit einem Gefühl unendlicher Vorfreude, ja des Triumphs über sie. Endlich hatte er das, was er in den quälend langen Nächten, nur durch eine dünne Bretterwand von ihr getrennt, begehrt hatte. Wenn er sie jetzt besaß, dann gehörte sie ihm völlig.

Er legte sich über sie, küsste sie, streichelte über die samtene Feuchte zwischen ihren Beinen, bis er sein Glied zu der richtigen Stelle führte. Sanft war er schon zuvor mit einem Finger eingedrungen, hatte, während Harriet überrascht aufgekeucht hatte, den Weg erkundet und sie eng und bereit zugleich gefunden. Gleich war es so weit. Er saugte leicht an ihrer Brust, um sie von dem womöglich starken Schmerz abzulenken, den er ihr bereiten musste. Die Spitze seines Gliedes berührte schon den Eingang, drängte sich tiefer, er spürte, wie sie sich zuerst ein wenig öffnete, und dann kam der Widerstand, den es zu überwinden galt. Gleich war er in …

»Charles, ich muss dir etwas sagen.«

Ihre Hände legten sich an seine Brust und hielten ihn auf.

Er verharrte. »Was?« Er konnte das Wort kaum herausbringen.

»Ich kann unser Abkommen nicht einhalten. Und ich will es auch gar nicht«, fügte sie trotzig hinzu. »Ich will keinen Mann heiraten, den ich nicht liebe.«

Charles sah sie durch den Nebel aus Leidenschaft an. Sein ganzer Körper vibrierte nach ihr, sein Glied pochte, sein Herz schlug so hart, dass er kaum Atem holen konnte, und sie sagte ihm, dass sie ihn nicht liebte und ihn nicht heiraten wollte?

»Wenn das alle deine Bedenken sind, meine Liebe«, brachte er mit äußerster Fassung hervor, »dann ist das ein Punkt, den ich sehr schnell zu ändern gedenke.«

Harriet rutschte ein wenig unter ihm hervor, ihre Scham streifte über seine Eichel, ließ ihn zusammenzucken und schickte einen Hitzeschauer durch seinen Körper. Er schnappte nach Luft. Sie schien es jedoch nicht zu bemerken, sondern setzte sich ein bisschen auf. Ihre Hände hielten seine Schultern noch energischer auf Abstand.

Panik stieg in Charles hoch. Was, wenn sie ihn jetzt, ausgerechnet in diesem Moment, aus dem Bett warf? Wenn es ihm nicht gelang, sie zu überzeugen? Über sie herfallen kam nicht in Frage, dazu bedeutete sie ihm zu viel. Was sollte er tun? Sein Blick irrte über ihr trotziges Gesicht, ihren Hals, ihre Brüste, diese wohlgeformten, wenn auch im Dunkeln viel zu wenig sichtbaren Hügel, die so perfekt in seine Hände passten. »Harriet …« Er konnte kaum sprechen. Angst und Enttäuschung schnürten ihm die Kehle zu.

Sie rutschte unter ihm hin und her, berührte abermals sein Glied. Er schloss gequält die Augen. »Harriet. Was … willst du, dass ich tue?«

Aufstehen, hinausrennen und den Rest selbst erledigen? Er hätte vor Zorn und Enttäuschung am liebsten geschrien. Was, wenn sie es sich anders überlegt hatte? Sollte er sich eine Hose überziehen, sich eine der willigen Schönen der Stadt packen, um sie …

»Ich möchte nur etwas klarstellen.« Ihre Stimme klang so

unsicher, dass er die Augen öffnete und sie voll böser Ahnungen fixierte.

»Ich würde niemals hier und jetzt so mit dir liegen, wäre ich nicht schon in dich verliebt.«

Charles erstarrte. Sein ganzer Körper krampfte sich zusammen.

»Du liebst mich also?«, fragte er gepresst. Alles um ihn herum drehte sich.

»Von Liebe habe ich nichts gesagt«, erklärte Harriet rasch. »Nur von Verliebtheit. Liebe ist etwas anderes«, redete sie schnell weiter. »Sie ist ein grundlegendes Gefühl, das eine gewisse, dauerhafte Beziehung bedingt, so etwa zehn bis zwanzig Jahre, vielleicht sogar mehr, wenn man überhaupt so alt wird, das völlige Annehmen eines anderen Menschen, sogar wenn er nicht mehr so ganz jugendfrisch wäre. Also wenn du nicht mehr so gut aussiehst wie jetzt, wenn du einen Bauch hast, eine Glatze, Triefaugen, keine Zähne. Wenn ich dann immer noch – gern! – in deine Armen liege und mich küssen lasse, dann, ja dann, ist es Liebe.«

»Ich glaube nicht, dass ich so lange warten möchte«, murmelte Charles, überfordert von diesem Redeschwall.

»Das ist ja auch nicht nötig«, stellte Harriet fest. »Ich wollte nur den Unterschied deutlich machen. Im Moment gehört ja nicht viel dazu, dich anziehend zu finden und dich küssen und in deinen Armen liegen zu wollen. Ich meine, immerhin bist du der bestaussehende Mann, der mir jemals untergekommen ist, dazu noch charmant, ja, sehr eindrucksvoll. Es ist durchaus möglich«, redete sie weiter, während Charles überwältigt schwieg, »dass ich das hier in zwanzig oder dreißig Jahren auch noch mit Begeisterung tue, ziemlich wahrscheinlich sogar, das wäre dann eben – wie schon erklärt – Liebe, aber im Moment finde ich es wesentlich angenehmer, von einem gutaussehenden Mann gehalten und geküsst zu werden.«

»Ich finde es im Moment auch angenehmer, noch alle Zähne zu haben«, stellte Charles fest. Gleich wurde er hysterisch. Gleich. Harriet hörte ihm nicht zu. Sie war nervös. Erst musste er sie zum Schweigen bringen. Charles begann, ihre Brüste zu küssen. Sie atmete flacher und schneller.

»Also kann man die Schlussfolgerung ziehen, dass ich jetzt in dich verliebt bin – später jedoch …«

Charles verschloss ihre Lippen mit seinem Mund. Harriets Worte wurden von ihm erstickt, und nach einigen Versuchen weiterzusprechen gab sie sich endlich seinem Kuss hin, erlaubte seiner Zunge, sie tiefer zu kosten, kam ihm sogar mit ihrer entgegen. Als er sie losließ, starrte sie ihn groß an. Dann sagte sie: »Und der Teufel soll dich holen, wenn du nicht ein bisschen mehr für mich empfindest als Respekt, Charles Daugherty.«

Ihr kriegerischer Ton veränderte etwas in ihm. Etwas löste sich, er konnte mit einem Mal freier atmen. Er musste keine Angst mehr haben, denn ihre Zuneigung gehörte ihm. Die Gewissheit vertrieb die letzte Kälte und Starre aus einem Inneren. Charles ließ sich aufatmend auf sie sinken. Seine Lippen glitten liebkosend über ihr Gesicht.

»Mein Liebling, das war wohl die schönste Liebeserklärung, die je ein Mann erhalten hat. Und jetzt lass das Reden. Ich bitte dich.«

»Und was ist mit …«

»Frag mich morgen, im Moment kann ich meine Gefühle nicht mehr artikulieren.« Sein Mund presste sich auf ihren. Er hatte nun absolut keinen Grund mehr, sie nicht zu besitzen. Sie war in ihn verliebt. Und er liebte sie. Sein Glied überwand den Widerstand, seine Lippen fingen das leise Stöhnen, den kaum merklichen Aufschrei ab, und dann war er in ihr. Bei ihr. Er bewegte sich langsam und genussvoll in ihrer Enge. Er hatte keine Eile mehr. Er war daheim.

8. KAPITEL

Als Harriet am Morgen die Augen aufschlug, lag Charles nicht mehr neben ihr. Das war etwas enttäuschend, gab ihr aber auch Zeit, zu sich selbst zu finden. Sie spürte dem Glücksgefühl in ihrem Inneren und den ungewohnten Empfindungen ihres Körpers nach, während sie suchend über ihren Leib strich. Sie fühlte sich anders als vorher, zufriedener. Dieses Drängen, die Unruhe waren fort, auch wenn die Sehnsucht nach Charles und seiner Nähe zunahm, je munterer sie wurde. Sie rollte sich auf die Seite, dort, wo er vor kurzem noch gelegen und sie gehalten hatte, und schmiegte ihre Wange in das Kissen, auf der Suche nach seiner Wärme und seinem Geruch. Sie erinnerte sich an die vergangene Nacht, erlebte in Gedanken abermals Charles' Zärtlichkeiten, seine Küsse, seine streichelnden, sehr wissenden Hände und Finger und den Moment, in dem er sie in Besitz genommen hatte. Noch jetzt vermeinte sie das Schaudern zu fühlen, die steigende Erregung, das rhythmische Zusammenziehen ihres Leibes, als er sich in ihr bewegt hatte.

Schließlich war ihr die Erinnerung nicht genug. Sie erhob sich und huschte zur Tür, um durch einen kleinen Spalt in den Salon zu spähen. Er war leer. Charles hatte am Vorabend etwas von einer geschäftlichen Besprechung gesagt. Er hatte sich wohl leise weggestohlen, um sie nicht aufzuwecken. Nun, viel Schlaf hatte sie ja wirklich nicht bekommen. Bei dem Gedanken daran, was ihr alles die Nachtruhe geraubt hatte, bekam sie wieder Herzklopfen. Sie raffte ihr Nachthemd an sich, das neben Charles' Seite auf dem Boden lag, und sah dabei die Flecken auf dem Betttuch, die von der gemeinsamen Nacht mit Charles zeugten. Zuerst zögerte sie und sann darüber nach, ob sie versuchen sollte, sie zu entfernen, aber dann richtete sie sich auf, zog ihr Nachthemd über und marschierte durch den Salon in ihr Zimmer. Was hier geschehen war, ging niemanden etwas an. Und außerdem sah sie die Leute hier sowieso nie wieder, sobald sie in den nächsten Tagen abreisten. Auf dem Tisch im Salon standen ein großer Strauß mit leuchtend roten und gelben exotischen Blüten und daneben ein kleiner Imbiss. Sie lächelte. Charles hatte also für alles vorgesorgt, sie aber nicht stören lassen.

In ihrem Zimmer fand sie zwei Krüge mit frischem Wasser und ein sauberes Handtuch. Sie wusch sich, dachte dabei immer noch an die vergangene Nacht, an Charles. Wie zärtlich er gewesen war, wie rücksichtsvoll und doch leidenschaftlich. Sie versuchte, sich seine Worte in Erinnerung zu rufen. Sie konnte sich gut erinnern, wie sie versucht hatte, ihm zu erklären, dass sie Liebe wollte, und ihm den Unterschied zwischen Liebe und Verliebtheit klarzumachen, war sich aber nicht sicher, ob ihr das auch gelungen war. Und er … was hatte er gesagt? Sie runzelte die Stirn, als sie darüber nachsann. Hatte er auch etwas von Liebe gesagt? Nein. Er hatte nur irgendetwas darüber gefaselt, dass er froh wäre, noch alle Zähne zu haben, und hatte ihr dann irgendwann den Mund mit einem Kuss verschlossen. Und danach war ihr ohnehin das Reden vergangen. Aber … war es denn möglich, dass ein Mann eine Frau so zärtlich behandelte, sie so küsste, streichelte, wenn er nicht ebenfalls zumindest in sie verliebt war?

Sie dachte noch immer über dieses Problem nach, als sie

schon völlig angekleidet war und die Tür zu den Arkaden weit aufstieß, um die leichte Brise und Kubas Düfte und Gerüche hereinzulassen. Dabei fiel ihr Blick auf Charles' Haarschleife, die draußen auf dem Boden lag. Verständlicherweise hatte keiner von ihnen daran gedacht, sie wieder aufzuheben. Ob Charles wohl eine zweite hatte oder sein Haar an diesem Morgen offen tragen musste? Sie holte sie und band sich mit einem Schmunzeln ihre Locken damit zurück, bevor sie sich auf die Suche nach ihrem Liebsten und nach Lan Meng machte.

Beide waren nicht in ihren Zimmern.

Sie hielt eines der Mädchen auf, um nach ihnen zu fragen. Die Leute hier sprachen kein Englisch. Charles hatte seine Anordnungen in fließendem Spanisch gegeben, aber mit etwas Geduld und den wenigen Brocken, die Harriet aus ihrem Gedächtnis hervorkramte, verstand sie, dass die »Señorita« ausgegangen sei und die »Señores« sich auf einer hinteren Veranda im Garten befänden.

Die Señores konnten nur Harding und Charles sein. Harriet wollte zuerst neugierig losmarschieren, aber dann fiel ihr ein, dass ihr Vater es auch nicht mochte, wenn sie in Gespräche hineinplatzte. Der üppige kleine Park war jedoch so reizvoll, dass sie der Versuchung nicht widerstehen konnte und den Weg entlangschlenderte.

Vielleicht gelang es ihr, Charles' Aufmerksamkeit auf sich zu ziehen, ohne ihn zu unterbrechen. Einfach nur, um ihn wissen zu lassen, dass sie wach war. Sie lächelte bei dem Gedanken. Wach und erpicht darauf, einen Guten-Morgen-Kuss zu bekommen. Sie ließ sich Zeit und flanierte den aus festgestampfter Erde bestehenden Weg entlang, so dass ihre Schritte kaum zu hören waren.

Stimmen drangen zu ihr herüber. Zwei Männer unterhielten sich, und in einem davon erkannte sie Charles. Ihr Herz schlug heftiger. Sie bog um eine blühende Buschgruppe und blieb wie angewurzelt stehen.

Charles und Ramirez hatten sich auf die Veranda eines Nebengebäudes zurückgezogen, um sich ungestört unterhalten zu können. Charles hatte so einiges mit seinem Geschäftspartner zu bereden, was außer ihnen niemand und Harriet am allerwenigsten hören sollte. Da hier alle nur Spanisch sprachen, konnten sie sich auf Englisch unterhalten, ohne Angst haben zu müssen, belauscht zu werden. Harding war schon am frühen Morgen auf die *Sea Snake* gegangen, um das Schiff klarzumachen und seine Reise nach Hispaniola vorzubereiten.

»Ich würde es Ihnen sagen, Mr. Daugherty«, bekräftigte Ramirez schon zum zweiten Mal, »wüsste ich, wer hinter den Überfällen auf Ihre Schiffe steckt.« Er machte ein so ehrliches Gesicht, dass Charles unter anderen Umständen gegrinst hätte. So wollte er jedoch nichts weiter, als das Gespräch schnell hinter sich zu bringen, um dann eiligst zu Harriet zurückzukehren. Die Erinnerung an ihr schlafendes, reizendes Gesicht und die unter der Decke hervorlugende Brust stand so plastisch vor ihm, dass er ungeduldig wurde.

Am Morgen hatte er im ersten Licht des Tages endlich mehr von ihrem Körper betrachten können, während sie nichtsahnend geschlafen hatte. Er hatte festgestellt, dass sich ihre bezaubernden Sommersprossen tatsächlich vom Hals und Dekolleté tiefer hinab fortsetzten, und gedachte, die Untersuchungen weiterzuführen. Die vergangene Nacht war bei weitem nicht ausreichend gewesen. Er hatte sie zweimal besessen, sich das erste Mal sehr, das zweite Mal schon weniger zurückgehalten, aber es war nicht genug. Als er sie am Morgen mit großem

Bedauern verlassen hatte, war sein einziger Trost gewesen, dass dies erst der Beginn war und er sie von nun an täglich sehen und sie jede Nacht seines Lebens bis zur Erschöpfung lieben und in den Armen halten konnte.

Ramirez wäre allerdings nicht auf die Idee gekommen, dass ein ungeduldiger Liebhaber vor ihm saß, der es kaum erwarten konnte, seine Geliebte in die Arme zu schließen.

»Sie sind derjenige, der hier in dieser Gegend die Fäden zieht, Ramirez. Wenn Sie abstreiten, Bescheid zu wissen, dann muss ich daraus schließen, dass Sie entweder lügen oder selbst damit zu tun haben.«

»Aber Señor!«, rief Ramirez empört aus. »Meine Geschäfte mögen manchmal das Licht des Tages scheuen, aber Ramirez Rodrigez Torrez-Ventamilla war immer ein ehrlicher Pirat, der seine Geschäftspartner niemals betrogen hat!«

»Ich muss mich auf den Mann, mit dem ich hier Geschäfte mache, hundertprozentig verlassen können«, fuhr Charles ungerührt fort. »Wie Sie selbst am besten wissen, landet der Großteil meiner Waren für den Weiterverkauf in den Norden bei Ihnen auf Kuba.«

»Ausgenommen jene, die Sie in Ostindien, in Zusammenarbeit mit der East India Company vertreiben«, stellte Ramirez mit einem gewissen Unterton fest.

»Das ist nur ein kleiner Teil.«

»Aber offenbar wollen Sie auch dort stärker ins Geschäft einsteigen?«, fragte Ramirez anzüglich. »Sie haben zweifellos Beziehungen zu Direktoren oder Männern in leitenden Positionen, die Ihnen sehr gewogen sind?«

Charles musterte ihn kühl. »Es geht so.«

»Sir Percival hat, wenn ich richtig unterrichtet bin, in den vergangenen Jahren sehr an Einfluss gewonnen«, setzte Ramirez mit einem lauernden Ton hinzu. »Sehr klug eingefädelt, ausgerechnet seine Tochter in Ihre Gewalt zu bringen.«

Charles fragte erst gar nicht, woher Ramirez von Sir Percivals Aufstieg bei der East India Company wusste, oder dass sich Harriet in seiner Gesellschaft befand. Er reagierte mit eiskaltem Zorn. »Miss Dorley befindet nicht in meiner Gewalt«, erwiderte er scharf. »Sie ist meine Verlobte, und wir werden demnächst heiraten.«

»Meine herzliche Gratulation, Señor Charles«, rief Ramirez aus. »Welch kluge Entscheidung! Sie gewinnen hier auf zwei Seiten. Zum einen ist Miss Dorley zweifellos eine bezaubernde Dame, und zum anderen wird Sir Percival wohl kaum auf die Idee kommen, seinen Schwiegersohn an den Galgen zu liefern. Sondern im Gegenteil, sollte etwas von Ihren Aktivitäten als El Capitano ans Tageslicht kommen, wird er alles tun, um die Sache zu vertuschen. Sehr klug eingefädelt.«

Charles' Blick wurde so hart, dass Ramirez sich unwillkürlich etwas zurücklehnte. »Das würde er vermutlich«, sagte er mit vor Zorn leicht heiserer Stimme, »und ich fühle mich durch Ihre Anerkennung geschmeichelt, aber …« Ein Geräusch im Garten ließ ihn misstrauisch verstummen. Im nächsten Moment sprang eine Katze auf die Veranda, sah ihn aus großen, grünen Augen an und sauste dann an seinem Stuhl vorbei. Er beugte sich ein wenig vor und sprach leiser weiter. »Aber, Señor Torrez-Ventamilla, Tatsache ist, dass Miss Dorley nichts von meinen Geschäften weiß und das auch so bleiben soll. Ich werde alles tun, um zu verhindern, dass sie oder ihre Familie jemals in diese Angelegenheiten hineingezogen wird. Und sollte«, jetzt hatte seine Stimme einen trügerisch sanften Tonfall angenommen, der Ramirez noch mehr auf der Hut sein ließ, »irgendjemand auf die Idee kommen, sie gegen Sir Percival benutzen zu wollen, so werde ich demjenigen seinen verdammten Hals umdrehen und ihn an seinen eigenen Därmen an die höchste Rah meines Schiffes hängen.«

Ramirez, sonst wahrhaftig hart im Nehmen, schluckte trocken. »Ich verstehe.«

»Das, Señor Torrez«, erwiderte Charles freundlich, »will ich sehr für Sie hoffen.«

Wenn die Welt untergegangen wäre, so hätte Harriet es nicht einmal bemerkt. Sie war wie betäubt. Es war ein Wunder, dass sie noch so viel Geistesgegenwart besessen hatte, sich zurückzuziehen, bevor Charles sie entdecken konnte. Sie rannte ins Haus zurück, sprang die Treppe hinauf und stürzte in ihr Zimmer. Jetzt nur niemanden sehen, mit niemandem sprechen müssen. Sie schlug die Tür hinter sich zu, warf den Riegel vor, schloss auch die Tür zum Salon ab und lehnte sich aufatmend mit dem Rücken dagegen. Als der Schock sie erfasste, ihre Knie zitternd nachgaben, sank sie langsam in sich zusammen. Graue Schleier trübten ihren Blick. Sie zitterte so heftig am ganzen Körper, als hätte sie einen Fieberschub.

Der Schmerz war schlimmer als alles, was sie jemals empfunden hatte. Tiefer als Jahans Verlust, schärfer als jede Kränkung. Jahan hatte wegen seiner Familie heiraten müssen, Charles dagegen hatte sie benutzt und Liebe geheuchelt, wo nur Berechnung war. Sie hatte sich bei Jahans Heirat geschworen, niemals wieder einen Mann so sehr zu lieben, dass er ihr das Herz brechen könnte. Sie hatte niemanden an sich heranlassen wollen, sich darauf vorbereitet, als alte Jungfer zu sterben. Keine Liebe – kein Schmerz.

Und dann war sie auf Charles Daugherty gestoßen, hatte sich doch wieder – und noch viel heftiger – verliebt und in ihrer Einfalt gedacht, sie könnte ihn für sich gewinnen, dafür sorgen, dass auch er sie genügend liebte, um alles andere zu vergessen und sie niemals loszulassen. Wie dumm sie doch gewesen war. Er hatte tatsächlich nicht vor, sie loszulassen, aber nicht aus Liebe, sondern weil er sie benutzen wollte. Der Verdacht stieg in ihr hoch, dass der Vorschlag einer Heirat gar nicht von ihrem Vater ausging, sondern von ihm. Was wusste sie schon, was zwischen den beiden vorgefallen war. Vielleicht hatte Charles ihren Vater erpresst? Ihn bedroht? Für El Capitano war das kein Problem. Wie musste er sie heimlich verlacht haben!

Und … wenn sie es aus diesem neuen Blickwinkel betrachtete, dann war das Zusammentreffen zwischen der *Red Vanessa*, der *El Capitano* und der *Sea Snake* gewiss alles andere als Zufall. Er musste zornig geworden sein, als er begriff, dass seine Geisel und Lebensversicherung, die ihn vor dem Galgen bewahren sollte, einfach auf und davon war. Also hatte er sie verfolgt, ihnen die *El Capitano* auf den Hals gehetzt und war dann als edler Retter erschienen. Und sie war darauf hereingefallen. Jetzt schämte sie sich zutiefst für die Freude und Herzlichkeit, mit der sie ihn begrüßt hatte. Schöner Retter.

Sie zog die Beine an und steckte ihren Kopf zwischen die Knie. In dieser Haltung fühlte sie sich etwas geborgen, wie schon damals, als Jahan ihr von seiner Heirat erzählt hatte. Sie hatte sich da in ihrem Zimmer verkrochen und sich zusammengerollt, um darauf zu warten, dass die Pein nachließ. Es war nach und nach schließlich wirklich leichter geworden. Der Schmerz war zwar nicht so schnell vergangen, aber ihr Trotz war erwacht. Jene Eigenschaft, die ihr Vater stolz die Kämpfernatur seiner Tochter nannte und ihre Mutter Eigensinn. Und ihr Trotz würde ihr jetzt wieder helfen. Aber noch war es nicht so weit, noch revoltierte ihr Magen, und der Schmerz zog sich quer durch ihren Leib. Verflucht sollte Charles für seine Hinterhältigkeit sein.

Sie atmete tief durch. Das Zittern wurde besser, die Übelkeit verschwand. Sie kam taumelnd auf die Füße, blieb ein wenig an die Tür gelehnt stehen und ging dann mit schnellen, unsicheren Schritten zum Stuhl vor dem Frisiertisch. Sie ließ sich darauf fallen, bekämpfte die neuerliche Übelkeit und den Schwindel und hasste sich selbst für ihre Schwäche. Und dafür, dass sie Charles wider besseres Wissen so sehr vertraut hatte. Es stimmte schon: Liebe machte blind und dumm.

Sie lauschte hinaus. Es war nur das Lachen der Dienerinnen zu hören. Dann eine männliche Stimme, die aber nicht Charles gehörte. Sie ballte die Fäuste, als sie den Kopf hob und sich im Spiegel betrachtete. Ein bleiches Gesicht sah ihr entgegen. Sie presste zornig die Lippen aufeinander. Was war sie nur für ein schwächliches Geschöpf!

Sie atmete einige Male tief durch, schloss die Augen und versuchte, sich zu entspannen, Kraft aus ihrem Inneren zu schöpfen, wie sie es von Amiya gelernt hatte. Sie hatten oft in völliger Stille im Garten ihres Vaters gesessen und hatten mit geschlossenen Augen in sich hineingehorcht, ihren Atem verfolgt. Amiya war darin immer viel besser gewesen als Harriet, die allem anderen noch viel mehr gelauscht hatte: dem Singen der Vögel, dem Schwirren der Insekten, den kleinen Geräuschen des nahen Dschungels oder der Stadt. Sie hatte manches Mal sogar vermeint, die Sonnenstrahlen zu hören, die die Rosen ihrer Mutter streichelten.

Sie saß ganz still, zwang sich, ruhig zu atmen und nichts zu empfinden. Als sie die Augen wieder öffnete, war sie weniger blass, die Augen waren zwar immer noch dunkel und gequält, aber der Blick war schon härter. Und sehr heilsam stieg der Wunsch empor, es Charles heimzuzahlen.

Sie überlegte, wie sie nun weiter vorgehen sollte. Wenn sie nur nicht so sehr unter Zeitdruck wäre! Er konnte jeden Moment ins Zimmer kommen, und bis dahin musste sie einen Entschluss gefasst haben. Sollte sie ihn darauf ansprechen, oder wäre es klüger mitzuspielen, bis sie in Boston angekommen waren? Hatte er überhaupt vor, dorthin zu reisen? Oder hatte er sie nur belogen, um sie in seine Gewalt zu bringen? Das wäre logisch. Er hatte sich denken können, dass Jenkins ihr so einiges über ihn erzählt hatte, und konnte sie deshalb nicht mehr laufenlassen. Dies war auch ein möglicher Grund für den Heiratsantrag. Es war eher unwahrscheinlich, dass eine Frau ihren Gatten verriet – wer wollte schon seinen Mann baumeln sehen?

Wenn er aber jetzt erfuhr, dass sie alles wusste ... es war nicht abzusehen, was er dann mit ihr machte. Aber wenn sie schwieg – wie sollte sie ihn dann noch auf Abstand halten? Er würde kaum begreifen, dass eine Frau, die sich ihm mehr oder weniger an den Hals geworfen hatte – und das war der Fall gewesen –, plötzlich moralische Bedenken hatte, sich auch nur von ihm berühren zu lassen.

Sie zuckte zusammen, als es an der Tür klopfte. »Wer ist da?« Als ob sie es sich nicht denken könnte. Es war, als könnte sie seine Nähe schon fühlen.

»Ich bin es.« Das war seine dunkle Stimme. Natürlich.

Harriet knirschte mit den Zähnen. *Ich bin es.* Als genügte das. Als wäre es so selbstverständlich, dass er einfach anklopfte!

»Wer ist ich?«, schrie sie zurück.

Ein leises Lachen ertönte, das Harriet selbst jetzt noch bis in ihr Herz hinein spürte. »Charles Daugherty. Zu Ihren Diensten, Señorita.«

Sie holte tief Luft, erhob sich, atmete noch zweimal tief durch, ging zur Tür und entriegelte sie. Charles trat ein, ein Lächeln auf den Lippen, bis sein Blick auf sie fiel. Sofort streckte er die Hand nach ihr aus. »Harriet, was ist denn? Wie siehst du denn aus? Geht es dir nicht gut?«

»Doch.« Sie wich ihm aus, ging zum Spiegel und gab vor, ihr Haar zu richten.

Er wollte nach ihrer Hand greifen, aber sie entzog sie ihm. Er fasste sie sanft an den Schultern und drehte sie zu sich herum. Sein Blick war so warm und besorgt, dass Harriet schluckte. Wie gut er sich doch verstellen konnte. Aber vielleicht mochte er sie ja doch ein wenig. Vielleicht war nicht alles gespielt gewesen? Aber nein, ein Mann, der ganz Kalkutta belog und betrog, war gewiss ein Meister der Verstellung. Und zudem ein verdammt gewiefter Verführer. »Lass mich, ich … bin müde.«

Er lachte. Der Ton vibrierte in ihrem Inneren weiter, als er sie trotz ihres Widerstands an sich zog. Sie biss die Zähne zusammen, als sie die Wärme seiner Umarmung fühlte, seinen Körper, den sie in der vergangenen Nacht auf so intime Art kennengelernt hatte. Nur nicht schwach werden. Es war geradezu demütigend, welchen Einfluss dieser Mann auf sie ausübte. Sie spürte seine Lippen auf ihrem Haar, während seine Hand in ihren Nacken glitt und sie dort sachte massierte. Sie erschauderte, und, wie sie sich leider eingestehen musste, nicht gerade aus Abscheu. »Ich weiß ein sehr probates Mittel gegen Müdigkeit, mein Liebling.« Zwei seiner Finger hoben ihren Kopf leicht an, damit er ihr ins Gesicht sehen konnte. Sein Lächeln fiel etwas irritiert aus, als er auf ihren kühlen Blick traf.

Sie schob ihn entschieden weg. »Ich habe dir doch gesagt, dass du mich in Ruhe lassen sollst.« Leider brachte sie diese Worte nicht mit der erwünschten hochmütigen Kälte heraus. Sie setzte sich auf den Stuhl vor die Frisierkommode. So konnte er sie wenigstens nicht umarmen.

Er hockte sich vor sie hin und sah sie von unten herauf an, da sie den Kopf gesenkt hatte und angelegentlich nicht vorhandene Flusen von ihrem Kleid zupfte. »Bist du zornig, weil ich am Morgen nicht da war, um dich zu begrüßen, mein Liebling?« Seine Stimme hatte eine Weichheit, die sie noch nie an ihm gehört hatte. Dies war wieder eine neue Facette seines Wesens, und sie fragte sich, welche davon letzten Endes wohl doch echt waren.

»Ich wurde von einem Besucher gestört.« Er griff nach ihrer Hand, um sie zu küssen, aber sie riss sie ihm förmlich weg.

Charles' Miene wandelte sich von Besorgnis zu Betroffenheit. »Bist du wütend auf mich, Harriet? Bereust du, was geschehen ist?« Seine Stimme klang plötzlich belegt.

Sie ertrug seine Nähe nicht, nicht seine Hände, die mit einem Mal so warm und besorgt auf ihren Oberarmen lagen. Sie war ja selbst schuld an dem, was geschehen war. Groll stieg in ihr hoch. Sie hatte ihn verführen wollen und war damit seinen Plänen auch noch entgegengekommen. Sie wusste wirklich nicht, wen sie mehr hasste: sich oder ihn. Sie musste aus seiner Nähe, und das schnell.

Er hielt sie fest, als sie aufstehen wollte. »Ich habe dich überrumpelt. Das hätte ich nicht tun sollen.« Sein eindringlicher Blick war unerträglich. »Es passiert mir selten, dass ich derart die Beherrschung verliere, aber ich war noch nie in meinem Leben so glücklich. Bitte sprich mit mir, mein Liebling, sag mir …«

Er unterbrach sich und wandte sich gereizt Lan Meng zu, die wie ein Geist neben Harriet auftauchte. »Ich wäre Ihnen wirklich verbunden, wenn Sie uns ausnahmsweise für fünf Minuten alleine lassen könnten.«

Lan Meng sah von ihm auf Harriet und schüttelte langsam den Kopf. Ihre Hand lag auf dem in der Schärpe steckenden Dolchgriff, und sie musterte Charles durchdringend. Charles machte den Eindruck, als wolle er aufspringen und sie hinauswerfen, aber dann erhob er sich ruhig und sah mit einer Mischung aus Zweifel und Ärger auf Harriet herab. »Ich werde dich jetzt alleine lassen, vielleicht bist du wirklich nur müde.« Er beugte sich herab, presste einen Kuss auf ihr Haar und wandte sich zum Gehen. Nach zwei Schritten blieb er noch einmal stehen. »Wenn du mir nicht sagst, was ich falsch gemacht habe, Harriet, kann ich mich nicht dafür entschuldigen.« Er schob den Vorhang zur Seite und trat auf die Arkaden hinaus.

Harriet zuckte zusammen, als die leise Stimme ihrer Freundin knapp neben ihrem Ohr erklang. Sie sah hoch. Lan Meng sah sie eindringlich an. »Ich habe es auch gehört. Aber nicht weinen. Und nicht vorschnell urteilen.«

Harriet starrte zur Tür. Ein leichter Luftzug bewegte den Vorhang. »Du hast also auch gehört, was er mit diesem Ramirez besprochen hat?«

Lan Meng nickte. »Und noch mehr …«

Von draußen erklang plötzlich eine tiefe Stimme, die auf Spanisch etwas heraufrief.

»Das«, sagte Lan Meng, »ist Ramirez.«

Der Pirat, der Charles zu seinem guten Fang gratuliert hatte! Harriet sprang, von einem plötzlichen Impuls getrieben, auf und eilte hinaus. Sie fand Charles über die Balustrade gebeugt im Gespräch mit einem ziemlich wohlbeleibten Mann, dessen Gesicht von einem mächtigen, bereits ergrauten Schnurrbart beherrscht wurde. Der Fremde hielt bei ihrem Anblick mitten im Satz inne, dann breitete sich ein Lächeln auf seinem Gesicht aus, und er riss sich den breitkrempigen Hut vom Kopf. »Ah, la Señorita! Welche Schönheit! Kein Wunder, dass Señor Daugherty Sie vor mir verstecken wollte! Dabei kann ich nichts dafür, dass ich so anziehend auf Frauen wirke!« Er breitete in einer Geste der Unschuld die Arme aus und sah mit einem treuherzigen Zwinkern herauf.

Harriet musterte ihn neugierig. Für einen Piraten sah der Mann überraschend harmlos aus. Aber Charles wirkte ja auch nicht gerade gemeingefährlich. Sie setzte ein freundliches Lächeln auf, obwohl ihre Gesichtsmuskeln sich taub anfühlten, aber da war Charles auch schon neben ihr, ergriff ihren Arm und versuchte, sie von der Brüstung wegzuziehen. »Wir wollen Sie nicht daran hindern, weitere Frauenherzen zu brechen, Ramirez«, rief er über die Schulter zurück. »Aber tun Sie das gefälligst anderswo!«

»Sei doch nicht so unfreundlich, Charles!« Harriet klammerte sich mit beiden Händen an die Brüstung. Wenn Charles sie von hier wegbringen wollte, dann musste er sie schon tragen. Sie warf dem Spanier ihr charmantestes Lächeln zu. »Deine Freunde sind doch auch meine Freunde. Señor …«

»Ramirez Rodrigez Torrez-Ventamilla!« Der Spanier unterstrich seine Vorstellung mit einer tiefen Verbeugung.

Harriet lächelte boshaft. »So kommen Sie doch herauf, Señor Torr… Ven… Señor Ramirez. Ich würde mich freuen …«

»Nein«, wurde sie harsch von Charles unterbrochen, »würdest du nicht. Das ist kein Freund, Harriet, sondern nur ein

Geschäftspartner. Und er ist kei…« Er stockte. Er wusste nicht recht, wie er Harriet klarmachen sollte, dass dieser Ramirez ein ehemaliger Pirat und somit kein Umgang für sie war. Das Letzte, was er jetzt brauchen konnte, waren Komplikationen solcher Art.

»Das habe ich gehört«, beklagte sich Ramirez von unten.

Charles beachtete ihn nicht. Harriets Verhalten hatte ihn verunsichert. Diese bestürzende Zurückhaltung und Kälte, vermischt mit Bosheit, kannte er an ihr nicht. Launenhaftigkeit allein konnte das nicht sein, das passte nicht zu ihr. Es war ein Fehler gewesen, sie am Morgen allein zu lassen, anstatt sie gleich nach dem Aufwachen wieder mit Zärtlichkeiten zu überschütten, um ihr erst gar keine Gelegenheit zum Nachdenken zu geben.

»Charles«, Harriet wies hoheitsvoll auf seine Hand, die ihren Arm so fest umklammert hielt, dass es weh tat, »du vergisst dich.«

»Verzeihung.« Er ließ sie sofort los. »Harriet, was ich noch sa…«

»Señorita! Wahrhaftig! Diese Augenweide wollte Charles mir verwehren!«

Charles fuhr herum, als der Pirat plötzlich an der Tür zum Salon auftauchte. Ramirez eilte trotz seines Körperumfangs behende näher und wollte Harriets Hand ergreifen, die sie ihm mit einem zuckersüßen Lächeln hinhielt, aber Charles war schneller. Er schlug Ramirez' Finger weg, griff nach Harriets Hand und trat zwischen die beiden.

»Ramirez, wir werden unser Gespräch ein andermal fortsetzen.«

»Charles, wirklich, ich schäme mich für dein schlechtes Benehmen.« Harriet glitt an ihm vorbei und reichte Ramirez nicht nur eine, sondern gleich beide Hände. Dieser hatte zu Charles' steigendem Grimm nichts Eiligeres zu tun, als sie nacheinander an seine Lippen zu ziehen und zu küssen. Er hätte ihn am liebsten am Kragen gepackt und über die Brüstung geworfen. Ramirez würde sich zwar hüten, eine falsche Bemerkung zu machen, aber er wollte nicht, dass Harriet vorläufig auch nur den geringsten Verdacht schöpfte, was seinen Umgang und seine Geschäfte betraf. Dazu war er sich ihrer bei weitem noch nicht sicher genug.

Harriet führte den Piraten jedoch schon in den Salon.

Ihr hübsches Hinterteil, das sie für seinen Geschmack im Moment viel zu sehr hin und her schwenkte, verschwand in der Tür. Charles sah verärgert, wie die glänzenden Augen des Mannes auf ihrer schlanken Figur lagen und genussvoll die Bewegung ihrer Hüften verfolgten, während sein Finger sinnend über seinen Schnurrbart strich. Als Ramirez ihr eifrig folgen wollte, hielt ihn ein harter Griff zurück. Charles' durchdringender Blick, den er gut zwei Atemzüge auf Ramirez ruhen ließ, sprach Bände. Der Spanier grinste schief und ließ Charles den Vortritt.

Charles gelang es, Ramirez gegenüber von Harriet und möglichst weit weg zu plazieren, während er selbst hinter ihrem Stuhl stand und seinen Geschäftsfreund drohend fixierte.

Lan Meng glitt unauffällig ebenfalls ins Zimmer. Sie setzte sich schräg hinter Ramirez und betrachtete ihn wie eine Katze eine saftige Maus.

Harriet fand, dass dieser Ramirez kein solcher Widerling war, wie sie gedacht hatte. Er war charmant, beredt, höflich und überschäumend in seinen Komplimenten. Er fragte freundlich nach ihrem Befinden, ihren Eltern und dann nach dem Ziel ihrer Reise.

»Verwandte von mir leben in Boston. Ich war auf dem Weg zu ihnen, als unser Schiff von Piraten angegriffen wurde und mein lieber Charles mich rettete.« Sie wandte den Kopf, um den so Angesprochenen anzusehen, der die Hände auf ihrer Stuhllehne aufstützte und diesen Posten offenbar unter keinen Umständen aufgeben wollte. Ein falsches Lächeln stahl sich auf ihre Lippen.

Ramirez' flinke Augen huschten von ihr zu Charles und wieder zurück. »Piraten? Wie schrecklich!«

»O ja!« Harriets Augenaufschlag war das Sinnbild gefährdeter Unschuld. »Und derjenige, der uns auflauerte, ist besonders berüchtigt.« Sie machte eine bedeutungsvolle Pause. »Ich weiß nicht, ob Sie schon von ihm gehört haben«, fuhr sie mit geheimnisvoll gesenkter Stimme fort, »aber unser Angreifer war niemand anderer als dieser berüchtigte El Capitano.«

Ramirez' Augen wurden groß, seine Schnurrbartspitzen zuckten, und sein Blick glitt abermals zu Charles. Harriet sah, wie Lan Meng die Augen verdrehte.

»Da haben Sie großes Glück gehabt, Señorita, dieser Pirat ist wirklich ähem … sehr berüchtigt.«

»Ja, nicht wahr?«, stimmte Harriet mit großen Augen zu. »Und bekannt für seine Brutalität.« Sie vermeinte, Charles hinter sich schlucken zu hören. Seine Hände umklammerten ihre Stuhllehne so fest, dass das Holz knackte. »Es ist unfassbar, was man sich von ihm erzählt! Die grausamsten Dinge. Ein wirklich widerlicher, abstoßender Kerl vermutlich. Dabei sind die Leute sehr unterschiedlicher Meinung über ihn. Die *Calcutta Gazette* findet ihn ›dezent‹ in seinen Mordmethoden. Ich dagegen«, setzte sie mit einem strahlenden Lächeln hinzu, »halte ihn für jemanden, der an einem Galgen am besten aufgehoben wäre. Tatsächlich verabscheue ich öffentliche Hinrichtungen, aber dieser beizuwohnen wäre mir ein unsägliches Vergnügen.«

Das Holz krachte noch stärker. Charles räusperte sich.

»Nun …«, setzte Ramirez mit einem belustigten Funkeln in den Augen an, wurde jedoch von Charles' unterkühlter Stimme unterbrochen.

»Sprechen wir doch nicht von diesen unangenehmen Dingen.«

»Nein, natürlich nicht«, antwortete Ramirez lächelnd. Harriet grinste leise in sich hinein. Die Vorstellung, am Galgen zu baumeln, war für Charles gewiss nicht sehr ergötzlich.

»So, Sie reisen also nach Boston, Señorita.« Die Bereitwilligkeit, mit der Ramirez auf den Themenwechsel einging, überraschte Harriet keinesfalls. »Auch ich habe Freunde dort. Ganz besondere Freunde sogar. Es wäre mir eine Freude, wenn Sie ihnen Grüße überbrächten, falls es Ihnen nicht zu viele Umstände macht, sie aufzusuchen.«

»Das wird leider der Fall sein.« Jetzt klang Charles nicht mehr kühl, sondern eisig. »Ich glaube auch kaum, dass Miss Dorleys Familie in denselben Kreisen verkehrt wie Ihre Freunde, Ramirez.«

Das dachte Harriet auch nicht, aber es war ihr eine Genugtuung, Charles sich winden und zappeln zu sehen. Und das tat er, auch wenn er nach außen so ruhig wirkte. Aber sie kannte ihn mittlerweile gut genug, um die Art, wie sich seine Stimme verändert hatte, richtig zu deuten. Sie strahlte Ramirez an. »Es wird mir doch eine Freude sein«, versicherte sie eilig. Er konnte sogar Gift drauf nehmen, dass sie liebe Grüße überbringen würde, und zwar an die Behörden, die diese Menschen dann ausräucherten. Und El Capitano, diesen verlogenen, miesen, lügnerischen Kerl gleich dazu! Vorausgesetzt natürlich, sie erreichte Boston in diesem Leben noch. Im Augenblick hatte die Vorstellung, Charles mit heraushängender Zunge an einem Strick baumeln zu sehen, etwas durchaus Attraktives.

Nun, vielleicht doch nicht so attraktiv. Sie schob das erschreckende, schmerzhafte Bild rasch weg.

»Wenn Sie mir den Namen Ihrer Freunde sagen, so werde ich nicht zögern, sie aufzusuchen.« Sie sah, dass Lan Meng sich ein wenig vorbeugte. Offenbar hatte sie dieselbe Idee.

Die Stuhllehne krachte schon bedenklich. Noch ein wenig mehr, und das Holz würde brechen.

»Es handelt sich um Admiral Robert McRawley und seine Familie.« Ramirez' Gesicht zeigte einen Ausdruck von Stolz.

»R… Robert McRawley?«, stotterte Harriet.

Ramirez nickte so heftig, dass Bauch und Schnurrbart mitwippten. »Robert McRawley und ich kennen uns schon seit sehr vielen Jahren. Schon bevor die Vereinigten Staaten ihre Unabhängigkeit errungen haben. Seitdem haben wir nicht mehr so viel Kontakt. Er betreibt nun eine Handelsgesellschaft, aber wann immer eines seiner Schiffe diesen Hafen anläuft, gebe ich eine Nachricht mit. Und gelegentlich habe ich sogar die Ehre, von seiner Gattin ein freundliches Schreiben zu erhalten. Ich konnte ihr einmal einen Dienst erweisen.« Ramirez sonnte sich in dieser Erinnerung.

Harriet hatte sich inzwischen gefasst. Der verkommene Kerl hatte mit Ramirez über die Familie ihres Vaters gesprochen. Vermutlich hatten sie sich auch ausführlich darüber unterhalten, wie sie Harriet in dieser Beziehung nutzbringend verwenden konnten. »Welch ein Zufall, Señor«, sagte sie mit einem falschen Lächeln. »Robert McRawley ist der Gatte der Cousine meines Vaters. Ihr gilt mein Besuch!« Grimmig sah sie die Überraschung in Ramirez' Augen. Der Kerl verstand zu schauspielern. Fast so gut wie sein Spießgeselle Charles Daugherty. Harriet wäre am liebsten aufgesprungen, hätte den Stuhl gepackt und ihn an Charles' Kopf zerschlagen. Sie mussten sie für sehr dumm halten. Aber so einfältig, wie diese Männer dachten, war sie auch wieder nicht. O nein, wahrhaftig nicht. Sie spürte, wie ihre Wangen zu glühen begannen.

Charles hatte Ramirez keine allzu lange Audienz gewährt, sondern bald kurzen Prozess gemacht, den ehemaligen Piraten mehr kurz als höflich verabschiedet und ihn vor das Hotel begleitet, um sicherzugehen, dass er auch bestimmt in seine Kutsche stieg.

Harriet war im Salon geblieben, um dort auf Charles zu warten. Als er eintrat, stand sie hocherhobenen Hauptes mitten im Raum und sah ihm entgegen. Er schloss leise die Tür hinter sich und blieb daneben stehen, Harriet im Auge behaltend.

Sie setzte ein harmloses Gesicht auf. Jetzt war der Moment, in dem sie ihn belügen musste, um ihn in die Falle zu locken, so wie er sie in die seine gelockt hatte. Vielleicht musste er ja nicht gleich hängen, im Kerker hatte er länger und besser Gelegenheit, über seine Schandtaten nachzudenken. Und sie konnte ihn besuchen und sich daran erfreuen. Etwas in ihrem Hinterkopf sagte ihr zwar, dass sie Charles nicht einmal im Gefängnis sehen wollte, aber sie wies diese Schwäche schnell von sich.

»Harriet …«, flüsterte Lan Meng. Sie klang seltsam drängend, aber Harriet achtete nicht auf sie, sondern fixierte nur Charles.

Der kam langsam näher. Sein nachdenklicher Blick war wieder einer leisen Sorge gewichen. »Harriet, ist alles in Ordnung?«

Sie setzte ihr liebenswürdigstes Lächeln auf, während sie merkte, wie der Zorn in ihr kochte und brodelte. Er begann in ihrem Magen und wanderte hinauf, bis er in ihrer Kehle saß und diese zusammenschnürte. »Natürlich ist alles in Ordnung. Weshalb denn auch nicht?«

Sie wich ihm aus, brachte den Tisch zwischen ihn und sich. Nun, vielleicht war die Besorgnis ja auch echt. Er musste tatsächlich Angst haben, dass sie ihm auf die Schliche kam.

»Du bist so … seltsam.«

Seltsam war wohl kaum der richtige Ausdruck dafür. Jetzt hatte der Zorn ihren Kopf erreicht. Charles' Gestalt nahm rote Konturen an. »Ich weiß nicht, was du meinst.« Ihre Stimme klang gepresst.

»Harriet, weshalb sagst du mir nicht, was dich bedrückt?«

»Harriet …« Lan Mengs beschwörender Tonfall konnte nicht mehr verhindern, dass Harriets Temperamenstausbruch unmittelbar bevorstand. Und dann brach es auch schon aus ihr heraus.

»Was mich bedrückt? Du bedrückst mich! Du … du lügnerischer Schuft!« Aus den Augenwinkeln sah sie, dass Lan Meng sich resigniert auf einen Stuhl fallen ließ.

Charles schockiert zu nennen wäre reinste Untertreibung gewesen. »Was habe ich denn getan?«

»Mich belogen«, zischte sie ihn an. Sie hatte die Fäuste geballt und nicht schlecht Lust, ihn so lange zu prügeln, bis er vor ihr auf dem Boden lag. »Du hast mich belogen!«, wiederholte sie vehement. »Mir Liebe vorgegaukelt, dabei wolltest du nur meiner sicher sein, um ein Druckmittel auf Vater zu haben!« Ihr Verstand sagte ihr, dass sie schon längst den Mund halten sollte. Ja, ihn nicht einmal hätte aufmachen sollen, aber ihr Zorn ging mit ihr durch. Selbst wenn sie jetzt noch hätte schweigen wollen, es war nicht mehr möglich. Sobald es einmal derart in ihr kochte, gab es kein Zurück. Es war eine unselige Eigenschaft, und weder ihre Eltern noch ihre sanftmütige Aja hatten jemals etwas daran ändern können.

»Aber Harriet, das ist doch Unsinn.« Charles kam näher, wollte nach ihr greifen, aber sie wich ihm abermals aus, achtete immer darauf, dass der Tisch zwischen ihnen war.

»Ach ja? Und ist es auch Unsinn, dass du El Capitano bist?«

Harriet sah mit Genugtuung, wie Charles mitten in der Bewegung erstarrte und unter der Bräune blass wurde. Als er nicht antwortete, sondern sie nur stumm und nach Worten ringend ansah, stemmte sie die Hände in die Seiten. »Oder bist du zu feige, es zuzugeben?«

Endlich machte er den Mund auf. »Nein. Es stimmt.« Seine Stimme klang tonlos.

»Weshalb hast du die *Red Vanessa* gerettet? Dachtest du, du könntest mich auf diese Art bequemer bekommen?« Harriet war vermutlich so hochrot vor Zorn, dass man ihre Sommersprossen nicht mehr sehen konnte. Charles jedoch war zu betroffen, um diese Tatsache zu bemerken, und sie selbst machte sich in diesem Moment auch keine Gedanken darüber.

Charles antwortete nicht gleich. Schließlich sagte er langsam. »Nein, so ist das nicht.«

»Ach, wie denn dann?« Harriet starrte ihn herausfordernd an. »Mach nur!« Sie tippte vehement mit dem Zeigefinger auf die Tischplatte. »Hier, tisch mir nur eine weitere Lüge auf! Du hältst mich ja offenbar für dumm genug, auf alles hereinzufallen. Oder hatte ich nur Glück, dass Vaters Einfluss wertvoll genug für dich ist, um die *Red Vanessa* zu retten, anstatt sie zu versenken, und mich gleich dazu?«

»Harriet«, sagte er beschwörend, »lass mich dir erklären … ich hätte es dir gesagt. Bestimmt. Aber noch nicht jetzt, sondern später, wenn alles geregelt gewesen wäre.«

»Geregelt? Was denn? Bis wir verheiratet sind? Machst du so etwas öfters? Hast du vielleicht in jedem strategisch wichtigen Land eine Ehefrau sitzen, die dich im Notfall vor dem Galgen rettet?«

Charles schlug so unvermittelt mit der Faust auf den Tisch, dass die Vase darauf hochsprang und nicht nur Harriet zusammenzuckte, sondern sogar Lan Meng. »Verdammt, Harriet! Hör auf damit! Gib mir die Gelegenheit, dir alles zu erklären!«

»Erklären? Wozu soll ich meine Zeit damit verschwenden, mir eine weitere Lüge anzuhören?« Sie sah ihn mit vor Zorn bebenden Lippen an. »Es ist ein Glück, dass wir noch nicht verheiratet sind, sonst müsste ich dich jetzt hassen. So verabscheue ich dich nur.«

Charles starrte sie sekundenlang reglos an, und sie dachte schon, er würde auf sie losstürmen, um sie zu packen, doch dann richtete er sich auf und atmete tief durch. Seine Miene wurde ausdruckslos. »Wie du meinst. Das muss ich dann wohl vorläufig akzeptieren. Wir sprechen uns später, wenn du dich etwas beruhigt hast, jetzt bist du ja keinem vernünftigen Wort zugänglich.« Er drehte sich auf dem Absatz um, und fast unmittelbar darauf flog die Tür mit einem Knall hinter ihm ins Schloss.

»Du bist wieder schneller mit dem Mund als mit dem Kopf«, brummte Lan Meng.

Harriet wirbelte herum. »Hältst du etwa zu ihm?«

Ihre Freundin zuckte mit den Schultern. »Ich sage nur – die Dinge sind anders. Aber du hörst nicht. Du hörst nie, wenn Kopf und Temperament mit dir durchgehen.«

Harriet rauschte an ihr vorbei in ihr Zimmer und begann, ihre Sachen zu durchwühlen, bis sie eine kleinere Reisetasche gefunden hatte.

»Wohin?«, fragte Lan Meng erstaunt.

»Zum Hafen. Wir nehmen nur das Nötigste mit.« Harriet klang unfreundlich, das war Lan Meng von ihr nicht gewöhnt.

Sie trat neben ihre Freundin und nahm ihr die Bluse aus der Hand, die sie soeben lieblos in die Tasche stopfte. »Du sollst nicht vorschnell handeln.«

Harriet schnellte herum. »Was glaubst du, was er tun wird? Er kann mich nicht mehr laufenlassen, jetzt, da er weiß, dass ich sein Geheimnis kenne. Schlimmstenfalls zwingt er mich zur Ehe. Und dann …« Sie hielt schwer atmend inne, und Lan Meng sah, dass Tränen ihre ohnehin schon geröteten Augen füllten. Sekundenlang hielt Harriet ihren Blick fest, dann wich die Spannung aus ihr, und ihre Schultern sackten ein wenig nach vorn. »Ich bin es leid, von Männern nur als Mittel zum Zweck angesehen zu werden«, sagte sie müde. »Was glaubst du, wie viele Heiratsanträge ich bekommen habe, allein in den paar Wochen, die ich daheim war? Nicht zuletzt von Sullivan, der mich meiner Mitgift wegen *trotzdem* genommen hätte. Und jetzt …« Ihre Stimme war immer leiser geworden und brach ab.

»Charles Daugherty hat kein Interesse an der Mitgift«, sagte Lan Meng beschwichtigend.

»Aber an meinem Vater. Ach Lany, wenn ich es nicht selbst gehört hätte, wie Ramirez ihn dazu beglückwünscht hat!«

»Aber dann bist du fortgelaufen«, sagte ihre Freundin. »Du hast nicht mehr gehört, was noch …«

Doch Harriet hatte sich schon umgedreht und packte weiter,

die Bluse in Lan Mengs Hand ignorierend. »Ich kann nicht hierbleiben. Allein schon die Erinnerung, was ich gesagt, was ich getan …« Ihre Stimme brach abermals ab, als würde sie etwas würgen. Lan Meng wusste ja nicht, was in der vergangenen Nacht passiert war, und sie schämte sich zu tief, um es zuzugeben. Sie hatte sich ihm völlig geöffnet, ihm ihre Liebe gestanden. Etwas, das ihr noch nie über die Lippen gekommen war, nicht einmal Jahan gegenüber, der ihre Gefühle weitaus mehr zu schätzen gewusst hätte als dieser … dieser Pirat. Sie hatte niemals in Jahans Armen gelegen, hätte ihm auch niemals erlaubt, sie so schutzlos, offen, so ihrer Leidenschaft preisgegeben zu sehen.

In diesem Moment begriff sie erst, wie sehr sie Charles vertraut hatte.

»Nicht fortlaufen«, versuchte Lan Meng sie zu beschwichtigen.

»Wenn du nicht mitkommen willst, dann bleib eben hier.« Harriet warf sich ihr Schultertuch über, nahm die schwere Tasche und ging hinaus. Den Großteil ihres Gepäcks musste sie zurücklassen.

Sie sah den Gang entlang – von Charles war weit und breit nichts zu sehen. Sie huschte die Treppe hinunter, durch den Hinterausgang und gelangte ungesehen vom Garten auf die Straße. Sie hatte gerade die Hafengegend erreicht, als Lan Meng neben ihr auftauchte. Sie trug nur ihren Beutel mit den wenigen Dingen, die sie auf die Reise mitgenommen hatte. »Du hast bestimmt einen Plan?« Ihre Stimme klang kühl.

Harriet sah sie dankbar an. Fast hätte sie vor Erleichterung, weil ihre Freundin sie doch nicht im Stich ließ, zu weinen begonnen. »Ja, wir gehen zum Hafen und suchen uns ein Schiff, das nach Boston fährt.«

Lan Meng verdrehte die Augen.

»Das kann doch nicht so schwierig sein«, machte sich Harriet selbst Mut. Ein ungutes Gefühl hatte sie beschlichen. Es war nicht Angst, möglicherweise ein bisschen Unruhe. Oder vielleicht die Erinnerung an Charles' Augen, an den beschwörenden Blick und dann den verletzten Ausdruck, bevor er gegangen war. Es war, als hätte sie jemanden geschlagen, der sich nicht wehren konnte. Und es war seltsam, dass er sie nicht sofort eingesperrt hatte. Hätte er sie nicht auf der Stelle gefangen nehmen müssen? Oder war er sich ihrer so sicher?

Am Hafen angekommen, blieb Harriet stehen, um sich einen Überblick zu verschaffen. Dort drüben, etwas außerhalb, lag die *Sea Snake* vor Anker. Sie wandte sich in die andere Richtung.

Das fehlte noch, dass sie vielleicht Charles' Kumpan Harding in die Hände fiel. Ihr Blick fiel auf einen kräftigen Mann, der einige Matrosen überwachte, die soeben Waren in einem großen Landungsboot verstauten. Er sah recht vertrauenerweckend aus. Und das Schiff, zu dem er offensichtlich gehörte, wirkte auch nicht gerade wie ein Seelenverkäufer. Da! Die amerikanische Flagge! Hier war sie richtig. Sie wollte schon losmarschieren, aber Lan Mengs eiserner Griff hielt sie zurück.

»Ich frage nach einem Schiff«, sagte die Chinesin energisch. »Du bleibst hier.«

»Wo denn?«

Lan Meng zerrte sie zu einer halbwegs passabel wirkenden Taverne. »Hier! Ich verhandle. Ich frage! Du wartest!«

»Aber Lany …« Harriet wollte verärgert wieder auf den Mann zusteuern.

»DU BIST STILL!« Lan Meng stieß sie in die Taverne, warf ihr ihren Sack hin und ging davon.

9. KAPITEL

Harding besprach soeben mit seinen Leuten die Reise nach Hispaniola, als einer der Schiffsjungen vor ihm auftauchte und ihm einen mehrmals zusammengefalteten Bogen Papier reichte.

Er erbrach das Siegel, öffnete das Schreiben und las es durch, bevor er den Jungen scharf ansah. »Woher hast du das?«

»Ich war vorhin an Land, Sir, mit dem Master, um Proviant ins Boot zu bringen. Und da hat mir ein Mann das gegeben.«

»Hat er noch etwas gesagt?«

Der Bursche nickte heftig. »Dass Sie unbedingt allein kommen sollen, Sir.«

Harding las das Schreiben ein zweites Mal. Der unbekannte Absender schlug ihm vor, sich zu Mittag in seinem Hotel zu treffen. Es ginge um ein interessantes Geschäft.

Es war also so weit, sie machten den ersten Schritt. Es traf sich gut, dass Charles mit seiner Harriet beschäftigt war; im Moment wäre er nur im Weg.

Als er sich zur Mittagszeit an Land rudern ließ und kurz darauf das Hotel erreichte, wurde er am Eingang von einem bulligen Kerl empfangen, dem man den Seemann schon von einhundert Meter gegen den Wind ansah. Er begleitete Harding mit einem hinterhältigen Grinsen hinein. »Dort hinten, Sir.«

Harding bedeutete ihm voranzugehen und folgte ihm, während er den Blick umherschweifen ließ. Bis auf zwei Frauen, die den Boden schrubbten und sich dabei lautstark unterhielten, und einen alten Caballero, der in einer Ecke lehnte und genüsslich an seiner Zigarre zog, war die Eingangshalle leer. Der Matrose durchquerte zielstrebig den Raum und stieß eine Tür auf. Harding, stets auf der Hut, trat ein. Die Tür fiel wieder hinter ihm zu.

Er heuchelte nicht einmal Verwunderung, als er die beiden Männer sah, die auf ihn warteten. Der eine war Captain Reading, James Daughertys ehemaliger Vertreter auf Kuba und im weitesten Sinn Ramirez' Partner. Ein hünenhafter Mann mit verschlagenen Zügen, eiskalt, grausam und skrupellos. Die Art von Mann, die Daugherty bei seinen Geschäften bevorzugt hatte. Er nickte Harding zu, der den Gruß kalt erwiderte und sich an den zweiten, etwas kleineren Mann wandte. Er gönnte ihm eine spöttische Musterung. »Sie waren schnell hier.«

»Ich bin fast unmittelbar nach der *Sea Snake* in See gestochen.« Major Arthur Sullivan saß in einem Korbstuhl und erhob sich, um Harding zu begrüßen. »Vielen Dank, dass Sie unserer Einladung gefolgt sind, Captain Harding.«

»Ich habe nicht viel Zeit. Kommen wir gleich zur Sache.« Harding übersah die ihm entgegengestreckte Hand und ließ sich lässig in einem Sullivan und Reading gegenüberstehenden Sessel nieder. »Sie schrieben etwas von einem geschäftlichen Vorschlag?«

Sullivan schluckte seinen Ärger über Hardings abfällige Behandlung hinunter und setzte ein schiefes Grinsen auf, während er ebenfalls wieder Platz nahm. »Sie scheinen nicht im mindesten überrascht, mich ebenfalls hier zu sehen«, begann er.

»Bestenfalls, dass Sie schon vor uns angekommen sind.« Harding schlug die Beine übereinander und legte die Ellbogen auf die Armstützen. »Glauben Sie wirklich, ich hätte Sie nicht schon längst beobachten lassen? Schon vor Jahren, als Ihr Bruder ins Geschäft einstieg.« Er streifte Reading mit einem kurzen Blick. »Mir war sehr schnell klar, dass er sich nicht damit zufriedengeben würde, kleine Geschäfte für El Capitano zu machen. Als unsere Routen verraten wurden, ahnte ich, wer dahintersteckte und von wem die Informationen stammten, auch wenn ich keine Beweise hatte. Es musste jemand sein, der in Kalkutta saß und dort Gelegenheit hatte, unsere Leute zu bestechen. Und wer würde sich dafür besser eignen als Sie, sein Halbbruder?« Er musterte die beiden spöttisch. »Haben Sie keine Angst, sich an diesem Brocken zu verschlucken? El Capitano lässt nicht mit sich spaßen. Er hält die Zügel fest in der Hand und hat überall seine Leute sitzen.«

Reading schwieg. Sullivan, offenbar der Wortführer, antwortete. »Die Zeiten haben sich geändert«, begann er bedächtig. »Man munkelt, dass El Capitano das Zeitliche gesegnet haben soll.« Er griff neben sich auf den Boden, brachte eine Flasche zum Vorschein und schenkte drei Gläser voll.

»Es wird viel geredet«, sagte Harding gleichgültig. »Sollte El Capitano tatsächlich tot sein, so wurde seine Position schon längst wieder besetzt.« Er nahm das Glas mit Whiskey entgegen und roch daran.

»Ihre Lieblingssorte, Captain Harding.« Reading sprach zum ersten Mal. Seine Stimme war tief und etwas heiser.

Harding ließ einen Schluck auf der Zunge zergehen, dann nickte er anerkennend.

»Jedenfalls scheinen Sie uns zu vertrauen«, stellte Reading fest.

Harding hob mokant die Augenbrauen. »Weil ich davon trinke? Wenn Sie mich töten wollten, könnten Sie das auch einfacher haben. Und offenbar brauchen Sie mich für etwas, sonst wäre ich jetzt nicht hier.«

»Die Position wurde von Charles Daugherty, El Capitanos Sohn, besetzt«, schloss Sullivan an seine früheren Worte an. Er lächelte etwas abfällig. »Einem Schwächling.«

Harding nahm noch einen Schluck und ließ sich Zeit, bevor er antwortete. »Das würde ich so nicht sagen«, meinte er schließlich. »Es wäre durchaus möglich, dass er dem alten Daugherty nicht ähnelt, aber er ist nicht zu unterschätzen.«

»Ihre Loyalität ehrt Sie, Captain Harding«, stellte Sullivan spöttisch fest, »aber lassen Sie uns doch aufrichtig zueinander sein. Das Imperium, das El Capitano sich geschaffen hat, die Piratenflotte, diese großangelegten Geschäfte brauchen eine feste Hand, die dieser Bursche nicht hat.«

Harding schwieg, aber seine Augen waren hart wie Granit.

»Sie allerdings haben diese Skrupellosigkeit. Und noch mehr«, fuhr Sullivan fort.

»Sie waren El Capitanos grauer Schatten, der überall dort auftauchte, wo es Ärger gab. Wenn Daugherty solche Erfolge verbuchen konnte, dann hatte er das zum großen Teil Ihnen zu verdanken.« Sullivan machte eine Pause, um seine Worte wirken zu lassen, und er sah mit Genugtuung, dass Hardings Züge nicht mehr so abweisend waren. Im Gegenteil, wenn man überhaupt etwas aus diesem harten Gesicht herauslesen konnte, dann war es beginnendes Interesse.

»Aber Sie können nicht überall sein«, sprach er weiter. »In Ostindien, um die Aktivitäten dort zu überwachen, und zugleich hier, um dafür zu sorgen, dass die Geschäfte laufen und die erbeuteten Waren gut ankommen und … Geld einbringen. Ich habe außerdem den Eindruck«, legte er nach, als Harding immer noch nichts sagte, sondern ihn nur aufmerksam beobachtete, »dass Sie nicht jene Stellung einnehmen, die Ihnen zusteht.«

»Sie sind für diesen Jungen nichts weiter als ein Handlanger«, ließ sich Reading jetzt mit seiner heiseren Stimme vernehmen. »Ihnen gehört doch nicht einmal die *Sea Snake*, auf der Sie den feinen Pinkel herumkutschieren. Sie bekommen nur die Brotkrumen, die vom Tisch des reichen Mr. Daugherty für Sie abfallen.«

Sullivan lehnte sich etwas vor, als Harding immer noch keine merkliche Reaktion zeigte. »Genügt Ihnen das? Genügt Ihnen das wirklich auf Dauer?«

Harding antwortete nicht, aber seine Lippen pressten sich zu einem schmalen, bleichen Strich zusammen.

»Also nein«, hakte der andere nach. »Verständlich, wenn man bedenkt, wie viel Arbeit Sie bisher hineingesteckt haben. Sie waren immer El Capitanos rechte Hand.« Sein Blick glitt zu dem Haken.

»Und den Verlust Ihrer tatsächlichen Hand haben Sie Charles Daugherty und seiner lächerlichen Leidenschaft für diese Amerikanerin zu verdanken. Ich frage Sie: Haben Sie tatsächlich noch einen Grund, diesem kleinen Bastard die Treue zu halten?«

Harding schwieg eine Weile, ließ jedoch die anderen nicht aus den Augen. Schließlich sagte er: »Reden wir nicht länger darum herum: Ihre Vorschläge?«

Sullivan lehnte sich mit einem zufriedenen Ausdruck zurück. »Sagen Sie mir zuerst, was Daugherty vorhat.«

»Er plant, nach Boston zu fahren. Wie Sie vermutlich auch schon wissen, will Miss Dorley dort Verwandte besuchen.«

Sullivan nickte. »Harriet Dorley. Auch ein Stein auf dem Brett, auf dem unser Spiel ausgetragen wird.«

»Spielen Sie Schach, Sullivan?«, fragte Harding ironisch.

»Ein wenig.«

»Dann werden Sie wissen, dass am Ende nur *ein* König gewinnen kann.«

Sullivan musterte ihn nachdenklich. »Oder wir haben eine Patt-Situation. Zwei Könige. Beide gleichgestellt. Der eine arbeitet diesseits des Ozeans, der andere jenseits.« Er versuchte, Hardings Blick festzuhalten, sah jedoch als Erster weg. »Ostindien für Sie. Westindien für uns.«

»Welche Garantie habe ich, dass Sie mich nicht reinlegen?«

Sullivan deutete auf Reading. »Mein Bruder wird die Geschäfte hier leiten. Und ich werde Ihnen in Ostindien zur Seite stehen. Allerdings wird es dabei nötig sein, meine Beziehungen zu Harriet Dorley auf eine fundierte Basis zu stellen. Mein Einfluss bei der East India Company ist kaum als nennenswert zu bezeichnen, das muss sich ändern. Und wer könnte mir dabei besser helfen als die Tochter von Sir Percival?«

Harding nickte zustimmend. »Klingt durchaus logisch. Und wie wollen Sie Charles Daugherty dazu bringen, das Mädchen gehenzulassen?«

»Diese Frage haben wir schon gelöst. Machen Sie sich deshalb keine Gedanken. Wir haben dafür gesorgt, dass er uns in eine Falle gehen wird.«

Harding hob überrascht die Augenbrauen. »Tatsächlich?«

»Die hübsche Miss Harriet«, Sullivan grinste selbstgefällig, »wird soeben als Spionin gefangen gesetzt und nach El Morro gebracht. Daugherty wird die Frau nicht im Stich lassen. Und sobald er dort auftaucht, wird er ebenfalls festgehalten. Wegen Piraterie. Der Gouverneur hat einen diesbezüglichen Hinweis erhalten.«

»Ein guter Plan«, meinte Harding anerkennend. »Aber

warum so umständlich? Hätten Sie es nicht leichter haben können, ihn loszuwerden?«

»Dann hätten wir Ramirez auf dem Hals gehabt. Dieser alte Trottel hat seltsame, altertümliche Anschauungen von der Art, wie man Geschäfte macht und seine Geschäftsfreunde unterstützt«, mischte sich Reading wieder ins Gespräch. »Er hatte mit El Capitano ein Abkommen und wird dieses auch bei seinem Sohn einhalten. Und er hat großen Einfluss. Würde Daugherty hier plötzlich verschwinden, hätten wir ihn am Hals. Mit den Behörden wird er sich aber nicht anlegen, dazu hat er zu viel Dreck am Stecken.«

»Daugherty wird El Morro also nicht mehr verlassen«, Hardings Lächeln hätte Feuer zum Frieren gebracht.

»Nur als Leiche. Und das ist nicht schwierig, wie Sie wissen.« Sullivan hob die Hände. »Alles ganz legal.«

Harding nickte. »Und Miss Harriet wird vermutlich wieder freigelassen, weil Sie sich für sie verwenden?«

»Ein unschuldiges Opfer dieses Verbrechers«, stimmte Sullivan zu. »Sie wird uns dann nach Boston begleiten. Sozusagen als Pfand für die Verhandlungen mit ihrer Familie. Die Boston Independence Company und ihre Schiffe machen uns gelegentlich mehr Ärger, als wir ihnen zugestehen. Und wenn wir dann nach Kalkutta zurückkehren, wird Miss Harriet froh sein, einen Ring von mir am Finger zu tragen, der aus einer kleinen Hure eine ehrbare Frau macht.«

»Ein guter, wohldurchdachter Plan.« Harding stellte das fast volle Glas weg und erhob sich.

Sullivan und Reading standen ebenfalls auf. »Und? Sind wir im Geschäft?«

Harding grinste. »Sie sind am Zug, würde ich sagen.«

Lan Meng ging tatsächlich auf die Suche nach einem Schiff, allerdings nicht zu dem amerikanischen Händler, sondern schnurstracks zum Landungsboot der *Sea Snake*, das, von zwei Männern bewacht, im Hafen schaukelte. Der eine begrüßte sie grinsend, der andere misstrauisch.

»Captain Harding?«, fragte sie direkt.

»Nich an Bord, der Captain«, erwiderte der Grinsende, wobei sein Blick anzüglich über ihren Körper wanderte. Er hätte wohl gern noch etwas hinzugefügt, aber Lan Mengs Gesichtsausdruck ließ ihn verstummen. Ebenso wie die Erinnerung daran, was der Captain mit ihm machen würde, wenn er Charles Daughertys Gästen frech kam.

»Kommt erst später wieder«, meinte der Misstrauische.

Lan Meng knirschte mit den Zähnen. Das war typisch für Männer. Wenn man sie brauchte, waren sie nicht da. Sie hatte wahrhaftig nicht vor, ihre Freundin auf irgendein x-beliebiges Schiff steigen und nach Boston segeln zu lassen. Sie war zwar in der Lage, sie weitgehend zu schützen, aber nicht in der Weise wie Charles Daugherty. Lan Meng hoffte, in Harding einen vernünftigen Mann zu finden, der auf Harriet genügend Einfluss hatte, um ihr den Kopf zurechtzusetzen. Dieser Harding war ein fähiger Kapitän, der seine Leute mit Autorität in der Hand hatte und nicht mit der neunschwänzigen Katze, auch wenn er davon Gebrauch machen ließ, wenn es nötig wurde. Lan Meng war genug herumgekommen, um das zu schätzen.

»Er is irgendwo in der Stadt«, setzte der Grinsende hinzu.

Die Chinesin drehte sich um und ließ die beiden Männer ohne ein weiteres Wort stehen. Nun blieb ihr wohl nichts anderes übrig, als Harriet noch eine Weile aufzuhalten und zu warten, bis Harding wieder auftauchte. Charles war im Moment bestimmt keine Hilfe.

Sie machte sich auf den Rückweg zu Harriet. Als sie jedoch in die Nähe der Taverne kam, musste sie mit ansehen, wie mehrere Soldaten eine zeternde, rothaarige Frau wegschleppten, die sich mit Händen und Füßen wehrte, einem der Männer sogar einen Fußtritt verpasste und einem anderen über die Wange kratzte, ehe man sie in einen Wagen warf, die Tür zuschlug und die Pferde antrieb. Lan Meng hatte nach dem Pistolengriff unter ihrer Weste getastet, aber jetzt zog sie ihre Hand mit einem sehr bildhaften chinesischen Fluch zurück. Das hatte keinen Sinn. Allein konnte sie gegen die Soldaten nichts ausrichten. Sie stieß einen der Schaulustigen, einen Betel kauenden alten Mann mit asiatischen Zügen, mit dem Ellbogen an.

»Was ist passiert?«

»Eine Spionin«, erwiderte der Mann, erfreut, sein Wissen mit einer hübschen jungen Frau zu teilen. »Eine Spionin für die Feinde.«

Lan Meng verdrehte die Augen. Ausgerechnet Harriet. »Was tun die mit ihr?«

»Sie bringen sie nach El Morro.« Er deutete mit einem schmutzigen Finger hinaus zur Bucht, wo die Festung die Stadt zum Meer hin schützte. »Da ist noch keiner rausgekommen. Schade um die Frau.« Der Alte lebte sichtlich auf.

Lan Meng marschierte zurück zu den beiden Seeleuten. Sie tippte dem Grinsenden so hart mit dem Zeigefinger auf die Brust, dass diesem sein Grinsen aus dem Gesicht fiel. »Du suchst sofort Captain Harding oder Charles Daugherty. Und du sagst ihm, dass Miss Dorley nach El Morro gebracht worden ist. Du verstehst?«, fuhr sie ihn an, als er sie nur anstarrte und nicht gleich reagierte. »Oder muss ich dir erst Beine machen?«

Der Mann rannte los, und Lan Meng eilte nochmals dorthin, wo man Harriet verschleppt hatte. Sie trat in die Spelunke. Zwei Männer waren schon dabei, ihr Gepäck zu untersuchen. Sie fuhr wie eine Tigerkatze auf sie los und riss den Dolch heraus. Da sie kein Spanisch sprach, zog sie in einer sehr anschaulichen Geste die flache Seite ihres Dolches von ihrem linken Ohr zu ihrem rechten. Die Männer sprangen zurück, Lan Meng packte ihren Sack und Harriets Tasche und machte sich auf den Weg zum Hotel.

~

Charles lief ziellos durch die Stadt, bis sich seine Erregung etwas gelegt hatte. Zorn über Harriet und ihre harten Anschuldigungen – die ja nicht so völlig aus der Luft gegriffen waren – wechselte mit Selbstvorwürfen und Enttäuschung. Sie hatte recht. Er hatte sie zwar nicht direkt belogen, ihr aber auch nicht die Wahrheit über sich gesagt. Trotzdem hätte sie ihm zuhören müssen, anstatt ihn zu verdammen, ohne ihn überhaupt zu Wort kommen zu lassen.

Als er ruhig genug war, um ihr wieder mit vernünftigen Argumenten entgegentreten zu können, kehrte er ins Hotel zurück, um die Angelegenheit schleunigst zu klären.

Er klopfte bei ihrem Zimmer an, als jedoch niemand antwortete, pochte er energischer, bis er fluchend mit der Faust gegen die Tür donnerte. Das war als Auftakt zu einem vernünftigen Gespräch nicht gerade zweckmäßig, aber diese Frau verstand es perfekt, seine Geduld in Trümmer gehen zu lassen.

Angelockt durch den Lärm, erschien eines der Hausmädchen, eine verschreckte, dunkelhäutige Frau, die ängstlich an ihrem Rock zerrte. »Die Señorita ist abgereist, Señor«, sagte sie auf Spanisch.

Charles stand wie vom Donner gerührt. »Sie ist was?«

Das Mädchen trat unwillkürlich einen Schritt zurück.

»Abgereist«, wiederholte es erbleichend. Dann warf es sich herum und lief mit klappernden Holzschuhen davon.

Charles tat sich keinen Zwang mehr an. Er hob den Fuß und trat Harriets Tür auf. Das Schloss zerbarst, Holzsplitter flogen in alle Richtungen, die Tür schlug auf, und schon war er im Zimmer. Er blieb schwer atmend mitten im Raum stehen und sah sich um. Ihre Reisetruhe stand offen, und einige Kleider lagen auf dem Boden, als hätte sie jemand in aller Hast herausgerissen.

Als er aus dem Hotel stürmte, stieß er mit einem der Männer von der *Sea Snake* zusammen.

»Mr. Daugherty, hab Sie schon gesucht, es is was passiert.«

Charles schob ihn beseite. »Verschwinden Sie, Mann, ich habe jetzt keine Zeit.«

»Aber ... Miss Dorley ...«

Charles fuhr herum. »Was ist mit ihr?«

Der Mann schluckte. »Is festgenommen worden, von ein paar Soldaten. Unten im Hafen. Die Chinesin, ihre Freundin hat's gesehen. Haben sie fortgeschafft. Nach El Morro.«

Charles packte ihn am Arm. »Mann, wenn Sie betrunken sind und mir Unsinn erzählen, dann ...«

Der Mann kannte Charles lange und gut genug, um die unausgesprochene Drohung ernst zu nehmen. »Aber nein, Sir. Nein! Stimmt alles. Hat aber eine Weile gedauert, bis ich Sie gefunden habe. Hat geheißen, Sie wären nicht im Haus.«

»Harriet ist fort«, erklang Lan Mengs aufgeregt hohe Stimme in seinem Rücken. Als er sich umdrehte, stürzte die kleine Chinesin auf ihn zu und packte ihn an der Jacke. Ihre Augen funkelten zornig. »Soldaten haben mitgenommen Harriet!«

»Sie wollte abreisen«, stellte Charles beherrscht, aber mit einer Stimme fest, die nicht ihm zu gehören schien.

Lan Meng nickte. »Ich will verhindern, laufe zu Captain Harding, damit er Vernunft einbleut Ihnen und Harriet«, fuhr sie, ungeachtet Charles' immer finsterer werdender Miene fort, »und da sehe ich, wie Harriet weggeschleppt wird von Soldaten. In die Festung unten an Bucht. Mann sagt, Harriet sei Spionin.«

Wie immer, wenn Lan Meng aufgeregt war, purzelten die Worte etwas durcheinander. Aber im Moment war für sie und Charles Grammatik das geringste ihrer Probleme.

Charles fuhr sich mit beiden Händen durchs Haar. Verflucht, konnte man diese Frau nicht einmal fünf Minuten aus den Augen lassen? Wie jemand auf die Idee kommen konnte, ausgerechnet sie als Spionin zu verhaften, war absurd. Aber vermutlich war sie wieder unangenehm aufgefallen, hatte zweifellos mit jemandem einen Streit begonnen. Charles schnürte es die Kehle zusammen, wenn er daran dachte, dass Harriet diesen Soldaten hilflos ausgeliefert war. Er musste tief durchatmen, bis er wieder ruhig sprechen konnte.

»Ich brauche ein Pferd«, befahl er einem der Hoteldiener, der neugierig dabeistand. »Schnell!« Der Mann flitzte bei dem Tonfall eilig davon.

Zu Lan Meng sagte er: »Wenn Captain Harding auftaucht, sagen Sie ihm, wohin ich geritten bin. Er weiß dann schon, was zu tun ist.«

Ein Bö erfasste ihn, riss an seinem Haar und stieß ihm den Hut vom Kopf. Er sah zum Himmel empor. Dunkle Wolken zogen vom Meer heran. Er sollte sich beeilen, um vor dem Unwetter in El Morro zu sein.

»Eine Spionin?«, fragte Charles spöttisch, als er eine Stunde später schwitzend und staubig von dem erschöpften Pferd sprang und vor den Kommandanten der Festung geführt wurde, in der man Harriet festhielt. Die Luft war drückend schwer, die Wolken hatten sich verdichtet, und nicht einmal der Wind konnte die Hitze erträglich machen. Sein Hemd klebte an seinem Körper, und einige Haarsträhnen hatten sich gelöst und fielen ihm in die Stirn.

El Morro lag etwa zehn Kilometer im Südwesten von Santiago. Sie waren daran vorbeigekommen, als sie mit der *Sea Snake* in die Bucht eingefahren waren. Eine imposante Festung, die hoch über dem Meer aufragte.

Von der See kommend, sah man dahinter die Gipfel der Sierra Maestra. Charles und Harriet hatten den Anblick gemeinsam bewundert, aber nun war Charles weit davon entfernt, Derartiges zu empfinden. Im Gegenteil, seit er die Holzbrücke überquert und sich in diesem Labyrinth aus verschiedenen Gebäudeebenen, Holzleitern und Treppen wiedergefunden hatte, wurde er das Gefühl nicht los, nie wieder hier herauszukommen.

»Etwas Unsinnigeres fällt Ihnen nicht ein?«, setzte er nach. »Für wen sollte dieses Mädchen schon spionieren?«

Der Kommandant, ein wohlbeleibter Mann mit Schnurrbart, der ihn an Ramirez erinnerte, saß bequem zurückgelehnt in seinem Stuhl und lächelte Charles an. Links und rechts neben Charles standen Soldaten. »Vielleicht für denselben Feind wie Sie, Señor?«

»Wir sind geschäftlich hier.« Charles hatte Mühe, nicht zu aggressiv zu klingen.

»Da habe ich etwas anderes gehört, und der Gouverneur ebenfalls. Auch über die Art Ihrer Geschäfte.« Der Blick des Mannes wurde hart. »Piraterie, Señor Daugherty. Man hat uns einen Tipp gegeben.«

»Wer immer das getan hat, hat mich verleumdet.« Das hatte ihm noch gefehlt. Vermutlich steckte dieser verdammte Ramirez dahinter, der damit auf Charles' Drohungen reagierte. Wahrscheinlich war der Kommandant auch noch ein guter Freund dieses Halunken. »Ich verlange, sofort zu Miss Dorley geführt zu werden.«

Der Kommandant musterte ihn. Schließlich nickte er mit einem hinterhältigen Lächeln. »Dem kann stattgegeben werden, Señor.«

Auf einen Wink packten zwei Soldaten Charles. Er wollte sich wehren, überlegte es sich jedoch anders, als er mehrere Bajonette auf ihn gerichtet sah, und ließ sich schließlich zähneknirschend wegführen.

~

Lan Meng war auf der Suche nach Harding ins Hotel zurückgekehrt. Sie wollte soeben die Halle durchqueren, als sie einen Mann auf sich zukommen sah, den sie hier nicht vermutet hätte. Major Arthur Sullivan, der Harriet in Kalkutta solche Schwierigkeiten gemacht hatte! Er hatte sie nicht bemerkt, und sie verbarg sich hastig hinter einer Topfpflanze, bis er mit seinen beiden Begleitern vorüber war. Dann glitt sie wendig hervor und sprang leichtfüßig die Treppe hinauf, um kurz darauf an Hardings Tür zu hämmern. Über Sullivan würde sie sich später den Kopf zerbrechen.

Harding öffnete fast unmittelbar. Lan Meng fühlte bei seinem Anblick eine unglaubliche Erleichterung. Harding war ein Pirat, so wie sie, und als solcher in gewissen Dingen weit verlässlicher als andere Männer. Sein erstaunter Blick glitt über ihr gerötetes Gesicht.

»Harding!«, Lan Mengs Stimme war vor Aufregung höher als sonst, aber klar und ohne das leiseste Zittern. »Soldaten haben Harriet festgenommen! Sie haben sie nach El Morro gebracht!«

Hardings Augenbrauen zogen sich zusammen. »Wie ist das passiert?«

»Sie hat gehabt Streit mit Charles. Hat gehört von wegen El Capitano und Piraten. Und ist dann weggelaufen. Soldaten haben sie festgenommen!« Sie packte Harding am Arm, um ihn mitzuzerren. »Sie müssen mitkommen, Schiff nehmen, Männer und Harriet befreien! Charles ist schon unterwegs.«

Harding runzelte die Stirn. »Charles hat ihr alles gesagt?«

»Nein, sie hat mit angehört das Gespräch und ist weggelaufen«, sagte Lan Meng ungeduldig. »Ich erzähle alles, wenn wir unterwegs sind!«

»Ich fürchte, so einfach ist das nicht.«

»Dann werde ich allein helfen, wenn Harding zu lahm ist!«, zischte die Chinesin wütend. Sie wirbelte herum und sah sich zu ihrem Schrecken Arthur Sullivan gegenüber, der zwei Schritte hinter ihr stand und sie hämisch angrinste. Sie brauchte keine Sekunde, um den Blick zu begreifen, der zwischen Harding und ihm ausgetauscht wurde, dann lief sie los. Der Weg zur Treppe wurde ihr von zwei Kerlen abgeschnitten, die hinter Sullivan auftauchten.

Lan Meng wusste, dass ihre einzige Chance in der Flucht lag. Sie konnte natürlich gegen die Männer kämpfen, vielleicht auch einen töten oder zumindest verletzen, aber dann würde sie selbst gefangen oder getötet werden und wäre Harriet keine Hilfe mehr. Blitzschnell drehte sie sich um, stieß Harding fort und rannte an ihm vorbei zur anderen Seite des Raumes. Hardings Zimmer hatte wie ihres und Harriets eine Fenstertür, die auf den Balkon führte. Sie stieß sie auf und sprang auf die Balustrade, als ein Arm sie von hinten umfasste und sie so fest an einen harten Körper presste, dass sie fauchend die Luft ausstieß. Sie tastete nach ihren Waffen, spürte das kalte Eisen eines Hakens, dann hatte ihr Angreifer auch schon ihre beiden Hände gefasst und hielt sie so fest umklammert, dass sie sich nicht befreien konnte, obwohl sie sich wand wie eine Schlange und nach ihm trat.

Als Harding sich mit ihr gemeinsam herumdrehte, wobei Lan Mengs Füße in der Luft zappelten und ins Leere traten, stand Sullivan vor ihm. »Warum zögern Sie?«, fragte er kalt. »Brechen Sie dem kleinen Luder doch das Genick, dann haben wir sie endlich los. Am Ende entkommt sie Ihnen noch und verpfeift uns.«

»Mir entkommt sie nur, wenn ich das will«, knurrte Harding. Sein rechter Arm lag plötzlich um Lan Mengs Hals und drückte zu. Die kleine Chinesin kämpfte dagegen an, aber sie war zu schwach. Der Mann wusste, wie man eine Frau hielt und ihr gleichzeitig die Luft abschnürte. Ihre Lungen wollten platzen, ihr war schwindelig, dann sah sie nur noch graue Nebelschleier. Ein letzter, verzweifelter Versuch, sich zu befreien, dann wurde das Summen in den Ohren zu einem Dröhnen, und schließlich war alles schwarz.

~

Harriet hatte in der Stunde, die sie allein in dem Halbdunkel verbrachte, sehr ausgiebig Gelegenheit, über ihr bitteres Schicksal nachzudenken. Vor allem darüber, wie schnell man aus dem siebten Himmel in ein Dreckloch wie dieses fallen konnte und bis zum Hals darin eintauchte. *Wie ein Dunghaufen, wo man bis zu den Augen drinnen steckt,* hätte Lan Meng wohl gesagt.

Sie sah sich nicht zum ersten Mal schaudernd um. In den Ecken raschelte es, wenn die unzähligen kleinen Nager suchend durch das schmutzige Stroh liefen. Wenn das Rascheln und Fiepen zu nahe kam, begann Harriet wild fuchtelnd um sich zu schlagen und zu treten. Sie fragte sich nur, was geschah, sobald sie einschlief, und ob dann das vier- und mehrbeinige Ungeziefer über sie hinweglief. Es schüttelte sie vor Ekel, wenn sie daran dachte. Und dann schüttelte es sie wieder vor Angst, auch wenn sie versuchte, dieses Gefühl zu beherrschen. Mit Angst kam sie hier nicht heraus.

Als man sie hereingestoßen hatte, hatte sie zuerst blind im Dunkel gestanden und hatte versucht, sich tastend und stolpernd zurechtzufinden, bis sie erleichtert festgestellt hatte, dass sie dieses Gefängnis mit niemandem teilen musste – von den Ratten und dem Ungeziefer einmal abgesehen. Durch kleine Lücken in der Außenmauer, knapp unter der niedrigen Decke, fiel Licht herein, nicht viel, aber gerade genug, um ihr nach und nach ihre trostlose Umgebung vor Augen zu führen. Auch das, was sie lieber nicht sehen wollte: den Unrat – der sich überdies durch seinen penetranten Gestank bemerkbar machte –, die pelzigen Tiere und die Spinnen und Käfer, die in jeder Ritze auf sie lauerten. Anfangs war ihr die Stille bedrückend erschienen, aber dann, nach einiger Zeit, hatte sie nicht nur das ununterbrochene Rascheln im Stroh vernommen, sondern auch hallende Schritte, die sich näherten und wieder verklangen, gespenstisches Flüstern, das direkt aus den Mauern zu kommen schien, als wären es die höhnischen Stimmen ihrer längst dahingeschiedenen Vorgänger.

Sie wusste selbst nicht, weshalb sie hier gelandet war. Die Soldaten waren in dieses Gasthaus gestürzt, hatten sie trotz ihres Widerstandes hinausgezerrt, und am Ende hatte sie aus dem Gemisch aus Englisch und Spanisch nur herausgehört, dass man sie der Spionage verdächtigte. Man hatte ihr jedoch keine Gelegenheit gegeben, sich zu verteidigen, sondern sie in eine Kutsche mit vergitterten Fenstern verfrachtet und aus der Stadt gebracht. Harriet hätte gern einen Blick nach draußen geworfen, um zu sehen, wohin die Fahrt ging, war jedoch von der Gegenwart eines anzüglich grinsenden, zahnlosen Soldaten davon abgehalten worden, der bei jeder unachtsamen Bewegung Anstalten machte, nach ihr zu greifen. Also war sie ruhig sitzen geblieben, hatte ihn drohend angestarrt und gehofft, dass Lan Meng Hilfe holte. Sofern sie nicht ebenfalls festgenommen worden war.

Aber von wem durfte sie überhaupt Hilfe erwarten? Würde Charles denn noch einen Finger für sie rühren, nachdem sie ihn beleidigt und angeschrien hatte und dann noch davongelaufen war?

Ihre bitterbösen Worte hatten ihr schon leidgetan, als sie in dieser Spelunke gesessen hatte, um auf Lan Meng zu warten. Und wenn sie jetzt an Charles dachte, krampfte sich ihr Herz zusammen. Wieso nur konnte sie ihr verflixtes Temperament nicht zügeln? Warum war ihre Zunge nur immer so viel schneller als ihr Verstand? Er hatte so ehrlich betroffen ausgesehen, und sie hatte ihm nicht einmal zugehört. Sie schloss die Augen und barg das Gesicht in den Händen, um nicht nur diese triste Umgebung auszuschließen, sondern vor allem die Erinnerung an Charles. An seinen verletzten Blick, den hilflosen Zorn in seinem Gesicht und die kaum verhüllte Verzweiflung, die ihr jetzt noch ins Herz schnitt. Aber nein, sie hatte ja den Mund aufreißen müssen, ihre Kränkung hinausschreien, um ihn damit noch mehr zu verletzen.

Sie wusste nicht, wie lange sie so gesessen und sich mit ihren Gewissensbissen einerseits und ihrer Hoffnung auf Rettung andererseits herumgeschlagen hatte, als es vor ihrer Zelle laut wurde. Polternde Schritte waren zu hören, die genau vor ihrer Tür stehen blieben. Zuerst wollte sie aufstehen, aber dann zog sie sich tiefer in das Dunkel zurück und machte sich so klein wie möglich. Wollte man sie holen? Oder waren einige Soldaten auf die Idee gekommen, sich mit ihr ein paar vergnügliche Stunden zu machen?

Vor der Zelle kam es zu einem lauten Wortwechsel. Eine krächzende Stimme höhnte etwas auf Spanisch, eine dunkle, zornige, deren Klang Harriet erstarren und ihr Herz wie rasend klopfen ließ, antwortete, und dann wurde auch schon die Tür aufgestoßen.

Als Charles darin auftauchte, erfasste sie eine so wilde Freude, dass sie schon im Begriff war, aufzuspringen und ihm entgegenzueilen. Ihre Erleichterung wurde jedoch im Bruchteil einer Sekunde zu Bestürzung, als sie erkannte, dass etwas nicht stimmte. Charles betrat nämlich nicht als strahlender Retter die Zelle, sondern wurde trotz seiner Gegenwehr brutal hineingestoßen.

Er stolperte einige Schritte in den dämmrigen Raum, ehe er mit geballten Fäusten herumschnellte und wütend zur Tür zurückstürzte. Aber da war diese schon mit einem endgültigen Knall vor seiner Nase ins Schloss gefallen. Charles trat einige Male wutentbrannt dagegen und sandte seinen Tritten eine Flut von spanischen und englischen Flüchen und Drohungen hinterher, die Harriet aus tiefstem Herzen nachempfinden konnte, ihr jedoch an dem sonst stets korrekten und zurückhaltenden Charles neu waren.

Mit zittrigen Knien erhob sie sich. Er musste das Rascheln ihrer Kleider und des Strohs gehört haben, denn als sie auch nur einen Schritt auf ihn zu machte, wirbelte er auch schon herum. Seine noch an das Sonnenlicht gewöhnten Augen brauchten einige Momente, um sie zu erkennen. Und dann stürzte er auf sie zu und packte sie an den Schultern. Allerdings nicht, um sie in seine Arme zu reißen, wie sie sich das erhofft hätte, sondern um sie zu schütteln, dass ihre Locken auf und ab sprangen und ihre Zähne aufeinanderschlugen. Ebenfalls ungewöhnlich für einen sonst so beherrschten Mann. Aber sie hatte ja in dieser einen wunderbaren Nacht mit ihm Gelegenheit genug gehabt festzustellen, dass Charles es sehr wohl verstand, Leidenschaft und Gefühle gut unter Kontrolle zu halten und sie nur bei gewissen Gelegenheiten an die Oberfläche zu lassen. Und das war jetzt offenbar eine.

»Verflixtes, dummes, eigensinniges Frauenzimmer! Was ist dir in deiner Gottverlassenheit nur eingefallen, davonzulaufen und dich auch noch hier einfangen zu lassen?« Als sie nicht antwortete, lockerte sich sein Griff, und sein angestrengter Blick huschte über ihren Körper. »Bist du verletzt? Geht es dir gut? Ist alles in Ordnung?« Die Worte wurden schnell und hastig und mit gepresster Stimme hervorgestoßen.

»Sie haben mir nichts getan. Gar nichts, wirklich«, beteuerte sie. »Aber … wieso bist du hier?«

Charles antwortete nicht gleich. Seine Finger tasteten vorsichtig über ihre Wange, bis er feststellte, dass die dunklen Flecken nicht von Schlägen stammten, sondern vom Schmutz. Er ließ sie los, atmete tief durch und trat einen Schritt zurück, um seine Halsschleife zu richten und seine Anzugjacke zurechtzuziehen.

»Ein misslungener Versuch, den Kommandanten dazu zu bewegen, dich freizulassen«, sagte er gereizt.

Harriet dachte schon, er würde sich von ihr abwenden, als er abermals zu ihr herumfuhr. »Weshalb, zum Teufel, bist du fortgelaufen? Hast du gedacht, ich würde dich festhalten? Dir etwas antun, dich zwingen? Vielleicht noch ein wenig foltern? Verdammt, Harriet, wie kannst du nur so dumm sein!«

Sie schüttelte den Kopf. Nein, das hatte sie nicht gedacht. Vielleicht, dass er sie einsperrte, aber bestimmt nicht, dass er die Hand gegen sie erhob, geschweige denn noch etwas Schlimmeres.

Er wandte sich schwer atmend von ihr ab und sah sich um, bevor er daranging, die Zelle abzuschreiten. Ihr Gefängnis war nur klein, gerade einmal zehn mal acht Schritte.

Harriet lief hinter ihm her. »Charles …«

Er hob, ohne sich nach ihr umzudrehen, die Hand. »Sei still. Ich will nichts von dir hören.«

»Aber …«

»Kein Wort.«

Sein Tonfall war so unfreundlich und so endgültig, dass Harriet tatsächlich schwieg. Dabei hätte sie ihm so vieles zu sagen gehabt. Dass sie wütend und gekränkt gewesen war, dass sie Zeit gehabt hatte nachzudenken und wie sehr sie es bereute, ihn jetzt ebenfalls hier zu sehen. Und wie glücklich sie zugleich darüber war. All diese Emotionen, diese Gedanken, Worte stürzten gleichzeitig über sie herein, aber angesichts seiner finsteren Miene hielt sie lieber den Mund.

Er beachtete sie auch nicht weiter, sondern untersuchte die Decke mit den Augen. Er streckte die Hand aus, um die roh behauenen Steine zu betasten, und ließ, während er die Zelle abschritt, seine Fingerspitzen über die Wände gleiten. Als er dann sogar mit dem Fuß das Stroh zur Seite schob, um den Untergrund zu betrachten, hielt Harriet es nicht mehr aus, auch wenn er sie so bewusst übersah, dass es schon beleidigend war.

»Suchst du einen Geheimgang?«

»Möglich.« Sein Ton war kalt, aber zumindest hatte er ihr geantwortet.

»Meinst du, wir kommen hier wieder heraus?« Es war nicht recht von ihr und sogar sehr selbstsüchtig, aber sie war ungemein froh, dass Charles ihr Los teilte und sie nicht mehr allein war. Und wenn man von der Überlegung absah, dass er ihr von draußen vermutlich hilfreicher gewesen wäre, gab es keinen anderen Menschen auf der Welt, mit dem sie lieber hier eingesperrt gewesen wäre.

Er warf ihr einen verärgerten Blick zu. »Natürlich. Und jetzt sei still, ich muss nachdenken.«

Harriet nickte mit ungewohnter Fügsamkeit und hockte sich wieder in ihre Ecke, in der sie schon die vergangene Stunde verbracht hatte. Sie beobachtete, wie Charles abermals die Wände absuchte, sogar den Boden abklopfte, bis er sich nach geraumer Zeit in die von ihr am weitesten gelegene Seite der Zelle zurückzog und sich dort mit einigen Flüchen niederließ. »Charles«, begann sie von neuem, »es tut mir so leid.«

»Das«, kam es höhnisch, »kann ich mir im Moment lebhaft vorstellen.«

Harriet senkte den Kopf. Natürlich, das musste er ja jetzt sagen. »Nein, das kannst du nicht.«

Charles betrachtete Harriet in dem Halbdunkel. Sie sah so zerknirscht aus, dass es ihm schwerfiel, nicht zu ihr hinüberzugehen und sie in die Arme zu nehmen. Aber einerseits war er wütend, weil sie davongelaufen war, und andererseits schmerzten ihre Worte und ihr Misstrauen noch viel zu sehr. Außerdem machte er sich Vorwürfe. Er hätte es ihr früher sagen müssen, anstatt sie in dem Glauben zu lassen, er wäre ein anständiger Mensch. Und jetzt war er auch noch wie ein Trottel in diese Falle gelaufen. Die Auseinandersetzung und seine

Angst um sie hatten offenbar sein Gehirn ausgeschaltet. Natürlich glaubten die keinen Moment, dass Harriet eine Spionin war. Wer immer dem Gouverneur so etwas erzählt hatte, wusste um sein Verhältnis zu Harriet und hatte sie dazu benutzt, ihn in diese Falle zu locken. Und er war blindlings hineingetappt. Was war er nur für ein verdammter Idiot!

Es war so lange still, dass Charles zusammenzuckte, als Harriet sprach. »Es tut mir wirklich von Herzen leid«, sagte sie plötzlich. »Ich habe Dinge aus Kränkung gesagt, die ich nie hätte sagen dürfen oder wollen.«

»Du solltest dich nicht dafür entschuldigen, dass du mir die Wahrheit an den Kopf geworfen hast«, erwiderte er kalt und drehte ihr den Rücken zu. »Wahrscheinlich liegt es an mir, dass ich zu empfindlich war, sie zu ertragen.«

Als Lan Meng wieder zu sich kam, genoss sie zuerst einige wunderbare Atemzüge lang die in ihre Lungen strömende Luft. Dann versuchte sie, sich zu orientieren. Ihr Hals tat weh. Ihre Augen schmerzten, in den Ohren pochte es. Als sie sich blinzelnd umsah, erkannte sie, dass sie sich im Hotel befinden musste. Die Zimmer waren einander sehr ähnlich, und dieses sah – bis auf Kleinigkeiten – genauso aus wie ihres. Sie drehte langsam den Kopf. Sie lag auf einem breiten Bett, aber es war nicht ihres; der Geruch war fremd und doch vertraut, sie hatte ihn in den letzten Wochen oft wahrgenommen. Nämlich wann immer sie in Hardings Nähe gewesen war.

»Wieder wach?«, ertönte da seine trockene Stimme.

Sie taumelte hoch, griff zugleich nach ihren Waffen, tastete jedoch ins Leere. Ein Griff riss sie zurück aufs Bett. »Schön ruhig liegen bleiben, zwingen Sie mich nicht, Sie zu fesseln, kleine Lady.«

Lan Mengs Kopf dröhnte, die Lungen taten weh. Sie atmete langsam ein und aus. Wenn er sie jetzt fesselte, dann hatte sie keine Chance mehr. Sie musste so tun, als würde sie nachgeben, als wäre sie zu schwach. Was im Moment auch gar nicht gespielt wäre. Ruhig bleiben und Kräfte sammeln.

Harding setzte sich ihr gegenüber auf einen Sessel und schlug die Beine übereinander. Sein Blick glitt aufreizend langsam und interessiert über ihren Körper. »So, jetzt sind wir allein. Was genau ist passiert?«

»Mögen die Götter dich verderben und tausend Teufel an deinen Gedärmen nagen«, fuhr Lan Meng ihn an, den ersten annähernd schmerzfreien Atemzug für diesen Fluch nutzend.

»Nicht so voreilig«, sagte Harding gelassen, worauf sich eine Flut an Schimpfwörtern in allen Lan Meng bekannten Sprachen über ihn ergoss, bis Harding dem Toben mit einem pointierten chinesischen Satz ein Ende bereitete.

Vor Überraschung stockte ihr der Atem, und Harding nutzte ihre Sprachlosigkeit: »Wie wäre es, wenn wir beide uns einmal in Ruhe unterhalten, kleine Lady?«

~

Charles' Blick glitt immer wieder zu einer gewissen Stelle an der Außenmauer zurück. Es war ziemlich wahrscheinlich, dass diese losen Steine tatsächlich einen Ausgang verbargen. Als er vor Jahren diese Festung gemeinsam mit seinem Vater besucht hatte – damals noch unter einem ihnen wohlgesinnten Kommandanten –, hatte man ihnen diese Todesrutschen gezeigt, Öffnungen in der Mauer, über die man sich der Gefangenen – tot oder lebendig – entledigte. Später war dieser Kommandant wegen Schmuggels festgesetzt worden und hatte ein unrühmliches Ende gefunden. Möglicherweise sogar über eine dieser Rutschen.

Und vielleicht war das auch der einzige Ausweg, der ihnen blieb. Sie steckten in größeren Schwierigkeiten, als er Harriet gegenüber zugeben würde. Wenn man ihn wirklich als Piraten verleumdet hatte – obwohl *verleumdet* hier nicht der korrekte Ausdruck war –, dann war es Harding unmöglich, ihn herauszuholen, es sei denn, er trieb genügend Bargeld auf, um nicht nur den Kommandanten, sondern auch noch den Gouverneur zu bestechen. Vorausgesetzt wiederum, man hatte Harding nicht ebenfalls festgenommen und die *Sea Snake* beschlagnahmt. Die *El Capitano* befand sich außerhalb des Hafens und somit außerhalb des Einflussbereichs der Soldaten, aber das half nur insofern, als dass sie dieses Schiff zur Flucht benutzen konnten, wenn sie hier herauskamen. Bis dahin waren sie auf sich allein gestellt.

Schließlich erhob er sich, ging zu der betreffenden Stelle an der Mauer hinüber und machte sich daran zu schaffen. Es dauerte keine zwei Sekunden, da war Harriet auch schon hinter ihm und behinderte ihn wie eine neugierige Katze, die sehen wollte, womit ihr Freund spielte.

»Was tust du da?«

»Ich vermute hinter den Steinen einen Ausgang.«

»Ich helfe dir!« Bald darauf hatte sie sich zwei Fingernägel abgebrochen. Als sie sich dann noch einen Kratzer am Zeigefinger zuzog, der Charles vermutlich mehr schmerzte als sie, schob er sie fort.

»Du bist zu ungeschickt.«

»Bin ich nicht«, widersprach sie. Ihre Worte klangen etwas undeutlich, weil sie ihren Finger in den Mund gesteckt hatte und das Blut ablutschte.

Charles' Blick blieb für Sekunden wie gebannt an den vollen Lippen hängen. Ideen und Vorstellungen stiegen in ihm hoch, die den direkten Weg in Körperteile nahmen, die er im Moment im wahrsten Sinn des Wortes unter Verschluss halten musste. Zornig auf sich selbst und verärgert über sie, drehte er ihr brüsk den Rücken zu. »Stell dich zur Tür und warne mich, falls jemand kommt.«

Eifrig lief sie hin und lauschte, ließ dabei jedoch keinen Blick von ihm, sofern sie bei diesem Dämmerlicht überhaupt etwas sehen konnte. Kaum hatte er jedoch den Gang freigelegt, als sie auch schon bei ihm war und er sie davon abhalten musste, auf allen vieren in den steil abwärtsführenden Tunnel zu kriechen.

»Moment. Du ganz bestimmt nicht, Harriet.«

»Aber ich kann gut klettern. Du musst mich nur am Fuß festhalten.«

»Das kannst du mir ein anderes Mal beweisen.« Er versuchte, die Breite und die Länge dieser Rutsche abzuschätzen. Ihr Neigungswinkel betrug mehr als fünfundvierzig Grad. Das ging gerade noch, aber sie war zu breit, um sich mit den Ellbogen abzustützen. Er musste mit den Stiefelspitzen Halt finden und sich langsam hinablassen. Als er zur Tat schreiten wollte, umklammerte Harriet mit beiden Händen seinen Arm.

»Was hast du vor?«

»Mich dort unten näher umsehen und feststellen, wie hoch wir uns befinden.« Eine ungefähre Vorstellung hatte er schon davon, und sie gefiel ihm nicht. Wenn er richtig schätzte, dann öffnete sich diese Todesrutsche mindestens zwanzig oder dreißig Meter über dem Meer und bot danach einen freien Fall auf die darunter liegenden, zerklüfteten Felsen.

»Wäre es nicht besser, du hättest ein Seil?« Ihre Augen waren so ängstlich, dass er versucht war, sie an sich zu ziehen und zu küssen.

»O ja, eine großartige Idee. Gewiss war jemand so aufmerksam, uns eines hierzulassen.« Er wusste, dass er sarkastisch klang, aber es tat ihm gut, es milderte seine eigene Frustration.

Harriet dachte nicht lange nach, sondern hob ihr Kleid und zerrte ihre Unterröcke herab. »Vielleicht kann man daraus eines machen?«

Charles wandte seinen Blick nur mit Mühe von Harriets Beinen ab, schob die Erinnerung daran, wie er in der Nacht seine Hände und Lippen hatte darüberwandern lassen, so weit wie möglich weg und richtete seine Aufmerksamkeit auf die Röcke. Er riss sie zur Hälfte durch und drehte sie dann so zusammen, dass aus jedem ein kurzer, aber fester Strick wurde, die er aneinanderband. Das Seil musste nicht lang sein, zwei Meter genügten wahrscheinlich völlig, um ihm etwas Sicherheit zu geben. Er konnte nur nicht riskieren, ins Wasser zu fallen und vielleicht zu ersaufen, während Harriet hier oben allein zurückblieb.

Er suchte eine Stelle, an der er die Röcke befestigen konnte.

»Ich kann sie halten«, bot Harriet sich an.

Charles sah auf ihre schlanken Hände, schüttelte entschieden den Kopf und sah sich um. Knapp neben dem Tunnel fand sich ein in die Wand eingelassener Eisenring, wofür auch immer dieser dienen mochte – vielleicht wurden hier besonders gefährliche Gefangene angekettet. Charles zog das eine – spitzenbesetzte – Ende des Unterrockseils zweimal durch den Ring und zog mit aller Kraft daran – sowohl Rock als auch Ring hielten. Dann schlang er sich das andere Ende um seinen linken Fußknöchel und verknotete es, bevor er sich vorsichtig, mit dem Kopf voran, die abschüssige Rampe hinablassen wollte.

»Warte!« Harriet zerrte an seinen Rockschößen.

Charles zog den Kopf wieder heraus. »Was ist?«

Ehe er sich's versah, pressten Harriets weiche Lippen einen

warmen Kuss auf seinen Mund. Dann lächelte sie verlegen. »So, jetzt darfst du.«

Charles kroch fast fluchtartig in den kleinen Tunnel. Die Rutsche war steil, und er musste sich mit Händen und Stiefelspitzen gegen die Wände stemmen, um nicht ins Gleiten zu kommen; seine Finger krallte er in jede Unebenheit des Felsens.

Die Mauern waren dicker, als er gedacht hatte, gut drei, vielleicht sogar vier Meter breit. Hinter sich hörte er ein Ächzen, einen leisen Wehlaut, und dann stieß Harriet mit dem Kopf gegen seine Beine. Er verlor den Halt, glitt herzhaft fluchend weiter und fing sich wieder. Als er den Kopf hob und nach vorne sah, erblickte er nur dunkle Wolken und stürmisch bewegtes Meer. Von hinten ertönte ein Schreckensruf, dann umklammerte jemand seinen rechten Stiefel und zerrte ihn in die entgegengesetzte Richtung.

Charles versuchte, sich zu stabilisieren, und drehte vorsichtig den Kopf nach hinten. »Was zum Teufel tust du da, Harriet Dorley?«

»Ich … halte dich fest.« Sie klang außer Atem.

»Nachdem du mich vorher beinahe hinuntergestoßen hättest?« Wenn die Unterröcke nicht gehalten hätten, wäre er jetzt schon im Meer, während Harriet noch hier oben hockte. Allein und ohne Schutz.

»Sei vorsichtig. Ich glaube, ich höre schon das Meer. Die Luft wird auch frischer.«

»Ich sehe es sogar schon«, knurrte er gereizt. »Und jetzt lass meinen Fuß los.«

»Ich kann nicht. Ich habe Angst, dass du wieder abrutschst.«

»Harriet!«

Nur zögernd löste sich die Hand von seinem Fuß. Er stemmte die Stiefelspitzen links und rechts in den Gang und schob sich vorsichtig nach vorn, bis sein Kopf im Freien war. Nach einem Blick nach unten schloss er die Augen. Für einen Atemzug drehte sich alles um ihn.

»Siehst du etwas?« Harriet machte tatsächlich Anstalten, über seine Beine hinweg nach vorn zu kriechen.

»Zum Teufel, Harriet! Bleib, wo du bist!«

»Das geht schon, ich habe guten Halt.«

»Nein, welch ein Glück.« Seine Hände wurden feucht. Schweißperlen standen auf seiner Stirn. Er krallte seine Finger in die Vertiefungen im Felsen, als würde er bis zum Jüngsten Tag so hängen bleiben wollen. Zum Glück hielten Harriets Unterröcke, der Zug an seinem Fußknöchel beruhigte ihn ein wenig, auch wenn ihm durch die schräge Lage bald das Blut in den Kopf steigen würde.

Harriet schob sich weiter, bis ihr Kopf neben seinem war und ihr Körper sich eng an ihn presste. Das hätte sich unter anderen Umständen sehr reizvoll ausgemacht, aber jetzt rieben sich ihre Hüften an Stellen, die er im Moment lieber unangetastet gelassen hätte. Er begann stärker zu schwitzen. Wenn er seinen Halt verlor, die verdammten Röcke rissen, stürzten sie beide kopfüber in die Brandung. Der starke Wind, der ihn auf dem Ritt hierher begleitet hatte, war zum Sturm geworden. Der Regen prasselte auf ihre Köpfe. Das Meer, in der Bucht meist ruhig, tobte, Schaumkronen tanzten auf den Wellen, die meterhoch an den Mauern emporschlugen, als wollten sie nach ihm und Harriet greifen, um sie mit sich zu ziehen. Ein Windstoß erfasste ihn, riss seine Haare aus dem Band und peitschte sie über sein Gesicht.

Harriet, eng an ihn geschmiegt, einen Arm um seinen Brustkorb, lugte hinunter. »Ziemlich hoch«, stellte sie fest.

Charles gönnte ihr keine Antwort, die ohnehin nur höhnisch hätte ausfallen können. Ihr Atem strich über sein Gesicht. Ihre Lippen waren nicht mehr als einen Kuss von seinen entfernt, und ihre festen Brüste waren sogar noch durch die Anzugjacke zu spüren. Verdammt.

»Meinst du, wir können da hinunter?«

»Natürlich. Nichts leichter als das. Falls du nicht noch ein paar Unterröcke hast, können wir ja fliegen.«

»Leider habe ich keine mehr«, musste Harriet gestehen. »Aber wenn wir mein Kleid nehmen, und du dein Hemd und deine Hose, dann könnten wir uns noch mindestens vier oder fünf Meter hinablassen und …«

»… nackt an Land schwimmen«, ergänzte Charles, wenig begeistert.

»Das könnte peinlich werden«, räumte Harriet ein.

Außerdem würden die vier Meter wenig nutzen. Im Grunde gar nichts.

»Und wenn wir mit Schwung hinausspringen?«, schlug sie vor. »So dass wir nicht auf den Felsen, sondern weiter im tiefen Wasser landen?«

»Das wäre nur bei Flut tief genug, und jetzt bei diesem Seegang und der Brandung würden wir mit der nächsten Welle gegen die Felsen geschmettert werden.« Er rutschte noch eine Handbreit weiter vor, um besser sehen zu können – die senkrechten Felsen, auf denen sich die Festung erhob, waren bis zu einer Höhe von fünf Metern, sofern dies von hier abzuschätzen war, mit Algen überzogen. Bis dorthin stieg die Flut also. »Wir müssen auf die Flut warten und darauf, dass der Sturm nachlässt.«

»Wann, glaubst du, kommt die Flut?«

Er sah zum Himmel, dann ins Meer. »In etwa zwei Stunden.

Was ist? Weshalb siehst du mich so an?« Vor lauter Nervosität klang er gereizter als beabsichtigt.

»Ich dachte nur«, sagte Harriet leise, »dass es schade ist, dass wir hier nicht mehr machen können, als uns zu küssen. Ich hätte so gern noch einmal in deinen Armen gelegen, bevor wir uns zu Tode stürzen.«

In ihren dunkelblauen Augen lag nichts weiter als Vertrauen und … Liebe. Sekundenlang stockte Charles der Atem, und er brauchte alle Kraft, um der Verlockung zu widerstehen.

Ihm wurde übel. Wie sollte er Harriet hier lebend heraus- und hinunterbringen? Fast dreißig Meter unter ihnen war nichts als Felsen und schäumende Brandung. Und der Weg dahin war absolut tödlich.

Selbst wenn wir nicht auf den Felsen aufschlagen, uns nicht alle Glieder daran zerschmettern, so saufen wir dann mit Sicherheit ab, dachte er verzweifelt.

Er zuckte zusammen und riss die Augen auf, als etwas Weiches, Feuchtes seine Wange berührte. Harriets Gesicht und ihre Lippen waren dicht vor seinem. »Habe keine Angst, ich bin ja bei dir.«

In diesem Moment wusste Charles mit völliger Sicherheit, dass er Harriet Dorley für den Rest seines Lebens lieben würde, gleichgültig, wie lang dieses noch dauern mochte.

Es war nicht einfach für Lan Meng gewesen, sich ungesehen aus Hardings Zimmer und dem Hotel zu schleichen, vorbei an den Dienern, den anderen Gästen und Hardings Männern. Aber sie hatte es geschafft, hatte ein Pferd gestohlen und war endlich auf dem richtigen Weg.

Ramirez' Anwesen glich eher einer Festung und erinnerte sie, was die Zahl der bewaffneten Wächter betraf, an El Capitanos Residenz in Kalkutta. Zuerst wollte man sie nicht einlassen, aber als sie laut Harriets und Charles' Namen schrie und dann nach Ramirez rief, tauchte endlich ein Diener auf, der sie hineinführte.

Das Haus war angenehm kühl, und jede Ecke sprach vom Reichtum eines Mannes, der es liebte, sich und sein Vermögen zur Schau zu stellen.

Und dann endlich stand sie vor Ramirez, mit glühenden schwarzen Augen und geballten Fäusten, die zusammen kleiner waren als eine seiner Hände. Sein Blick glitt über ihre lädierte Erscheinung, das zerraufte Haar, die zerrissene Jacke, die Dolchgriffe, die sich darunter abzeichneten, und über die Würgemale, die sie Harding verdankte, dem verdammten Kerl. Jetzt noch knirschte sie mit den Zähnen, wenn sie daran dachte, wie leicht es ihm gefallen war, sie einzufangen und unschädlich zu machen.

Ramirez war nicht nur ein Frauenheld, er war auch ein guter Gastgeber. »Wollen Sie sich nicht setzen, Señorita? Was kann ich Ihnen anbieten? Vielleicht ein Glas W…?«

»Mein Name ist Lan Meng, nicht Señorita«, unterbrach ihn die Chinesin. »Ich brauche Hilfe. Hilfe für Miss Harriet Dorley. Und Charles. Beide sind gefangen. In El Morro.«

Ramirez stieß einen leisen Pfiff aus. »Wie ist das geschehen?«

»Soldaten haben behauptet, Harriet sei eine Spionin. Das ist natürlich Unsinn«, fügte sie verärgert hinzu, »sondern ein Plan von Piraten, die Krieg mit El Capitano haben.«

Ramirez nahm Platz. »Vielleicht wollen Sie mir doch mehr erzählen?«

Lan Meng, die einsah, dass sie seine Hilfe nur bekam, wenn er die Einzelheiten kannte, nahm Platz und erzählte.

Als sie geendet hatte, legte Ramirez die Fingerspitzen zusammen. »Ich verstehe das Problem, aber wenn sie in El Morro gefangen sind, kann ich wenig tun.«

Lan Mengs Augen waren so hart wie die Steinfliesen unter ihren Füßen, auch wenn ihr Mund jenes grausame Lächeln zeigte, das so mancher zu fürchten gelernt hatte, ehe sie Harriet über den Weg gelaufen und ehrbarer geworden war.

»Lassen Sie mich so sagen, Señor Ramirez«, sagte sie mit einer Stimme, die ihrem Gegenüber eine Gänsehaut über den Rücken laufen ließ, obwohl eine Frau vor ihm saß, die um einiges kleiner war und vermutlich nur ein Viertel von ihm wog – wenn überhaupt.

»Wenn Sie nicht alle Hebel in Bewegung setzen, Harriet und Charles zu retten, ist Ihr Leben weniger wert als Dreck unter meinen Füßen.« Zur Bestätigung setzte sie den rechten, in einer Sandale steckenden Fuß hart auf und rieb ihn auf dem Boden hin und her, als wolle sie Ungeziefer zertreten. Dann beugte sie sich vor, gerade so weit, um selbst einen hartgesottenen alten Piraten wie Ramirez auf der Hut sein zu lassen. »Sie haben verstanden?«

Ramirez wirkte gekränkt. »Aber Miss Lan Meng, es ist nicht nötig, mir zu drohen oder in derart bitterem Tonfall mit Ramirez Rodrigez Torrez-Ventamilla zu sprechen. Ich wollte lediglich auf die Schwierigkeiten bei einem solchen Unterfangen hinweisen.«

»Das habe ich gehört. Und jetzt unterhalten wir uns darüber, wie wir Charles und Harriet aus dem verdammtem Loch holen.«

»Nun gut«, Ramirez lehnte sich zurück und zwirbelte seine Schnurrbartspitze, »einer schönen Dame kann ich nichts abschlagen. Und ich hätte da schon eine Idee.«

10. KAPITEL

Zwei Stunden später waren Harriet und Charles keinen Schritt weiter. Charles hatte sich den Kopf über Fluchtmöglichkeiten zerbrochen, aber am Ende war diese tödliche Rutsche als einziger Ausweg übrig geblieben. Sie waren übereingekommen, diesen jedoch nur in der Verzweiflung zu nutzen, falls sie bedroht werden sollten, und sonst auszuharren und auf Harding und Hilfe zu hoffen.

Nach zwei Stunden ließ sich Charles vorsichtig ein zweites Mal hinab. Das Meer war, wie er es vorhergesehen hatte, angestiegen, und der Sturm hatte etwas nachgelassen. Es war aber nicht abzusehen, ob die paar Meter, die die Wasseroberfläche von den Felsen trennten, ausreichten, um ihren Fall zu dämpfen. Er wollte es jedoch versuchen und wusste auch schon wie. Er würde Harriet fest in die Arme nehmen, bis zum Ende dieses lächerlichen Unterrockseils rutschen, ihnen beiden einen Schubs geben und springen. Wie auch immer das dann in der Praxis zu bewerkstelligen war.

Harriet, die ihm natürlich wieder hinterherkroch, packte ihn aufgeregt am Kragen. »Sieh nur, ist das dort nicht ein Boot?«

Charles krallte seine Finger fester in den Stein, wandte den Kopf und sah in die Richtung, die sie ihm wies. Tatsächlich kämpfte weiter draußen in der Bucht ein Ruderboot mit zehn Mann, die sich kräftig in die Riemen legten, um gegen den Wellengang anzukommen. Das konnte irgendjemand sein. Er bezweifelte, dass Harding von dieser Rutsche wusste und deshalb mit einem Boot wartete, um Harriet und ihn aus dem Wasser zu fischen.

Die Sonne brach für einen kurzen Moment zwischen den Wolken hervor und verzerrte mit ihrem rötlichen Schein die Felsen über ihm, färbte das Meer, das Boot blutrot und ließ Harriets Haar wie Flammen aufleuchten.

Sie sah ihn mit großen Augen an, als er Anstalten machte, zurückzukriechen.

»Was hast du vor?«

»Nichts.« Die Erkenntnis, dass sie nur die Wahl zwischen Gefangenschaft und zerschmetterten Gliedern hatten, ließ ihn unfreundlicher sein, als es seine Absicht war.

Harriets schmales Gesicht zeigte eine Mischung aus Sorge, Mitleid und Schuldbewusstsein. »Es ist meine Schuld.«

Das stimmte, wenn auch nur zum Teil. Die Falle war durchdacht gewesen, und ohne Harriets Flucht hätten sie gewiss andere Wege gefunden, ihrer und seiner habhaft zu werden.

»Charles …«, ihre Stimme war so sanft, so unsicher, dass er sein gekränktes Gehabe nicht länger aufrechterhalten konnte. Soeben wollte er den Kopf vorbeugen, um sie tröstend zu küssen, als in der Zelle plötzlich wütende Stimmen zu hören waren. Befehle wurden gebrüllt, denen man mit einem Schuss Nachdruck verlieh. Der Knall wirkte sich in der engen Rutsche wie eine Explosion aus, die Charles fast ertauben ließ. Gleichzeitig warf er sich über Harriet. Die Kugel prallte mehrmals mit einem hässlichen Singen an die enge Wand, riss kleine Mauerbrocken heraus und zischte haarscharf über seinen Kopf hinweg.

Das Unterrockseil gab plötzlich nach, als hätte es jemand durchschnitten. Er versuchte, sich zu halten, kam jedoch ins Rutschen, stemmte die Hände gegen die rauhen Wände und krallte sich mit den Fingern in die Fugen zwischen den Steinen. Er hörte Harriets entsetzten Schrei, einige sehr undamenhafte Ausrufe, und dann wurde sie von ihm weggezerrt, obwohl sie sich an sein Bein klammerte. Er schürfte sich Hände und Arme sowie die Knie auf, spürte jedoch keinen Schmerz, sondern war nur darauf erpicht, Harriet zu erreichen, die Verwünschungen ausstieß, die eine Dame nicht einmal kennen sollte.

Er drehte sich und fand tatsächlich Ritzen, in die er seine Finger und seine Stiefelspitzen quetschen konnte. Er hörte Harriet nach ihm rufen und versuchte verzweifelt, sich zurück in die Zelle zu schieben, als ihn ein Schlag gegen den Kopf traf. Die Sekunden, die er brauchte, um die Betäubung abzuschütteln, genügten, um ihn seinen Halt verlieren zu lassen. Er rutschte ab, glitt immer schneller, und dann baumelten seine Beine in der Luft. Ein kleiner Vorsprung, den ein herausragender Stein bot, gab ihm Gelegenheit, sich mit den Fingern der rechten Hand dort festzukrallen, während er mit den Füßen Halt suchte. Seine Fingernägel brachen, Blut quoll darunter hervor, die Finger wurden von den scharfen Steinen aufgerissen. Er dachte an Harriet, die drinnen kämpfte. Dann verloren seine Finger den letzten Halt.

In diesem Moment hörte er von oben einen Schrei, etwas baumelte vor seiner Nase. Ein Seil? Noch im Fallen griff er, ohne nachzudenken, mit beiden Händen danach. Er rutschte daran herab, verbrannte sich die Hände, fand endlich Halt und machte sich daran hinaufzuklettern, auch wenn er nicht wusste, wie er die Rutsche erneut meistern sollte. Unter ihm tobte die Brandung, er warf jedoch nur einen kurzen Blick hinab, als er sich hinaufhangelte. Aus dem Augenwinkel sah er, dass das Boot sich bis auf wenige Meter den Mauern genähert hatte. Seine Hände brannten höllisch, aber das beachtete er ebenso wenig wie seine anderen Schürfwunden und Schnitte. Harriet war dort oben allein und in Gefahr.

Schüsse. Eine Kugel prallte gegen den Felsen, Gesteinssplitter prasselten auf ihn herab. Ein weiterer Schuss, haarscharf an seinem Ohr vorbei, er hörte das Pfeifen der Kugel, dann riss das Seil. Es kam ihm wie Sekunden vor, in denen er in der Luft schwebte, verzweifelt hinaufsah, erkannte, dass er sich von dem Tunnel, an dessen Ende Harriet kämpfte, entfernte, und doch war es nicht einmal ein Herzschlag.

Sein Instinkt und nicht sein Verstand, der in diesem Moment vor Angst um Harriet wie gelähmt war, rettete ihn davor, an den Felsen zu zerschellen. Später wusste er nicht, wie es ihm gelang, sich von der Felswand abzustoßen, aber er konnte sich noch im Fallen drehen, hörte trotz der Brandung Schreie und sah, kurz bevor er in die Gischt und in die stürmische See eintauchte, das Ruderboot. Dann schlugen die Wellen über ihm zusammen, warfen ihn gegen die Felsen. Wasser drang ihm in die Luftröhre, er kämpfte, verlor die Orientierung und kam für einige wenige kostbare Augenblicke wieder an die Oberfläche. Lan Mengs Gesicht tauchte vor ihm auf. Hände griffen nach ihm. Seine gequälten Lungen sogen die Luft ein, er hustete, dann hatte die Gewalt des Wassers ihn wieder gepackt. Sein letzter Gedanke, bevor er unterging und das Bewusstsein verlor, galt Harriet.

~

Harriet machte es den Männern, die sie aus der Rutsche gezerrt und Charles einen Schlag verpasst hatten, nicht leicht. Sie tobte, schrie und biss, steckte mehrere Ohrfeigen ein, die sie halb betäubten, und kämpfte trotzdem verzweifelt weiter, als man sie aus ihrem Gefängnis schleifen wollte. Sie rief nach Charles und strampelte, bis man sie über das verwinkelte System aus

Treppen hinauf in die Kammer des Kommandanten geschleppt hatte. Dort kreischte sie den erbosten Mann an, beschimpfte ihn mit Namen, die sie von Lan Meng und den Matrosen der *Sea Snake* gehört hatte, und machte Anstalten, sich auf ihn zu stürzen, bis ein fester Griff um ihre Taille sie zurückzerrte und eine kalte Stimme dicht neben ihrem Ohr sagte: »Ruhig jetzt, Miss Dorley. Fassen Sie sich. Sie machen es nicht besser.«

Harriet wäre herumgewirbelt, hätte Harding sie nicht so fest gehalten. So drehte sie sich in seinem Griff und starrte ihn mit weit aufgerissenen Augen an. »Charles ... sie haben ihn diese Rutsche hinabgestoßen.« Sie fasste nach seinem Kragen und zerrte daran. »Wir müssen zurück! Sofort! Vielleicht konnte er sich halten!«

Hardings Augen wurden schmal und der Griff um ihre Taille so fest, dass sie glaubte, er würde ihr die Rippen brechen.

»Miss Harriet, ich kann Ihnen gar nicht sagen, wie froh ich bin, Sie heil vor mir zu sehen.«

Harriet drehte den Kopf und starrte ungläubig auf den Mann, der neben Harding stand. »Major Sullivan?«

Er verneigte sich. »Es ist mir eine Ehre, Miss Harriet. Ich hatte zufällig von Ihrer misslichen Lage gehört und bin geeilt, Ihnen behilflich zu sein.«

Harriet wollte sich aus Hardings Griff befreien. »Sie müssen mir helfen! Charles ... Mr. Daugherty wurde hinuntergestoßen! Man muss ihm zu Hilfe kommen!«

In diesem Moment traten zwei Soldaten ein und erstatteten auf Spanisch Meldung.

Harriet, die nichts verstand, funkelte zuerst die Männer, dann Harding an, während sie sich unaufhörlich gegen ihn wehrte. »Was ist? Was sagen sie?«

Der Kommandant wandte sich an Harding, der mit versteinertem Gesicht zuhörte.

Harriet krallte ihre Finger in seinen Arm. »Was? Was hat er gesagt?« Sie ließ keinen Blick von dem Kommandanten, auf dessen Gesicht sich ein Ausdruck höhnischer Genugtuung abzeichnete.

»Ich fürchte, Miss Harriet, es ist zu spät, Charles zu helfen«, meinte Sullivan.

»Was …?«

»Diese beiden Männer haben von oben gesehen, wie Charles hinabgestürzt ist. Er ist direkt auf den Felsen aufgekommen und sofort untergegangen.« Hardings Stimme klang wie zerbrochenes Glas.

Harriet gelang es, sich aus seinem Griff zu befreien. Sie stürzte zur Tür, doch Harding fing sie ein, bevor sie noch ins Freie kam. »Lassen Sie mich, wir müssen hinunter … Boote, wir brauchen Boote. Er lebt bestimmt noch, aber dort unten ist es … er wird ertrinken … Verflucht! Gehen Sie zum Teufel! Ich muss …«

»Aber Miss Dorley, liebe Harriet …« Sullivan klang beschwörend.

»Schluss jetzt!« Hardings Stimme war nicht einmal besonders laut, aber von einer Schärfe, die Harriet unwillkürlich schweigen ließ. »Halten Sie endlich den Mund, Sie hirnloses Weibsstück, oder ich schwöre, ich schlage Sie nieder. Es hilft niemandem, wenn wir hier ebenfalls festgehalten werden.« Er zerrte sie mit sich, so dass sie strauchelte, doch er riss sie hoch und schleppte sie weiter. Ihre Tränen ließen alles vor den Augen verschwimmen. Als sie hinter Harding über die Zugbrücke stolperte, sah sie sich verzweifelt um. Sie musste zum Meer hinab, aber wie diese Felsen überwinden? Springen? Sie wusste ja nicht einmal, wo in diesem Labyrinth ihr Gefängnis lag, wo Charles ins Wasser gefallen war und wie sie ihn finden konnte!

Als Harding sie zu einer wartenden Kutsche stieß, wehrte sie sich. »Wir müssen zur …«

Er packte sie so schnell und zornig und schüttelte sie, dass es ihr die Stimme verschlug. Seine Züge waren vor Wut verzerrt. »Hören Sie zu, Sie törichtes Weib. Es gibt nichts, absolut nichts, was wir jetzt tun können. Steigen Sie ein und halten Sie den Mund, sonst könnte es mir einfallen, Sie ebenfalls über die Klippen zu werfen.«

Harriet starrte ihn an. »Als würde ich nicht selbst springen«, zischte sie wütend.

Sekundenlang schien es tatsächlich so, als wollte Harding sie schlagen, aber dann drehte er sie grob herum und stieß sie in die Kutsche, wo sie strauchelte und auf die Knie fiel. Kraftlos blieb sie am Boden sitzen.

Sullivan stieg ebenfalls ein und half ihr auf die Sitzbank. »Ich bitte Sie, Miss Harriet, seien Sie vernünftig. Wir müssen von hier weg und sofort abreisen. Es ist etwas geschehen, das es uns unmöglich macht, länger auf Kuba zu bleiben.«

»Wir werden nicht abreisen«, sagte Harriet leise, aber bestimmt. »Nicht, bevor wir nicht Charles gefunden haben.« Sie wusste, dass die beiden Männer sie nicht aus der Kutsche lassen würden, aber wenn sie einmal im Hotel war, bei Lan Meng, dann würde sie Mittel und Wege finden, jeden Stein und jede Welle abzusuchen.

Ein Mann trat an Harding heran, als dieser gerade einsteigen wollte. Er sprach auf ihn ein, dann drehte er sich um und verschwand wieder. Harding stieg wortlos ein und schlug die Kutschentür hinter sich zu. Als die Pferde anzogen, lehnte er sich zurück und schloss die Augen.

»Diese Leute hier sind Engländern nicht wohlgesinnt, Miss Harriet«, bemerkte Sullivan. »Es hat Zwischenfälle gegeben.«

»Wir müssen sofort in See stechen«, sagte Harding heiser, »andernfalls wird die *Sea Snake* beschlagnahmt, und wir landen alle im Gefängnis.«

Sullivan lächelte sie an. Harriet hätte ihn am liebsten dafür geschlagen. »Das stimmt leider. Falls Sie nicht mit Captain Harding reisen wollen, so habe ich die Freude, Ihnen eine bequeme Kajüte auf dem Schiff meines Bruders anzubieten.«

»Miss Dorley reist auf der *Sea Snake*.« Hardings Stimme war scharf wie ein Dolch. »Ihre Sachen befinden sich schon an Bord.«

Harding brachte Harriet trotz ihrer Proteste sofort auf die Fregatte. Als sie bemerkte, dass das Schiff unmittelbar darauf Anker lichtete, eilte sie zu Harding aufs Achterdeck, wo der Schiffszimmermann bei ihm stand und leise auf ihn einredete. Harriet sah, wie sich Hardings eben noch düsteres Gesicht aufhellte. Bains, sein Erster Offizier, lächelte sogar ein wenig.

Harriet marschierte entschlossen auf ihn zu, Harding würdigte sie jedoch keines Blickes, als er sagte: »Gehen Sie auf Ihre Kajüte, sonst lasse ich Sie hinunterschaffen.«

»Ich werde nicht von hier abreisen, ehe ich nicht weiß, was aus Charles geworden ist.«

Hardings Augen waren dunkel wie Schiefer, als er sich nach ihr umwandte. »Er ist ins Meer gefallen, Sie haben es ja gehört. Es gibt nichts, absolut nichts, was Sie für ihn tun können. Und damit ist das Thema beendet. Sollten Sie jetzt noch einmal den Mund aufmachen, werde ich Sie knebeln.«

Harriet schluckte die Beleidigung, die ihr schon auf der

Zunge lag, ebenso hinunter wie ihre Tränen. »Wo ist Lan Meng?«

Harding beobachtete das Ablegemanöver, das wie immer reibungslos verlief. »Sie ist nicht an Bord.«

»Das weiß ich!« Harriet war außer sich. Der Schmerz um Charles wandelte sich zu Hysterie.

»Ich weiß nicht, was aus ihr geworden ist, aber das ist ihr Problem, wir können nicht länger warten, sonst versäumen wir die Flut.«

»Sie wollen ohne sie abreisen?« Sie machte einen Schritt auf ihn zu. Ihre Finger waren zu Krallen gebogen, als wollte sie ihm die Augen auskratzen.

Harding fuhr zu ihr herum. »An Ihrer Stelle würde ich den Mund halten. Ich habe verdammt gute Gründe, keinen Moment länger hierzubleiben. Und jetzt runter vom Deck, sonst lasse ich Sie von meinen Männern in Ihre Kajüte schaffen!«

»Miss Harriet!«

»Was tut er hier?«, begehrte Harriet von Harding zu wissen, als Sullivan auftauchte.

»Major Sullivan wollte sich nur davon überzeugen, dass es Ihnen gutgeht«, erwiderte Harding kalt. »Er wird später auf sein Schiff zurückkehren; es liegt etwas weiter draußen vor Anker.«

»Wir segeln gemeinsam, Miss Harriet«, meinte Sullivan mit einem schmierigen Lächeln. »Mein Bruder wird uns mit seiner Fregatte begleiten. Das ist sicherer als mit einem einzigen Schiff.«

»Sie wollen wirklich davonsegeln und Charles und Lan Meng ihrem Schicksal überlassen? Das ist doch ein abgekartetes Spiel! Wie können Sie Charles nur so hintergehen!« Harriets Stimme hatte eine Tonhöhe und Lautstärke angenommen, die in den Ohren schmerzte. Die Matrosen blickten schon herüber. Harding packte sie am Arm und schob sie vor sich her zum Niedergang. Harriet kämpfte gegen ihn an, wollte sich losreißen, doch Harding hielt sie eisern fest.

»Schweigen Sie endlich, Sie unglaublich dumme Person.« Ehe Harriet es sich versah, hatte er sie schon die Treppe hinunterbugsiert und sie in die Kajüte gestoßen. Sie wirbelte herum, aber da war die feste Tür schon ins Schloss gefallen, und ein Riegel wurde vorgelegt.

Sullivan verzog das Gesicht, als Harding wieder an Deck erschien.

»Das lief nicht so gut. Wie kommt sie darauf, dass es ein abgekartetes Spiel war?«

»Das sollten Sie sich selbst fragen«, erwiderte Harding abfällig. »Oder haben Sie vergessen, dass ich gehört habe, wie Charles Sie gefordert hat? Und weshalb?« Er sah Sullivan abschätzig an. »Da haben Sie ein ganzes Stück Arbeit vor sich, wenn Sie die Lady auf Ihre Seite bekommen wollen.«

Sullivan warf ihm einen galligen Blick zu. »Sie hätte auf meinem Schiff mitfahren sollen, dann hätte ich besser Gelegenheit gehabt, sie …«

»Sie bleibt auf der *Sea Snake*«, unterbrach ihn Harding kalt.

»Sie vertrauen mir nicht?«

»Harriet Dorley gehört zu unserem Geschäft, und ich gebe nicht gern alle Trümpfe aus der Hand.« Er grinste spöttisch. »So gute alte Geschäftspartner sind wir schließlich noch nicht.«

Sullivan zuckte mit den Schultern. »Und was ist aus dieser Chinesin geworden?«

Sie segelten soeben an El Morro vorbei, und Harding sah

sinnend hinüber. »Ich würde sagen, sie teilt soeben Charles Daughertys Schicksal.«

Die Fenster ihrer Kajüte waren mit Brettern vernagelt. Harriet versuchte, die Holzplatten wegzureißen, aber wer immer sie angebracht hatte, hatte ganze Arbeit geleistet. Als ihre Finger von den Anstrengungen bluteten, machte sie sich daran, die schwere Seekiste, in der sich ihre Kleidung befand, vor die Tür zu zerren.

Endlich setzte sie sich hin.

Aber gleichgültig, ob sie auf einen Punkt an der Holzwand oder auf ihre Hände starrte oder die Augen schloss, unaufhörlich gaukelte ihre Phantasie ihr das Bild vor, wie Charles ins Meer stürzte und an den Felsen aufschlug. Wie er leblos im Wasser trieb und niemand da war, um ihm zu helfen.

Sie krümmte sich zusammen und weinte lautlos. Sie hätte Charles noch sagen sollen, wie sehr sie ihn liebte.

11. KAPITEL

Als Charles erwachte, schmerzte sein ganzer Körper. Für einige Augenblicke wusste er nicht, was geschehen war, doch dann kam die Erinnerung mit einem Schlag zurück. Das Gefängnis. Die Rutsche. Harriet.

Er setzte sich mit einem Ruck auf und stöhnte, als sein Kopf pochte, als hätte er eine ganze Reihe von Schlägen abbekommen. Was bei seinem Sturz ins Wasser wahrscheinlich auch der Fall gewesen war. Er versuchte blinzelnd, sich zu orientieren. Er befand sich in einem bequemen Bett mit Gazevorhängen, die sich leicht im Luftzug, der durch ein geöffnetes Fenster drang, bewegten. Das war nicht sein Hotelzimmer. Er biss die Zähne zusammen, streckte sich und bewegte versuchsweise Arme und Beine. Es fühlte sich zwar an, als wäre er mehrmals unter einem Schiff durchgezogen worden, aber es schien nichts gebrochen zu sein. Er besah sich seine bandagierten Hände; vermutlich war unter dem Verband nur rohes Fleisch; die Handinnenflächen brannten höllisch, selbst wenn er die Hände ruhig hielt. Der Verband ließ seine Fingerspitzen frei, und Charles betrachtete für wenige Momente die abgebrochenen und tief eingerissenen Fingernägel.

Sein Oberkörper war nackt, ebenso wie der Rest, stellte er mit einem schnellen Blick unter die Decke fest. Etwa fünf Schritte vom Bett entfernt hingen über einem Stuhl ein frisches Hemd und saubere Hosen. Fluchend und ächzend wie ein

Achtzigjähriger kroch er aus dem Bett und humpelte, während er eine überdimensionale Beule auf seinem Kopf betastete, zu den Kleidungsstücken hinüber. Als er gerade in die Hosen schlüpfte – es waren sogar seine eigenen –, öffnete sich die Tür.

»Bist du endlich wach? Du hast gut rund um die Uhr geschlafen.«

»Lan Meng!« Charles verschloss hastig die Hosen und eilte mit wenigen Schritten zu der Chinesin. Dann war es keine Halluzination gewesen, als er ihr Gesicht gesehen hatte, bevor er untergegangen war! Er umfasste ihr zartes Handgelenk so fest, dass die sonst wirklich nicht zimperliche Frau das Gesicht verzog. »Was ist mit Harriet?«

»Nicht aufregen.« Lan Meng tätschelte beruhigend seine Hand. Sie hatte beschlossen, dass Charles in Zukunft von ihr bevorzugt behandelt wurde. Er hatte es verdient. Im Gegensatz zu Harriet war sie nicht gleich davongerannt, als sie das Gespräch zwischen dem Spanier und Charles mit angehört hatte, sondern hatte noch einige interessante Dinge belauscht, die Charles in ihrer Sympathie hatten steigen lassen. Außerdem war das Gespräch zwischen ihm und Harding am Abend davor noch aufschlussreicher gewesen. »Harriet ist nicht mehr im Gefängnis. Mach dir keine Sorgen. Wir reden über alles später.«

»Nein, ich will jetzt wissen, was geschehen ist. Wo ist Harriet? Sie haben sie weggeschleppt, und als ich zu ihr wollte, haben sie mich hinuntergestoßen.«

»Harding ist gekommen, um Harriet abzuholen«, sagte Lan Meng zufrieden.

Er atmete erleichtert auf. Welch ein Glück. Auf Mortimer war immer Verlass.

»Ramirez hat uns geholfen«, erzählte die Chinesin weiter. »Er hat Soldaten bestochen. Von denen haben wir erfahren, dass man euch in eine Zelle mit Ausgang gesteckt hat.«

So, Ausgang nannte Lan Meng also diese Todesrutsche.

»Ramirez hat uns dann ein Boot gegeben, und einer der Soldaten hat ein Seil heruntergelassen, damit ihr euch retten könnt. Aber dann kam alles durcheinander.«

»Ja, so könnte man sagen«, brummte Charles. Er griff nach seinem Hemd und zog es über.

»Das Seil war ein Glück«, nickte Lan Meng ernsthaft. »Es hat deinen Fall gebremst, sonst wäre dein hübscher Schädel auseinandergeplatzt.«

»Viel anders fühlt es sich jetzt auch nicht an.« Als er ungeschickt versuchte, mit seinen bandagierten Händen das Hemd zu verschließen, trat Lan Meng heran und half ihm. Als sie so dicht vor ihm stand, bemerkte er zum ersten Mal, dass sie älter war, als er bisher gedacht hatte. Ihr dunkler, dicker Zopf wies etliche graue Strähnen auf, auch wenn ihr Gesicht bis auf einige Falten um die Augen, Nase und Mundwinkel völlig glatt war. »Danke.« Er lächelte auf sie herab. Sie erwiderte das Lächeln und tätschelte mütterlich seinen Arm. Er sah sich um. »Wo befinden wir uns jetzt?«

»Bei Ramirez.«

»Und wo finde ich Harriet?« Ihm lag jetzt vor allem daran, sich persönlich davon zu überzeugen, dass es ihr gutging. Seltsam, dass Lan Meng gekommen war, um nach ihm zu sehen, und nicht Harriet. Hoffentlich war alles in Ordnung.

»Aber Harriet ist doch nicht hier«, erwiderte die Chinesin ungeduldig. »Harding hat sie aus dem Gefängnis geholt und auf die *Sea Snake* mitgenommen. Sie nehmen Kurs auf Boston …«

»Boston? *Sea Snake?*«, fuhr Charles hoch. »Mortimer ist fort und hat Harriet mitgenommen?«

Lan Meng nickte. »Ja, so war der Plan von Bastard Sullivan.«

»Sullivan?« Charles konnte den Namen nicht gleich einordnen. »Etwa Arthur Sullivan? Was macht der hier?«

»Major Bastard Sullivan, dem ich die Eingeweide verknoten werde, wenn ich ihn in meine Finger kriege«, lächelte Lan Meng voller Vorfreude, »ist der Bruder von Reading. Und beide sind der Kopf von Bande von Piraten, die El Capitano angegriffen haben. Sie wollen Geschäfte mit Harding machen. Haben dich ausgeschaltet und ihm vorgeschlagen zusammenzuarbeiten. Deshalb haben sie auch Harriet mitgenommen. Aber«, fügte sie aufmunternd hinzu, als sie sah, wie Charles aschfahl wurde, »mit denen wir werden fertig. Sie werden bereuen, dass sie sich haben angelegt mit El Capitano und Lan Meng.«

Als Harding fast achtundvierzig Stunden nachdem Harriet sich in ihrer Kajüte verbarrikadiert hatte, die Tür aufbrechen ließ, fand er sie auf dem Bett sitzend, bleich, mit dunklen Ringen unter den Augen. Das Licht, das durch die zerborstene Tür fiel, blendete sie, aber sie blinzelte nicht, sondern starrte ihn feindselig an.

Er blieb neben der Tür stehen und musterte sie spöttisch. »Wollen Sie tatsächlich verdursten und verhungern? Ich muss zugeben, das käme mir etwas ungelegen.« Auf seinen Wink trug sein Steward ein Tablett herein und stellte es auf den kleinen Tisch, der mit Schrauben im Boden befestigt war. Dann zog sich der Mann mit einem mitleidigen Blick auf Harriet zurück. Die hob stolz den Kopf, obwohl ihr dabei schwindlig wurde; dies war einer der Männer, mit denen sie sich bei ihrer Reise nach Kuba gelegentlich freundlich unterhalten hatte. Und jetzt war er so wie Harding und alle anderen zu einem Feind geworden.

Harding deutete auf den Tisch. »Setzen Sie sich und essen Sie.«

Harriet drehte ihm verächtlich den Rücken zu.

Harding war mit zwei Schritten bei ihr, packte sie wie eine Katze am Genick, zerrte sie zum Tisch und drückte sie auf den Stuhl. »Essen, habe ich gesagt«, zischte er sie an. »Ich habe keine Lust, in Boston ein Gerippe an Land zu bringen.«

»Gehen Sie zum Teufel.« Harriet war heiser. Schlimmer noch als der Hunger war in dieser drückenden Hitze unter Deck der Durst gewesen. Ihre Zunge klebte am Gaumen, sie hätte alles für einen Schluck Wasser getan. Aber ihr Trotz war stärker. »So leicht lasse ich mich nicht einschüchtern. Nichts, was Sie oder ein anderer mir antun könnten, wäre schlimmer als das Bewusstsein, Schuld an Charles' Tod zu sein. Oder zu wissen, dass ich nichts dazu getan habe, ihn zu finden!«

»Dieses zumindest geringe Maß an Selbstkritik steht Ihnen ganz gut«, knurrte Harding, während er Wasser aus dem Krug in einen Becher goss und ihn Harriet hinhielt. Obwohl diese kaum den Blick davon abwenden konnte, drehte sie den Kopf fort.

»Was macht Major Sullivan hier?« Dass die beiden zusammenarbeiteten, war mehr als klar, auch wenn sie die ganzen Zusammenhänge und die Pläne dieser Verbrecher noch nicht durchschaut hatte. Harriet fuhr sich über die trockenen Lippen. Es war, als hätte sie statt einer Zunge Sandpapier im Mund. Sie atmete tief und gleichmäßig, um der Übelkeit und des Schwindels Herr zu werden.

»Wir haben ein Geschäft. Und Sie sind ein Teil davon. Und

jetzt trinken Sie endlich, verdammt noch mal! Leider hat mir Charles' letztes Liebchen die Hand abgehackt, sonst würde ich Sie jetzt beim Genick halten und Ihnen das Wasser reingießen.«

Harriet starrte ihn aus geröteten Augen an. Sie zitterte vor Hunger, Zorn und Übermüdung. »Ich dachte immer, Sie mögen Charles.«

»Mögen«, erwiderte Harding kalt, »ist ein Ausdruck, der sich nicht in meinem Wortschatz befindet.« Er beugte sich drohend über sie. »Sie werden auf jeden Fall essen und trinken, Miss Dorley. Wenn es sein muss mit Zwang, aber es ist nicht angenehm, dabei entweder halb zu ertrinken oder wie eine Gans gestopft zu werden. Wollen Sie, dass dies zwei meiner Männer für mich erledigen?«

Harriet starrte auf das Glas, dann gab sie nach. Der erste Schluck war schmerzhaft. Harding zog ihr das Glas wieder von den Lippen, als sie einige große Schlucke machte. »Langsam trinken.«

Sie warf den Kopf zurück und starrte ihn hasserfüllt an.

»Für eine Frau, die davongelaufen ist, sind Sie erstaunlich erpicht darauf, Ihren Charles wiederzubekommen«, sagte er grob. »Nach dem, was man mir erzählt hat, hätte ich vermutet, dass Sie froh sind, ihn endgültig los zu sei…«

Harriets Hand klatschte so heftig auf Hardings Wange, dass dessen Kopf zur Seite gerissen wurde. Er machte jedoch keine Bewegung zur Abwehr, als sie abermals die Hand hob, sondern sah sie nur kalt an. Harriet hielt inne, in ihren Augen glitzerten Tränen der Wut. »Wagen Sie es nicht, mir noch einmal solche Worte zu sagen. Sie waren es, der Charles zurückgelassen und mich gezwungen hat mitzukommen.«

Harding musterte sie von oben bis unten. »Das stimmt. Und

wäre es nicht wegen Charles gewesen, hätte ich Sie dort in dem Kerker gelassen. Da gehörten Sie meiner Meinung nach auch hin.« Er ging zu dem, was von der Tür übrig geblieben war. »Das werde ich reparieren lassen, damit Sie sich nicht gestört fühlen. Aber die Fensterläden bleiben. Wir wollen ja nicht, dass unsere geschätzte Passagierin auf die Idee kommt, ein Bad zu nehmen. Ach ja, noch ein letzter guter Rat«, warf er über die Schulter zurück, »essen Sie langsam, sonst kommt es wieder hoch. Und nehmen Sie sich zusammen, sonst lege ich Sie übers Knie wie ein ungezogenes Kind. Ich habe weder Zeit noch Lust, mich mit hysterischen Weibern herumzuschlagen, nur weil Charles einen Narren an Ihnen gefressen hat.« Damit fiel die lädierte Tür hinter ihm zu.

Charles saß mit Ramirez, Lan Meng und Captain Johnson von der *El Capitano* zusammen und lauschte mit steigendem Grimm Lan Mengs und Johnsons Erklärungen. In der Hand hielt er einen Bogen Briefpapier, auf dem sich einige wenige Sätze in einer engen, steilen Schrift fanden.

»Harding hat also Harriet an Bord genommen, um mit ihr nach Boston zu verschwinden. Und Reading und Sullivan sind die Köpfe der Bande«, fasste Charles am Ende zusammen.

»Ich frage mich nur«, stellte er mit einem scharfen Blick auf Ramirez fest, »wie es sein kann, dass sie unter Ihren Augen eine Flotte zusammenziehen und diese Gegend als Basis dazu verwenden, uns anzugreifen. Und dass Reading Sie ausspioniert.«

»Oder Sullivan Sie«, erwiderte Ramirez mit einiger Schärfe. »Sie müssen jemanden unter Ihren Leuten haben, der Sullivan die Informationen übergab, und dieser schickte sie an seinen Bruder weiter. Außerdem haben wir ja schon festgestellt, dass sich der Stützpunkt der Piraten weder hier befindet noch auf Hispaniola, wohin man Sie fälschlicherweise lotsen wollte.«

»Das wissen wir, deshalb ist Harding ja auch fort, um mit Bastard Sullivan gemeinsame Sache zu machen und den Stützpunkt zu finden«, mischte sich Lan Meng ungeduldig ein. Sie deutete auf den Brief in Charles' Hand. »War ein guter Plan, leider hat er nicht ganz geklappt.«

»Dass er Harriet mitgenommen hat, ist unverantwortlich«, knurrte Charles.

»Er hatte sicher keine andere Wahl!«, nahm Lan Meng Harding zu Charles' Verwunderung heftig in Schutz.

»Zum Kuckuck mit Harding und seinen verdammten Plänen«, brummte er schließlich. Harding musste schon mehr gewusst oder geahnt haben, als er ihm anvertraut hatte. Warum wollte er das im Alleingang machen?

»Du bist wirklich stark auf den Kopf gefallen«, schalt ihn die Chinesin. »Er ist ein sehr kluger Mann, dieser Harding. Er hat blitzschnell einen Plan gemacht, als Bastard Sullivan ihm das Geschäft vorgeschlagen hat. Und jetzt glauben alle, du bist tot, und du kannst aus dem Grab steigen und über sie herfallen wie ein Dämon!«, fügte sie mit leuchtenden Augen hinzu. »Und ich helfe dir. Genauso wie Captain Johnson und«, ein dolchscharfer Blick auf Ramirez, »fetter alter Pirat Ramirez.«

»Ich muss schon sehr bitten, Señorita!«, empörte sich der so Angesprochene.

»Du schweigst. Du bist alt und träge, sonst wäre es nicht möglich, dass die Piraten auf deiner Nase tanzen!«

Als Lan Meng und Ramirez zu streiten begannen, wandte sich Johnson ernst an Charles, der über Hardings Brief brütete. Was war Mortimer nur eingefallen, sich derart in Gefahr zu begeben? Und auch noch Harriet hineinzuziehen?

»Es blieb Captain Harding wirklich nichts anderes übrig, Mr. Daugherty. Dieser Sullivan wollte nicht nur Sie ausschalten, sondern auch Miss Dorley in seine Gewalt bringen. Hätte Captain Harding sie nicht mitgenommen, wäre sie nun auf Sullivans Schiff. Und er musste abreisen, andernfalls hätte man die *Sea Snake* beschlagnahmt.«

Daran wollte Charles lieber nicht denken. Harding würde alles tun, um Harriet zu schützen, das wusste er. Allerdings erstaunte ihn, dass auch Lan Meng so felsenfest davon überzeugt war. Üblicherweise war Vertrauen kein Gefühl, das Harding bei anderen Menschen, insbesondere bei Frauen, auslöste.

Zum Glück war es einem der halbwüchsigen Schiffsjungen der *El Capitano*, einem sehr gewieften Jamaikaner, gelungen, sich auf die *Sea Snake* zu schleichen, bevor diese auslief, und dem Zimmermann die Nachricht von Charles' Rettung zukommen zu lassen. Inzwischen wussten Harding und Harriet gewiss schon längst, dass man ihn lebend aus dem Wasser gefischt hatte.

»Das wäre alles nicht so weit gekommen«, fiel Ramirez ein, der mehr denn je das Gefühl hatte, sich verteidigen zu müssen, »gäbe es nicht das Gerücht, El Capitano wäre tot. Natürlich sind jetzt einige versucht, seinen Platz einzunehmen. Die schönen Tage der Piraterie«, setzte er mit einem wehmütigen Lächeln hinzu, »sind vorbei, aber Ihr Vater hat es vielen vorgemacht, wie es auch heute noch funktionieren kann, Charles. Obwohl es ein Fehler von Ihnen war, sich aus dem Sklavenhandel zurückzuziehen. Santiago ist zu einem der Zentren für Sklavenhandel geworden, die Besitzer der Zuckerrohrplantagen …«

»Ich handle nicht mit Menschen. Und ich bin nicht wie mein Vater«, unterbrach Charles ihn grob. Er hatte diesen Satz – in Variationen – schon so oft von sich gegeben, dass er ihn schon fast automatisch überall hinzufügte.

»Habe keine Angst um Harriet«, tröstete ihn Lan Meng, als sie sein finsteres Gesicht sah. »Harding ist ein guter Mann. Er wird auf Harriet aufpassen, er hat es mir versprochen.« Sie lächelte fast schüchtern. »Harriet ist für mich mehr als nur eine Freundin. Sie ist für mich wie eine Schwester. Nein«, fügte sie nach kurzem Nachdenken hinzu, »wie eine ganze Familie.«

Charles' Kehle wurde eng, als Lan Mengs und seine Blicke sich trafen. Familie, das war Harriet auch für ihn, auch wenn ihm bisher nicht klar gewesen war, wie sehr.

»Harriet ist in guten Händen bei Harding«, sagte die kleine Chinesin sanft. »Sullivan ist keine Gefahr, dafür wird Harding sorgen. Alles wird gut.«

»Ich wünschte, ich hätte Ihr Vertrauen in die Zukunft, Lan Meng«, brummte Charles.

Die Chinesin beugte sich herüber und tätschelte ihm mit einem liebenswürdigen Lächeln den Arm. »Wir sind Freunde. Du sagst jetzt Lany zu mir. Ich …« Sie verstummte und sah auf ihre Hände, dann hob sie abrupt den Kopf. »Vor vielen Jahren habe ich El Capitano den Tod geschworen«, begann sie plötzlich mit einer Leidenschaft und Vehemenz, dass Johnson sie aufmerksam betrachtete und unauffällig nach seiner im Hosenbund steckenden Pistole tastete. »Und ich weiß, dass er langsam und schmerzvoll gestorben ist. Das ist gut. Ich hätte es nicht besser machen können. Aber«, und jetzt wurde ihr Blick weich, »ich habe nie Charles Daugherty Rache geschworen. Du wirst Harriet heiraten, und wir werden Partner, eine Familie.« Sie grinste breit. »Schöne, große Familie von Piraten.«

Johnson lachte.

12. KAPITEL

Zwei Tage nachdem Charles aus El Morro entkommen und Harriet mit Harding davongesegelt war, stach die *El Capitano* in See. Es war nicht nötig, Johnson zur Abfahrt anzutreiben, der mindestens ebenso erpicht darauf war, der Grauen Eminenz des Daugherty'schen Piratenunternehmens zur Hilfe zu eilen und dabei gleich endgültig mit den Halunken abzurechnen, die ihnen in den letzten Jahren beträchtliche Verluste zugefügt hatten.

Das Glück war ihnen früher hold, als sie dachten. Sie hatten kaum die Floridastraße erreicht, die zwischen den Bahamas und der südlichsten Spitze Floridas hindurchführte, als sie auf eines der Piratenschiffe stießen.

Der Kampf war kurz und heftig, und ihr Sieg ebenso eindeutig wie die Überlegenheit des Waffenarsenals der *El Capitano*. Eine gutgezielte Breitseite hatte die halbe Mannschaft vom Deck gefegt, eine weitere hatte die Segel heruntergeholt und den Hauptmast zu Fall gebracht. Und dann war es für die Mannschaft der *El Capitano* unter der Führung von Charles und dem Ersten Offizier ein Leichtes, die Kontrolle über das Schiff zu übernehmen.

Danach stand Charles neben Johnson auf dem Achterdeck der *El Capitano* und beobachtete, wie seine Mannschaft Gefangene von dem anderen Schiff herüberschaffte, während Lan Meng etwas hinter ihm auf der Reling saß und vor sich hin summte. Charles' Hemd und die Hose waren dunkel vom Blut der Piraten, seine alten Stiefel waren ebenfalls blutbespritzt. Um den rechten Arm hatte er einen Verband, auf der Stirn eine tiefe Schramme. Lan Mengs linkes Bein war verbunden, und sie war von Kopf bis Fuß besudelt, aber ihre Augen leuchteten. Sie hatte sich mit einer Verve in den Kampf gestürzt, die Charles und den anderen Männern unheimlich gewesen war. Er selbst fühlte jetzt eine seltsame Müdigkeit und Gereiztheit in sich. Es machte ihm keinen Spaß, Menschen abzuschlachten, auch wenn er im Gefecht keine Sekunde zögerte, seine Gegner auszuschalten. Außerdem setzte ihm die hilflose Angst um Harriet und Harding zu.

»Die Bauart ist nicht schlecht«, meinte er zu Johnson, während er das neben ihnen liegende Schiff betrachtete, das etwa die Größe ihrer eigenen Fregatte hatte, unter dem Kanonendeck jedoch eine Reihe von Luken für Ruder aufwies. »Unsere Männer sollen sie zum nächsten Hafen bringen und dort instandsetzen lassen. Diese Spezialkonstruktion können wir gut brauchen. Dagegen ist jeder Segler bei Flaute im Nachteil.«

Charles' Niederlassungen dienten nicht nur dem Warenumschlag, sondern verfügten zudem stets über ein volles Ersatzteillager für ihre Schiffe. Dass dieses immer schön gefüllt war, dafür sorgten unter anderem auch die erbeuteten Prisen.

»Mein Erster Offizier wird das Kommando über die Prise übernehmen, wenn Sie einverstanden sind, Sir«, erwiderte Johnson. »Hawkins hat sich schon letztes Mal bewährt.«

Charles stimmte zu, verzog jedoch den Mund, als er den Haufen der Gefangenen betrachtete. »Da hat sich wirklich der größte Abschaum zusammengefunden. Ich glaube nicht, dass ich einen davon auf meinen Schiffen haben will. Suchen Sie noch die Besten raus, damit sie unsere Prisenmannschaft ersetzen, und dann sehen wir zu, dass wir schleunigst weiterkommen.«

Johnson hatte die Bande abgerissener Kerle ebenfalls näher begutachtet. »Die sehen tatsächlich aus, als würden sie ihrem Anführer bei der erstbesten Gelegenheit ein Messer in den Rücken stoßen. Captain Harding würde ein Exempel statuieren«, fügte er etwas zögernd hinzu. »Jeden Fünften an die Rah hängen oder eine Hand abhacken und dann laufen lassen. So was würde abschrecken.« Man sah Johnson an, dass er diesen Vorschlag nur widerwillig machte und es lediglich für seine Pflicht hielt. Charles, der sonst weder Harding noch Johnson ins Handwerk pfuschte, winkte sofort ab.

»Damit drohen Sie ihnen für das nächste Mal.« Johnson hatte schon recht, wenn er ihm Hardings Strategie ins Gedächtnis rief. Und James Daugherty wäre vermutlich noch einen Schritt weitergegangen und hätte sie alle baumeln oder ins Wasser werfen lassen. Von den etwa achtzig Mann, die den Kampf überlebt hatten, wären bestenfalls drei bis vier am Leben geblieben, verstümmelt und als Warnung für andere.

Johnson wirkte erleichtert. Es gab viele, die fanden, Charles Daugherty wäre zu wenig skrupellos für diesen Beruf, aber ihm war das recht so, er und seine Leute waren kein Lumpenpack. Er kam so wie Harding aus der englischen Marine, und seine Eltern waren noch ehrbare Leute gewesen. Es war nicht schlecht, für Charles zu arbeiten. Als dieser nach dem Tod seines Vaters das Kommando über das Unternehmen übernommen hatte, war auf seinen Wunsch hin sogar eine Art Reglement ausgearbeitet worden, das in vielem jenen Gesetzen ähnelte, nach denen früher die Bukanier und späteren Piratengruppen Tortugas gelebt hatten. Es sah eine Art Versicherung für Verletzungen und Todesfälle vor, regelte die Anteile und – ähnlich den legalen

Freibeuterbriefen – auch den Umgang mit Prisen und deren Besatzung. Das bedingte aber auch, dass sie nicht unbedingt den Abschaum der Piratenwelt auf ihren Schiffen dulden wollten. Charles und auch Johnson zogen es vor, Leute aufzunehmen, die durch Unglück, Pech oder Ärger mit ihren Vorgesetzten auf die schiefe Bahn gekommen oder von englischen Linienschiffen desertiert waren, weil sie den Zwang dort nicht mehr ausgehalten hatten. Diese Männer waren keine gewissenlosen Schlächter. Und bei Charles verdienten sie gut. Charles' Vater hatte sich der Loyalität seiner Leute durch Härte versichert, Charles dagegen mit hohen Prisenanteilen.

»Wenn Sie einverstanden sind, rede ich mit ihnen, Sir.«

Charles machte eine ungeduldige Bewegung. »Halten Sie sich nicht zu lange mit ihnen auf, wir haben keine Zeit dazu.«

»Nein, Sir.« Johnson trat vor die Männer hin. »Hört gut zu. Ihr habt ein ernsthaftes Problem: Ihr habt euch mit El Capitano angelegt.«

Unruhe entstand unter dem Pack, und einer der Männer spuckte aus. »Wir scheißen auf El Capitano.« Er lachte höhnisch und sah sich beifallheischend nach den anderen um.

Johnson wandte sich an seinen Ersten Offizier. »Mr. Hawkins, der Mann geht über Bord.«

Charles biss die Zähne zusammen, widersprach jedoch nicht, als zwei von Johnsons Matrosen den schreienden und sich windenden Mann packten und über Bord warfen. Man hörte das Platschen, sein Kreischen, seine Flüche. Lan Meng beugte sich über die Reling und sah ungerührt zu, wie er verzweifelt im Wasser strampelte. Charles wandte sich schaudernd ab. Diese Frau war wirklich eine reinblütige Piratin.

Johnsons sonst so freundliches Gesicht war hart und verschlossen. »Noch einer, der was dazu zu sagen hat?«

Die Männer schwiegen. Etliche blickten zu Boden, manche starrten trotzig herüber. Der Mann schrie immer noch. Seine Schreie dröhnten Charles in den Ohren. Es war eines, einen Gegner im Kampf zu töten – als sie das andere Schiff geentert hatten, hatte er so manchen ohne Zögern über die Klinge springen lassen –, aber zuzuhören, wie ein Mann ertrank, wie seine Stimme leiser wurde und dann ganz verstummte, schnürte ihm die Kehle zu.

»Und der Rest? Auch über die Planke?«, fragte Johnson so laut, dass die Männer es hören mussten.

Charles tat so, als müsse er überlegen. In der eintretenden Stille hörte man nur das Schlagen des Wassers an die Bordwand und das Ächzen und Knarren von Tauen und Masten. Der Mann im Wasser war bereits still. Charles' Magen krampfte sich zusammen. Sein Blick glitt über den Haufen. »Erzählen Sie ihnen, was passiert, wenn sie sich nochmals mit uns anlegen«, sagte er laut zu Johnson. »Vielleicht haben ja einige noch Hirn statt Algen in ihren Köpfen. Den Captain nehmen wir zum Verhör mit«, sagte er leiser zu Johnson, »auch seine direkten Untergebenen. Den Rest lassen Sie in Booten aussetzen. Wir sind nahe genug an der Küste, damit sie eine Chance haben, das Land zu erreichen.«

Zwei der Männer wechselten einen Blick, dann redeten sie auf die Wachen ein, die die Meute mit gezückten Pistolen in Schach hielten, und endlich kamen sie auf Johnson zu. »Verzeihung, Skipper, wir haben da früher mal 'nen Tipp bekommen, dass es möglich wäre, wieder auf die rechte Bahn zu kommen, indem man sich Ihnen anschließt.«

Nett ausgedrückt, dachte Charles spöttisch. Piraten blieben sie trotzdem, es war nur eine Sache der Perspektive und des Überlebens, welcher Piratenflagge man sich anschloss. Der

Gedanke an Harriet durchzuckte ihn. Ob sie ihn so sah wie diese Männer? Kam daher ihr Abscheu vor ihm? Sie hatte sich entschuldigt und ihn geküsst, vermutlich liebte sie ihn tatsächlich, aber was war, wenn die Leidenschaft abkühlte? Was wäre er dann in ihren Augen? Ein Verbrecher? Selbst wenn er sich aus diesem Geschäft zurückzog?

Johnson nickte nur. »Mr. Hawkins – kümmern Sie sich darum.«

Weitere Männer folgten, manche langsamer, andere sehr eifrig, auch wenn Hawkins etliche von ihnen ablehnte. Es waren letztendlich nicht mehr als zehn, die auf der *El Capitano* bleiben durften. Der Rest von ihnen, fünf davon schwer verletzt, wurde in die Beiboote des gekaperten Schiffes verfrachtet.

»Die sehen wir über kurz oder lang wieder«, brummte Johnson, als die beiden Boote sich mit den Riemen vom Schiffsrumpf abstießen. »Darauf gehe ich jede Wette ein.«

»Dann werden wir sie nächstes Mal an den Zehen aufhängen und ihnen langsam die Haut von Körper schälen«, schlug Lan Meng fröhlich zwitschernd vor. »Das schreckt sicher ab! Bei uns machen wir das immer so.«

Charles musste über Johnsons entgeisterten Blick grinsen, auch wenn er ahnte, dass die Chinesin keinen Scherz gemacht hatte.

Die beiden Männer, die zuvor das »ehrbare« Leben auf der *El Capitano* gewählt hatten, waren in eine lebhafte Diskussion mit Hawkins vertieft, bis dieser zu Johnson trat.

»Verzeihung, Sir, die beiden meinen, sie hätten El Capitano etwas Wichtiges mitzuteilen.«

»Sie sollen herüberkommen.« Charles musterte sie aufmerksam, als sie mit einem verlegenen Grinsen heranschlurften.

»Sie sind El Capitano, Sir?«, fragte der eine, offenbar der Wortführer.

Charles gönnte ihm eine Musterung von oben bis unten, die den Mann unruhig von einem Fuß auf den anderen treten ließ. »Und wenn ich es wäre?«

»Dann hätten wir vielleicht eine Nachricht für Sie. Unser Anführer hat vor zwei Tagen ein amerikanisches Schiff gekapert. Und da war eine Lady an Bord. Eine Jessica …«

»O'Connor«, half ihm sein Kumpan aus, als er beim Namen stockte.

Beide traten einen Schritt zurück, als Charles eine kleine, fast unmerkliche Bewegung machte. Seine vorher so gleichmütigen, hellbraunen Augen hatten sich verändert. »Und weiter?«, fragte er ruhig, als die beiden zögerten.

»Die Lady befindet sich noch im Laderaum. Wir dachten, das interessiert Sie vielleicht. Bringt ein schönes Löse…«

Der Mann hatte kaum ausgeredet, als Charles schon unterwegs zum anderen Schiff war, das man mit Enterhaken so knapp an die *El Capitano* gezerrt hatte, dass er mit einem Tau hinüberschwingen und an Deck springen konnte.

Hawkins war sofort hinter ihm her. »Sir?«

»Waren Sie schon in den Laderäumen?«

Hawkins lief ihm nach. »Unsere Leute durchkämmen gerade das ganze Schiff. Wenn sie auf die Lady gestoßen wären, hätten sie schon Bescheid gesagt.«

Charles war beim Niedergang angelangt, als er von unten überraschte Ausrufe und dann eine Frauenstimme hörte, die sich energisch »derartiges« Benehmen verbat.

Er warf Hawkins einen schnellen Blick zu, dann kletterte er gewandt die Leiter hinab und stand gleich darauf vor seinen Männern.

»Was geht hier vor?«

Die beiden bewaffneten Seeleute traten zwei Schritte zurück, als sie ihn so unvermittelt vor sich auftauchen sahen.

»Nix«, erwiderte der eine im Ton gekränkter Unschuld. »Haben nur die Lady hinter Schloss und Riegel gefunden und sie gefragt, was sie da wohl macht.«

Eine Frau trat auf ihn zu. Kein Zweifel, sie war es, Jessica Finnegan, jene Frau, von der er damals gehofft hatte, sie könne seine Kälte und Einsamkeit vertreiben. Das Wiedersehen war wie ein Schock. Er hatte Mühe, nach außen hin seine kühle Beherrschung zu wahren.

»Sind Sie der Captain des Schiffes, das diesen Piraten verfolgt und gestellt hat, Sir?«

Sie konnte Charles nicht erkennen, da das Licht von hinten auf ihn fiel und sein Gesicht im Dunkeln lag, aber er sah sie sehr genau. Er musste sich räuspern. »Nein, das bin ich nicht. Ich bin so etwas wie sein Geschäftspartner.«

Er sah, wie sie kurz stutzte. Dann sagte sie: »Ich bitte um Ihre Hilfe, Sir. Mein Name ist Jessica O'Connor. Ich reiste auf einem amerikanischen Handelsschiff, das von Piraten überfallen wurde. Sie haben einen großen Teil der Waren an Bord genommen und mich verschleppt.«

»Meiner Hilfe können Sie sich sicher sein, Mrs. O'Connor. Vielleicht haben Sie die Liebenswürdigkeit, mich auf mein Schiff zu begleiten, dort können wir weitersprechen. Mr. Hawkins«, wandte er sich an den Ersten Offizier, der Jessica neugierig musterte, »meine besten Grüße an meinen Steward. Er soll dafür sorgen, dass meine Kajüte für Mrs. O'Connor bereitgestellt wird. Und sagen Sie ihm auch, er soll Wasser bringen und ein Mahl vorbereiten lassen. Mrs. O'Connor wird sich gewiss frisch machen und eine Kleinigkeit zu sich nehmen wollen.«

Hawkins gab die Befehle an einen seiner Männer weiter, und Charles wandte sich wieder an Jessica.

»Wenn ich Sie bitten darf, Madam, hier entlang.« Charles trat zur Seite und erwartete, dass Jessica vorangehen würde, diese blieb jedoch stehen und blickte ihn wortlos an, ein Lächeln auf den Lippen, das Tausende Erinnerungen heraufbeschwor.

»Charles Daugherty«, sagte sie endlich leise. »Ich kann Ihnen gar nicht sagen, wie sehr ich mich freue, Sie wiederzusehen.«

Charles erwiderte ihr Lächeln, wenn auch ironischer. »Ja, mir scheint der Zeitpunkt auch recht glücklich gewählt.«

Jessica legte ihm die Hand auf den Arm. Sie lachte leise und zittrig auf. »Da kann ich Ihnen nur von ganzem Herzen zustimmen.«

13. KAPITEL

Als die *Sea Snake* Floridas Südspitze erreichte, sah Harding mit bösen Vorahnungen, dass eine Barke zielstrebig Kurs auf sie nahm und Readings Schiff Signale gab und Segel einholte.

Bains, sein Erster Offizier, hatte dieses Manöver ebenfalls beobachtet. »Sieht nicht gut aus, Sir. Die gehören zusammen. Wollen uns vermutlich in die Zange nehmen.«

Harding verfolgte den Kurs der Barke. Tatsächlich versuchte sie, backbords der *Sea Snake* zu gelangen. Wenn sie das schaffte, befanden sie sich zwischen zwei Breitseiten – keine strategisch wünschenswerte Position. Und dass diese Barke nicht schlecht bewaffnet war, darauf würde er sein Kapitänspatent verwetten.

»Kurs anpassen«, sagte er zu Bains. »Möglichst unauffällig. Sehen wir zu, dass wir knapp hinter Sullivan vorbei aufs offene Meer kommen.«

In diesem Moment gab Readings Schiff Signal, die Fahrt zu vermindern.

Harding knirschte mit den Zähnen.

»Sollen wir, Sir?«, fragte Bains.

»Es wird uns nichts anderes übrigbleiben, wenn wir sie nicht misstrauisch machen wollen. Die Leute sollen aber in den Wanten bleiben, damit wir sofort wieder Segel setzen können, falls wir schnell verschwinden müssen. Lassen Sie auf dem Kanonendeck unauffällig gefechtsklar machen. Die Stückpforten bleiben aber geschlossen. Die Crews sollen die Kanonen erst ausfahren, wenn sie das Zeichen bekommen.«

Während die *Sea Snake* ihre Fahrt verlangsamte, steuerte Readings Schiff auf sie zu, bis sie fast zu einem Halt kamen, um Sullivan und einige seiner Männer mit dem Boot übersetzen zu lassen.

Harding erwartete Sullivan an der Reling.

»Was soll das? Weshalb haben Sie mir signalisiert anzuhalten?«

»Wir haben da ein kleines Problem.«

Harding studierte ihn misstrauisch. »Und das wäre?«

Sullivan deutete auf die Barke, der es jetzt tatsächlich gelungen war, sich an die Backbordseite der *Sea Snake* zu setzen.

»Freunde von Ihnen?«, fragte Harding.

»Ja, und sie bringen eine schlechte Nachricht: Charles Daugherty hat den Sturz überlebt.«

Harding hob eine Augenbraue. »Ach ja?«

»Sie scheinen nicht überrascht zu sein.«

»Nicht überrascht, dass jemand bei Sturm zig Meter auf die Felsen und ins Meer stürzt und trotzdem überlebt? Doch. Aber es sollte mich nicht wundern, Daugherty ist ebenso zäh wie sein Vater.«

»Der Captain dieser Barke hat noch eine andere Nachricht: Daugherty ist bereits hinter uns her, mit der *El Capitano*.« Er musterte Harding argwöhnisch. »Ich dachte, Sie hätten dem Schiff Befehl gegeben, nach Kalkutta zurückzusegeln?«

»Offenbar hat sich Johnson nicht daran gehalten. Aber keine Angst, Daugherty wird es schwerfallen, uns einzuholen.«

»Falls er es doch tut, werde ich vorsichtshalber Harriet Dorley an Bord nehmen«, erwiderte Sullivan.

»Werden Sie nicht.« Harding sagte über die Schulter zu

seinem Ersten Offizier: »Mr. Bains, lassen Sie Segel setzen. Die Herren bleiben als unsere Gäste an Bord.«

»Das wäre reichlich unklug. Wie Sie vielleicht bemerkt haben, sind die Kanonen beider Schiffe auf Sie gerichtet. Wollen Sie wirklich zwei volle Breitseiten einstecken?« Sullivan grinste. »Erinnert Sie das nicht an etwas?«

Das tat es allerdings. In einer ähnlichen Situation hatte sich Harding mit der *Sea Snake* vor fünf Jahren befunden, als Jessica Finnegan und Jack O'Connor an Bord gewesen waren. Allerdings hatte damals nicht er den Befehl gegeben, die Flagge zu streichen, sondern Charles. Er selbst war durch den Verlust seiner Hand außer Gefecht gesetzt gewesen. Aber jetzt war Charles weit weg, und Harding war nicht gewillt, klein beizugeben. Er war im Gegenteil sogar gelinde erstaunt, dass Sullivan dies tatsächlich von ihm annehmen konnte.

»Wollen Sie es darauf ankommen lassen?«, fragte er ungerührt. »Unsere Breitseiten sind berüchtigt, und Sie befinden sich bei uns an Bord.«

»Geben Sie die Frau heraus.« Sullivan wurde allmählich ungeduldig. Er blickte unruhig um sich, als ihm der scharfe Geruch von brennenden Lunten in die Nase stieg. Seine Leute griffen nach ihren Waffen, und Hardings Männer zogen ebenfalls Pistolen hervor. Jetzt kam es darauf an, wer die besseren Nerven hatte. Bei einem Kampf, das war jedem auf dem Schiff hier klar, standen ihre Chancen verdammt schlecht. Trotzdem hätte Harding den Teufel getan, Charles' Mädchen Sullivan auszuliefern.

»Bains! Gefechtsklar machen, Segel setzen!«

Seine Leute reagierten fast unmittelbar. Die Stückpforten wurden aufgestoßen, und die Kanonen der *Sea Snake* feuerten backbord und steuerbord eine donnernde Breitseite ab. Fast unmittelbar darauf stürmten seine Leute heran und machten die Kanonen an Deck gefechtsklar. Zugleich entrollten sich die Segel, die Fregatte fing den Wind ein, der sie einen harten Ruck nach vorn machen ließ. Auf den beiden anderen Schiffen war ein Tumult ausgebrochen, Schmerzensschreie und Befehle hallten über die Decks. Die *Sea Snake* nahm weiter Fahrt auf. Die Sicht auf die feindlichen Schiffe war durch den Rauch verdeckt, aber jeder wusste, dass eine volle Breitseite aus dieser Entfernung vernichtend war. Und dann feuerten auch die Crews des oberen Decks. Der Kanonendonner war ohrenbetäubend. Der Rauch brannte in Nase und Augen und legte sich wie ein giftiger Schleier auf die Lungen.

»Stimmt das, was dieser Mann sagt? Charles hat überlebt?«, kreischte jemand in Hardings Ohr, um den Lärm zu übertönen.

Harding unterdrückte einen Fluch. Harriet Dorley hatte ihm jetzt noch gefehlt. Wer, zum Teufel, hatte die überhaupt aus der Kajüte gelassen?

Harriet achtete nicht auf Sullivan, der einen Schritt auf sie zumachte, sondern packte Harding am Ärmel, als dieser nicht gleich reagierte, und schüttelte ihn kräftig. Für Sekunden wurden sie von einer Rauchwolke eingehüllt, dann trieb der Wind die Schwaden davon. Das Schiff glitt weiter, an den anderen vorbei. Alle Geschützcrews arbeiteten fieberhaft daran, die Kanonen zu laden. Zu spät. Die anderen waren um Sekunden früher fertig.

Schon donnerten die Salven los. Harding stieß Harriet zu Boden; die Treffer ließen die *Sea Snake* erzittern. Sullivan hatte plötzlich seine Pistole in der Hand, ein rascher Schritt brachte ihn in Harriets Nähe, schon griff er nach ihr, aber Harding war schneller. Er trat nach Sullivan, erwischte ihn jedoch nur am

Oberschenkel. Dieser stolperte, richtete die Mündung seiner Pistole auf Harriet und feuerte.

Alles schien unendlich langsam abzulaufen. Harding sah, wie diese dumme Gans dort hockte und glotzte wie ein hypnotisiertes Kaninchen, sah das Mündungsfeuer. Gleichzeitig sprang er los und warf sich vor Harriet. Da, ein Schlag in die Brust. Der Schwung seines Sprungs riss ihn weiter, er fiel auf Harriet und riss sie zu Boden. Sie schrie auf und stieß einen Fluch aus, der einer Dame unwürdig war. Harding kam halb auf Harriet zu liegen, eng umschlungen von zwei weichen Armen, die ihn fest an sich pressten, während sie »O nein, o nein« stammelte.

Sullivan ging ebenfalls zu Boden. Bains hatte ihn niedergeschlagen. Seine Begleiter wurden überwältigt und gingen ohne viel Federlesens über Bord. Harriet, die sonst dagegen protestiert hätte, war viel zu sehr mit Harding beschäftigt, dessen Uniformjacke sich dunkel färbte.

Als seine Männer Sullivan ebenfalls über die Reling werfen wollten, wurden sie von Harding daran gehindert, der sich aus Harriets unerwünschter Umarmung befreit hatte. »Nein, den verdammten Kerl brauchen wir noch.«

Bains packte Sullivan und stieß ihn zu zweien seiner Männer. »Fesseln und dann unter Deck mit ihm.«

Die *Sea Snake* ächzte unter weiteren Einschlägen, Holzsplitter und Taustücke regneten auf die Männer an Deck herab, eine der Kugeln hatte den Besanmast getroffen, aber nur ein Stück herausgerissen. Noch waren sie manövrierfähig.

Und jetzt war der Schmerz da, beißend, stechend, so dass er Harding die Luft nahm, als er versuchte aufzustehen. Nach Atem ringend und hustend sank er wieder zurück, wollte sich abermals aufrichten.

Die dumme Gans versuchte, ihn daran zu hindern, schimpfte auf Sullivan, auf sich selbst und auf ihn, Harding. Er stieß sie weg, und als er aufzustehen versuchte, spürte er die warme Flüssigkeit über seine Brust laufen. Seine Knie knickten ein.

Bains hatte das Kommando übernommen, Harriet schrie nach dem Arzt und zeterte, weil er nicht schon hier war, während sie Hardings Jacke öffnete und sein Hemd aufriss. Harding wollte sie wegschieben, aber sie fauchte ihn an.

Eine weitere Breitseite wurde von der *Sea Snake* abgefeuert. Wutgeheul ertönte von den anderen Schiffen, Triumphschreie von ihrem. Alles ging in einem Chaos aus Kanonendonner, beißenden Rauchschwaden und herabfallenden Seil- und Holzstücken unter. Harriet kniete, sich der Gefahr offenbar nicht im mindesten bewusst, bei Harding und versuchte, die Blutung zu stoppen.

»Ducken Sie sich«, schnauzte er sie an, als wieder Kugeln flogen.

»Seien Sie still«, erwiderte sie ebenso unfreundlich. Und dann waren endlich der Bordarzt und drei von Hardings Leuten neben ihnen. Sie nahmen ihn bei den Schultern und an den Beinen und schleppten ihn den Niedergang hinab. Harding fluchte. Er wollte an Deck bleiben, aber Harriet ließ das nicht zu, und zu Hardings Verdruss gehorchten die Männer ihr und nicht ihm.

Und dann lag er auf zwei zusammengeschobenen Truhen, dem Operationstisch auf dem Krankendeck. Das Blut quoll unaufhörlich aus der Wunde in seiner Brust. Über ihm schaukelte die Laterne. An den Bewegungen des Schiffes erkannte er, dass die *Sea Snake* Fahrt aufgenommen hatte. Wenn sie nicht zu schwer getroffen worden waren, dann konnten sie vielleicht doch entkommen. Sie hatten die anderen verdammt gut erwischt.

»Wie sieht es oben aus?«, fragte er einen der jungen Matrosen, der geholfen hatte, ihn herunterzubringen, einen drahtigen Burschen von etwa fünfzehn Jahren.

»Haben einiges abgekriegt, Sir«, sagte er mit weit aufgerissenen Augen.

»Das weiß ich selbst! Geh hinauf und berichte mir«, schnauzte Harding ihn an, das hagere Gesicht von Zorn und Schmerz verzerrt. »Verflucht noch mal«, fuhr er den Arzt an, als dieser seine Wunde untersuchte, »wollen Sie die Kugel noch weiter reinschieben?«

Der Arzt kannte Harding und die anderen Männer auf dem Schiff schon seit vielen Jahren. Er war nicht irgendein Bader, eine gestrandete Existenz, wie sie sonst auf Schiffen, sogar bei der königlichen Marine, Zuflucht fanden, sondern ein richtiger Doktor, dem Charles ein Vermögen dafür bezahlte, dass er die Leute der *Sea Snake* gut versorgte. »Es ist ein glatter Durchschuss. Wir müssen die Blutung stillen, Sie verlieren zu viel Blut.«

Harriet ließ keinen Blick von seinen Händen und von Hardings Gesicht. »Stimmt es wirklich, dass Charles lebt?« Sie knetete so nervös ihre Finger, dass die Gelenke knackten.

»Ja, zum Teufel.«

»Warum haben Sie mir nichts gesagt?«

Harding knurrte etwas Unverständliches.

»Es tut mir leid. Ich dachte wirklich, Sie würden die Seiten wechseln.«

Harding schnaubte nur verächtlich.

»Weshalb haben Sie das getan?«, flüsterte sie hastig, als der Arzt sich kurz umwandte. »Weshalb haben Sie Ihr Leben in Gefahr gebracht, um mich zu retten?«

Harding wollte das Gesicht zu einem höhnischen Grinsen

verziehen, aber der Schmerz war so heftig, dass nur eine mitleiderregende Grimasse draus wurde.

»Das habe ich nicht für Sie gemacht, sondern für Charles«, presste er hervor. Seine Lippen waren wie zwei weiße Striche, sein Gesicht grau. »Weil mein Junge Sie haben will«, fügte er kaum hörbar hinzu.

»Ihr Junge?«

Harding knurrte etwas, das sich anhörte wie »unglaublich dummes Weib«. Dann verlor er das Bewusstsein.

Johnsons Männer hatten auf dem Piratenschiff sogar die Kiste mit Jessicas Kleidung gefunden, so dass sie, als Charles sie zu Tisch begleitete, sauber und adrett aussah. Charles musste sich beherrschen, um ihr äußerlich ruhig gegenüberzusitzen, anstatt oben an Deck hin und her zu laufen und nach der *Sea Snake* Ausschau zu halten. Dabei war es nicht zu erwarten, dass sie Harding schnell einholen konnten. Der Vorsprung der anderen war zu groß, und sie hatten durch die Piraten mehrere Stunden verloren.

Johnson hatte das Schiff schräg in den Wind gelegt. Das Rauschen des Wassers erfüllte den ganzen Schiffskörper und auch die Große Kajüte, in der Charles seinen Steward hatte servieren lassen.

Sie unterhielten sich nur spärlich, zum einen, weil Charles immer an Deck horchte, zum anderen, weil Jessica eine gewisse Verlegenheit fühlte und sich auch durch die Anwesenheit der grimmig dreinsehenden Chinesin, in deren Schärpe zwei Pistolen und ein Dolch steckten, gehemmt sah. Die junge Frau – sie schien Jessica etwa Mitte zwanzig zu sein – durchbohrte sie schweigend mit Blicken, obwohl Jessica ihr mehrmals zulächelte. Schließlich beschloss sie, die unfreundliche

Chinesin zu übersehen, und machte sich dankbar über das Essen her. Danach erzählte sie, wie ihr Schiff angegriffen worden war.

Charles hörte ihr nur mit einem halben Ohr zu, während er sie betrachtete. Er war beeindruckt von ihrer Schönheit. Sie war noch hübscher geworden, seit er sie das letzte Mal gesehen hatte. Damals war sie um die zwanzig gewesen, aber nun war sie zu einer Frau gereift, die, wie Harriet auf der Reise ganz nebenbei erwähnte, schon zwei Kinder hatte. Harriet wusste das aus den Briefen, die zwischen Vanessa McRawley und Lady Elisabeth ausgetauscht wurden. Charles hatte diese Nachricht erstaunlich gleichgültig hingenommen. Und auch jetzt fühlte er nicht mehr den leisesten Stich des Verlustes oder der Eifersucht, sondern er konnte sie ansehen wie ein lebendiges Bild aus seiner Vergangenheit. Ein sehr reizvolles Bild, das allerdings von einer lebhaften Frau mit rotblondem Haar und Sommersprossen in den Schatten gestellt wurde. Er war in Jessica verliebt gewesen, aber seine Gefühle für sie waren nichts im Vergleich zu dem, was ihm Harriet bedeutete. Er hätte nicht dieses Wiedersehen gebraucht, um das zu begreifen.

Auch der Schmerz ihres Verlustes stand in keinem Verhältnis. Im Grunde war er schnell über Jessica hinweggekommen, schon weil das Erbe seines Vaters seine ganze Aufmerksamkeit erfordert hatte. Aber bis er in Ruhe an Harriet denken könnte, daran, was er mit ihr verlor, würde es sehr lange dauern.

Er sah sinnend auf seine Hände. Die Innenflächen waren immer noch roh und wund, und Lan Meng hatte darauf bestanden, sie zu bandagieren. Zumindest konnte er jetzt schon die Finger besser bewegen, auch wenn die heilende Haut juckte und die tief eingerissenen Nägel bei jeder Berührung brannten.

Er hatte Zeit zum Nachdenken gehabt. Es war schon schlimm genug, dass er Harriet aus Egoismus verführt hatte, aber mit einer Heirat würde er ihr Leben zerstören.

Es wäre ihm unerträglich, jede Nacht und jeden Tag seines Lebens darüber nachdenken zu müssen, ob seine Frau ihn nicht insgeheim verachtete oder verabscheute – so wie seine Mutter seinen Vater verabscheut hatte. Er sah seine Mutter jetzt noch vor sich, blass, unglücklich, ein Schatten. Sie hatte seinen Vater gehasst, das hatte Charles trotz seiner Jugend in jedem Wort, an jeder Geste gespürt. So sollte Harriet niemals enden. Er war auch nicht wie sein Vater – er würde Harriets Abneigung und Verachtung nicht gleichmütig ertragen.

Als Jessica ihren Bericht beendet hatte, fragte er: »Weshalb waren Sie an Bord des anderen Schiffes?«

»Ich wollte Verwandte besuchen. Da Jack keine Zeit hatte, hat mich eines unserer Handelsschiffe mitgenommen. Jack wird mich bestimmt schon suchen.«

Der hat sich in der Zwischenzeit vermutlich schon Hunderte Male in den Hintern gebissen, weil er dich nicht begleitet hat, dachte Charles höhnisch. Fast hatte er Mitleid mit dem einstigen Rivalen um Jessicas Liebe. Er durfte gar nicht darüber nachdenken, was er fühlen würde, wäre Harriet von Piraten entführt worden. Streng genommen war sie das auch, aber solange er Harding an ihrer Seite wusste, der alles tun würde, um sie zu beschützen, konnte er zumindest noch einigermaßen klar denken, ohne vor Sorge um sie halb verrückt zu werden. Und dennoch war er so ungeduldig, dass es ihm schwerfiel, Jessica mit äußerer Gleichmut gegenüberzusitzen. »Was geschah mit den anderen Passagieren?«

»Es gab keine. Und was aus der Besatzung geworden ist, weiß ich nicht. Ich weiß nur, dass der Captain und sein Erster

Offizier getötet wurden. Mir haben sie deshalb nichts getan, weil sie mich als Druckmittel wollten.«

Charles zog die Augenbrauen zusammen. »Lösegeld?«

»Nein, sie wollten unsere Handelsgesellschaft mit mir erpressen. Wir hatten schon öfters Probleme mit diesen Leuten. Jack und die anderen haben sie verfolgt, konnten sie jedoch nie fassen. Sie wurden immer lästiger. Wir dachten … zuerst dachten wir …« Sie unterbrach sich verlegen.

»Sie dachten, ich stecke dahinter«, ergänzte Charles mit ironisch hochgezogenen Augenbrauen. Als Jessica betreten dreinsah, grinste er spöttisch. »Natürlich, das liegt ja auch auf der Hand.«

Lan Meng schnaubte abfällig.

»Es fiel mehrmals der Name El Capitano«, erwiderte Jessica defensiv.

Charles gab keine Antwort. Er lehnte sich zurück und dachte nach. Sullivan und Reading wollten ihr Geschäft offenbar wirklich im großen Stil aufziehen. Noch war El Capitano in Ostindien zu präsent, aber über Harding hofften sie, Zugang zu bekommen. Und in die westindischen Geschäfte pfuschten sie ebenfalls seit geraumer Zeit hinein. Aber sie wollten noch mehr. Die Boston Trading Company hatte sich im nordamerikanischen Markt etabliert und betrieb Handel mit Ostindien, weil die sich in englischem Besitz befindlichen westindischen Häfen zum Großteil noch immer für amerikanische Schiffe geschlossen waren.

Kein Wunder, dass Sullivan hier eine weitere Möglichkeit gesehen hatte, zusätzliches Geld und Beute zu machen. Es wurde höchste Zeit, ihnen energisch einen Riegel vorzuschieben. Noch auf Kuba hatte er an alle Häfen und Niederlassungen entsprechende Befehle weitergegeben: Seine Flotte zog sich zusammen und würde statt lukrativer Prisen systematisch diese Piraten jagen.

Er wurde gewahr, dass Jessica ihn anblickte. Er hob fragend die Augenbrauen.

»Was ist aus Ihnen geworden, Charles?«, fragte sie leise.

Die Frage erstaunte ihn etwas, und er tat, als würde er überlegen. Dann sagte er: »Ein Pirat vermutlich. Sie befinden sich schließlich hier auf der *El Capitano*, dem Flaggschiff meiner Gesellschaft, Madam.«

Ihr Blick wurde traurig. »Sie haben also das Erbe Ihres Vaters angetreten.«

»Werfen Sie mir das etwa vor?«

»Es macht mir Angst. *Sie* machen mir ein wenig Angst«, gab sie zu.

Von Lan Mengs Seite kam abermals ein Schnaufen, dieses Mal belustigt, und Charles war ehrlich überrascht. »Habe ich Ihnen jemals den Eindruck vermittelt, ich würde einer Frau, oder gar Ihnen, etwas zuleide tun? Sie können versichert sein, dass ich alles daransetzen werde, Sie heil daheim abzuliefern.«

»Nein«, sie klang etwas ungeduldig. »Es ist … Ihr Ausdruck, er ist mir fremd.«

»Vielleicht kannten Sie ihn nur nicht?«, fragte er spöttisch.

Ihr Blick glitt über sein Gesicht. »Ihre Augen sind kalt, Charles. Selbst wenn Sie lächeln, bleiben sie hart.«

Kein Wunder. Dahinter verbarg er seine Angst um Harriet. Es war seine Schuld, dass sie überhaupt in die Sache hineingezogen worden war. »Man ändert sich«, meinte er mit einem Schulterzucken.

»Es … tut mir leid, wenn die Ereignisse damals all das ausgelöst haben, Charles.«

»Das anzunehmen hieße, diese Vorkommnisse überzubewerten«, erwiderte er leichthin. Die länger anhaltenden Gefühle hatten wohl mehr aus verletztem Stolz und gekränkter Eitelkeit bestanden. »Ausschlaggebend war der Tod meines Vaters. Man kann ein Unternehmen wie dieses nicht lange ohne Oberhaupt lassen, sonst endet alles im Chaos.« Ein beträchtliches Chaos, wenn man bedachte, dass ungefähr dreißig Piratenschiffe plötzlich auf eigene Faust und Rechnung losgesegelt wären, um Beute zu machen. Diese wenig erbauliche Vorstellung war damals, vor fünf Jahren, mit ein Grund für ihn gewesen, die Zügel in die Hand zu nehmen.

Es klopfte, und Johnson trat ein.

»Sie erinnern sich an Captain Johnson?« Charles wusste, dass seine Stimme sarkastisch klang, aber er gab sich keine Mühe, es zu verbergen. Jessica hatte die Tage auf der *Sea Snake*, als John O'Connor von Harding festgehalten, ausgepeitscht und dann beinahe erschossen worden war, zweifellos ebenso wenig vergessen wie er. Am Ende hatte sie, um ihren Geliebten zu retten, Harding mit einem Säbel die rechte Hand abgeschlagen; genau in dem Moment, als er auf Jack angelegt hatte, den Finger am Abzug.

Johnson war damals Erster Offizier gewesen und hatte, als Harding verletzt und fiebernd in seiner Kajüte gelegen hatte, das Kommando über die *Sea Snake* übernommen. Er und Charles hatten gut zusammengearbeitet. Bis zu jenem Zeitpunkt hatte Johnson Charles wohl immer nur als ein Anhängsel seines Vaters angesehen, er hatte sich ihm gegenüber auch ähnlich freundlich und höflich benommen, wie man einen jungen unbedarften Mann behandelte, von dem man nichts weiter erwarten konnte. Das hatte sich schlagartig geändert, als Charles damals ohne Übergang das Kommando übernommen hatte. Johnson hatte nur einmal versucht zu widersprechen, was Charles mit nur einem Blick im Keim erstickt hatte. Und sehr bald hatten sie gelernt, einander zu schätzen.

»So findet sich also die ganze Gruppe wieder zusammen«, sagte Jessica mit einem kaum zu überhörenden ironischen Unterton. »Es wundert mich nur, Captain Harding nicht vorzufinden. Sollte er seine Verletzung damals etwa nicht …«

Charles ärgerte sich über diese Frage und noch mehr über den Tonfall. Jessica O'Connor, damals noch Jessica Finnegan, hatte zwar allen Grund gehabt, Hardings Tod zu wünschen, aber für Charles war dieser Mann – mit all seinen Fehlern – von Kindheit an ein Freund gewesen. Der beste, den er jemals besessen hatte. Vielleicht auch der einzige.

Hätte Charles nicht dafür gesorgt, dass sich die fähigsten Ärzte um Harding kümmerten, hätte er den ganzen Arm verloren oder wäre vielleicht sogar am Wundfieber zugrunde gegangen. Und nun war es nicht nur der Gedanke an Harriet, der ihn vorwärtstrieb.

»Wie aufmerksam, dass Sie sich nach ihm erkundigen«, sagte er mit einer gewissen Schärfe. »Es geht ihm gut. Er hat sich nach dem *Unfall* hervorragend erholt.«

»Sehr gut erholt sogar«, mischte sich Lan Meng ungnädig ein. Sie sprang auf und trat vor Jessica hin, um sie von oben bis unten zu mustern. »Sie also sind die Frau, die ihm die Hand hat abgeschlagen?« Ihre helle Stimme hatte einen drohenden Unterton.

»Ich hätte ihm auch den Kopf abgeschlagen, um meinen Mann zu retten«, erwiderte Jessica kühl, offensichtlich nicht gewillt, sich von der kleinen Chinesin einschüchtern zu lassen.

Lan Meng funkelte sie wütend an. »Natürlich. Das hätte ich auch getan, aber trotzdem nehme ich diese Worte übel. Verflucht übel!«

Jessicas Augenbrauen schnellten hoch, aber bevor die Situation eskalieren konnte, wurde es an Deck unruhig. Gleich darauf stand Johnsons Zweiter Offizier in der Kajütentür. »Verzeihen Sie, Sir, wir haben in der Ferne Schiffe gesichtet. Wir können noch nicht ausmachen, um wen es sich handelt, aber sie scheinen in einen Kampf verwickelt zu sein.«

Lan Meng war noch vor Charles und Johnson an Deck. Sie riss Johnson das Fernrohr aus der Hand und kletterte mit der Behendigkeit eines Äffchens die Wanten hinauf, bis an die Spitze des Großmastes. Kurz darauf schrie sie herunter: »Die *Sea Snake*, Charles! Es ist die S*ea Snake!* Und zwei fremde Schiffe!«

Johnson hatte schon zusätzliche Segel setzen lassen, auch wenn die Masten unter dem starken Druck bedenklich knarrten und das Tauwerk einen hohen, fast aggressiven Gesang anstimmte. Gischt spritzte über die Reling und durchnässte die Männer an Deck. Die Entfernung zu den kämpfenden Schiffen verringerte sich zusehends, doch immer noch viel zu langsam.

Die nächste Stunde wurde die längste in Charles' Leben. Er stand, schon zum Kampf bereit und bewaffnet, neben Johnson und Lan Meng auf dem Achterdeck. Auf die anderen wirkte er lediglich ein wenig angespannt, aber seine Fäuste waren so fest geballt, dass die rohe Haut in den Innenflächen schmerzte. Er verwünschte jede Sekunde, die er mit dem Kampf gegen das Piratenschiff verloren hatte, auch wenn Jessica Finnegan das vermutlich anders sah und er ihr gegenüber ein leises Schuldgefühl verspürte. Kostbare Stunden, die vielleicht über Leben und Tod auf der *Sea Snake* entschieden. Er schickte ein Stoßgebet zum Himmel, als eine Breitseite von Hardings Schiff die backbord von der *Sea Snake* segelnde Barke so schwer beschädigte, dass sie sich zur Seite neigte. Das Schiff schien sich zu fangen, unendlich langsam hoben sich die Masten wieder, dann stieg Rauch auf. An Bord herrschte helle Aufregung, Männer sprangen ins Meer. Die Explosion tauchte die drei Schiffe in ein blendendes Licht, brennende Trümmerteile flogen durch die Luft. Das Munitionslager war explodiert und nahm das ganze Schiff und alle Männer mit in den Tod. Charles kniff die Augen zusammen, um zu sehen, welcher Schaden auf der *Sea Snake* entstanden war. Einige brennende Teile waren an Deck gelandet, und etliche Männer machten sich daran, sie zu löschen. Einige kletterten in die Wanten, um glosende Segelstücke herunterzuholen. Charles fokussierte sein Fernrohr auf das Achterdeck, auf der Suche nach Harding. Er konnte ihn nicht ausmachen. Dort war Bains, sein Erster Offizier, das Sprachrohr in der Hand. Charles schluckte. Wo war Mortimer? Er würde während eines Kampfes niemals das Deck verlassen.

Charles suchte Schäden an der *Sea Snake*. Die Kajüten waren unversehrt, aber Harriet war vermutlich ohnehin unter der Wasserlinie.

Er fluchte, als er sah, wie sich der Hauptmast der *Sea Snake* zuerst langsam, dann immer schneller nach backbord neigte. Taue rissen, die Segel tauchten ins Wasser, zogen das Schiff zur Seite, es verlor ruckartig an Fahrt. Er hörte seine Zähne knirschen. Vier Männer arbeiteten fieberhaft daran, die Taue zu kappen, und die *Sea Snake* richtete sich zögerlich wieder auf.

Charles stieß ein hörbares Stöhnen aus, als er plötzlich rote Locken und wehende Röcke an Deck sah. Harriet! War sie wahnsinnig geworden? Hatte Harding den Verstand verloren, sie während eines Kampfes frei herumlaufen zu lassen?

Und jetzt legte Readings Schiff an. Wie Ameisen stürzten sich die Angreifer an Deck. Neben ihm hörte er Johnson und Lan Meng fluchen.

Die Lage auf der *Sea Snake* war alles andere als rosig.

Harding hatte sich mit einem festen Verband an Deck geschleppt, und es dauert nicht lange, da tauchte auch Harriet Dorley an Deck auf. Harding fluchte zwar, als sie mit zwei Pistolen hinter ihm erschien, aber dann ließ er sie gewähren. Das Mädchen hatte immerhin Mumm. So etwas gefiel ihm.

Während das Wrack der Barke immer tiefer ins Wasser sank und dabei auseinanderbrach, war es Readings Schiff gelungen, längsseits zu gehen. Einige ihrer Leute schwangen sich an Tauen über die Reling, durchschnitten mit langen Messern die Enternetze und machten so den Weg frei für die übrigen, die wie die Ratten das Deck überschwemmten.

Harriet reichte Harding eine Pistole und jubelte, als er eine der wilden Gestalten traf. Der Mann stürzte zu Boden, eine Blutlache breitete sich um ihn aus. Harding ließ sich zu Boden sinken, als seine Knie nachgaben, und griff nach der zweiten Waffe, während Harriet, schräg hinter ihm kniend, geschickt die abgeschossene Pistole lud. Sie riss das Pulversäckchen mit den Zähnen auf, verzog das Gesicht und spuckte aus, ohne jedoch in ihrer Arbeit innezuhalten. Reinigen, Pulver, Kugel. Dann reichte sie Harding die geladene Pistole und nahm die abgeschossene entgegen. Harding hielt sich nicht mit Danksagungen auf, sondern zielte und drückte ab, während Harriet schon wieder die andere Waffe vorbereitete.

»Woher können Sie das?«

»Von Lan Meng.« Harriet duckte sich, als etwas über ihren Kopf flog und zwei Schritte neben ihr liegen blieb. Eine abgetrennte Hand. Sie würgte und sah schnell weg. Sekundenlang drehte sich das Deck um sie.

»Diese Lan Meng ist ein nützliches Frauenzimmer«, meinte Harding.

»So etwas Ähnliches hat sie einmal auch über Sie gesagt«, murmelte Harriet.

Harding knurrte etwas und drückte ihr die abgeschossene Pistole in die Hand. Der Lauf war heiß, und sie hätte sie beinahe fallen lassen.

»Nur noch vier Pulversäckchen«, stellte sie dann fest. »Was soll ich tun?«

»Von hier verschwinden. Laden Sie die beiden Pistolen und geben Sie sie mir. Dann kriechen Sie hier durch bis zur Luke. Lassen Sie sich runterfallen, falls keine Leiter dort ist. Unten sind Sie sicherer.«

»Das ist doch wohl nicht Ihr Ernst«, protestierte Harriet. »Sie haben mir das Leben gerettet. Und Sie sind Charles' Freund«, fügte sie hinzu. »Außerdem sollen Sie schon deshalb überleben, damit Sie mir erzählen können, was Sie mit ›mein Junge‹ gemeint haben.«

»Gehen Sie zum Teufel«, fluchte Harding herzhaft.

»Geben Sie's zu«, bohrte Harriet triumphierend nach, »Sie mögen Charles lieber, als Sie jemals zeigen. Aber natürlich, ein Pirat darf ja keine Gefühle haben. Und ›mögen‹ ist ja schon gar nicht in Ihrem Wort…«

»Habe ich Ihnen nicht gesagt, Sie sollen zum Teufel …«

Jubelgeschrei übertönte seine Worte. Zuerst dachte Harriet, es käme von den Piraten, aber dann hörte sie den Ruf »El Capitano«. Sie griff nach Hardings Arm. »Charles kommt!«

Hardings Gesicht war zu einem schmerzlichen Grinsen verzogen. »Wird auch höchste Zeit.«

Readings Männer verstärkten ihren Angriff.

Taue und Segel fielen herab, Harding schob sich über Harriet, die sich geduckt hatte, eine Rahstange streifte seinen linken Arm und ließ ihn vor Schmerz scharf die Luft einziehen.

In diesem Moment erhielt die *Sea Snake* einen so heftigen Stoß, dass der Rumpf ächzte und alle stolperten. Fast unmittelbar darauf wurde das Deck von nicht weniger wild aussehenden Gestalten gestürmt, die dieses Mal in Harriet allerdings keine Furcht, sondern Freude auslösten. Es waren die Männer der *El Capitano*. Harding lachte heiser, während er sich seine Schulter hielt. Sein Hemd war dunkel von Blut, aber er schob Harriet weg, als sie ihn untersuchen wollte. »Später, Mädchen.«

Plötzlich war Sullivan da, und hinter ihm noch vier seiner Männer. Er stürmte auf Harriet zu. »Packt dieses Weib! Wir brauchen sie als Geisel!«

Einer der Männer wurde von Harding, der sich halb aufgerichtet hatte, mit einer zerbrochenen Rahstange begrüßt. Er verwendete sie wie eine Lanze und spießte den Angreifer mit dem scharfgezackten Ende auf. Harriet schlug mit der abgeschossenen Pistole nach einem anderen Mann, doch der drehte sich weg und versetzte ihr seinerseits einen kräftigen Schlag, der sie taumeln ließ. Dann war Sullivan über ihr, fasste sie am Haar und riss sie daran hoch.

»Habe ich dich endlich, verdammte kleine Nutte!« Er schüttelte sie, bis sie dunkle Muster vor den Augen sah. Sie verbiss sich ein Wimmern, wehrte sich verzweifelt, wollte ihn kratzen, aber ihre zu Krallen gekrümmten Finger schlugen ins Leere.

»Hör auf, so zu zappeln, sonst muss ich dich ruhigstellen, und das wäre schade, wir werden nämlich noch viel Spaß miteinander haben.«

In diesem Moment wurde Sullivan gepackt und von ihr weggerissen. Ein Schlag ins Gesicht ließ ihn mit dem Rücken gegen den Rest des Hauptmastes taumeln, und dann war Charles schon über ihm und rammte ihm so hart die Faust in den Magen, dass er würgte. Zwei von Sullivans Männern warfen sich auf Charles und zerrten ihn zurück. Harriet schrie auf, als plötzlich ein Messer in Sullivans Hand auftauchte. Er stürzte auf Charles zu. »Jetzt kriegst du, was ich dir versprochen habe, verfluchter Bastard.«

Harriet war auch schon auf den Beinen und sprang einem der Kerle, die Charles festhielten, wie eine Katze auf den Rücken. Sie krallte sich mit einer Hand in sein Haar, zerrte seinen Kopf zurück und kratzte ihm tiefe Schrammen ins Gesicht. Der Mann schrie auf und versuchte fluchend, sie zu fassen. Sein Ellbogen traf sie in die Rippen und ließ sie nach Luft schnappen. Ihr Griff löste sich, sie fiel hintenüber, aber da war schon Harding da und fing sie auf, obwohl er sich selbst kaum auf den Beinen halten konnte. Harriet trat – wie, das konnte sie später selbst nicht mehr sagen – dem Angreifer in die Kniekehlen. Er knickte ein, und Harding schlug ihm mit aller Macht den Pistolenknauf über den Schädel. Er zuckte und blieb dann bewusstlos liegen.

Charles war es gelungen, Sullivan abzuwehren und sich zugleich aus dem Griff des zweiten Mannes zu lösen. Er packte ihn am Arm und schleuderte ihn zu Boden. Als Harriet Charles abermals zu Hilfe eilen wollte, hielt Harding sie fest. »Kommen Sie ihm nicht in die Quere. Er wird allein besser mit ihm fertig.«

Sie sah atemlos zu, wie Charles und Sullivan sich langsam umkreisten. Sullivan machte unvermittelt einen Sprung zur Seite, probierte es mit einer Finte und stürzte sich dann auf

Charles. Dieser wich mit einer halben Drehung aus, aber ehe er seinerseits angreifen konnte, tauchte ein zweiter Mann hinter Charles auf und schlug ihm von hinten mit einem Flintenkolben in den Rücken. Er wirbelte herum, entriss dem Angreifer die Waffe und hieb sie ihm über den Kopf. Der Mann brach ohnmächtig zusammen.

Sullivan nutzte die Gelegenheit und stach zu. Harriet schrie auf. Das Messer glitt über Charles' Rippen und zerfetzte das Hemd. Charles packte Sullivans Arm, ein Aufschrei, das Messer fiel zu Boden. Charles machte sich nicht die Mühe, es aufzuheben, sondern stürzte sich voller Hass auf Sullivan und prügelte auf ihn ein. Dieser konnte nur noch hilflos die Hände zum Schutz hochhalten. Schließlich bekam Charles ihn zu fassen, und sein Arm legte sich um Sullivans Hals. Eine kurze, ruckartige Bewegung, ein Knirschen, das in Harriets Ohren sogar das Kampfgeschrei um sie herum übertönte, und dann fiel Sullivan zu Boden. Charles stieß den leblosen Körper von sich und richtete sich schwer atmend auf. Sein Blick fiel auf Harriet und Harding, und gleich darauf war er mit zwei langen Schritten bei ihnen. Sein Ausdruck wurde starr, als er das Blut auf Harriets Körper sah. »Harriet, meine Liebste, bist du …«

»Nein, keine Angst.« Sie kämpfte sich auf die Füße, wütend über ihre weichen Knie. »Aber Captain Harding ist schwer verletzt.« Sie wollte ihm sagen, dass Harding kein Verräter war, aber das war nicht nötig, denn der Blick, den die beiden Männer tauschten, sprach Bände.

»Alles in Ordnung mit der Kleinen«, ätzte Harding, als Charles ihn unter den Armen packte und vorsichtig hochzog. »Ist bloß der alte Harding, der fast krepiert. Ist doch gleich viel besser, oder?«

»Reden Sie keinen Unsinn«, fuhr Charles ihn an. Sein bleiches Gesicht nahm wieder Farbe an. »Sie müssen versorgt werden. Und dann haben wir beide ein Hühnchen zu rupfen.«

»Glaubt ihr wirklich, dass ihr so einfach davonkommt?«

Die rauhe Stimme und das Knacken von zwei Pistolenhähnen ließen Harriet herumwirbeln. Vor ihnen stand ein hünenhafter Mann, der aussah, als würde er direkt aus einem Schlachthof kommen. Und er hatte im Gegensatz zu ihnen noch eine geladene Pistole in jeder Hand. »Eine Kugel für dich, Daugherty. Und eine für die Lady. Ist doch schön, gemeinsam zu sterben, oder? Und dann nehme ich mir diesen verdammten Verräter vor, bevor er vielleicht von selbst krepiert.« Sein hasserfüllter Blick traf Harding.

»Verflucht sollen Sie sein, Reading«, ächzte Harding. Er riss sich aus Charles' Griff, um sich auf den Mann zu stürzen.

In diesem Moment krachten zwei Schüsse. Harding sah das Mündungsfeuer aus Readings Pistole und spürte einen Schlag an seinem Bein. Es versagte ihm den Dienst, und er ging zu Boden. Charles sprang über ihn hinweg, auf Reading zu, aber da fiel auch dieser auf die Knie. Blut quoll aus seinem Mund.

Hinter ihm wurde eine zarte Gestalt sichtbar, die mit einem wilden Funkeln in den Augen eine rauchende Pistole in der Hand hielt. Harding grinste mit schmerzverzerrtem Gesicht zu ihr hinüber. »Guter Schuss, kleine Lady. Sie geben mir den Glauben an die Frauen zurück.«

Lan Meng schob Charles zur Seite, der Harding aufgeholfen hatte, und legte sich mit ungewohnter Sanftheit Hardings Arm um ihre Schultern. »Ich bringe dich zu Arzt. Du kannst nicht hierbleiben.«

»Und schon muss sie alles besser wissen«, knurrte Harding. Er stützte sich schwer auf die kleine Chinesin, die ein wenig in die Knie ging, jedoch zäh standhielt.

An Deck war der Kampf entschieden. Jetzt, wo ihre Anführer tot waren, streckten die überlebenden Angreifer die Waffen und ließen sich ohne weiteren Widerstand festnehmen. Bains, eine Schramme im Gesicht und aus einer Wunde am Arm blutend, gab Befehl, die Waffen einzusammeln und die Gefangenen vorläufig unter schwerer Bewachung in einen Laderaum zu sperren, bevor man entschied, was mit ihnen geschehen sollte. Inzwischen hatten Johnsons Männer auch schon Readings Schiff in ihrer Gewalt.

Reading lebte noch, als Harding sich mit Lan Mengs Hilfe an ihm vorbeischleppte. Er lag seltsam verkrümmt da, starrte mit weit aufgerissenen Augen zu Harding empor, sein Mund öffnete sich, aber seine Worte gingen in einem unverständlichen Röcheln unter. Blutiger Schaum trat auf seine Lippen. Harding blieb neben ihm stehen, und wäre er nicht zu schwach gewesen, hätte er ihm wahrscheinlich noch einen Fußtritt verpasst. »Nur um etwas klarzustellen, du Bastard: Das Schiff gehört mir schon lange. Schon seit Daugherty starb. Charles hat mich genau einen Tag später zu seinem Teilhaber gemacht. Und jetzt lass dir noch eines gesagt sein, du Dreckskerl«, seine Stimme war nur mehr ein atemloses Keuchen, »ich hätte ihn auch nicht verraten, wenn mir nicht einmal eine Ratte auf dem Schiff gehören würde!«

Lan Meng zog ihn behutsam weiter. Harriet sah den beiden nachdenklich nach. Als sie zurück zu Reading blickte, waren dessen Augen starr. Sie wandte sich ab und nahm die Szenerie in sich auf. An Deck sah es aus wie auf einem Schlachtfeld. Sie starrte auf einen Toten, dessen Schädel von einem Säbel gespalten worden war. Ein Schauder ging durch ihren Körper und wurde zu einem unkontrollierbaren Zittern. Jetzt erst nahm sie bewusst den Gestank nach Tod, Blut, aufgeschlitzten

Gedärmen und Erbrochenem wahr. Sie legte beide Hände auf ihren Magen und würgte.

Eine Hand drehte sanft ihr Gesicht weg, und ein Arm legte sich um ihre Schultern. Sie barg ihr Gesicht an Charles' Brust, atmete seinen vertrauten Geruch ein und versuchte, alles um sich herum auszuschalten. Langsam ließ das Würgen nach, während seine Hand beruhigend über ihren Rücken streichelte. Schließlich schob er sie ein wenig von sich weg. »Komm, ich bringe dich unter Deck.«

Er war selbst nicht ohne Verletzungen davongekommen. Sie sah die verkrustete Schramme auf der Stirn, als er ihr den Niedergang hinabhalf. Außerdem hatte er einen Schnitt am Arm, und dort, wo ihn Readings Messer an den Rippen verletzt hatte, war das Hemd blutig. Seine Hände sahen schrecklich aus. Sie blieb stehen, entwand sich seinem Arm und griff nach seiner rechten Hand. Die Innenfläche wirkte, als hätte jemand die Haut davon abgezogen.

Er entriss ihr seine Hand, als würde ihn ihre Berührung schmerzen. »Bei der Flucht«, sagte er abwehrend. »Ramirez hatte einen Soldaten bestochen, uns ein Seil herabzulassen. Ich konnte es beim Sturz gerade noch ergreifen und bin daran hinuntergerutscht.«

Zu seinem Schrecken sah er, wie schlagartig Tränen aus Harriets Augen quollen und auch schon die Wangen hinunterkullerten. Sie schluckte angestrengt. »Sie haben behauptet, du wärst ertrunken. Ich wollte zu dir, aber sie ließen mich nicht gehen.« Sie trat einen Schritt zu ihm hin. »Charles, es tut mir alles so leid. Es war meine Schuld.«

Er machte eine Bewegung, als wollte er nach ihr greifen, aber dann trat er einen halben Schritt zurück und bedachte sie mit einem kühlen Blick. »Das stimmt allerdings. Du bringst mich immer nur in Schwierigkeiten. Und jetzt ist es schon das zweite Mal, dass ich dich vor Piraten retten muss. Du scheinst das zur Gewohnheit werden zu lassen.« Er deutete mit dem Kopf zur Kajütentür. »Kümmere dich um Harding. Ich habe jetzt keine Zeit für dich.« Er kehrte ihr den Rücken zu und machte sich auf den Weg an Deck.

Zuerst blieb Harriet die Luft weg. Sie war doch so glücklich, ihn zu sehen, hatte ihm so viel zu sagen, wollte ihn nur berühren, seine Verletzungen versorgen und mit allen Sinnen bestätigt sehen, dass er lebte! Seine zärtliche Anrede hatte sie zuerst glauben lassen, er wäre ebenfalls froh, sie heil wiederzuhaben. Und jetzt das!

»Wobei die ersten Piraten ja zu dir gehörten«, schrie sie ihm zornig nach. »Ich habe bis heute nicht verstanden, woher deine befremdliche Großzügigkeit kam.«

Charles blieb stehen, ohne sich nach ihr umzudrehen. Er zuckte nur mit den Schultern. »Jeder macht so seine Fehler. Aber sobald die *Sea Snake* wenigstens zum Teil segeltüchtig ist, werden wir Kurs nach Boston setzen, dort kannst du dann deine Freunde in Schwierigkeiten bringen.«

»Vielen Dank, mach dir meinetwegen nur keine Umstände. Vor allem nicht mit diesen Lügen«, erwiderte Harriet gekränkt. »Ich kann mir nicht vorstellen, dass du jemals die Absicht hattest, mich dorthin zu bringen. Außerdem genügt es völlig, wenn du mich in einem halbwegs respektablen Hafen absetzt. Ich kann meine Reise sehr gut auch alleine fortsetzen.«

Charles drehte sich langsam zu ihr herum. »Ja, das habe ich gemerkt«, kam es höhnisch zurück, »bis El Morro bist du tatsächlich ganz ohne meine Hilfe gekommen. Und was die Reise nach Boston betrifft, so habe ich Captain Jenkins gegenüber die Verantwortung für dich übernommen, als ich dich damals bat, mit mir auf der *Sea Snake* zu reisen. Und dieser Verantwortung werde ich mich nicht entziehen, gleichgültig, wie lästig sie für uns beide auch sein mag.« Er wandte sich endgültig ab und ließ sie einfach stehen.

Harriet brauchte etliche Atemzüge, ehe sie sich genügend fasste, um nach Harding zu sehen. Mit Charles würde sie sich später beschäftigen.

Harding lag völlig angezogen und blutend auf seinem Bett, Lan Meng war neben ihm und versuchte, ihn dazu zu überreden, sich einen neuen Verband anlegen und die Beinwunde versorgen zu lassen. Er weigerte sich und warf sie sogar mit bösen Worten aus seiner Kajüte. Erst als Harriet dazukam, gelang es ihnen gemeinsam mit Hardings Steward, die blutigen Fetzen des alten Verbandes abzuwickeln und einen festsitzenden anzulegen, der die Blutung stillte. Danach kümmerte sich Lan Meng trotz seines energischen Protests um sein Bein. Die Wunde war ziemlich weit oben, und er hatte alle Hände voll zu tun, die Chinesin daran zu hindern, ihm die Hose herunterzuzerren. Endlich einigten sie sich darauf, nur das Hosenbein aufzuschneiden. Harriet betrachtete besorgt Hardings immer bleicher und grauer werdendes Gesicht. Noch vor wenigen Tagen hätte sie nicht gedacht, wie sehr sie sich um diesen unfreundlichen Menschen sorgen könnte. Und jetzt hatte er ihr das Leben gerettet, wenn auch nicht ihretwegen, sondern für Charles. Sie hätte ihm gern abermals unter die Nase gerieben, dass das Wort »mögen« offenbar doch in seinem Wortschatz existierte, hob sich spitze Bemerkungen jedoch für später auf, wenn er weniger leidend war.

Als Harding schließlich erschöpft und murrend im Bett lag, schlüpfte Harriet aus der Tür und kletterte an Deck, obwohl ihr Magen dabei revoltierte und ihr schwindelig wurde. Sie hätte es als Feigheit angesehen, sich unten zu verkriechen, während oben vielleicht Männer lagen, die bei ihrer Befreiung ihr Leben gelassen hatten.

Man hatte die im Kampf gefallenen Männer der *Sea Snake* und der *El Capitano* nebeneinander aufgebahrt. Die toten Feinde waren einfach über Bord geworfen worden. Sie schluckte, als einige Männer sich daranmachten, die Toten in Segeltuch zu nähen. Auch sie wurden später dem Meer übergeben, aber erst nach einer kleinen Zeremonie. Sie hatte schon auf dem Weg nach Kuba einer solchen beigewohnt, als ein Mann am Fieber gestorben war. Harding hatte ein paar Worte gesprochen, eher trocken als feierlich, und dann war der in das Tuch genähte Tote auf ein Brett gelegt und ins Meer gekippt worden.

Sie zwang sich, die Reihe der Gefallenen abzugehen. Es tat bitter weh, als sie so manchen davon erkannte. Hier lag der stets fröhliche Matrose, der ihr einmal ein Ständchen mit einer Mundharmonika gebracht hatte. Dort der finstere, dunkelhaarige Mann, der den Mörder seiner Frau getötet hatte und auf der Flucht vor dem Gesetz auf der *Sea Snake* gelandet war. Ein weiterer, der ihr einmal aufgeholfen hatte, als sie über ein Tau gestolpert war. Er war so verwirrt und verlegen gewesen, dass er nicht einmal ihren Dank angenommen hatte, sondern bei seiner Flucht selbst beinahe zu Boden gegangen wäre. Keine Freunde, aber Gefährten, mit denen sie viele Tage gemeinsam verbracht hatte. Und jetzt lagen sie hier, verstümmelt, tot, mit verzerrten Gesichtern. Unbemerkt liefen ihr Tränen über die Wangen, als sie langsam an ihnen vorbeiging.

Hardings Zweiter Offizier sprach sie an. »Miss Dorley?«

Sie blieb stehen, blinzelte und wischte sich dann mit dem Handrücken über die Augen. »Ja?« Ihre Stimme klang zittrig.

Die Augen des Mannes waren voller Mitleid. »Das sollten Sie nicht tun, Miss. Das ist kein Anblick für eine Lady.«

Sie hätte sich auch lieber abgewandt, aber … »Ich habe das Gefühl, ihnen das schuldig zu sein«, brachte sie hervor.

Der Offizier nickte. »Wir sind solche Szenen gewöhnt, Miss. Bevor ich zur *Sea Snake* kam, war ich seit meinem achten Lebensjahr immer auf Schiffen der königlichen Marine. Mitten in der Kriegszeit verging oft nicht einmal ein Tag, an dem nicht viele gute Männer über Bord gingen. So ist es eben auf See und im Krieg. Kommen Sie, ich begleite Sie unter Deck.«

»Das ist nicht nötig«, sagte Charles' unpersönliche Stimme in ihrem Rücken. »Sorgen Sie dafür, dass Miss Dorleys Sachen gepackt werden. Sie übersiedelt sofort auf die *El Capitano*.«

»Dazu sehe ich nicht den geringsten Grund«, erwiderte Harriet, allein schon, um ihm zu widersprechen. Damit drehte sie auf der Stelle um und stapfte davon. Sie hätte laut schreien mögen.

Die Schrecken nahmen jedoch immer noch kein Ende. Kaum hatte sich Harriet von dem Kampf und Charles' spöttischer, liebloser Art erholt, als sie auch schon trotz ihres Protests dazu gezwungen wurde, tatsächlich auf die *El Capitano* überzusiedeln. Charles war bereits drüben, und sie wollte wütend, weil er so einfach über sie bestimmte, auf ihn zustürmen, als etwas ihren Schwung bremste: eine dunkelhaarige, sehr reizvolle Frau, der er galant über das Deck half.

Lan Meng, die Harding nur ungern allein ließ, sich jedoch nicht von Harriet trennen wollte, stand dicht hinter ihr, als Harriet mitten in der Bewegung verharrte, als wäre sie gegen eine unsichtbare Wand gerannt. »Ich bin nicht dazu gekommen, es dir zu sagen. Das ist Jessica O'Connor.«

Dieser Name schlug in Harriet ein wie ein Blitz. Ihr blieb der Mund offen stehen, bis Lan Meng ihr einen sanften Rippenstoß gab. In Harriets Kopf wirbelten die Gedanken nur so durcheinander. Was, von allen Menschen auf dieser Welt, machte ausgerechnet diese Frau hier?

Charles' Miene war reglos, als er gemeinsam mit Jessica auf Harriet zutrat. »Mrs. O'Connor, darf ich Ihnen Miss Dorley vorstellen? Miss Dorley, Mrs. Jessica O'Connor wird uns nach Boston begleiten.«

So war das also. Deshalb wollte er plötzlich unbedingt nach Boston! Und deshalb dieser Spott, diese Kälte! Weil seine große Liebe aufgetaucht war. Anstatt sie zu trösten, weil sie entführt worden und sie und Harding beinahe getötet worden wären, verhöhnte er sie auch noch und machte dieser Frau schöne Augen!

Woher kam die überhaupt so plötzlich? Normalerweise fielen Frauen ja nicht vom Himmel auf ein Schiffsdeck wie überreife Äpfel! Hatte er sich dieses Flittchen etwa schon auf Kuba an Bord geholt? War das einer der Gründe gewesen, weshalb er überhaupt dort angelegt hatte? Zu ihrem Ärger kam Jessica ihr auch noch dazu mit einem Lächeln entgegen und streckte ihr erfreut beide Hände entgegen.

»Meine liebe Miss Harriet, wie schön, Sie kennenzulernen. Ihre Mutter hat mir so viel von Ihnen erzählt! Wie schade, dass ich damals keine Gelegenheit hatte, Sie zu treffen.«

Ein näherer Blick auf Jessica bestätigte Harriets schlimmste Ahnungen. Sie war bildschön. Dunkelhaarig, mit ausdrucksvollen Augen, dunklen Brauen und Wimpern und einem Busen, der auf der Stelle Harriets glühendsten Neid erweckte. Und dazu noch ihre einnehmende Art, mit der sie sich bewegte und sie anlächelte. Harriet hätte sich am liebsten auf der

Stelle umgedreht, um ins Wasser zu springen. Plötzliche, glühende Eifersucht schnürte ihr die Kehle zu. Es war, verflixt noch mal, kein Wunder, dass Charles sich in diese Frau vergafft hatte und ihr jetzt deshalb die kalte Schulter zeigte!

Harriet hob die Nase in die Höhe, um noch besser auf die andere, einen halben Kopf kleinere Frau hinabsehen zu können. »Ach ja? Wie ich von einigen Seiten hörte, habe ich tatsächlich einiges versäumt. Kleinere Skandale, in die meine Familie hineingezogen wurde.« So, das sollte ihr vorerst den Mund stopfen. Sie noch an ihr schimpfliches Benehmen ihren Eltern und Charles gegenüber zu erinnern war eine Unverfrorenheit. Wenn Charles dumm genug war, nichts dagegen zu sagen, war das seine Sache, sie gedachte diese Jessica nicht damit durchkommen zu lassen. Außerdem störte es sie, dass ihre Rivalin um Charles' Liebe so sympathisch wirkte. Ihr offenes Lächeln, ihre wohlklingende Stimme und selbst ihr Äußeres waren angenehm. Hilfloser Groll mischte sich in Harriets Eifersucht.

»Sie sind mir böse, weil ich Ihren Eltern damals Unannehmlichkeiten bereitet habe, nicht wahr?«, stellte Jessica betrübt fest.

Charles warf Harriet einen scharfen Blick zu. Diese beachtete ihn nicht weiter, sondern setzte ihr arrogantestes Gesicht auf. »Weshalb sollte ich? Es war doch nur eine Kleinigkeit. Sie haben meine Mutter lediglich in Sorge gestürzt, haben sie in Skandale hineingezogen, sind davongelaufen, um in den Hafen zu springen und einem Verbrecher nachzuschwimmen, der des Landes verwiesen wurde. Ich sehe wahrhaftig keinen Grund, weshalb Ihnen das irgendjemand aus meiner Familie übelnehmen sollte.« Harriet schämte sich im selben Moment, in dem diese Worte aus ihr heraussprudelten. Zuerst denken, dann reden. Aber selbst wenn sie nachgedacht hätte, hätte die Eifersucht diesen spitzen Bemerkungen Bahn gebrochen. Sie lächelte kühl, drehte sich um und ließ Jessica und Charles stehen.

Etwas ziellos lief sie über das Deck. Es war zum Verzweifeln, dass sie auf diesem ganzen Schiff keinen Ort hatte, wo sie sich verstecken, über sich selbst, ihre Eifersucht, ihr unfassbares Benehmen und ihre unglückliche Liebe zu Charles weinen konnte. Sie biss, im Bemühen, sich zu beherrschen, die Zähne zusammen, bis sie knirschten.

»Entschuldigen Sie mich bitte«, hörte sie Charles sagen, dann war er auch schon hinter ihr her und packte sie am Arm. Obwohl sie ihn anzischte wie eine Schlange und sich wehrte, zerrte er sie vor den Augen aller – und vor allem vor Jessicas – hinter einige an Deck gelagerte Kisten.

»Was soll dieses unglaubliche Verhalten?«, fuhr er sie mit unterdrückter Stimme an.

»Unglaublich wohl eher von dieser Person«, erwiderte Harriet böse und nicht willens, auch nur einen Fingerbreit nachzugeben. »Wie kann sie es wagen, so mit mir zu sprechen, nachdem sie meinen Eltern solchen Ärger gemacht hat?«

Charles presste die Lippen aufeinander, dann sagte er: »Das war nicht ihre Schuld. Es war, wenn du es genau wissen willst, meine und die meines Vaters. Harding kannst du auch mit einbeziehen.« Er atmete tief durch. »Was ihr und ihrem späteren Mann durch unser Zutun widerfahren ist, kann kaum wiedergutgemacht werden.«

Harriet riss sich aus seinem groben Griff los. Seine Finger hatten gewiss Druckstellen auf ihrem Arm hinterlassen. »Von meiner Familie ist ihr nichts Übles widerfahren, und trotzdem hat sie alle in einen Skandal hineingezogen.«

»Sie konnte nichts dafür.«

»Das«, erwiderte Harriet hoheitsvoll, »ist deine Ansicht. Ich werde mir meine eigene Meinung bilden.«

Charles nahm sie – dieses Mal sehr sanft – bei den Schultern und sah sie eindringlich an. »Bitte zeige dich ihr gegenüber trotzdem freundlich, Harriet. Sie hat einiges durchgemacht. Sie wurde von einem Schiff von Sullivans Piratenbande entführt und tagelang in einem Verschlag eingesperrt, bis wir auf dem Weg hierher das Schiff trafen und sie befreiten.«

Sekundenlang starrte Harriet ihn an. Also hatte er sie nicht aus Kuba mitgebracht. Das beruhigte sie etwas. Die Frau war gefangen gewesen? Und wenn schon? Was war mit ihr? Hatte sie nicht in der Kajüte gehockt, hatte geweint, sterben wollen, weil sie dachte, er sei tot? Sie hatte sich die Nägel abgebrochen, bis sie bluteten, in dem verzweifelten Versuch, die verdammten Bretter von dem Fenster wegzuzerren, um hinauszuspringen, und als das vergebens gewesen war, hatte sie verhungern wollen, bis der Gedanke an Vergeltung ihr wieder Lebensgeister geschenkt hatte. Und was hatte er in dieser Zeit getan? Zeit verschwendet, um diese Frau zu befreien! Während sein Freund Harding und sie letzten Endes beinahe getötet worden waren, hatte er vermutlich mit dieser Frau ein paar anregende Stunden verbracht!

Charles lächelte ihr aufmunternd zu, als sie nichts sagte. Vermutlich dachte er, sie würde ihren Fehler einsehen, doch in Wahrheit verlor sie vor Eifersucht und Kränkung fast ihre Fassung. Er hätte eher ihren Tod riskiert, als dieses Weib in Gefangenschaft zu lassen!

Harriet ahnte, dass sie mit klarem Kopf anders darüber denken und sich einsichtiger zeigen würde, aber in diesem Moment waren ihre Gefühle zu aufgewühlt, um ihrem Verstand die Vorherrschaft zu lassen. Vor allem hätte sie eingesehen, dass Charles nicht wissen konnte, wie prekär die Lage auf der *Sea Snake* gewesen war.

»So ist das also«, stellte sie mit vor Wut zitternder Stimme fest, »jetzt verstehe ich. Deshalb wären Harding und ich fast getötet worden.« Sie sah mit Genugtuung, wie Charles zusammenzuckte, als hätte sie ihn geschlagen. »Deshalb«, wies sie anklagend zur *Sea Snake* hinüber, »liegen dort jetzt etwa dreißig Männer in Segeltuch genäht und warten auf ihr Begräbnis! Weil es Mr. Charles Daugherty wichtiger war, sein ehemaliges Liebchen, das nicht einmal etwas von ihm wissen wollte, zu retten, anstatt uns zur Hilfe zu kommen! Vor ihr den Helden zu spielen! Ist sie jetzt freundlicher? Hat es wenigstens etwas genutzt, diese Männer in den Tod gehen zu lassen und Harding vielleicht gleich dazu? War der Preis gering genug? So geh doch hin zu ihr! Mach dich wichtig! Lass dich von ihr anbeten! Und lass mich in Ruhe!«

Charles wurde so blass wie der Ballen Segeltuch, der neben ihnen lag. Für wenige Augenblicke huschten Kränkung und sogar Schuld über sein Gesicht, dann verschloss es sich und wurde wieder ausdruckslos. Nur ein kleiner Muskel zuckte, der Harriet zeigte, dass ihre Bemerkungen wohl ins Schwarze getroffen hatten. Er ließ sie los und trat einen Schritt zurück. »Sie täten gut daran, sich mit Mrs. O'Connor zu vertragen, Miss Dorley«, erwiderte er kalt. »Sie werden nämlich die Kajüte mit ihr teilen.«

»Das fällt mir im Traum nicht ein! Wenn Sie sich vielleicht erinnern, *Mister* Daugherty, so hatte ich erst gar nicht die Absicht, auf die *El Capitano* zu übersiedeln. Ich gehe wieder zurück auf die *Sea Snake!*«

»Ich fürchte, Sie haben gar nicht die Wahl. Ich kann nicht zulassen, dass Ihr Ruf dadurch ruiniert wird, indem Sie allein auf einem Schiff nach Boston einsegeln.«

»Früher hat Sie das nicht gestört«, hielt Harriet ihm flammend entgegen.

»Früher, Miss Dorley«, erwiderte er eisig, »wären Sie bereits als meine Gattin in Boston oder wo auch immer angelangt. Aber so liegt uns doch wohl beiden daran, jedwede Komplikationen, die in einer unerwünschten Verbindung resultieren könnten, zu vermeiden.« Sein harter, leicht spöttischer Blick traf sie bis ins Herz.

Ihr Zorn verflog. »Ich war für dich immer nur ein minderer Ersatz für Jessica, nicht wahr?«, sagte sie tonlos. Harriet wusste, dass sie das nicht sagen und sich damit eine peinliche Blöße geben sollte, aber sie konnte nicht anders.

Ein Zucken ging über Charles' Gesicht. Er wandte sich ab. »Meine Gefühle für dich haben nicht das mindeste mit Jessica zu tun. Nichts, absolut nichts«, fügte er leiser hinzu. »Man könnte sie auch nicht vergleichen.«

Harriet senkte den Kopf. »Nein, vermutlich nicht.« Sie versuchte, Haltung zu bewahren. Natürlich nicht. »Ein Ersatz für Jessica und vielleicht die Garantie dafür, dass mein Vater dich nicht anzeigt? Hast du mich deshalb verführt?«

Charles fuhr wütend zu ihr herum. »Und du? Hast du dich verführen lassen, um über diesen Jahan hinwegzukommen?«

Sie hob den Kopf und sah ihn gerade und direkt an. »Durchaus möglich.«

Sekundenlang starrten sie sich wie Todfeinde in die Augen, dann straffte Charles die Schultern und atmete durch.

»Es war wahrscheinlich an der Zeit, das zu klären. Es hat sicher für uns beide große Vorteile, jedes Missverständnis damit ausgeräumt zu haben. Und jetzt, Miss Dorley«, fügte er eisig hinzu, »benehmen Sie sich ausnahmsweise wie eine Dame und nicht wie ein verzogenes Gör. Mrs. O'Connor verdient

Ihre Bosheiten nicht. Sie hat nichts mit dem zu tun, was zwischen uns vorgefallen ist.« Damit wandte er sich auf dem Absatz um und ging davon.

Charles hatte Mühe, einigermaßen ruhig zu wirken, als er zu Jessica zurückkehrte. Harriet weckte sein ganzes Spektrum an Gefühlen, einen Tumult, den er kaum beherrschen konnte. Es wäre alles so einfach gewesen, hätte er sie nach ihrer Rettung in die Arme schließen, ihr sagen können, wie sehr ihn die Angst um sie zermürbt hatte. Ihr Anblick, schmutzig, blutig, mit zerrissenem Kleid, hatte ihn zu Tode erschreckt. Harding hatte nicht unrecht gehabt – er war tatsächlich erleichtert gewesen festzustellen, dass das Blut nicht von ihr, sondern von ihm stammte. Und jetzt ging es fast über seine Kräfte, den Anschein von Gleichgültigkeit und Kälte aufrechtzuerhalten. Sie war zutiefst verletzt, glaubte sich von ihm verstoßen, missachtet und gekränkt und tat nichts anderes, als ihm diese Kränkung heimzuzahlen. Aber er hatte sich entschieden, sie gehen zu lassen, und würde durchhalten. Und wenn er daran krepierte.

»Es tut mir leid, Charles«, sagte Jessica leise, als er sie wegführte, »ich habe mehr Unannehmlichkeiten bereitet, als ich ahnte. Miss Dorley wird sicherlich nicht in einer Kajüte mit mir schlafen wollen. Aber ich werde gern mit einem anderen Raum vorliebnehmen. Sie wissen ja, ich bin nicht so zimperlich, was Schiffsreisen betrifft, ich bin …«

»Das kommt überhaupt nicht in Frage. Wenn, dann wird eher Miss Dorley in einer der Vorratskammern Quartier beziehen.« Charles gelang ein überzeugender Tonfall, auch wenn er wusste, dass er eher Johnson aus dessen Kajüte werfen würde, um für Harriet Platz zu schaffen. Er und der Captain konnten sehr gut gemeinsam in der Großen Kajüte schlafen.

»Aber Charles …« Jessica musterte betroffen sein hartes Gesicht.

»Ich werde nicht dulden, dass Sie schlecht behandelt werden, Jessica.« Wenn es nach ihm ginge, sollte Harriet ohnehin in seiner Kajüte und in seinen Armen liegen. Aber das würde für den Rest seines Lebens ein Traum bleiben, mit dem er selbst fertig werden musste.

Harriet hatte nicht die Absicht, auf der *El Capitano* und in Jessicas und Charles' Nähe zu bleiben. Niemand konnte von ihr verlangen, Charles' Getue um diese Frau, seine anbetenden Blicke und sein entrücktes Lächeln zu ertragen.

Sie marschierte schnurstracks in die Kajüte, die sie mit der Rivalin teilen sollte, um ihre Sachen zu holen, die Charles dort bereits hatte deponieren lassen.

Charles war von anderen Pflichten abgelenkt, sie würde also sicher heimlich von Bord entkommen können. Sie hatte keine Lust auf einen weiteren Streit, nicht im Moment. Zuerst musste sie die alten Wunden lecken, bevor sie Gefahr lief, sich neue zuzuziehen. Es war nicht viel, was sie mit zur *Sea Snake* nehmen wollte. Nur ein bisschen frische Leibwäsche, einen zweiten Rock und zwei Blusen. Seife, Kamm …

Sie war soeben dabei, diese Dinge energisch in ein zu einem Beutel gebundenes Schultertuch zu stopfen, als Jessica eintrat. Harriet wandte sich sofort ab, schnappte sich das Bündel und wollte an Jessica vorbei. Allein der Anblick dieser hübschen Frau tat ihr weh und erinnerte sie daran, wen Charles wirklich liebte. Wen er immer geliebt hatte. Sollte er an dieser Liebe ersticken, der verdammte Kerl.

Jessica jedoch eilte ihr nach. »Miss Dorley? Bitte warten Sie doch!«

»Ich habe keine Zeit. Ich muss mich um Captain Harding kümmern. Die Männer warten schon, um mich überzusetzen.« Die Männer wussten noch nichts davon, aber Harriet zweifelte nicht daran, ihren Willen durchzusetzen.

»Sie gehen vom Schiff? Das ist schade, ich hätte gern ein wenig mit Ihnen geplaudert. Vielleicht wäre es uns gelungen, einige Missverständnisse auszuräumen?« Diese wie eine Bitte ausgesprochene Frage hätte Harriet beinahe weich werden lassen. Jessica war wirklich nett, aber Harriet hatte nicht die Absicht, mit ihrer Rivalin zu sympathisieren.

»Ich glaube kaum, dass es der Mühe wert wäre.« Sie drängte weiter.

»Wenn Sie nur wüssten, was dieser Harding mir und meinem Mann angetan hat, würden Sie nicht so sprechen. Er und James Daugherty …«

Harriet wirbelte herum. »James Daugherty ist tot«, unterbrach sie die andere scharf. »Schon seit vielen Jahren. Und was Captain Harding betrifft, so hat er mir das Leben gerettet!« Für Harriet war Harding kein Verbrecher. Nicht gerade ein unbeschriebenes Blatt, kein Waisenknabe, ein fieser Pirat, wenn man es genau nahm, aber einer, der unzweifelhaft an Charles hing und ihn und sie beschützte.

»Seien Sie doch froh, wenn ich das Feld räume«, platzte sie zornig heraus, »dann …« Sie unterbrach sich. Fast hätte sie sich und ihre Eifersucht verraten.

Jessicas Augen wurden groß. »Oh, jetzt verstehe ich erst«, sagte sie überrascht. »Wie dumm von mir, nicht eher daran zu denken! Sie sind misstrauisch, was die Beziehung zwischen Charles und mir betrifft, nicht wahr?«

Harriet sah sich außerstande zuzugeben, dass ihr schlechtes Benehmen Jessica gegenüber einem simplen, wenn auch glühenden Gefühl der Eifersucht entstammte. Sie drehte sich um und stapfte davon; sie musste von hier weg, ehe sie sich vollends lächerlich machte.

Johnson war leichter zu überreden, sie mit einem Boot übersetzen zu lassen, als Harriet gedacht hatte. Lan Meng kam natürlich mit. In der Großen Kajüte der *Sea Snake* trafen sie auf den Doktor, der nach seinem Patienten gesehen hatte.

»Captain Harding geht es besser«, erwiderte er auf ihre Frage. »Jetzt schläft er allerdings, ich habe ihm etwas verabreicht, um zu verhindern, dass er zu viel herumläuft, sonst bricht die Wunde wieder auf.«

Lan Meng ging an Deck, während Harriet sich in der Großen Kajüte auf eine Seekiste setzte, um aufs Meer hinauszustarren und zu sinnieren. Die Fenster waren zersprungen, einige Scherben lagen auf dem Boden. Von allen Seiten ertönte das Hämmern der Zimmerleute, die das Schiff wieder seetüchtig machten.

Nun gut, diese Jessica konnte nichts dafür, dass sie gefangen genommen worden war, und Harriet war die Letzte, die nicht alle Hebel in Bewegung gesetzt hätte, um eine Geschlechtsgenossin aus einer derart entsetzlichen Lage zu befreien. Völlig unverständlich war aber Harriets Mitleid mit Charles. Und dennoch konnte sie es nicht völlig wegschieben. Er hatte die Frau wiedergetroffen, der seine Liebe galt, und konnte doch nichts anderes tun, als sie wieder zu ihrem Mann zurückzubringen, das musste ihn hart treffen. So wie sie schmerzte zuzusehen, wie liebevoll er mit der anderen umging, während er sie mit eisiger Höflichkeit behandelte. Das tat so weh, dass sie ihn am liebsten geschlagen oder losgeheult hätte. Da war es schon besser, sich so weit wie möglich von den beiden entfernt zu halten, auch wenn ihr Umzug auf die *Sea Snake* einer Flucht glich.

Als Lan Meng sich zu ihr gesellte, starrte sie immer noch auf die Wellen. Ihre Freundin setzte sich neben sie, beobachtete sie eine Zeitlang und sagte dann: »Du benimmst dich wie ein dummes englisches Huhn.«

Harriet drehte den Kopf weg, um nicht den Ausdruck von Scham und Kränkung zu zeigen. »Ich weiß«, sagte sie leise. »Ich habe sehr unhöfliche Dinge gesagt.«

»Das auch. Aber du kannst nicht das Herz von diesem sturen Esel zurückgewinnen, wenn du diese Lady beleidigst und dann noch davonläufst«, sagte Lan Meng weise. »Aber das ist nicht der Grund, weshalb ich dich Huhn nenne.«

»Sie hat Captain Harding die Hand abgehackt«, machte Harriet einen würdelosen Versuch, ihre Freundin gegen Jessica einzunehmen. Diese wehrte jedoch ab.

»Ja, ja, und ich schneide ihr dafür die Kehle durch, wenn nötig. Aber nicht du. Das ist nicht deine Sache.«

Harriet sah sie flehend an. »Meinst du, er liebt sie?«

»Du hast mich nicht um meine Meinung gefragt, als du mit ihm ins Bett gesprungen bist«, meinte Lan Meng mitleidslos. »Warum jetzt?«

Harriet ließ den Kopf hängen.

»Charles schätzt dich. Nein, mehr, liebt dich«, fuhr die Chinesin sanfter fort. »Sehr. Ich es sehe an seinen Blicken. Ich habe immer schon gewusst«, setzte sie selbstbewusst hinzu, »wie sehr Charles dich liebt. Ich habe nämlich von einem Freund, der Freund hat, der Schwester hat, gehört, dass Charles Daugherty in Kalkutta fünf Männer gleichzeitig gefordert hat, weil sie übel über eine gewisse Miss Dorley geredet haben. Und einer davon war Bastard Sullivan.«

Harriets Kopf ruckte hoch. Ihre Augen weiteten sich. »Wie war das?«

»Und es ist natürlich ein großes Zeichen von Ausnutzen und Belügen«, fuhr Lan Meng fort, »wenn ein Mann wird völlig hysterisch, weil sein keifendes Frauenzimmer im Kerker steckt. So hysterisch, dass er seinen Kopf wegwirft und hinstürzt, um sie zu retten, und selbst darin landet. Und fast stirbt. Alles nur, um sein keifendes Frauenzimmer zu retten, das sich wie ein englisches Huhn benimmt. Wäre alles nicht nötig gewesen, wenn …«

»… wenn keifendes Frauenzimmer nicht davongelaufen wäre«, ergänzte Harriet den Satz mit einem bissigen Blick auf ihre Freundin.

»Stimmt«, erwiderte Lan Meng ungerührt. Sie ließ die Beine baumeln. »Ganz zufällig habe ich auch ein Gespräch zwischen Charles und Harding gehört: Charles will sein Piratenleben aufgeben.« Sie sagte dies mit einem bedauernden Gesichtsausdruck.

Harriet griff nach ihrem Arm. »Wann hast du das gehört?«

»Auf Kuba. Zufällig … Nun ja, ich habe gelauscht. Und ich habe auch ein weiteres Gespräch gehört, mit Ramirez. Charles hat ihm gedroht, falls er auf Idee kommt, Harriet ausnutzen zu wollen. Und was diese Jessica betrifft, so hat Charles nicht gewusst, dass sie war an Bord. War völlig überrascht, wie wir alle.« Sie legte Harriet die Hand auf den Arm. »Harriet, mir tut es auch so sehr leid. Wir haben nicht gewusst, dass du und Harding in Gefahr wart, sonst hätten wir nicht das Piratenschiff gekapert, obwohl es eine wirklich schöne Beute war. Aber Charles war die ganze Zeit sehr unruhig. Voller Angst, auch wenn er es nicht hat gezeigt.«

»Verzeihung, Miss Dorley?«

Harriet zuckte zusammen, als sich die Tür öffnete und der Zweite Offizier der *El Capitano* im Rahmen erschien. »Mr. Daugherty schickt mich. Ich soll Sie zurückbegleiten, es kommt ein Sturm auf. In einer halben Stunde ist der Seegang schon zu hoch, um mit dem Boot zur *El Capitano* überzusetzen.«

»Das wird auch nicht nötig sein«, erwiderte Harriet freundlich, der Mann konnte ja schließlich nichts dafür, dass sie eifersüchtig und Charles einfältig war. »Rudern Sie nur hinüber, ich bleibe hier. Meine Sachen sind bereits in der Kajüte. Sagen Sie das Mr. Daugherty. Ich werde hier mitreisen und auf gar keinen Fall auf der *El Capitano*.«

Der junge Mann zog ein verzweifeltes Gesicht. »Das wird Mr. Daugherty aber …«

»Sehr recht sein«, unterbrach ihn Harriet liebenswürdig. »Die Kajüten drüben sind bereits überfüllt.« Ihrer Meinung nach war das ganze Schiff allein schon mit Jessica O'Connor überladen. Hier war sie mit Lan Meng alleine, konnte nach Harding sehen, was ihr mehr am Herzen lag, als ständig Charles' Getue um diese Frau ertragen zu müssen.

»Ja, aber die *Sea Snake* ist nicht so seetauglich, durch die Beschädigungen, Miss, und …«

»Ich habe vollstes Vertrauen in die Fähigkeiten von Mr. Bains, das Schiff gut durch einen Sturm zu manövrieren. Wie ich sehe, wurden die wichtigsten Reparaturen auch schon ausgeführt. Sogar der Mast steht schon wieder. Mehr braucht es wohl nicht.« Hoffte sie jedenfalls.

»Sie weigert sich also herüberzukommen«, stellte Charles kurz darauf an Bord der *El Capitano* mit erzwungener Ruhe fest. »Ich nehme an, Sie haben Ihr klargemacht, wie gefährlich es für sie bei Sturm ist, auf der *Sea Snake* zu bleiben?«

»Sie meinte, sie vertraue der *Sea Snake* und dem Kommandanten.« Der junge Mann sah Charles zerknirscht an. »Ich konnte sie ja schließlich nicht rüberschleifen, Sir.«

»Sie nicht«, meinte Charles, als er sich auf den Weg zum Beiboot machte, um sich zur *Sea Snake* rudern zu lassen. »Aber ich schon. Und das werde ich auch«, fügte er grimmig für sich hinzu.

»Ich dachte, Sie wären auf der *El Capitano?*« Harding sah Harriet mit bösen Vorahnungen entgegen, als sie die Tür hinter sich schloss und – bedingt durch den hohen Wellengang – breitbeinig auf ihn zukam. Der verfluchte Knochenbrecher hatte ihr erlaubt, ihn zu besuchen, obwohl Harding alles versucht hatte, dieses Unheil abzuwenden.

Harriet zog sich einen Stuhl neben seine Koje.

Das Schiff schlingerte bedenklich, und manches Mal hatte sie das Gefühl, bergauf klettern zu müssen, und dann wieder, wie auf einer Rutschbahn hinunterzusegeln. Sie ließ sich bedächtig nieder. »Ich habe mich entschlossen, auf der *Sea Snake* zu reisen. Und sagen Sie doch Harriet zu mir«, schlug sie mit einem gewinnenden Lächeln vor. »Wir haben so vieles gemeinsam erlebt, das verbindet doch. Oder etwa nicht, *Mortimer?*«

Hardings Miene wurde noch vorsichtiger, was Harriet geflissentlich ignorierte und sich stattdessen trotz seines Protests eine Weile damit beschäftigte, sein Kissen zu richten und seine Decke zurechtzuziehen. Als sie dann jedoch so weit ging, seine heiße Stirn mit einem feuchten Tuch abzutupfen, stieß er ihre Hand weg.

»Und außerdem hätte ich noch ein paar Fragen an Sie, die in einem freundschaftlichen Klima viel besser besprochen werden«, fuhr sie mit unverminderter Freundlichkeit fort.

Harding sah sie beunruhigt an, sofern man bei seinem harten, ausdrucklosen Gesicht davon reden konnte. Aber Harriet hatte Zeit genug mit ihm verbracht, um darin lesen zu können. Das war etwas, das Charles ihm abgeschaut haben musste. Die beiden waren sich darin wirklich erschreckend ähnlich. »Ich wüsste nicht«, knurrte er sie an, »was wir beide …«

»Über den *Jungen?*«, schlug Harriet vor. Sie lächelte schmal, als Hardings Gesicht sich noch mehr verschloss. Es war ein Lächeln, das Lan Meng vorsichtig hätte werden lassen und auch Harding misstrauisch machte. Es war ein Zeichen dafür, dass Harriet Dorley sich an etwas festgebissen hatte und erst wieder davon ablassen würde, bis sie alles wusste. »*Meinen* Jungen?«, fragte sie nach.

Harding warf einen Blick auf die immer stärker schwingende Laterne. »Wir bekommen Sturm. Sollten Sie nicht schon seekrank in Ihrer Koje liegen, anstatt harmlose Männer zu quälen?«

Er hatte nicht unrecht. Das Schiff glitt von einem hohen Wellental ins andere, und die Querbrecher schlugen so heftig über das Deck, dass man das Wasser über die Kajütendecke rauschen hörte. Harriet stand auf und balancierte hinüber zu den zersprungenen Fenstern. Die Läden waren schlecht geschlossen. Der hohe Seegang presste bei jeder Welle Wasser herein, und wenn sie aufbrachen, würden die Fenster völlig zersplittern. Sie zerrte sie fester und schob energisch den Riegel vor.

Sie lächelte Harding wohlwollend an, als sie zu ihm zurückkehrte. »Ich werde nicht seekrank, das sollten Sie inzwischen schon bemerkt haben. Und was ›meinen Jungen‹ betrifft – das waren Ihre Worte, als Sie mir auf charmante Weise erklärt haben, dass Sie nicht mir zuliebe mein Leben gerettet hätten, sondern Charles' wegen.« Harriet hatte schon längst begriffen, dass Harding in Charles weit mehr sah als einen Arbeitgeber. Harding war um einiges älter als Charles, vermutlich nicht viel jünger als James Daugherty. Da war es nicht unwahrscheinlich, wenn so ein unbeweibter, kinderloser Einsiedler irgendwann begann, einen Sohnesersatz zu suchen. Und Charles eignete sich ihrer Meinung nach hervorragend dazu. Wahrhaftig, wenn sie darüber nachdachte, dann müssten alle ihre Söhne genauso aussehen und sein wie er. Höchstens ein bisschen weniger verbohrt. Was sie nun allerdings von Harding erhoffte, war eine Versicherung, dass Charles sie mochte, sie vielleicht sogar liebte – eine Bestätigung dessen, was Lan Meng ihr erzählt hatte.

»Fahren Sie zur Hölle«, sagte Harding mit einem Grinsen, das fast liebenswürdig zu nennen war, dann drehte er den Kopf weg.

»Weshalb haben Sie mir nicht gesagt, dass Charles noch lebt?«, fragte sie vorwurfsvoll.

»Fangen Sie schon wieder damit an?« Er warf ihr einen genervten Blick zu.

»So lange, bis ich eine Antwort habe, die nicht nur aus einem Fluch besteht.«

»Damit Sie nicht aus der Rolle fallen«, erwiderte er mit einem hinterhältigen Lächeln. »Frauen sind zwar gute Schauspielerinnen, aber mir lag einiges daran, alles möglichst echt zu gestalten.«

»Die Ohrfeige tut mir nicht leid«, bemerkte Harriet. »Eigentlich hätten Sie zwei verdient.«

Harding schloss die Augen, seine Stimme klang müde. »*Eigentlich* sollten wir quitt sein. Schließlich habe ich Ihre Kugel abgefangen.«

Nein, da hatte er unrecht. Dafür schuldete sie ihm sogar etwas. Aber da sie annahm, dass diese Offenbarung ihn jetzt nur aufgeregt hätte, behielt Harriet sie vorläufig für sich. Sie blieb noch kurze Zeit sitzen, aber als sie sah, dass seine Atemzüge immer ruhiger und gleichmäßiger wurden und sein Kopf schließlich zur Seite fiel, zog sie seine Decke zurecht, fuhr scheu über sein Haar und schlich dann – soweit dies bei diesem Seegang möglich war – auf Zehenspitzen hinaus.

Als Harriet am nächsten Morgen gähnend aus ihrem Raum in die Große Kajüte trat, fand sie dort Charles vor. Sie waren nicht voll von dem Sturm getroffen worden, hatten nur einen Ausläufer abbekommen, aber der hohe Seegang hatte sie kaum schlafen lassen. Und nun bewog sie dieser Schlafmangel beinahe dazu, freudestrahlend auf Charles zuzulaufen. In letzter Sekunde hielt sie sich selbst zurück, blieb in der Tür stehen und musterte ihn, um seine Stimmung abzuschätzen.

Charles hatte am Tisch gesessen und erhob sich, als er ihrer ansichtig wurde. Sein Blick glitt über sie, für den Bruchteil einer Sekunde veränderte sich etwas an ihm, und fast glaubte sie, in seinen Augen einen Widerschein seiner früheren Zuneigung zu erkennen, eine Sehnsucht, die sonst hinter Gleichmut und Gleichgültigkeit verborgen wurde.

»Sie hätte ich nicht hier erwartet«, stellte sie nach einer kurzen Pause, in der sie sich gefasst hatte, fest. Sie behielt die steife Anrede aus Trotz bei. »Haben Sie Ihre Passagierin denn allein lassen können?«

Sein Gesicht verschloss sich merklich, und sie bereute sofort ihre Worte. Warum nur konnte sie ihr Mundwerk nicht halten? Warum musste sie ihre Eifersucht vorne auf der Zungenspitze tragen? Sie raffte ihre Röcke zusammen und steuerte auf Hardings Tür zu, entschlossen, das peinliche Zusammentreffen zu beenden. Charles machte eine kleine, fast unmerkliche Bewegung, um sie aufzuhalten. »Der Arzt ist bei ihm und verbindet die Wunde.«

Harriet sah auf die Tür, dann wandte sie sich Charles zu. Es war lächerlich, sich wie ein dummes Huhn zu benehmen, wie Lan Meng ihr abermals vorgehalten hatte, als sie am Vorabend zu ihr in die Kajüte gekommen war. Da drinnen lag ein schwerverletzter Mann, Charles' Freund, und – darin zweifelte sie nicht – bis zu einem gewissen Grad auch der ihre. Auf seine etwas seltsame, bissige und spöttische Art *mochte* Harding sie.

»Wie geht es ihm?«

Über Charles' Gesicht glitt der Anflug eines erleichterten Lächelns. »Besser. Die Wunde sieht gut aus und scheint sich auch nicht mehr als üblich zu entzünden.«

Harriet nickte. Das waren gute Nachrichten. Um nichts in der Welt hätte sie gewollt, dass Harding starb, nur weil er sie gerettet hatte. Sie musterte Charles. »Wann sind Sie gestern an Bord gekommen, sagten Sie?«

»Kurz vor dem Sturm. Sie hatten sich schon in Ihre Kajüte zurückgezogen, sonst«, fügte er ironisch hinzu, »hätte ich es selbstverständlich nicht versäumt, Ihnen meine Aufwartung zu machen.«

In diesem Moment trat der Arzt aus Hardings Tür, und Charles wandte sich ab. »Entschuldigen Sie mich jetzt«, sagte er über die Schulter. »Ich habe mit Captain Harding zu sprechen.«

Mortimer sah an diesem Morgen schon besser aus. Harriet war ebenfalls kurz hereingekommen, hatte Harding mit einer Zuneigung angelächelt, die in Charles Verlangen und Eifersucht zugleich geweckt hatte, und war dann wieder gegangen.

»Geht es Ihnen gut genug, damit wir das Hühnchen rupfen können?«, fragte Charles grimmig, als er sich einen Stuhl neben Hardings Bett zog

Harding setzte eine spöttische Miene auf. »Und Sie glauben, Sie wären der Mann, mit mir etwas zu rupfen?«

Charles musterte ihn von oben bis unten. »Im Moment bestimmt.«

»Und wahrscheinlich auch sonst«, gab Harding mit einem Grinsen zu. »War beeindruckend, wie Sie mit Sullivan umgegangen sind.«

Charles winkte ab. »Hätte ich den gleich damals in Kalkutta über den Haufen geschossen, wäre uns viel Ärger erspart geblieben. Aber reden wir lieber darüber, weshalb Sie, ohne mir etwas zu sagen, mit ihm *Verträge* geschlossen haben.«

Harding zuckte mit den Schultern und verzog sofort das Gesicht. »Sie haben doch meinen Brief bekommen. Und Johnson wusste ebenfalls Bescheid.«

»Und die Intelligenz, gemeinsam einen Plan auszuhecken, hatten Sie mir nicht zugetraut?«

»Nein.« Harding sah ihn finster an. »Es war auch keine Gelegenheit dazu, nachdem Sie wiederum die Intelligenz besessen hatten, Ihrer Miss Harriet wie ein hirnloses Kalb in die Festung nachzulaufen und in die Falle zu gehen.«

»Touché«, erwiderte Charles verärgert. »Ich dachte, wir seien Partner«, meinte er dann nach einer kleinen Pause.

»Das sind wir auch. Aber ich bin dafür da, Ihnen die Drecksarbeit abzunehmen«, erwiderte Harding gepresst. »Habe ich immer gemacht.«

Charles brauchte einige Sekunden, bevor er sprechen konnte. Er blickte auf seine lädierten Hände, um sich zu fassen. Die Abschürfungen und Verbrennungen heilten recht gut, und die

Wunden juckten eher, als dass sie schmerzten. Endlich sah er wieder hoch. »Das stimmt«, seine Stimme klang rauh, »und ich habe das als selbstverständlich hingenommen, aber das wird sich ab heute ändern.«

»Hören Sie, Charles …« Harding setzte sich unbeholfen auf. Der Arzt hatte ihm den Eisenhaken vom Arm genommen, und Charles sah mit einem schmerzlichen Gefühl auf den Armstumpf. Er wandte den Blick ab und fuhr sich über das Gesicht, als wolle er die Erinnerung wegwischen.

»Charles«, Harding klang eindringlich, »ich hatte keine andere Wahl, als das Mädchen mitzunehmen. Sullivan wollte sie unbedingt haben. Andernfalls hätte er sie entführt und auf seinem Schiff gefangen gehalten.«

»Ich weiß. Und ich war beruhigt, weil sie bei Ihnen war.« Das war nicht ganz die Wahrheit. Und am meisten traf ihn, dass er Harriet bei ihren Vorwürfen recht geben musste. Sie hatten wertvolle Zeit damit verloren, den Piraten zu kapern. Der Gedanke, dass Jessica in den Händen der Verbrecher geblieben wäre, war schlimm, aber die Vorstellung, Harriet könnte durch seine Schuld, durch sein Zögern, getötet worden sein, raubte ihm schier den Atem. Wie knapp es doch gewesen war. Harding fast tot, Harriet, seine Harriet, die Frau, die er für den Rest seines Lebens verzweifelt lieben würde, gleichgültig, was sie tat und sagte, vielleicht ebenfalls tot. Erschossen. Er wäre an Bord der *Sea Snake* gekommen und hätte vor den Leichen der Menschen gestanden, die ihm am meisten bedeuteten. Bei diesem Gedanken schloss er sekundenlang die Augen. Als er sie wieder öffnete, sah er, dass Harding ihn aufmerksam betrachtete.

»Ich bin zwar immer noch der Meinung, dass wir alle uns viel Ärger erspart hätten, wenn wir das lästige Frauenzimmer gleich mit der *Red Vanessa* versenkt hätten, aber es hat mich doch beeindruckt, wie wütend sie geworden ist, als sie dachte, wir hätten Sie einfach zurückgelassen.«

Charles machte eine unbeherrschte Bewegung, bevor er sich wieder in der Gewalt hatte und nur ein unverbindliches »So?« äußerte.

»Ganz aus dem Häuschen wäre angebrachter«, fuhr Harding fast genussvoll fort. »Sie hat sogar das Essen verweigert, wollte wohl verhungern, bis ich ihr drohte, sie von meinen Männern stopfen zu lassen wie eine Weihnachtsgans.«

»Wie?« Charles starrte ihn verständnislos an. »Sie wollte nicht essen?«

Harding zuckte mit den Schultern. »Sie hatte es sich wohl in den Kopf gesetzt, zu verhungern und ihrem vermeintlich verblichenen Liebsten in den Tod zu folgen. Sie wissen ja, wie sentimental diese Weiber sind. Dann hat sie es sich jedoch anders überlegt und mir schließlich sogar eine Ohrfeige verpasst.« Er schnitt eine Grimasse. »Ich scheine der Prügelknabe für Ihre Liebchen zu sein. Hätte sie einen Säbel gehabt, würde mir jetzt vermutlich noch ein Körperteil fehlen.«

In Charles' Gesicht arbeitete es, und er wandte sich ab, als er sagte: »Ich hätte mir gut vorstellen können, mit Harriet verheiratet zu sein.«

»Weil sie mich ohrfeigt?«, fragte Harding süffisant.

Charles machte eine halb verärgerte, halb amüsierte Handbewegung.

»Und jetzt nicht mehr?«, fasste Harding nach. »Ich sage es ungern, da ich noch weiteren Ärger auf mich zukommen sehe, aber das Mädchen ist bis über beide Ohren in Sie verliebt, Charles.« Er setzte sich, auf seinen Armstumpf gestützt, auf und griff mit der linken Hand nach Charles' Arm, obwohl ihn diese Bewegung höllisch schmerzte. »Lassen Sie sich die Möglichkeit, mit ihr glücklich zu werden, nicht entgehen«, sagte er eindringlich. »Sie wissen nicht, was Sie versäumen. Heiraten Sie sie einfach. Machen Sie sich keine Gedanken.« Er studierte Charles' Miene; dieser gab sich Mühe, gleichmütig zu wirken, aber Harding hatte von jeher besser als alle anderen verstanden, in ihm zu lesen.

Charles schüttelte den Kopf. »Nein, ich würde sie nur in meine Geschäfte hineinziehen und wieder in Gefahr bringen, das will ich nicht. Und«, fügte er leiser hinzu, »ich will nicht so eine Ehe führen wie meine Eltern. Auf gar keinen Fall. Und so würde es enden.«

»Das wird nicht sein wie bei … James Daugherty und Ihrer Mutter«, sagte Harding gepresst, als hätte er endlich begriffen, wovor Charles Angst hatte. Das war nicht die erste Bemerkung dieser Art, und jede davon traf Harding bis ins Mark. »Niemals. Nichts kann so sein wie …« Er unterbrach sich, legte sich zurück und schloss die Augen. »Zerbrechen Sie sich darüber nicht den Kopf. Und jetzt gehen Sie, machen Sie klar Schiff mit dem Mädchen, mein Junge. Seien Sie klug.«

Charles wartete darauf, dass er noch etwas sagte, aber entweder wollte er nicht weitersprechen, oder er war eingeschlafen. Charles warf noch einen Blick in die Runde, vergewisserte sich, dass alles in Ordnung war, und verließ dann Hardings Kajüte.

Harriet war weder in der Großen Kajüte noch in ihrer. Auch Lan Meng war nicht zu sehen, also kletterte Charles an Deck. Und tatsächlich, da fand er die beiden Frauen. Sie standen an der Reling und beobachteten einen Punkt in der Ferne. Die *El Capitano* segelte in Rufweite auf einem Parallelkurs, und irgendwo in seinem Hinterkopf bemerkte er, dass auf dem anderen Schiff eine gewisse Unruhe entstanden war. Er war jedoch so auf Harriet, ihr leuchtendes Haar, ihre schlanke Figur, das geliebte Profil konzentriert, dass er auf nichts anderes achtete.

Plötzlich wandte sich Harriet nach ihm um, als spürte sie, dass er hinter ihr stand. Ein seltsames Lächeln erschien auf ihren Lippen. »Schiff steuerbord voraus, Mr. Daugherty«, sagte sie leichthin. »Captain Johnson meint, er kenne es.«

Charles drehte sich nur widerwillig in die angegebene Richtung.

»Er meint«, fügte Harriet mit einer Stimme hinzu, die vor Genugtuung nur so triefte, »es wäre die *Tuesday*. Das Schiff von Mrs. O'Connors Gatten.«

Und so war es auch. Die *Tuesday* hatte einen Kurs gesetzt, der sie bei diesem Wind in etwa drei Seemeilen auf die *Sea Snake* und die *El Capitano* treffen ließ. Als sie endlich parallel segelten und die Schiffe nur noch knapp zwanzig Meter trennten, ließen Johnson und Bains auf Charles' Befehl die Segel back stellen, und die *Tuesday* tat es ihnen gleich, bis sich die drei Schiffe in relativer Ruhe zueinander im Wellengang hoben und senkten.

Harriet starrte zur *Tuesday* hinüber. Der Captain war leicht auszumachen. Es war der hochgewachsene, gutaussehende dunkelhaarige Mann, der Jessica O'Connor mit Blicken verschlang. Seine Frau umklammerte die Reling mit beiden Händen und machte den Eindruck, als würde sie jeden Moment ins Wasser springen, um zu ihm hinüberzuschwimmen. *Was*, dachte Harriet süffisant, *ja nicht das erste Mal wäre*. Captain O'Connor riss sich nur mit Mühe von seiner Frau los und sah zu Charles hinüber, der lässig einige Schritte von Harriet entfernt lehnte und den anderen aufmerksam beobachtete.

»Hallo Daugherty«, schrie Jack O'Connor mit tragender,

befehlsgewohnter Stimme herüber, »Sie haben verdammtes Glück, dass Sie meine Frau an Bord haben, andernfalls hätte ich Sie jetzt versenkt.«

Harriet richtete sich empört auf, als sie jedoch Charles ansah, bemerkte sie, dass dieser nur spöttisch lachte und O'Connor mit einem verächtlichen Blick maß.

Kurz darauf ließ Jack O'Connor sich mit seinem Beiboot zur *El Capitano* rudern. Johnson hatte ihm nach kurzer Rücksprache mit Charles die Erlaubnis gegeben, an Bord kommen zu dürfen, und O'Connor nutzte diese auch weidlich aus. Welch eine andere Begrüßung war dies als jene, die Charles ihr vergönnt hatte! Harriet beobachtete voll Neid, wie Jessica an der Reling wartete, wie O'Connor ungeduldig schon im Boot stand und keinen Blick von seiner Frau ließ, um sie dann, kaum dass er wendig an Bord geklettert, nein, eher gesprungen, war, in die Arme zu reißen und nicht mehr loszulassen.

Harriet betrachtete Charles aus den Augenwinkeln. Sie war für ihn froh, dass Jessica sich auf der *El Capitano* befand und er bei dieser stürmischen Begrüßung nicht direkt daneben stehen musste. Er wirkte äußerlich gelassen, aber sie kannte ihn gut genug, um den Zug um seinen Mund richtig zu deuten. Er hatte Kummer. Ein kleiner, boshafter Teil von ihr vergönnte ihm die Eifersucht, aber jener weitaus größere, wärmere Teil, der ihn liebte, litt mit ihm, weil er mit ansehen musste, wie seine ehemalige Liebe in den Armen ihres Gatten lag. Sie wünschte fast, sie könnte hingehen, ihm die Hand an die Wange legen und sein Gesicht zu ihr drehen.

14. KAPITEL

Am Abend kam eine höfliche Einladung von Captain und Mrs. O'Connor, ein offizielles Dinner auf der *Tuesday* einzunehmen.

Die Einladung war erstaunlich, denn O'Connor hatte bei seiner Ankunft eher den Eindruck gemacht, als wolle er seine Frau an Bord nehmen und dann die *El Capitano*, die *Sea Snake* und deren Besatzungen so schnell und so weit wie möglich hinter sich lassen. Und noch verblüffender war, dass die Einladung nicht nur an Charles erging, sondern auch an Harriet, Lan Meng und sogar an Captain Harding. Dieser lehnte allerdings dankend ab, wobei er seine Absage mit einigen sehr bissigen Bemerkungen, die Jessica zum Erröten gebracht hätten und Harriet kichern ließen, würzte.

Charles sah Johnson an, der ebenfalls geladen war. Schließlich war er der Captain des Schiffes, das Jessica gerettet hatte. »Wenn Sie nicht mitkommen wollen, werde ich Sie entschuldigen.«

Johnson schüttelte tapfer den Kopf. »Ich werde Sie bestimmt nicht allein gehen lassen, Sir.«

Lan Meng lehnte die Einladung mit einem katzenhaften Lächeln ab, Harriet dagegen sagte zu. Zum einen schon deshalb, weil sie dabei sein wollte, wie Jessicas Mann und ihr Verehrer sich um ihre Aufmerksamkeit prügelten, und zum anderen, weil sie auf diesen O'Connor neugierig war. An einem Mann, dem es gelang, einen Charles Daugherty auszustechen, musste was dran sein.

Als sie dann um den großen Tisch in der Tageskajüte der *Tuesday* saßen und überraschend gut zubereitete Speisen serviert bekamen – Charles hatte von seinem Schiff eine Kiste vorzüglichen französischen Rotwein und Portwein als Gastgeschenk mitgebracht –, hatte Harriet auch ausreichend Gelegenheit, O'Connor zu betrachten. Er war auf eine sehr männliche Art gutaussehend und hatte durchaus etwas Anziehendes. Er trug eine Seeuniform, die ihm hervorragend stand, das Hemd war blütenweiß, das dunkle Haar glänzte, seine Fingernägel waren sauber. Er hatte auch ein einnehmendes, etwas legeres Benehmen, wie es den meisten Leuten aus den Staaten eigen war. Harriet, die die steifen Umgangsformen der englischen Gesellschaft nie gemocht hatte, fühlte sich durch seine lockere, aber höfliche Art durchaus angezogen. Seine Manieren waren gut, und auch wenn er diese bei Charles und Johnson nicht unbedingt zur Schau stellte, so war er Harriet gegenüber sogar liebenswürdig.

Ihr Blick glitt von ihm zu Charles. Machte O'Connor den Eindruck eines charmanten Rauhbeins mit ansprechenden Manieren, so war Charles Engländer durch und durch. Perfekt sitzende Jacke und Weste, das Haar ordentlich zurückgekämmt und mit einer Schleife zurückgebunden. Er musste tatsächlich mehrere davon besitzen, denn Harriet hatte ihm die andere niemals zurückgegeben. Zurückhaltend, gelassen, mit gepflegter Sprache, korrekter Haltung und ebensolchem Benehmen war er das Inbild eines englischen Gentlemans. So wie er hier saß und sich benahm, hätte er an der Tafel jedes Herzogs speisen können, und keiner hätte ihn in Verdacht gehabt, das berüchtigtste Piratenimperium der letzten zweihundert Jahre zu leiten. Seine Züge waren ebenfalls sehr männlich, ein bisschen kantig, sie schienen sich in den vergangenen Tagen noch verschärft zu haben, aber insgesamt waren sie weniger schroff als die von O'Connor. Er war auf eine Art gutaussehend, die jede Frau mit nur etwas Geschmack sich nach ihm umdrehen ließ.

Es war aber noch mehr, das auf ihn aufmerksam machte. Jede Bewegung, jede Geste, jedes Wort zeugte von dem Selbstbewusstsein und der Sicherheit eines Mannes, der eine ganze Flotte von Piraten- und Handelsschiffen befehligte, etliche Länder mit seinen Geschäften an der Nase herumführte und das ruhige Bewusstsein seiner Macht ausstrahlte. Etwas, das wohl jede Frau fesselte und das selbst Harriet, die sich gegen Zwang und Autorität sträubte, nicht gleichgültig ließ.

Aber das war es nicht, was sie wirklich so unwiderstehlich zu Charles hinzog. Es war vielmehr der Mann, der hinter dieser Fassade steckte. Jener Charles, der nur manchmal zum Vorschein kam, dessen Augen wie Bernstein leuchteten, wenn er sie anlächelte, und dessen Schmunzeln sie bis ins Herz erwärmte. Der für sie eintrat, auf sie aufpasste, sich ihretwegen selbst in Gefahr brachte. Derjenige, unter dessen zurückhaltendem Äußeren eine ungeahnte Wildheit und Leidenschaft schlummerte. Harriet erinnerte sich, wie er mit Sullivan gekämpft hatte, an den Hass, die Mordlust in seinen Augen. An den Zorn, der gelegentlich aufflackerte, wenn er ihn auch meist sofort hinter seine eiserne Beherrschung zurückdrängte. Sie dachte daran, wie er in der Zelle in El Morro fluchend mehrmals gegen die Tür getreten hatte, und verbiss sich ein Grinsen.

Der Pirat, setzte sie in Gedanken fort, der, wenn es nötig war, ohne zu zögern tötete und andererseits jetzt noch verletzt war, weil seine große Liebe ihn verlassen hatte.

Ein wunderbarer Liebhaber, der sie so zärtlich verführt, sie bei aller Leidenschaft so sinnlich und rücksichtsvoll zugleich in seinen Armen gehalten hatte. Und nicht zuletzt war Charles der Mann, den sie bis an ihr Lebensende lieben würde. Verdammt sollte er sein für seine Dickköpfigkeit und Kälte.

Das Essen verlief, hauptsächlich dank Jessicas Bemühungen, friedlich, wenn man es auch nicht gerade harmonisch nennen konnte. Zumindest waren sich die beiden Männer einig, solange sich das Thema um Sullivan und Reading drehte.

»Diese Kerle machen uns schon lange zu schaffen«, sagte Captain O'Connor. »Ich war gerade hinter einem dieser Piraten her, als ich erfuhr, was mit dem Schiff passiert ist, auf dem Jessica reiste.« Sein Blick, innig und besorgt, glitt zu seiner Frau, die seine Hand ergriff und sie liebevoll drückte. O'Connor biss die Zähne zusammen, und Harriet sah, dass er Mühe hatte, seine Gefühle unter Kontrolle zu halten. Er musste wahnsinnige Angst um Jessica gehabt haben. Aber das war kein Wunder, soweit sie von den Erzählungen ihrer Mutter wusste, kannten sich die beiden seit vielen Jahren und waren sozusagen miteinander aufgewachsen. *Das ist richtige, dauerhafte Liebe,* dachte sie voller Neid.

O'Connor wandte sich wieder Charles und Johnson zu. »Wir hatten ebenfalls den Verdacht, dass sie ihr Quartier in Florida haben. Den Spaniern ist es gleichgültig, was sich dort tut, solange sie in Ruhe gelassen werden. Vermutlich haben diese Schweine auch eine Menge in Schmiergelder investiert.«

»Sullivan hat Captain Harding erzählt, dass ihre Flotte zehn Schiffe zählt. Ich weiß nicht, ob das stimmt, aber wir werden es bald feststellen«, sagte Charles in seinem unterkühlten Tonfall. »Ich bin gerade dabei, meine Flotte zusammenzuziehen, um dieses Nest auszuräuchern.«

»Solange Sie nur hinter den Piraten her sind und nicht hinter harmlosen Händlern, halte ich das für keine schlechte Idee.«

Charles verzog den Mund zu einem kalten Lächeln. »Sie können sich gern anschließen, O'Connor. Oder ich kann Ihnen diese Drecksarbeit ganz überlassen und lediglich dafür sorgen, dass die restlichen Piraten, unter denen jetzt zweifellos Rangkämpfe entstehen werden, einen großen Bogen um meine Gebiete machen.«

O'Connor musterte ihn misstrauisch, dann sagte er: »Ich habe übrigens Captain Jenkins von der *Red Vanessa* getroffen. Er sagte mir, dass er von einem Piraten angegriffen worden sei. Und zwar von der *El Capitano*.«

Harriet hielt den Atem an. Über dem Raum lag schlagartig eine fühlbare Spannung. Charles hingegen wirkte lediglich gelangweilt. »Das muss ein Irrtum sein, O'Connor. In meinem Unternehmen beschäftige ich keine Piraten.«

»Da habe ich anderes gehört.«

»Die Leute reden viel. Und Sie geben zu viel auf Gerüchte«, meinte Charles mit einem Anflug von Amüsement. Er hob das Glas und nahm einen Schluck, ließ den Geschmack des Weins auf der Zunge zergehen, als wäre das Getränk wichtiger als O'Connors Gerede.

»Was mich allerdings mehr gestört hat, war die Tatsache, dass Sie Miss Dorley überreden konnten, mit Ihnen weiterzureisen«, fuhr Jack mit Schärfe fort. »Und ich bin«, sagte er zu Harriet gewandt, »äußerst froh, Sie heil hier zu sehen.«

»Mr. Daugherty war so liebenswürdig, mich an Bord der *Sea Snake* zu nehmen, weil die Kajüte der *Red Vanessa* durch die kleine Auseinandersetzung leider etwas in Mitleidenschaft gezogen worden war«, entgegnete Harriet, die plötzlich sehr gerade, mit durchgedrücktem Rücken dasaß. »Er kam gerade rechtzeitig, um der *Red Vanessa* seine Hilfe anzubieten.«

»Das muss ihn ziemlich geschmerzt haben«, murmelte O'Connor. Harriet sah, wie seine Frau ihm unter dem Tisch einen Fußtritt gab. Es tat ihr leid, dass er so weit von ihr entfernt saß, andernfalls hätte sie ihn ebenfalls getreten. Und weitaus fester.

»Weniger, als Sie denken«, mischte sich Charles ein. »Das Schiff, das die *Red Vanessa* angriff, war tatsächlich die *El Capitano*. Allerdings segelt sie wie alle meine anderen Schiffe unter einem Kaperbrief.«

Er bemerkte Jessicas erstaunten Blick und zuckte mit den Schultern. »Wir müssen schließlich auch von etwas leben, und wie Sie am eigenen Leib erfahren haben, ist die Konkurrenz groß und noch weitaus skrupelloser.«

»Sie haben ziemlich umgesattelt, was?«, fragte O'Connor. »Dann hatten wir wohl Glück, dass die *Red Vanessa* letzten Endes doch heil in einem Hafen gelandet ist.«

»Glück und Miss Dorley an Bord«, erwiderte Charles trocken. »Andernfalls hätten wir uns diese Prise nicht entgehen lassen.«

»Was Miss Dorley betrifft«, hakte O'Connor sogleich nach, »wird sie uns hoffentlich die Freude machen, die Reise auf der *Tuesday* fortzusetzen. Wir nehmen von hier aus sofort Kurs auf Boston.« Er blickte seine Frau an, die lächelnd nickte.

»Nun, ich …«, fing Harriet überrascht an, wurde jedoch von Jessica unterbrochen.

»Das wäre eine wunderbare Idee. Ich würde mich sehr über Gesellschaft freuen.«

Harriet sah, wie Johnson alarmiert aufblickte und Charles sich anspannte. Seine Hand, die eben noch gelassen neben seinem Glas auf dem Tisch gelegen hatte, ballte sich langsam zur Faust.

»Ich hatte Ihnen angeboten, Sie nach Boston zu bringen, Miss Dorley«, sagte er mit einer Stimme, die verdächtig ruhig klang.

»Ich halte es für die beste Lösung, wenn Miss Dorley mit uns fährt.« Jack O'Connor sagte das in einem sehr bestimmten Tonfall.

»Aber ich …«

Harriet wurde von Charles unterbrochen, der sich erhob, ohne zu warten, bis der Gastgeber die Tafel aufhob. »Nun, wie Sie wollen, Miss Dorley. Ich wäre der Letzte, der zwischen Ihnen und Ihren Wünschen stünde.«

Du bist der Einzige, der es wirklich tut, dachte Harriet bestürzt, während sie ebenfalls aufsprang.

»Dann sollten wir hier nicht länger unsere Zeit verschwenden. Mr.Johnson«, Charles drehte ihr den Rücken zu und sah den Captain der *El Capitano* an, »bitte sorgen Sie dafür, dass Miss Dorleys Gepäck von der *El Capitano* und jene Dinge, die sie noch auf der *Sea Snake* hat, an Bord der *Tuesday* gebracht werden.«

Johnsons »Ja, Sir« klang bedrückt. Er warf Harriet einen fragenden Blick zu, ehe er sich vor Jessica verneigte. »Vielen Dank für die Einladung, Mrs.O'Connor. Captain O'Connor«, eine kleine, höfliche Verbeugung auch vor ihrem Gatten, dann ging er hinaus. Charles folgte ihm.

Harriet lief Charles bis aufs Deck nach und fasste nach seinem Ärmel. Er drehte sich zu ihr herum, löste sanft ihre Finger und trat einen Schritt zurück. In seinem Blick flackerte kurz etwas auf, aber sie konnte diese Emotion nicht fassen. War es Enttäuschung? Ärger? Etwas wie Resignation huschte über sein Gesicht. »Die Entscheidung, mit Mrs. O'Connor zu segeln, kommt sehr gelegen. Ich werde dafür sorgen, dass Ihre Freundin ebenfalls an Bord gebracht wird, um die Reise mit Ihnen fortzusetzen, und ich werde Mortimer Grüße von Ihnen bestellen.« Er verneigte sich leicht vor ihr. »Ich wünsche eine gute Weiterreise, Miss Dorley.«

»Ich habe mich aber nicht entschieden …«, begann sie erzürnt, wurde jedoch von ihm unterbrochen.

»Das war auch nicht nötig, das habe ich für Sie getan.«

Harriet starrte ihn empört an. Wie konnte ein Mann allein nur so borniert sein? Wo sie doch nur auf eine freundliche Geste, ein nettes Wort wartete! Wie kalt sein Gesicht wieder war, die Augen ausdruckslos. Was musste man tun, um unter die Oberfläche zu kommen? Sich ihm an den Hals werfen? Ihn küssen? Ihm mit der Faust auf den Kopf schlagen? Harriet erwog ernsthaft alle drei Maßnahmen.

Am liebsten hätte sie vor Zorn geschrien und zugleich geweint. Was war nur aus alldem geworden? Aus Charles' Heiratsantrag, seinen Küssen, dieser einen, unvergesslichen Nacht. Alles zerstört durch ihre Dummheit, mit der sie ihm in ihrer Verletztheit böse Dinge an den Kopf geworfen hatte? Oder hatte er tatsächlich nur des Vorteils wegen um sie geworben? Vielleicht war er ja wirklich froh, sie loszuwerden!

Es kostete Charles große Mühe, seinen Blick von Harriets blassem Gesicht, dem man die Enttäuschung und den Zorn über sein Verhalten so unverhüllt ansah, abzuwenden. Harriet war wirklich nicht in der Lage, ihre Gefühle zu verbergen. Sie trennte sich nicht gern von ihm, aber das war vermutlich nichts im Vergleich zu dem fast körperlichen Schmerz, der ihn gepackt hatte.

»Auf ein Wort, O'Connor.« Er beachtete sie nicht mehr,

sondern wandte sich Jack zu, der ihm mit Jessica gefolgt war. Charles ging einige Schritte von Harriet weg, und Jack folgte ihm.

Er sprach so leise, dass die anderen ihn nicht hören konnten. »Ich würde Harriet nicht in Ihre Obhut geben, wäre ich nicht der Meinung, dass es für sie das Beste sei. Aber gnade Ihnen Gott, O'Connor, wenn Sie nicht gut auf sie aufpassen, denn ich werde es nicht tun.« In seinen Augen lag eine unverhüllte Drohung.

»Machen Sie sich nur keine Sorgen«, knurrte O'Connor gereizt. »Miss Dorley ist bei mir und meiner Frau gewiss besser aufgehoben als bei jemandem wie Ihnen.«

Das war auch der einzige Grund, weshalb er sie gehen ließ. Charles machte den Mund auf, um O'Connor zu sagen, dass er sich zum Teufel scheren solle, aber dann sah er unvorsichtigerweise auf Harriet, die ihn anstarrte. Sie sah so … ängstlich aus, blass und gekränkt.

Er straffte sich. Diese Leute waren seine Feinde, aber Jessicas Freunde. Es gab noch etwas, das er tun musste, Harriet zuliebe. Er trat vor Jessica, verabschiedete sich und sagte dann mit erzwungener Ruhe: »Es tut mir leid, was damals geschehen ist, Mrs. O'Connor. Ich habe die vollständigen Hintergründe erst später erfahren. Andernfalls hätte ich das alles nicht zugelassen.« Er sah dabei nur Jessica an. Sich auch noch bei O'Connor zu entschuldigen hätte seine Beherrschung und seinen guten Willen überschritten. Diese Demütigung hätte er auch für niemanden anderen über sich gebracht als für Harriet. Nun hatte O'Connor keinen Grund mehr, sie zu kränken, indem er ihn beleidigte. Und Harriet konnte seinetwegen verletzt werden, das war ihm mit einer Mischung aus Freude und Wehmut klargeworden.

»Kommt ein bisschen spät …«, fing O'Connor an, wurde jedoch unterbrochen.

»Schweigen Sie!« Harriets zartes Gesicht war vor Wut so gerötet, dass die Sommersprossen nicht mehr zu sehen waren. Ihre Augen blitzten, als sie sich vor O'Connor aufbaute. Harriet war um einiges größer als Jessica, allerdings viel schlanker, und gegen den breitschultrigen Mann sah sie aus wie ein kleines Mädchen. Charles hatte jedoch Verständnis, als Jack vorsichtig einen halben Schritt zurücktrat. Das hätte er an seiner Stelle jetzt auch getan.

»Mr. Daugherty hat mit dieser Entschuldigung, die er gar nicht nötig gehabt hätte, Hochherzigkeit und gute Erziehung bewiesen! Er hat sich als Gentleman gezeigt, was man von Ihnen nicht behaupten kann, Captain O'Connor«, sagte sie mit vor Leidenschaft bebender Stimme. »Sie haben ihm das Leben und die Freiheit Ihrer Frau zu verdanken. Wenn Ihnen daran etwas liegt, dann sollten Sie sich zumindest etwas Höflichkeit befleißigen. Und an dieser haben Sie es den ganzen Abend lang geradezu erbarmungswürdig mangeln lassen, Sir!«

O'Connor hatte sie verblüfft und reglos angestarrt, aber bei diesem vernichtenden »Sir« zuckte er merklich zusammen. Noch dazu, wo Harriet jetzt mit schmalen Augen einen Schritt näher an ihn herantrat. Es war schade, dass sie ihren Sonnenschirm nicht dabeihatte, Charles hätte gern gesehen, wie sie ihn auf O'Connors Schädel krachen ließ.

Er war gerührt, glücklich und unglücklich zugleich, weil sie ihn in Schutz nahm. Und obwohl er es durchaus befriedigend fand, wenn sein ehemaliger Rivale und nicht er das Ziel von Harriets Temperamentausbruch wurde, fand er es dennoch an der Zeit einzuschreiten. Harriet würde, wenn sie in diesem Zustand war, so lange weiterreden, bis von O'Connor nur ein vernichtetes kleines Häufchen Elend übrig war, das sich verzweifelt die Ohren zuhielt. Und seine eigene, ihm so sauer kommende Entschuldigung wurde sinnlos, wenn Harriet sich es jetzt mit Leuten verdarb, auf deren Wohlwollen sie auf der Reise angewiesen war.

Es gab mehrere Möglichkeiten, sie daran zu hindern weiterzusprechen, aber Charles wählte die reizvollste. Als sie mit ihrer Strafpredigt fortfahren wollte, trat er einen Schritt auf sie zu und griff nach ihr.

Harriet blieb das Wort im Hals stecken, als Charles sie plötzlich an den Schultern packte, sie zu sich herumwirbelte und sich zugleich so mit ihr drehte, dass sie von seinen breiten Schultern vor den Blicken der anderen geschützt war. Zuerst starrte er sie an, als wolle er sich für alle Zeiten jeden ihre Züge einprägen. Das Verlangen in seinen Augen ließ ihren Atem stocken, und dann schlug ihr Herz so schnell und heftig, dass es schmerzte.

Er küsste sie. Mit einer Glut und Verzweiflung, wie er sie noch nie geküsst hatte. Sie wollte sich an ihn schmiegen, ihre Arme um ihn legen, aber trotz der Heftigkeit des Kusses hielt er sie ein wenig von sich ab, so dass ihr Körper seinen nur sachte berührte. Der Kuss war endlos, berauschend, zog ihr den Boden unter den Füßen weg. Als er sich von ihr löste, drehte sich das Schiff um sie, und sie hatte das Gefühl, der Himmel stürze auf sie nieder. Sie blinzelte, rang nach Atem. Für wenige Momente presste er sein Gesicht in ihr Haar.

»Es ist besser so, mein Liebling.« Seine Stimme war nur ein Hauch. Dann ließ er sie so abrupt los, dass sie taumelte. Gleich darauf war er auch schon in seinem Boot, wo Johnson auf ihn wartete. Harriet stand wie angewurzelt da und starrte dorthin, wo Charles verschwunden war. Besser? Besser?!

Jessica berührte leicht ihren Arm. »Wollen Sie nicht unter Deck kommen, Harriet? Wir haben Ihre Kajüte vorbereiten lassen. Vielleicht wollen Sie sich ausruhen, bis die Männer Ihre Sachen bringen?«

Harriet beachtete sie nicht. Besser als was? Sie leckte sich über die Lippen, wo noch Charles' Geschmack haftete, spürte noch seine Zunge, die ihre Lippen geteilt hatte, fühlte noch seinen Griff.

Als kurz darauf das Boot der *El Capitano* anlegte, um ihre Sachen an Bord zu bringen, zögerte sie nicht. Sie war blitzschnell im Boot, obwohl sie beinahe abrutschte und dabei fast ins Wasser gefallen wäre.

Charles konnte sie von sich stoßen, aber er konnte sie nicht daran hindern, sich zumindest von Harding zu verabschieden. Und sobald sie sich einmal auf der *Sea Snake* befand, würde er sie nur noch mit roher Gewalt von Bord bekommen.

~

»Ich habe nie behauptet, dass Charles eine besonders gute Hand für Frauen hat«, knurrte Harding sie an, als sie wie ein Häufchen Unglück neben seinem Bett saß und Mühe hatte, ihre Tränen zurückzuhalten, »aber von Ihnen hätte ich mir doch mehr erwartet als von dieser säbelschwingenden Megäre.«

Dieser Ausdruck wurde der liebenswürdigen Jessica nicht gerecht, aber Harriet widersprach nicht. Ihr Blick glitt scheu zu Hardings rechtem Arm. Oder besser zu dem Armstumpf, auf dem der Eisenhaken steckte. Harding hob ihn an, als er ihren Blick sah. »Das war ein schöner, glatter Schlag. Man mochte fast glauben, sie hätte Übung darin.« Er kratzte sich mit den Fingern der Linken am Kinn. »Es ist kein wirklicher Ersatz für eine Hand, aber man gewöhnt sich daran. Auf jeden Fall erinnert mich dieser Haken jeden Tag daran, dass es mein größter Wunsch wäre, ihr damit einmal liebevoll übers Köpfchen zu streicheln. Und was tun Sie jetzt? Sie reisen mit denen mit und lassen Charles alleine. Fühlen Sie sich wohl dabei, ihm so in den Rücken zu fallen?«

»Er hat ja nicht einmal gewartet, was ich dazu sage, sondern gleich so getan, als wäre es entschieden!«, verteidigte sich Harriet beleidigt.

Alles, was er getan hatte, war, sie zu küssen. Und ihr zu sagen, dass es so besser sei. Sie rümpfte die Nase.

»Er glaubt, es wäre das Richtige für Sie«, sagte Harding gepresst. »Weil er denkt, nicht gut genug für Sie zu sein. Aber Sie werden es nicht für möglich halten«, brach es mit einem Mal wütend aus ihm hervor, »Charles hat sich seinen Vater nicht gerade ausgesucht! Und man muss schon verdammt blöde sein, ihm das vorzuhalten!«

»Das tut ja auch niemand«, entgegnete sie, etwas erstaunt und gekränkt über diesen Ausbruch.

»Doch, Sie haben es getan! Als Sie in Ihrem Dünkel hörten, wer El Capitano war oder ist, haben Sie mit ihm gebrochen, sind fortgerannt und haben ihn in Schwierigkeiten gebracht.«

»Nein«, widersprach Harriet leise. »Nicht deshalb, sondern …«

Harding hörte ihr jedoch nicht zu, es war, als würde er zu sich selbst sprechen. »James Daugherty hat sich immer genommen, was er wollte. Besitz, Menschen … Frauen und sogar Kinder.« Seine Stimme klang sarkastisch, und es lag mehr als eine Spur von Bitterkeit darin, sogar Hass. Aber diese Gefühle galten nicht Harriet, sondern Charles' Vater.

Harriet saß wie erstarrt. Sie brauchte einige Zeit, um zu begreifen, was Harding da sagte. »Sie meinen, Charles ist gar nicht Daughertys Sohn?«

Harding lachte spöttisch auf. »Was für ein kluges Kind.«

»Ja, aber … hat er ihn adoptiert? War er Waise, oder hat er ihn gar … als Kind geraubt?« In ihrem Kopf überschlugen sich die Bilder. James Daugherty alias El Capitano hatte ein Schiff überfallen, die Leute darauf niedergemetzelt, und nur ein Kind war übrig geblieben. Harriets lebhafte Phantasie zeigte ihr eine Szene, wie Daugherty einen kleinen Jungen hohnlachend aus den Armen der sterbenden Mutter riss. Sie atmete schneller.

»Charles war knapp drei Jahre alt, als El Capitano beschloss, einen Sohn haben zu wollen«, fuhr Harding mit plötzlich müder Stimme fort.

»Er konnte keine Kinder zeugen, war aber versessen darauf, sein Geschäft an einen Erben weiterzugeben und sich mit einer Familie auch noch den Anstrich von Ehrbarkeit zu verleihen. Also suchte er eine passende englische Frau, die schon ein gesundes Kind hatte, und er fand sie in meiner … in Charles' Mutter. Wir hatten keine Chance«, setzte er sehr leise hinzu. »Hätten wir nicht mitgespielt, wären wir getötet worden.« Er schloss die Augen, als würde die Erinnerung ihn überwältigen.

Harriet war es, als würde ihrer Lunge alle Luft entzogen werden, jedes Gefühl, jede Empfindung, sogar ihr Herzschlag stockte. Charles war Hardings Sohn. Es war wie ein Schlag, der für Sekunden ihren ganzen Körper lähmte.

Harding schwieg lange, und Harriet, die es nicht über sich brachte, sein gequältes Gesicht anzusehen, senkte den Blick und sah schwer atmend auf ihre Hände. Wie von Ferne hörte sie an Deck Bains Stimme und das Trampeln der Leute, die hin und her rannten, um alles für die Abfahrt klarzumachen. Das Schiff selbst hallte wider vom Hämmern der Schiffszimmerleute, die Tag und Nacht daran arbeiteten.

»Es gab nur drei Menschen, die wussten, dass Charles nicht Daughertys Sohn ist«, sprach Harding weiter. Er verzog das Gesicht zu einer spöttischen Grimasse. »Zwei, nämlich Charles' Mutter und Daugherty sind tot. Nur ich lebe noch. Und jetzt wissen auch Sie Bescheid. Aber nur, weil ich nicht will, dass Sie glauben, Charles wäre El Capitanos Sohn. Nicht nach all den Geschichten, die über ihn verbreitet werden. Und ich kann Ihnen versichern, sie sind nicht untertrieben. Er war ein grausamer Bastard, ein wahrer Teufel.«

Harriets Hände zitterten. »Sie haben tatsächlich Ihre Frau und Ihr Kind Daugherty überlassen?« Sie konnte immer noch nicht fassen, was sie da hörte.

»Wollen Sie mir Vorwürfe machen?«, fragte er scharf. »Er hätte zuerst mich, dann vielleicht sie getötet, und am Ende wäre unser Sohn allein bei ihm geblieben, ihm völlig ausgeliefert. Niemand hätte ihn daran hindern können. Er hat sie auch so getötet«, setzte er mit heiserer, kaum hörbarer Stimme hinzu, »wenn auch indirekt. Sie starb aus Trauer und aus Scham. Und damit bin ich auch an ihrem Tod schuld.« Er atmete tief durch. »Es war jedoch eine gemeinsame Entscheidung. Rachel und ich haben sie gemeinsam besprochen und gemeinsam getroffen. Daugherty bot den beiden Reichtum und Sicherheit und mir eine lebenslange Stellung. Wir wollten leben. Und wir wollten dabei sein, wenn Daugherty unseren Sohn großzog.« Er machte Pausen zwischen den Sätzen, als müsste er sich die Worte erst mühsam abringen. »Ich war zu dieser Zeit nur ein unbedeutender Captain. Daugherty sorgte dafür, dass ich der Flotte der East India Company überstellt wurde, und nebenbei machte ich noch Geschäfte für ihn. Ich lebte, und ich sah, wie mein Sohn heranwuchs. Besser und wertvoller als ein Kind, das direkt von Daugherty stammte, jemals hätte sein können.«

Harding lächelte. »Er war für Daugherty so manches Mal eine Enttäuschung, aber nicht für mich. Er war zu weich für den Verbrecher, zu dem er ihn machen wollte, aber das war mir lieber als Grausamkeit. Ich dagegen habe nie gezögert, Daughertys Befehle zu befolgen. Ich hatte gar keine andere Wahl, die Arbeit immer so verdammt gut wie möglich zu machen, damit Daugherty keinen Grund hatte, mich aus dem Weg zu räumen. Er konnte sich wegen Charles jederzeit meiner vollen Loyalität sicher sein … Ich machte alle Drecksarbeit, damit Charles davon frei war. Und ich werde das auch noch in Zukunft für ihn tun, wenn's nötig ist«, setzte er bissig hinzu.

Er verstummte, und Harriet schwieg ebenfalls. Sie hatte einiges zu verdauen. Als sie wieder hochsah, hatte Harding die Augen geschlossen, sein Gesicht war etwas gerötet, seine Wangen waren eingefallen. Sie griff hinüber und legte vorsichtig ihre Hand auf seine Stirn. Er zuckte zusammen und riss die Augen auf.

Harriet lächelte leicht auf ihn herab. »Sie haben etwas Fieber, aber bestimmt kein hohes.« Er schob ihre Hand fort, aber nicht so vehement, wie sie erwartet hatte. Es wunderte sie, dass er sie nicht aus der Kajüte warf. Aber wie sie schon öfters festgestellt hatte, war sogar dieser kalte und brutale Mann zu wärmeren Gefühlen fähig. Und es schien ihm gutzutun, sich alles von der Seele zu reden.

»Und die Sache mit den O'Connors?«, fragte sie schließlich. Charles' Entschuldigung ging ihr nicht aus dem Kopf.

»Das war El Capitanos Werk«, sagte Harding bitter. »Daugherty wollte Pläne für eine neue Waffe, um die Flotte damit zu bestücken. Und er bestand darauf, dass dieser O'Connor sie ihm beschaffte. Allerdings musste ich diesem seine eifrige Mitarbeit bei günstiger Gelegenheit erst einbleuen. Es ging aber nicht wirklich um ihn, Daugherty wollte ihn dazu benutzen, Rache an einem alten Feind und Piratenkumpanen zu nehmen. Aber das begriff ich erst viel später. Und es hätte auch nichts geändert.« Er unterbrach sich stirnrunzelnd. »Nun, als ich erkannte, dass El Capitano mehr als die Waffe wollte, versuchte ich das zu verhindern, sogar diesen O'Connor loszuwerden, damit Charles und dieses Mädchen nicht reingezogen wurden. Aber es war wie verflucht, Daugherty hatte seine Pläne gemacht, und niemand konnte etwas dagegen tun. Nicht einmal ich.«

»So war das also«, flüsterte Harriet. »Jetzt verstehe ich …«

Harding schwieg eine Weile, dann sagte er: »Vielleicht. Aber deshalb habe ich Ihnen das nicht erzählt«, fing er plötzlich mit einer Vehemenz an, die sie erschreckte. »Sondern nur, damit Sie nicht glauben, er sei tatsächlich das Fleisch und Blut dieses Teufels! Ich bin vielleicht nicht viel wert, aber seine Mutter war eine gute Frau. Er hat sehr viel von ihr!«

»Das glaube ich«, sagte Harriet leise. »Ich finde, Sie können stolz auf Ihren Sohn sein. Und sicherlich hat er ja auch ein wenig von Ihnen.«

Harding schloss die Augen. Sie sah, dass er krampfhaft schluckte. »Schade, dass Sie Rachel nicht kennenlernen konnten. Sie war eine wirkliche Dame. Viel zu schade für mich. Ich habe mich oft gefragt, was sie an mir gefunden hat.« Er schüttelte leicht den Kopf, als wolle er einen unangenehmen Gedanken loswerden.

»Ihr Vater war damals gegen die Verbindung, aber sie hat sich durchgesetzt und ist mir nach Ostindien gefolgt, wo ich hoffte, mein Glück zu machen. Und wo«, sagte er heiser, »das Gegenteil der Fall war. Wie oft muss sie es bereut haben, mir vertraut zu haben.«

»Niemand konnte wissen, dass Sie einem Verbrecher wie

Daugherty in die Hände fallen. Was ich von ihm gehört habe, lässt mich froh sein, dass er tot ist.«

»Rachel hätte Sie gemocht«, sagte Harding mit einem für ihn ungewohnt weichen Lächeln, ohne die Augen zu öffnen. »Sie sind ihr ähnlich.«

Harriet wurde rot. Sie wusste, dass dies das größte Kompliment war, das dieser Mann ihr machen konnte. Und mit einem Mal hatte sie das Bedürfnis, sich dessen würdig zu erweisen.

»Ich habe damals weiß Gott alles versucht, um ihm das Mädchen zu verschaffen, aber jetzt denke ich, dass er besser mit Ihnen dran ist. Vorausgesetzt, Sie nehmen Vernunft an.« Er öffnete die Augen und sah sie bissig an. »Er hängt zehnmal mehr an Ihnen als an dieser Jessica, und Sie haben nichts Klügeres im Kopf, als ständig davonzulaufen. Wehe, Sie machen meinen Sohn unglücklich!«

»Sonst schneiden Sie mir die Kehle durch?«, fragte Harriet mit dem Anflug eines Lächelns. Ihre Lippen zuckten, halb vom Lachen, halb vom unterdrückten Weinen.

Harding stieß ein rauhes Lachen aus. »Nur wenn ich wollte, dass mein Sohn dasselbe mit mir tut. Aber der Teufel soll Sie holen, wenn Sie ihm etwas davon erzählen«, fügte er scharf hinzu.

»Sie wollen ihm nicht die Wahrheit sagen?« Harriet setzte sich auf. »Das müssen Sie! Ich bin sicher, Charles würde es vorziehen, Sie zum Vater zu haben anstatt Daugherty!«

»Nein!« Hardings Gesicht wurde dunkelrot. »Niemals. Er würde es nicht verstehen. Er hat seinen Vater nie so kennengelernt wie ich und seine Mutter. Er weiß nicht, ahnt nicht einmal, zu welchen Grausamkeiten er wirklich fähig war. Er … würde denken, wir hätten ihn verkauft.«

»Ich habe den Eindruck, dass er Sie sehr gern hat«, sagte Harriet sanft.

»Und so soll es auch bleiben«, erwiderte Harding mit rauher Stimme.

Harriet senkte den Kopf. Sie war nicht dieser Meinung. Aber jetzt war nicht der Zeitpunkt, es Harding klarzumachen. Sie erhob sich.

»Charles würde Sie niemals bitten oder gar zwingen«, rief Harding ihr nach, als sie zur Tür ging. »Weil er viel zu viel Angst davor hat, Ihnen zu schaden oder eine Ehe zu führen, wie seine Mutter es musste. Ich sagte ja, Sie können ihm wirklich weh tun. Genießen Sie diese Macht, Harriet Dorley!«

Harriet sah sich nicht mehr um. Sie lief hinaus, durchquerte, ohne nach links und rechts zu sehen, die Große Kajüte und eilte zum Niedergang. Sie musste unbedingt auf die *El Capitano* und Charles sagen, dass sie ihn liebte und auf gar keinen Fall daran dachte, ihn zu verlassen. Sollte er mit dieser Information dann tun und lassen, was er wollte.

In ihrer Eile hatte sich nicht den Mann bemerkt, der mit dem Rücken an der Wand zu Hardings Kajüte lehnte. Als Harriet vorbei war, rutschte er langsam die Wand hinab, bis er mit angezogenen Knien dasaß. Er stützte die Ellbogen auf die Knie und legte den Kopf in seine Hände. »Verflucht«, murmelte er fast unhörbar.

»Ihm sagen«, flüsterte Lan Meng, die sich neben ihn gehockt hatte. Sie hatte ihn, als Harriet an Bord gekommen war, in der Hoffnung geholt, zwischen den beiden doch noch Frieden zu stiften. Niemand hatte geahnt, was sie zu hören bekommen würden. Harding hatte laut genug gesprochen, dass man seine Stimme durch die dünne Bretterwand hören konnte. »Er soll seinen Sohn haben.«

Charles' Blick war leicht verschwommen, als er sie ansah. Er erhob sich langsam und sah wie in Trance zur Tür, durch die

Harriet verschwunden war. »Ich kann sie nicht fortlassen. Nicht danach.«

Lan Meng gab ihm einen kleinen Schubs. »Gute Idee. Beste seit langem.«

Er lief hinter Harriet her, doch als er an Deck kam, sah er, dass die *Tuesday* soeben Segel setzte. Er blickte ihr kurz nach, dann drehte er sich um und ging wieder hinunter. Die entkamen ihm nicht. Lan Meng stand neben Hardings Bett und sah mit einem ungewohnt weichen Ausdruck auf ihn hinab. Harding hatte die Augen geschlossen und atmete völlig ruhig. Er schlief; das Fieber und die Erregung hatten ihn ermüdet. Lan Meng nickte Charles zu, schließlich ging sie leise aus dem Raum und schloss lautlos die Tür hinter sich.

Charles setzte sich auf den Stuhl, auf dem vorhin Harriet gesessen hatte. Hardings gesunde Hand zuckte unruhig und rutschte hinab. Charles ergriff sie, legte sie neben Harding auf das Bett und ließ seine für einen Moment darauf liegen.

Wie viel mehr begriff er jetzt als früher. Er erinnerte sich an den Tag, als Harding begonnen hatte, ihn mit Master Charles und später mit Mr. Daugherty anzusprechen. Charles hatte das nicht gefallen, er hatte widersprochen, aber dann hatte er gehört, dass es der Wunsch seines ... James Daughertys Befehl gewesen war. Eine weitere Teufelei.

Oder Hardings warme Stimme, wenn er über Charles' Mutter sprach. Er hatte sie nicht oft erwähnt, aber wenn – meist wenn Charles nach ihr gefragt hatte –, war seine Miene dabei weich geworden. Charles hatte einmal gefragt, ob sein Vater seine Mutter geschlagen hätte, aber Harding hatte das fast wütend verneint. »Das hätte er nicht überlebt«, hatte er damals mit einer so kalten, tödlichen Stimme gesagt, dass Charles, obwohl er vor Neugier platzte, nicht mehr weitergefragt hatte.

Aber jede weitere Bemerkung, obwohl Harding damit sehr sparsam war, hatte damals den Verdacht in Charles wachsen lassen, dass Mortimer in seine Mutter verliebt gewesen war.

Und jetzt wusste er die Wahrheit. Mitleid, Zorn, Verständnis und Vorwürfe tobten in ihm. Doch je länger er Hardings entspanntes, schlafendes Gesicht betrachtete, desto leichter wurde sein Herz.

Er würde Harriet einholen. Die *Sea Snake* war noch zu ramponiert, aber die *El Capitano* war das schnellste Schiff seiner Flotte. Spätestens in zwei Stunden würde er Harriet in die Arme nehmen, küssen und sie bitten, ihn zu heiraten. Es gab keinen Grund mehr, das nicht zu tun. Harding ... sein Vater ... hatte recht. Was Harriet und ihn verband, war zu wichtig und zu schön.

Und nun gab es auch keinen Grund mehr, weshalb ihre Ehe nicht besser werden sollte als die seiner Mutter.

Kurz darauf ließ er sich auf die *El Capitano* übersetzen. Bains hatte seine Anweisungen und würde mit der *Sea Snake* langsamer nachkommen. Johnson begrüßte ihn auf dem Achterdeck, ein unangebrachtes Grinsen im Gesicht, als er ihm den Befehl gab, Segel zu setzen und die *Tuesday* zu verfolgen.

Als Charles unter Deck ging, hörte er zu seiner Überraschung jemanden in seiner Kajüte rumoren. Er stieß die Tür auf und sah sich einem Hinterteil gegenüber, das sich unter einem duftigen, mit zarten, organgefarbenen Blüten bestickten Kleid hin und her bewegte, während seine Besitzerin in einer geöffneten Seekiste kramte.

Harriets Anblick und die Erkenntnis, dass sie auf dem Schiff war, setzten seinen Verstand für mehrere Herzschläge außer Gefecht. Er konnte nur dastehen und sie fixieren.

Harriet richtete sich auf, als sie seine Anwesenheit spürte, und blinzelte verlegen unter seinem starren Blick. »Ich wollte nicht nach Boston.« Sie schob in einer fast kindlich-trotzigen Art das Kinn vor. »Du kannst mich nicht zwingen. Aber habe keine Angst, ich werde dir hier nicht auf die Nerven gehen, sondern mit Lan Meng und Captain Harding auf der *Sea Snake* reisen. Ich suche nur die Sachen zusammen, die ich drüben brauche.«

Charles' Verstand begann wieder zu arbeiten, und sein Herz schlug ihm bis zum Hals. Die drückende Schwere, die seit so vielen Tagen auf ihm gelastet hatte, löste sich auf wie der Morgennebel auf dem Meer, wenn die Sonne aufging. Er hätte beinahe gelacht. »Ich werde mich hüten, dich zu etwas zu zwingen.« Er stürzte nicht auf sie zu, um sie an sich zu reißen. Er lehnte sich lediglich an den Türrahmen, nahm Harriets Anblick in sich auf und ließ die Gewissheit einsickern, dass sich sein Leben von nun an gründlich zum Besseren ändern würde.

Auch Harriet machte keine Anstalten, auf ihn zuzugehen. Sie musterte ihn eine Weile misstrauisch, dann platzte sie heraus: »Ich wusste es.«

Charles sah sie verständnislos an.

Harriet räusperte sich. »Ich wusste, dass du El Capitano bist. Schon lange. Zuerst war es nur eine Ahnung. Lan Mengs Bemerkungen, der schlechte Ruf deines Vaters, das alles war verdächtig. Und die Veränderungen, von denen die Zeitungen schrieben, ach, ich weiß auch nicht, das alles fiel in die Zeit zusammen, als dein Vater starb, aber es stimmt nicht wirklich, wenn ich sage, es wäre eine Ahnung gewesen, es war eigentlich viel weniger, aber gesagt hat es mir Jahan, als er mich aufsuchte, als du damals unterwegs warst, er hatte gehört, dass wir uns gut verstanden, sogar von Vaters Absicht, uns zu verheiraten, und war besorgt, wir stritten damals deshalb, weil ich wütend wurde, wie er schlecht über dich sprach und …«

Harriert sprudelte das alles heraus, ohne Luft zu holen. Charles kannte sie jetzt jedoch lange und gut genug, um ihr folgen zu können. Üblicherweise ließ er sie reden, bis sie von selbst aufhörte, jetzt jedoch unterbrach er sie. »Meinetwegen? Ihr hattet den Streit meinetwegen?« Es fiel ihm schwer, mit einiger Gelassenheit zu sprechen. Aber das war jetzt auch nicht mehr wichtig. Er musste bei Harriet nicht mehr den Anschein von Gleichgültigkeit wahren.

Sie lachte verlegen. »Er wollte mir klarmachen, wer El Capitano ist und dass du ein Verbrecher wärst, aber ich habe ihm geantwortet, dass du ein Freund seiest und ich mir keine abfälligen Dinge über dich anhören würde. Wir haben furchtbar gestritten, und dann ist er gegangen und …« Sie redete weiter und weiter, und Charles sah sie nur schweigend an. Was sollte er tun? Zu ihr gehen? Sie endlich in den Arm nehmen? Sie hatte es gewusst, hatte sich dennoch von ihm küssen und lieben lassen. Sie hatte sogar seinen Antrag angenommen, obwohl sie wusste, wer er war. Er schluckte. Wärme stieg in ihm hoch und etwas, das er in dieser Form nicht gekannt hatte: ein neues Glücksgefühl, das ihn neben der überschäumenden Freude, die ihm die Kehle zuschnürte, auch noch mit tiefer Zufriedenheit erfüllte.

Harriet hielt endlich nach Luft ringend inne. Sie blinzelte verlegen. »Ich rede schon wieder zu viel. Das kann passieren, wenn ich nervös bin.«

»Tatsächlich? Das ist mir noch nicht aufgefallen.« Um seine Lippen zuckte es.

Sie sah ihn an, als argwöhnte sie, dass er sich über sie lustig machte. »Ich muss aber noch etwas sagen.«

»Nur zu.« Charles musste lachen, so glücklich war er. Sie konnte ihm jetzt sagen, was sie wollte, und wenn sie den Rest des Tages redete, bis sie heiser war. Noch genügte es ihm, sie anzusehen, ihre Stimme zu hören, sich an ihrem Anblick zu erfreuen. Das war schon mehr, als er sich in den letzten Tagen, seit sie ihm davongelaufen war, erhofft hatte. Wenn das dann zu wenig war, fand er bestimmt Mittel und Wege, sie auf sehr sinnliche und effektive Art zum Schweigen zu bringen.

»Es ist ernst«, tadelte sie ihn.

»Gewiss. Verzeihung.« Charles bemühte sich um ein unbewegtes Gesicht, aber an Harriets Reaktion erkannte er, dass ihm das nicht ganz gelang. Er hatte noch nie vor Glück gelacht, es war ein wunderbares Gefühl.

Harriets weicher Blick spiegelte sein Lächeln wider. »Als wir dann von der *El Capitano* verfolgt wurden«, sprach sie nach einer kleinen Pause weiter, »hatte ich solche Angst, du könntest auf dem Schiff sein und uns angreifen. Und ich war … so glücklich, als die *Sea Snake* kam und die *El Capitano* vertrieb. Und noch glücklicher, als ich dich erblickt habe und dein Lächeln, deine Freude, mich zu sehen, trotz Captain Hardings finsterem Gesicht und dem der Mannschaft.« Sie lachte leise. »Sie müssen es mir sehr übelgenommen haben, dass du die *El Capitano* meinetwegen verjagt hast.«

»Dir nicht«, erwiderte Charles mit leicht rauher Stimme, »wohl eher mir. Aber nicht lange.« Er trat ein wenig auf sie zu. »Harriet, wenn du es aber gewusst hast, weshalb dann auf Kuba diese Worte?«

»Ich … kam mir so betrogen vor«, flüsterte sie. »Es ging mir nicht darum, dass ich nichts mit El Capitano zu tun haben wollte. Das war eine Ausrede. Ich wollte nur nicht benutzt werden. Ich hatte mich in dich verliebt, hatte beschlossen, dir zu vertrauen, gleichgültig, was man über dich sagte, was die Zeitungen schrieben, wer dein Vater oder was aus dir geworden war. Und dann hörte ich, wie Señor Ramirez davon sprach, wie klug du unsere Beziehung eingefädelt hättest. Und da dachte ich, du wärst doch wie alle anderen, würdest nur die Tochter von Sir Percival Dorley in mir sehen. Es fügte sich alles so logisch. Dein vernünftiger Antrag, alles.«

»Und damit war dein Vertrauen mit einem Schlag fort.«

Sie sah ihn eindringlich an. »Wundert dich das?«

Charles studierte ihr Gesicht, die weichen, ausdrucksvollen Züge, die er so sehr liebte. »Nein«, meinte er schließlich. »Aber du hast keinen Grund dazu. Und es ist sehr dumm von dir, mein Liebling, anzunehmen, dass die Schar deiner Verehrer nicht an dir selbst interessiert war. Jeder Mann mit Augen im Kopf und Verstand müsste sich auf der Stelle in dich verlieben.«

»Hast du dich etwa sofort in mich verliebt?«, meinte Harriet spöttisch.

Charles dachte nach. »Ja, das war wohl der Fall, auch wenn ich es nicht gleich begriff. Es hat uns auch so viel getrennt, dass ich nie auf die Idee gekommen wäre, dir näherzukommen, hätte dein Vater nicht diesen Vorschlag gemacht. Aber dann wollte ich dich unbedingt haben. Obwohl ich wusste, dass es falsch war – ich hatte Angst, du würdest dich abgestoßen fühlen, und ich hatte Angst, unsere Ehe könnte so werden wie die meiner Elter… – wie die meiner Mutter. Aber ich konnte nicht anders. Es war so stark, dass ich mich nicht wehren konnte.«

Im nächsten Moment lag Harriet in seinem Armen, er zog sie eng an sich und hielt sie fest. Ihr Gesicht lag in seiner Halsbeuge, und nur undeutlich hörte er ihre Stimme, als sie sagte: »Du sollst dich auch gar nicht wehren. Jedenfalls nicht gegen mich.«

Charles vergrub sein Gesicht in ihrem Haar, spürte ihren weichen, nachgiebigen und überaus erregenden Körper und lächelte.

15. KAPITEL

Als Charles am nächsten Morgen erwachte, fand er Harriet eng an ihn gekuschelt. Zuerst rührte er sich nicht, um dieses angenehme Gefühl gemeinsamen Erwachens noch hinauszuzögern. So aneinandergeschmiegt hatten sie nicht einmal in ihrer ersten Nacht geschlafen.

Es war ihm, als könne er nicht von ihr lassen, als müsse er sich noch im Schlaf davon überzeugen, dass sie wirklich da war. Als müsse diese Nacht all jene auslöschen, die er allein, mit seiner unstillbaren Sehnsucht nach ihr, verbracht hatte.

Sanft, um sie nicht zu wecken, zog er die Decke ein wenig weg, um sie betrachten zu können. Harriet hatte keine großen Brüste, aber sie waren so wohlgeformt, dass Charles bei ihrem Anblick regelrecht das Wasser im Mund zusammenlief. Der zarte Flaum aus Härchen in ihrem Nacken, auf ihren Unterarmen, sogar ihr Schamhaar war rötlich blond, und jetzt, als die Morgensonne hereinschien, war sie wie von einer Goldschicht überzogen. Charles war kaum in der Lage zu begreifen, welche Schönheit er da geheiratet hatte.

Langsam und mit Genuss ließ er seine Lippen über ihr Gesicht wandern, tiefer über ihren Hals. Er hatte sie am Abend völlig nackt ausgezogen, ohne die Lampe zu löschen, um sie endlich in Ruhe betrachten zu können. Harriet hatte sich das verlegen und aufgeregt zugleich gefallen lassen. Wann immer ihre Scheu doch zu groß geworden war, hatte er sie so lange und leidenschaftlich geküsst, bis sie in seinen Armen völlig weich und willig wurde.

Sie regte sich und schlug die Augen auf. Ihr Lächeln war noch träge, die Lider schwer, aber ihre Lippen öffneten sich einladend. Er hatte keinen Grund, der Versuchung nicht nachzugeben. Sein Kuss war zärtlich und einer Frau angemessen, die in der Nacht nicht viel geschlafen hatte und noch Ruhe brauchte. Ihr fielen wieder die Augen zu. Sie wollte sich an ihn schmiegen, um weiterzuschlafen, aber seine Hand, die er mit der Selbstverständlichkeit eines Mannes, der seinen Besitz beanspruchte, über ihre Brust legte, zeigte ihr, dass Charles nicht mehr an Schlaf dachte.

»Guten Morgen, Mrs. Daugherty.«

Harriet schmiegte sich mit einem zufriedenen, verschlafenen Grinsen enger an ihn. »Ich glaube, ich bin aber trotzdem noch ziemlich müde.« Sie blinzelte ihn an, und er lächelte.

»Du musst gar nichts tun. Einfach nur liegen«, flüsterte er an ihrer Haut, »und stillhalten. Ich will dich genau ansehen.«

»Hast du das nicht schon mehrmals?«

»Aber nicht oft genug.«

Sie kicherte und ließ sich von ihm auf den Rücken drehen. Er zog die Decke ganz fort und betrachtete sein Eigentum. Und das im wahrsten Sinn des Wortes. Charles war kein Mann, der das Risiko, sein Liebstes zu verlieren, ein zweites Mal einging, sondern hatte Harriet genau fünf Stunden, nachdem er sie in seiner Kajüte gefunden hatte, geheiratet. Sie hatten Harding darum gebeten, aber der hatte geflucht, Ausreden gehabt, abermals geflucht, und dann kategorisch jede Verantwortung abgelehnt, bis schließlich Johnson feixend und würdevoll zugleich die Trauung vollzogen hatte. Als Captain eines Schiffes hatte er das Recht dazu. Die anschließende kleine

Feier hatte in der Großen Kajüte der *Sea Snake* stattgefunden. Zuerst hatte Charles seine Frau wieder auf die *El Capitano* bringen wollen, weil er keine Lust hatte, seine Hochzeitsnacht in der Nähe seines Vaters oder von Lan Meng zu verbringen, aber Harriet hatte sehr praktisch festgestellt, dass die Kajüte auf der *Sea Snake* die größere Koje hatte. Das hatte die Sache entschieden.

Harriet seufzte wohlig, als er – nicht zum ersten Mal – beschloss, jede Sommersprosse auf ihrem Körper zu suchen und zu küssen. Er atmete tief den Duft ihrer Haut ein. Warm, weiblich, erregt. Sie roch auch nach ihm, nach Liebe und Erfüllung. Sie räkelte sich lasziv unter seinen Küssen, hob ihm ihren Körper entgegen, wand sich unter seinen Berührungen.

So groß war Harriets Müdigkeit dann doch nicht. Sie ließ ihre Hände an Charles entlanggleiten, genoss die Berührung seiner Haut, freute sich, als seine Brustwarzen unter ihren Fingerspitzen hart wurden, und suchte dann nach seiner Männlichkeit. Er fühlte sich so gut in ihrer Hand an, wenn sie ihre Finger um ihn schlang und spürte, wie er wuchs und härter wurde. Und von da war es nur ein kleines Stück, kaum eine Anstrengung, bis er über sie glitt, sie dehnte, ausfüllte und sich mit steigender Leidenschaft in ihr bewegte.

Sie hatte keine Ahnung, wie spät es war, als sie wieder völlig ins Bewusstsein zurückglitt. Schon längst war es an Deck laut, man hörte die Stimmen der Männer, Lachen, einen schneidenden Befehl des Zweiten Offiziers. Harriet gähnte. »Was haben sie gesagt?«

»Etwas, für das ich sie eigentlich an die Gräting schnallen und prügeln lassen sollte«, erwiderte Charles träge.

Harriet nickte. »Die ganze Mannschaft vermutlich. Du wirst im nächsten Hafen einige Bumboats zum Schiff lassen müssen oder längeren Landurlaub gewähren, sonst meutern sie noch. Die paar Mädchen, die ich hier auf der *Sea Snake* bemerkt habe, werden schnell überfordert sein.«

»Harriet!« Charles hatte sich erschrocken aufgesetzt.

Sie zuckte mit den Schultern. »Ich bin ja nicht blind, oder? Und auch nicht taub. Aber ich weiß gar nicht, weshalb du so entsetzt tust. Piraten sind doch dafür bekannt, dass sie sich wild mit Mädchen vergnügen, oder?«

Charles ließ sich mit einem Aufstöhnen wieder neben sie in die Kissen sinken. »Ich dachte, ich hätte eine Lady geheiratet!«

»Du bekommst, was du verdienst«, stellte Harriet in einem Tonfall fest, der ihn an Lan Meng erinnerte. »Sei froh! Du hast eine Frau mit Menschenverstand geheiratet, die mit dem Harem eines indischen Fürsten befreundet ist.« Harriet hatte das Letzte gähnend hervorgebracht und wurde sich erst nach einigen Minuten des tiefen Schweigens bewusst, in das ihr Geliebter verfiel. Sie drehte den Kopf und sah, dass er sie anblickte. Sehr intensiv anblickte.

»Habe ich dir das nie erzählt?«

»Nein, aber ich fände es sehr interessant, mehr davon zu erfahren.«

Harriet grinste. »Das kann ich mir vorstellen, aber nicht jetzt, mein Liebster. Denn wenn ich einmal anfange zu erzählen, was ich von den Frauen dort gehört habe, komme ich nie zu meinem wohlverdienten Frühstück.«

»Sodom und Gomorrha«, brummte Charles, aber sie sah, dass seine Mundwinkel dabei zuckten.

»Na, dann passe ich ja gut aufs Schiff und zu dir.« Sie drehte sich zu ihm, wodurch sie ihm einen hervorragenden Blick auf ihre Brüste, ihre rosigen, erhobenen Brustspitzen und ihre Lippen bot.

»Wohin fahren wir eigentlich?«

»Wohin willst du?«, fragte Charles. Seine Augen waren wieder wie warmer Bernstein.

»Ich bringe dich überallhin und lebe überall mit dir.« Er deutete mit der Hand vage in die Runde. »Ich werde das alles aufgeben.«

»Aufgeben? Unmöglich! Napoleon hat uns doch den Krieg erklärt! Wir werden seine Schiffe kapern! Wir werden die Franzosen besiegen! Wir werden ...«

»Harriet! WIR werden gar nichts«, sagte Charles alarmiert.

»Weshalb denn nicht?« Ihre Augen wurden groß und enttäuscht. »Du willst doch nicht etwa ohne mich los!«

»Weil WIR uns von diesen Dingen zurückziehen werden.« Charles' Tonfall ließ keinen Zweifel daran, dass er es auch so meinte.

»Das ist langweilig.«

»Nicht so langweilig, wie wochen- oder monatelang an einem Strick zu baumeln, bis man sich auflöst und von selbst runterfällt«, knurrte er.

»Sie werden uns nicht erwischen.«

»Vermutlich. Weil ich es nämlich erst gar nicht so weit kommen lassen werde.« Er schüttelte indigniert den Kopf. »Harriet, so wie du sollte keine Lady sprechen. Und schon gar nicht Sir Percivals Tochter.«

Harriets Augen strahlten. »Bist du jetzt entsetzt?«

»Ziemlich.«

»Findest du, dass ich deshalb einen schlechten Charakter habe?«

Charles' Mundwinkel zuckten. »Ich fürchte, dass ich der Falsche bin, um darüber zu urteilen.«

»Verworfen vielleicht?«

Er überlegte. »Hm. Schwierig zu sagen. Da müsste ich noch weitere Untersuchungen anstellen.«

»Nur zu. Lass dich nicht aufhalten.« Sie rutschte mit einem Kichern näher, das ihn bis in eine sehr relevante Stelle seines Körper traf. Charles schloss halb die Augen, um das Gefühl, sie so eng an ihm zu spüren, besser auskosten zu können. Ihre warme Haut auf seiner, ihre Brust, die sich hob und senkte, ihre Hand, die spielerisch über seine Brust und tiefer fuhr, tiefer, bis er nach Luft schnappte.

Und dann brach die Hölle los.

Als sie beide atemlos und halbwegs geziemend bekleidet in Hardings Kajüte stürzten, fanden sie dort nicht nur ihn vor, sondern auch Lan Meng, die mit gezücktem Dolch eine halbnackte Frau bedrohte, deren riesige Brüste aus dem Mieder quollen. Der Lärm, der das halbe Schiff aufgerüttelt hatte, stammte von der Frau. Sie schrie und kreischte, und Lan Meng bombardierte sie mit einer Mischung aus chinesischen Flüchen, englischen Beschimpfungen und Drohungen in Sprachen, die weder Charles noch Harriet jemals in ihrem Leben gehört hatten. Harding, nur mit Hose und seinem Verband bekleidet, packte Lan Meng um die Taille und hob sie hoch, bevor sie auf die Frau losgehen konnte.

Die Dirne nutzte die Gelegenheit zur Flucht, prallte beinahe mit Charles zusammen und nahm die Füße in die Hand. Vor der Tür zur Großen Kajüte hatten sich einige Matrosen eingefunden, die sie mit lautstarkem Gelächter begrüßten. Ein scharfer Befehl, dann wurde die Tür geschlossen, und das Gemurmel verebbte.

Harding fluchte, und Lan Meng drehte den Kopf nach ihm. Sie öffnete die Hand und ließ den Dolch zu Boden fallen.

»Schon gut. Lass mich los. Jetzt, gleich.« Ihre Stimme klang atemlos, aber erstaunlich sanft.

Harding musterte sie misstrauisch. »Charles, heben Sie den Dolch auf und versperren Sie die Tür.«

»Das ist nicht nötig«, sagte Lan Meng ungeduldig. Harding ließ sie herab, bereit, gleich wieder zuzugreifen. Lan Meng kam auf ihren Füßen auf, wirbelte herum und sah ihn besorgt an. »Ist alles in Ordnung?«

Er griff sich an seinen Verband, sie keinen Moment aus den Augen lassend. »Ja.« Sein Gesichtsausdruck spiegelte Ärger und Verwirrung wider. »Was, in aller Teufels Namen, sollte das?«

»Du begreifst nicht, weil du dumm bist.« Lan Mengs Augen funkelten zornig, dann drehte sie sich um, riss die Tür auf und verschwand.

Harding fuhr sich mit der Hand durch sein kurzes graues Haar. »Verflucht, Charles! Sie haben doch selbst gesehen, das Mädchen war nicht übel!« Er machte, nach einem verstohlenen Blick auf Harriet, eine etwas anstößige Bewegung mit der Hand, um die Größe einer überdimensionalen weiblichen Brust anzudeuten. »Ich habe sie zwar nicht eingeladen, aber sollte ich sie rauswerfen, nachdem sie sich hereingeschlichen hatte?«

»Das würde ich das nächste Mal ernsthaft in Erwägung ziehen«, grinste Charles.

Harriet folgte ihrer Freundin. Die Szene hatte sie zum Lachen gereizt, aber als sie in das gerötete, verlegene Gesicht Lan Mengs sah, die unglücklichen Augen, wurde sie schlagartig ernst.

»Ich wollte sehen, wie es ihm geht«, flüsterte die kleine Chinesin, so dass die Männer sie nicht hören konnten. »Und da fand ich dieses Weib, als es sich an seiner Hose zu schaffen machte.« Sie presste die Lippen aufeinander, bevor sie zischte: »Ich habe dir einmal gesagt, was ich mit Frau tun werde, die …« Sie unterbrach sich, wandte sich abrupt ab und setzte sich auf ihren Lieblingsplatz beim Fenster.

Harriet setzte sich hinter sie, schlang tröstend die Arme um sie und legte ihre Wange auf das dicke, schwarze Haar ihrer Freundin.

»Ich habe gleich gewusst, dass ich Harding haben will«, seufzte Lan Meng. »Vom ersten Moment, so wie du Charles willst, nur ohne Heirat.« Sie machte eine abwehrende Bewegung wie gegen den bösen Blick.

»Aber Harding ist ein sturer Esel, hm?«, meinte Harriet.

Lan Meng lachte leise. »Ja, das scheint in der Familie zu liegen. Wie Vater, so Sohn.«

Harriet nickte zuerst, aber dann löste sie die Arme und richtete sich auf. »Was sagst du da? Aber …?«

Lan Meng drehte sich um, sah dabei aber nicht Harriet an, sondern an ihr vorbei. Ihre Augen wurden groß.

Harriet wandte sich ebenfalls um. Charles stand nur zwei Schritte entfernt, einen undefinierbaren Ausdruck in den Augen, und neben ihm war Harding. Sein Gesicht war aschgrau, als würde er jeden Moment ohnmächtig werden. Für Sekunden waren alle vier im Raum wie erstarrt.

Harding war der Erste, der wieder reagierte, und fuhr wie von der Tarantel gestochen auf Harriet los. »Verdammtes Weibsstück, habe ich Ihnen nicht gesagt, Sie sollen den Mund halten?«

Harriet schüttelte wild den Kopf. »Was fällt Ihnen ein! Ich habe nie etwas erzählt! Wie können Sie nur annehmen, ich hätte Ihr Vertrauen missbraucht, wie dumm mir Ihre Entscheidung, nichts zu sagen, auch erscheinen mag!«

»Das glaubt Ihnen der Teufel! Kaum weiß eine Frau etwas, ist es so, als hätte man es laut rausgeschrien. Verflucht.« Harding versagte die Stimme. Er drehte sich abrupt um, ging, so rasch es ihm möglich war, in seine Kajüte und knallte die Tür hinter sich zu.

Lan Meng sprang auf und stürmte ihm nach. Sie riss die Tür auf. Harding stand beim Tisch und goss sich soeben ein Glas ein.

»Harriet hat nichts gesagt!« Lan Mengs Lippen zitterten. »Ich draußen war in der Kajüte, als du es erzählt hast. Ich habe alles gehört.«

Charles war ihr nachgegangen. Er räusperte sich. »Und ich war dabei.« Er war mindestens so blass wie Harding. Dieser stand zuerst wie angewurzelt da, dann drehte er sich langsam um, und sein Blick suchte den von Charles. Es lag so viel Angst darin, dass es Harriet fast das Herz brach.

Lan Meng ging still hinaus. Harriet folgte ihr, und die beiden Männer blieben allein zurück. Sie schloss die Tür.

»Er hasst mich«, flüsterte Lan Meng. »Er wird mir das nie verzeihen.«

»Er hat sich selbst verraten. Hätte er nicht so lautstark reagiert, wäre gar nichts geschehen. Und außerdem kann er froh sein, dass es heraus ist«, stellte Harriet vernünftig fest. »Charles wusste es offenbar auch schon – also warum es dann ausgerechnet vor Harding verheimlichen?«

»Auch wahr.« Lan Mengs Wangen nahmen wieder Farbe an.

Harriet zog die Chinesin neben sich auf die Fenstertruhe, legte den Arm um ihre kleinere Freundin und lehnte sich an sie. Sie schwiegen und starrten auf die Tür zu Hardings Kajüte.

Es schien eine endlos lange Zeit zu vergehen, bis sie sich wieder öffnete und Charles darin erschien. Er wirkte erleichtert, zufrieden, sein Blick suchte Lan Meng, und er lächelte. Die Chinesin lächelte zurück. Dann erhob sie sich und ging zur Tür, die auf den Gang führte. Als sie bei Charles vorbeikam, legte sie ihm leicht die Hand auf den Arm. »Ich bin froh«, sagte sie leise. »Für Harding und dich.« Sie zwinkerte. »Piraten müssen zusammenhalten.« Charles griff nach ihrer Hand und zog sie an seine Lippen. »Große, schöne Familie von Piraten«, grinste er.

Sie nickte. Ehe sie jedoch die Tür erreichte, hielt eine Stimme sie auf.

»Kleine Lady?«

Widerwillig blieb sie stehen und drehte sich um.

Harding stand in der Tür zur seiner Kajüte und ließ langsam seinen Blick über sie wandern. Er rieb sich mit der linken Hand das Kinn. »Vielleicht sollten wir bei Gelegenheit einmal miteinander reden?«

Lan Meng verschränkte die Arme vor der Brust und legte den Kopf etwas schief. »Reden?«

Harding grinste. »Habt ihr da nicht so einen alten Piratenbrauch?«

»Wir haben viele«, meinte Lan Meng zurückhaltend.

»Nun, den, den ich meine …«

Harriet hörte den Schluss des Satzes nicht mehr, denn Charles legte den Arm um ihre Schultern und führte sie zu ihrer Kajüte.

»Welchen Brauch meint er denn?«, fragte sie mit großen Augen. Sie stellte sich auf die Zehenspitzen, um über Charles' Schulter zu sehen. Lan Meng stand immer noch mit verschränkten Armen da, und Harding hatte ein Lächeln aufgesetzt, das sie an ihm noch nie gesehen hatte. Es hatte einen Charme, der sie an Charles erinnerte.

»Narbenschau«, erklärte Charles mit zuckenden Lippen.

Harriets Augenbrauen schnellten hoch.

Charles drängte sie sachte, aber bestimmt weiter und schloss die Tür hinter ihnen. »Ja, Narbenschau. Das ist eben so üblich unter Piraten.« Zumindest war das Hardings Trick, eine Frau herumzukriegen, was er Harriet jedoch nicht sagte. Er wusste es auch nur deshalb, weil er Harding vor einigen Jahren dabei erwischt hatte, wie er in weinseliger Laune einer jamaikanischen Schönen diesen Vorschlag gemacht hatte.

»Und wie funktioniert das?«

Charles machte einen halbherzigen Versuch, ernst zu bleiben. »Die Piraten zeigen sich gegenseitig die Narben, die sie im Kampf erworben haben. Und wer mehr hat, gilt als tapferer und härter.«

»Oder ungeschickter«, meinte Harriet zweifelnd. Sie zuckte mit den Schultern, als Charles lachte. »Nun, du musst es ja wissen. Schließlich bist du der Pirat von uns beiden.« Ihre Brauen zogen sich zusammen. »Soll das heißen, Harding hat Absichten auf Lan Meng?«

»Hat sie welche auf ihn?«

»Ja«, gab Harriet zu. Sie sah sinnend zur Tür, dann räusperte sie sich. »Also gut, Narbenschau. Ich fange an.«

Charles' Blick wurde intensiv. »Wie darf ich das verstehen?«

Sie nahm Charles' Hand und legte seinen Zeigefinger auf eine kleine, kaum sichtbare Narbe an ihrer Stirn. »Die hier habe ich, seit ich mit drei Jahren die Treppe hinuntergefallen bin. Ich kann mich nicht daran erinnern, aber meine Mutter hat mir oft davon erzählt.«

Harriet plazierte seinen Zeigefinger als Nächstes auf ihren Ellbogen. »Und dort habe ich mich mit sieben Jahren schlimm aufgeschlagen.«

Langsam hob sie ihren Rock. Charles' Blick saugte sich am Saum fest. Sie sah, dass er schneller atmete. Sie lehnte sich an die Schiffswand, während der Saum weiter hinaufwanderte, bis ihr Knie sichtbar wurde. »Und hier habe ich ebenfalls eine Narbe. Da bin ich mit neun Jahren vom Pferd gestürzt.«

Charles kniete vor ihr nieder, nahm ihr Bein sanft in seine Hände, strich langsam daran auf und ab und betrachtete eingehend das Knie. »Du warst ein ungeschicktes Kind.«

»Ja, und ich habe mich nicht gebessert«, gab sie zu. »Aber die größte Verwundung hatte ich hier.«

Charles, der begonnen hatte, die kaum sichtbare Narbe am Knie und die Umgebung mit Küssen zu bedecken, sah hoch. Harriet hatte beide Hände auf ihr Herz gelegt. Seine Augen nahmen jenen warmen, bernsteinfarbenen Glanz an, den sie so sehr liebte. »Ich hatte gedacht, dass ich hier schon einiges geheilt hätte.«

Harriet lächelte auf ihn hinab. »Das hast du, aber ich möchte nicht, dass eine Narbe zurückbleibt.«

»Nicht, wenn es nach mir geht. Mach dir keine Sorgen, ich kümmere mich ausgiebig darum. Aber wirklich gute Ärzte machen eine gründliche Therapie.«

»Und wie geht die?« Harriets Atem ging schneller, als Charles den Rock noch weiter hochschob.

»Sie fangen ganz unten an.« Bei diesen Worten ließ er den Rock über seinen Kopf fallen.

DANKSAGUNG

Mein besonderer Dank gilt Sabine Thiele, die das Manuskript wie immer sehr kritisch und professionell durchgesehen und lektoriert hat! Danke auch für die gute und humorvolle Zusammenarbeit!

Susanna Drake

REBECCA MICHÉLE

Geliebter Normanne

ROMAN

»Wie es wohl wäre, von diesem Mund geküsst zu werden, schoss es ihr durch den Kopf, und unwillkürlich öffneten sich erwartungsvoll ihre Lippen.«

Als die Normannen im Jahre 1066 England erobern, erhält Penderroc Castle wie so viele andere Landgüter einen neuen Herrn. Sir Bosgard macht sich schnell mit seinen neuen Untertanen vertraut, wobei ihm besonders die schöne Magd Hayla auffällt. Sie scheint viel zu gebildet für eine einfache Dienerin zu sein.

Hayla ist die Aufmerksamkeit des neuen Herrn unangenehm, kann sie ihr doch gefährlich werden. Denn sie weiß, dass ihre wahre Identität unbedingt ein Geheimnis bleiben muss. Doch sie kann nicht verhindern, dass ihr Herz bei Bosgards Anblick schneller schlägt …

Leidenschaft und Romantik in Englands aufregendster Epoche!

KNAUR TASCHENBUCH VERLAG